Petra Schier, Jahrgang 1978, lebt mit ihrem Mann und einem Schäferhund in einer kleinen Gemeinde in der Eifel. Sie studierte Geschichte und Literatur und arbeitet seit 2005 als freie Autorin. Ihre historischen Romane, darunter die Reihe um die Apothekerin Adelina, vereinen spannende Fiktion mit genau recherchierten Fakten.
Petra Schier ist Mitglied des Vorstands der Autorenvereinigung DELIA.

Mehr Informationen sind unter www.petra-schier.de zu finden.

Petra Schier

DER RING
DES LOMBARDEN

Historischer Roman

Rowohlt Taschenbuch Verlag

3. Auflage Juli 2025
Veröffentlicht im Rowohlt Taschenbuch Verlag,
Rowohlt Verlag GmbH, Kirchenallee 19, 20099 Hamburg

Originalausgabe
Veröffentlicht im Rowohlt Taschenbuch Verlag,
Hamburg, Februar 2020
Copyright © 2020 by Rowohlt Verlag GmbH, Hamburg
Redaktion Elisabeth Mahler
Karte © Peter Palm, Berlin
Die Nutzung unserer Werke für Text- und Data-Mining
im Sinne von § 44b UrhG behalten wir uns explizit vor.
Covergestaltung any.way, Barbara Hanke / Cordula Schmidt
Coverabbildung akg-images / Cameraphoto;
Lee Avison, Dorota Gorecka / Trevillion Images;
Bjanka Kadic / Arcangel; pavels / Shutterstock
Satz aus der Adobe Garamond (InDesign)
bei Pinkuin Satz und Datentechnik, Berlin
Printed in Germany
ISBN 978-3-499-27502-9

Kontaktadresse nach EU-Produktsicherheitsverordnung:
produktsicherheit@rowohlt.de

DER RING
DES LOMBARDEN

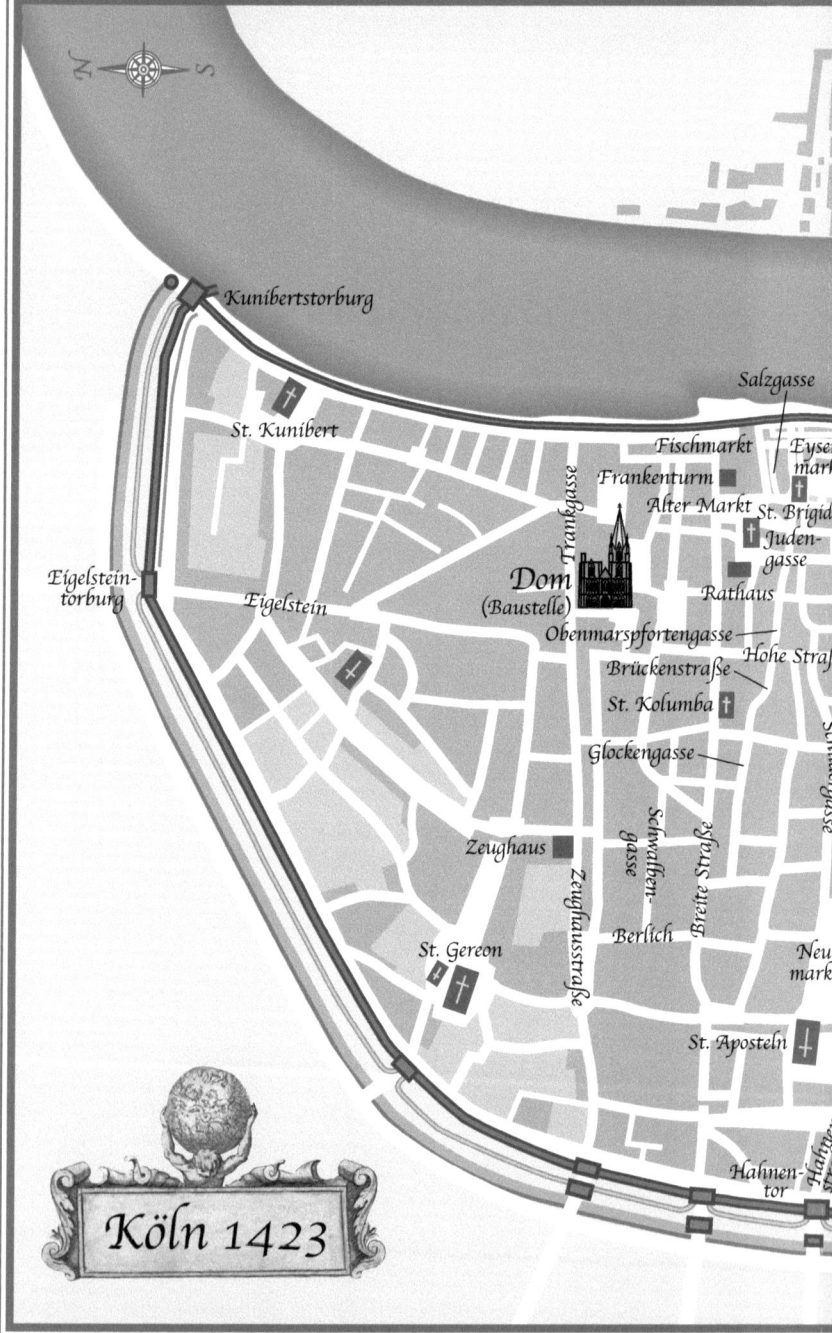

Köln 1423

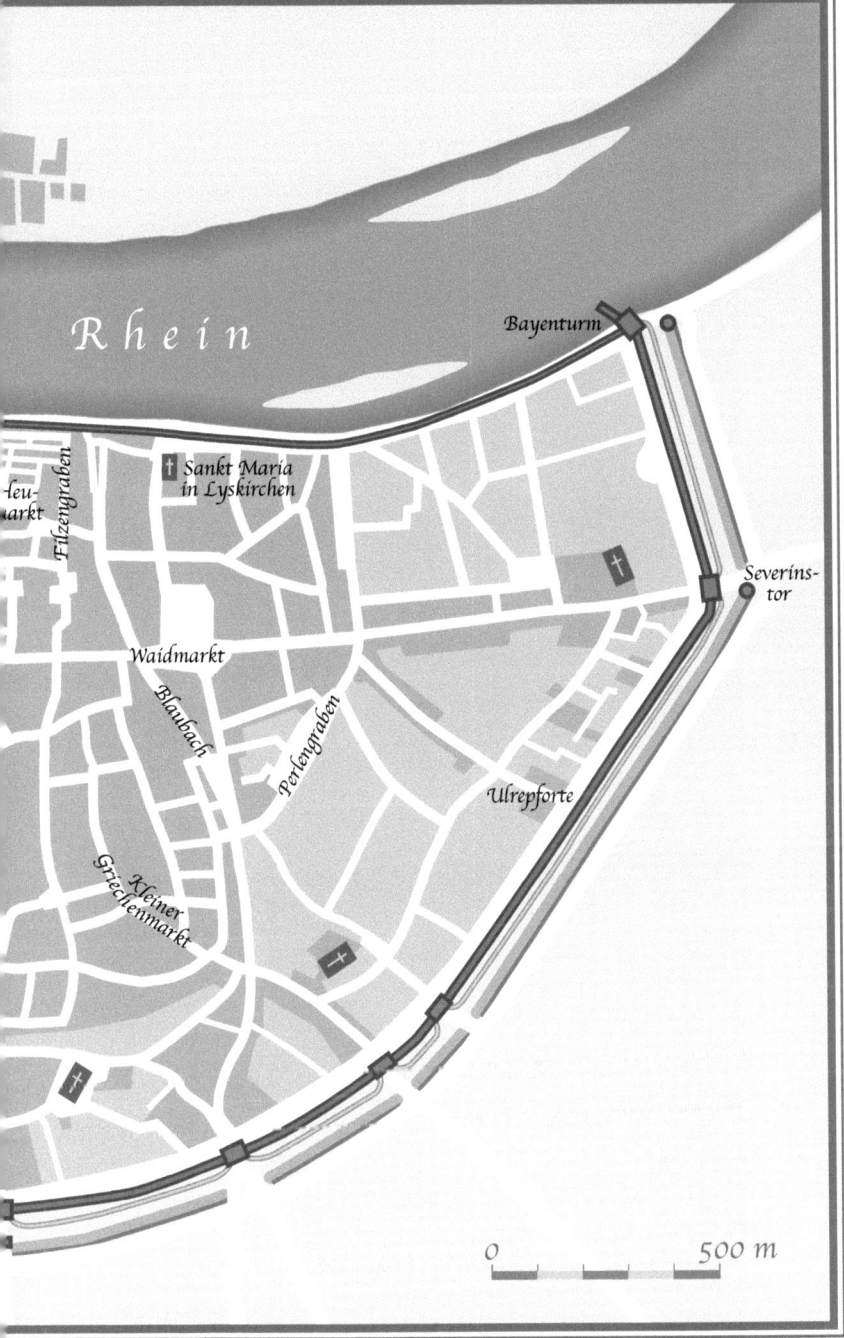

R h e i n

Bayenturm

Sankt Maria
in Lyskirchen

Severins-
tor

Feu-
markt

Filzengraben

Waidmarkt

Blaubach

Perlengraben

Ulrepforte

Kleiner
Griechenmarkt

0   500 m

Personenverzeichnis

*Der Haushalt und die Familie
des Nicolai Golatti*

ALEYDIS GOLATTI Witwe des Lombarden Nicolai Golatti,
Jorg de Bruinkers Tochter

ALESSANDRO VENETTO Nicolais und Andreas Halbbruder,
Geldwechsler in Frankfurt

ANDREA Nicolais Bruder, Eisenwarenhändler

ARNOLD HÜRTH Griseldas Bruder, Cathreins Onkel

AUGUSTIN Wachknecht, ehemaliger Söldner

CATHREIN GOLATTI Nicolais Tochter, Jacob de Piacenzas
Witwe, ehemalige Begine, Ursels und Marleins Mutter

EDELGARD Andreas Gemahlin

ELLS Köchin

FRANCO GOLATTI Vater von Nicolai, Andrea und
Alessandro, verstorben

GERLIN Magd

GILLES Wachknecht, ehemaliger Stadtsoldat

GRISELDA Nicolais verstorbene Gemahlin, Cathreins Mutter

HARTLIEB DE PIACENZA jüngerer Bruder von Cathreins
verstorbenem Gemahl Jakob

IRMEL Magd

JACOB DE PIACENZA Geldwechsler aus Bonn, Marleins und
Ursels Vater, verstorben

JORG DE BRUINKER Aleydis' Vater, Tuchhändler

KRISTA Jorg de Bruinkers Gemahlin

LUTZ Knecht

MARLEIN Cathreins Tochter, Ursels ältere Schwester

MATTEO Andreas Sohn

NICOLAI GOLATTI Aleydis' Gemahl, Lombarde, Geldwechsler und -verleiher, Cathreins Vater, Andreas Bruder,
Alessandros Halbbruder, verstorben

ROBERT DE PIACENZA Vetter von Cathreins verstorbenem
Gemahl Jacob aus Bonn

SYMON Knecht

URSEL Cathreins Tochter, Marleins jüngere Schwester

WARDO Knecht

Die Amtmänner der Stadt Köln

CRISTAN REESE einer der drei Kölner Gewaltrichter

GEORG HARDEFUST einer der drei Kölner Gewaltrichter

RICHWIN VAN KNEYART Schöffe, Thonnes' Vater

TILMANN GREVERODE Hauptmann der Stadtsoldaten,
Ratsherr

VINZENZ VAN CLEVE einer der drei Kölner Gewaltrichter,
Albas Bruder, Gregor van Cleves Sohn, Geldwechsler und
-verleiher

Weitere Personen

ADELHEID LANGHÖLM Tochter eines reisenden Topf- und
Pfannenhändlers

ALBA Vinzenz van Cleves ältere Schwester, verwitwet

ÄNNE ehemalige Dirne, jetzt Magd im Haus *Zur schönen
Frau*

ANNELIN Vinzenz van Cleves verstorbene Gemahlin

BIRGEL Hafenarbeiter, Clentz' älterer Bruder

BRITTI junge Bademagd und Hübschlerin im Haus *Zur schönen Frau*

BRUNHILD Albas Tochter

CLENTZ Hafenarbeiter, Birgels jüngerer Bruder

CLEWIN Knecht in Vinzenz van Cleves Haushalt

EBERT SCHENGELER Gewürzhändler

ELSBETH Vorsteherin der Dirnen im Haus *Zur schönen Frau* in der Schwalbengasse auf dem Berlich

EMILIO VENETTO Alessandros Ziehvater, Geldwechsler, verstorben

GERO Ännes Sohn, Knecht im Haus *Zur schönen Frau*

GISELLE Hübschlerin im Dirnenhaus *Zur schönen Frau*

GREGOR VAN CLEVE Vinzenz van Cleves und Albas Vater, Geldwechsler und -verleiher

HARDWIN Wardos Neffe

HEDRICH VAN THEYNEN Edelgards Schwager, Eisenhändler in Bonn

ILLA Begine in der Glockengasse

JAN STARKENBERG Aleydis' Nachbar, Weinhändler

JONATA HIRZELIN Beginenmeisterin in der Glockengasse

LENTZ Gassenjunge, Gerlins kleiner Bruder

MEISTER CLAIWS Nikolaus van Bueren, 1380–1445, ab 1424/25 Dombaumeister in Köln (historisch verbriefte Person)

MEISTER HANS Scharfrichter

METTEL Begine in der Glockengasse

RICHARD VAN THÜRNE Kaufmann

SUSE Begine in der Glockengasse

THOMAS VAN DER BURGHE junger Patrizier aus Sinzig

THONNES VAN KNEYART Lehrling bei Vinzenz van Cleve

TRIN ehemalige Dirne, jetzt Magd im Haus *Zur schönen Frau*

TRINGEN Begine in der Glockengasse

KAPITEL I

Köln, 22. Oktober, Anno Domini 1423

Aufgeregtes Gackern der Hennen im Hof drang zum Fenster von Aleydis' Schlafkammer herein. Die Hausherrin, die gerade vor dem polierten, aufstellbaren Silberspiegel saß und ihr goldblondes Haar geflochten und hochgesteckt hatte, hielt erschrocken inne. Als gleich darauf das lautstarke Gezeter der Magd Irmel losbrach und augenblicklich auch noch der Altknecht Lutz zu fluchen begann, fasste sie sich seufzend an den Kopf. Offenbar war schon wieder am helllichten Tag der Fuchs auf die Hühner losgegangen.

Nun beeilte sie sich, eine silberdurchwirkte Kappenhaube samt zartem Seidenschleier auf ihrem Haar zu befestigen, in die Schuhe zu schlüpfen und den zur Kappe passenden schwarzen, mit Silberstickereien verzierten Mantel überzuwerfen. Während sie bereits die Stiege ins Erdgeschoss hinabeilte, nestelte sie noch hektisch an den beiden Fibeln am Mantel herum und wäre auf Höhe der Küchentür beinahe mit der dicken Köchin Ells zusammengestoßen, die ebenfalls auf den Aufruhr im Hof aufmerksam geworden war.

«Ah, Herrin, verzeiht.» So gut es ihre behäbige Gestalt zuließ, wich Ells zur Seite. «Ihr seid aber geschwind die Treppe runter. Eilt Euch nicht so. Ist doch bloß wieder der Fuchs im Hühnerhof. Eines Tages kriegt den der Lutz schon noch, dann ist endlich Ruhe.»

«Das ist ihm allerdings seit zwei Monaten nicht geglückt.» Aleydis stemmte die Hände in die Hüften. «Was bringt dich auf den Gedanken, er könne bald mehr Glück haben? Reynke Fuchs hat eine große Familie zu versorgen, wie es scheint, und wird immer flinker und dreister.» Entschlossen ging sie der Köchin voraus nach draußen in den Hof, wo ihr Lutz entgegenkam.

Der etwa fünfzigjährige Altknecht, dessen kahler Schädel nur noch von einem dünnen Haarkranz umgeben war, hielt ein totes Huhn an den Füßen und seufzte überlaut, als er seine Herrin erblickte.

«Frau Aleydis, seht Euch das an – schon wieder eine unserer Hennen! Diesmal konnte ich sie dem Mistvieh abjagen.»

«Und eine unserer besten Legehennen noch dazu!», zeterte Irmel. Die knochige Magd zupfte sichtlich verzweifelt an ihrem Kopftuch herum, sodass ihr struppiger, mausbrauner Zopf sich darunter fast auflöste. «Was für ein Unglück! Wir müssen Fallen aufstellen, sonst haben wir bald kein einziges Huhn mehr im Stall.»

«Das hier war bestimmt keine gute Legehenne mehr.» Lutz musterte den toten Vogel skeptisch.

«Doch, doch, der Fuchs sucht sich immer die guten raus!»

«So ein Blödsinn, Irmel. Schau dir das Huhn doch mal an. Das wäre wahrscheinlich bald von selbst von der Stange gefallen.» Verärgert hielt Lutz der Magd den Vogel unter die Nase, woraufhin die erschrocken kreischte und zurückwich.

«Liebe Zeit, Irmel.» Kopfschüttelnd nahm Aleydis dem Knecht das Huhn ab und reichte es an Ells weiter. «Hier, koch für morgen eine Suppe daraus.» Sie runzelte die Stirn. «Das war wirklich eine von den ganz alten. Ich schätze, ich muss mich darum kümmern, dass wir ein paar neue junge Hennen bekommen.»

«Und einen neuen Hahn, nachdem den unseren ja der Schlag getroffen hat», fügte Lutz hinzu. «Dann haben wir bald selbst wieder neue Küken.»

«Aber nur, wenn wir vorher den Fuchs unschädlich gemacht haben.» Ells wog die Henne prüfend in der Hand. «Wird ein hübsches Süppchen geben, die hier. Hab noch Lauch im Garten und Wirsing und Weißkohl. Ein paar Möhren und Pastinaken dazu … Gut, dass der Herbst bisher so mild war und es nur wenig Frost gegeben hat. Das deutet auf einen nicht allzu harten Winter hin. Außerdem mausern sich ein paar unserer Hennen, also wird es von November bis März keinen strengen Frost geben.»

Lutz winkte ab. «Diese Wetterregel hat noch selten gestimmt. Ich erinnere mich an Jahre mit einem milden Oktober, auf den dann richtig eisige Winter mit massenhaft Schnee gefolgt sind.»

«Aber heute ist der Tag der heiligen Ewalde, und wenn der mild ist, wird es den ganzen Winter über genauso werden», beharrte die Köchin.

Aleydis hüstelte. «Ganz gleich, wie das Wetter werden wird – wir müssen neue Hühner anschaffen und den Hof besser gegen den Fuchs absichern.»

«Ich sag ja, wir müssen Fallen aufstellen!», greinte Irmel, die sich von allen am meisten über den Tod der Henne grämte. Sie wischte sich sogar über die Augen.

«Das habe ich doch schon versucht. In die Fallen laufen höchstens die Katzen der Nachbarn, und das ist nicht Sinn der Sache», widersprach Lutz. «Der Fuchs ist viel zu schlau. Wir brauchen einen neuen Hofhund. Soll ich nicht doch eines von den Viechern holen, die bei meinem Bruder auf dem Kappeshof am Eigelstein rumlaufen? Er hat nämlich zu viele davon.»

«Nein.» Rigoros wehrte Aleydis ab. «Ich habe die Biester gesehen, die sind bissig und gefährlich. Solche Köter will ich nicht auf meinem Grund und Boden.»

«Aber sie sind darauf abgerichtet, Füchse und anderes Getier unschädlich zu machen.» Lutz zuckte mit den Achseln. «Bloß die Mädchen sollten dann aufpassen, wenn sie draußen herumlaufen und spielen.»

«Genau deshalb will ich keinen von diesen Hunden haben, Lutz.» Aleydis' Blick fiel auf die Gestalt eines jungen Mädchens, das hinten am Rand des Gemüsegartens still auf der steinernen Bank saß und sich von der Unruhe im Hof offenbar gar nicht stören ließ. «Am Ende fällt so ein Biest noch eins der Mädchen an und verletzt es. Gegen einen neuen Hofhund habe ich nichts, und wachsam darf er auch sein, aber nicht gefährlich.»

«Na gut.» Der Knecht nickte. «Ich höre mich mal um, ob jemand einen Wurf Hunde hat und ein Tier abgeben will.»

«Tu das», stimmte Aleydis ihm zu, war aber mit den Gedanken schon bei dem Mädchen. Rasch ging sie auf die Gartenbank zu und blieb kopfschüttelnd stehen. «Brunhild?» Als immer noch keine Reaktion kam, räusperte sie sich energisch. «Brunhild!»

Das ein wenig zur Molligkeit neigende schwarzhaarige Mädchen zuckte zusammen und richtete den Blick, der zuvor in die Ferne gerichtet gewesen war, auf Aleydis. «Oh.» Hastig erhob Brunhild sich. «Verzeiht, Frau Aleydis, ich habe Euch gar nicht kommen hören.»

«Wo warst du denn schon wieder mit deinen Gedanken?» Aleydis bemühte sich, einen nicht allzu ungehaltenen Ton anzuschlagen, weil sie wusste, dass das nichts bringen würde. Brunhild war die Tochter von Alba, der verwitweten Schwester des Gewaltrichters Vinzenz van Cleve. Der hatte Aleydis vor kurzem mit Rat und sehr tatkräftig beigestanden, als ihr Gemahl, der reiche Lombarde Nicolai Golatti, ermordet worden war. Zum Dank dafür, und weil sie darauf bedacht war, den Zwist beizulegen, der zwischen den Familien Golatti und van

Cleve einst geherrscht hatte, hatte Aleydis sich bereit erklärt, sich für ein oder zwei Jahre um die Betreuung und Ausbildung von Albas Tochter zu kümmern, bis diese an einen geeigneten Mann verheiratet werden konnte. Alba selbst, obwohl sehr klug und selbstbewusst, kam mit dem schwärmerischen und verträumten Wesen ihrer Tochter nicht gerade gut zurecht, deshalb hatte sie Anfang September Aleydis darum gebeten, sich des Mädchens anzunehmen. Bei der Gelegenheit hatte sie Aleydis auch ihre Freundschaft angeboten.

Aleydis hatte zugestimmt, sich um Brunhild zu kümmern, während Alba nun zwei- bis dreimal die Woche herkam, um die beiden Enkelinnen von Nicolai, Marlein und Ursel, in der Kunst der Handarbeit zu unterrichten. Aleydis selbst besaß darin kein großes Geschick, weil sie immer schon mehr mit Zahlen als mit Nadel und Faden hatte anfangen können. Ihr Vater hatte sie in seinem Tuchhandel mitarbeiten lassen, und später, als er zugestimmt hatte, sie mit seinem guten, wenn auch um etliche Jahre älteren Freund Nicolai zu verheiraten, hatte dieser ihr ebenfalls erlaubt, ihm in seiner Wechselstube zur Hand zu gehen und seine Rechnungsbücher zu führen.

Das Arrangement zwischen Aleydis und Alba funktionierte gut – was die Freundschaft anging, so blieb Aleydis jedoch zurückhaltend. Die noch nicht lange zurückliegenden Ereignisse um Nicolai und seine Tochter, die ihn zwar geliebt aber dennoch hatte ermorden lassen, waren noch zu frisch, und die Wunden, die Aleydis an ihrer Seele davongetragen hatte, heilten nur langsam.

Noch immer überkam sie eine Welle von Wehmut, wenn der Gedanke an ihren verstorbenen Gemahl sie streifte. Sie vermisste ihn sehr, seine stets ruhige, heitere und weltgewandte Art. Auch wenn er sechsunddreißig Jahre älter als sie gewesen war, hatten sie doch eine glückliche, von Liebe und gegenseitiger Wertschätzung geprägte Ehe geführt – die leider nur ein halbes Jahr lang gewährt hatte. Sein gewaltsamer Tod hatte Aleydis' gesamte Welt auf den Kopf gestellt, denn sie hatte nicht gewusst, was für ein Mann Nicolai wirklich gewesen war. Und nun musste sie sich nicht nur ganz allein um einen großen Haushalt, die Wechselstube und seine Kreditgeschäfte kümmern, sondern auch mit seiner dunklen Seite zurechtkommen – jener Schattenwelt, die er sich in dreißig Jahren aufgebaut hatte und deren Ausmaß ihr auch jetzt noch, zwei Monate nach seinem Tod, nicht zur Gänze bekannt war.

Nicolai war ein einflussreicher Mann gewesen, vielleicht gar der mächtigste Mann Kölns, sah man einmal vom Erzbischof ab. Und selbst ihn hatte Nicolai möglicherweise mithilfe von Krediten oder Bestechung beeinflusst. Wie er es geschafft hatte, jene dunklen Geschäfte – Erpressung von Schutzgeldern und unlautere, zum Teil durch Androhung von Gewalt eingeleitete Kreditvergaben sowie Bestechung in vielfältiger Form gehörten hauptsächlich dazu – vor ihr und ihrer Familie geheim zu halten, begriff sie nach wie vor nicht. Er hatte zwei Gesichter gehabt – nur dass außer ihr und ihren Eltern offenbar ganz Köln beide Seiten gekannt hatte. Zumindest kam es ihr so vor, und es stand zu befürchten, dass jene Schattenwelt ihr noch einige Schwierigkeiten bereiten würde.

Nichtsdestotrotz fehlte Nicolai ihr schmerzlich, denn sie hatte ihn geliebt. Natürlich nur jene Seite, die er ihr offenbart hatte, doch was tat das zur Sache? Sie hatte ihn als liebevollen, gutherzigen, großzügigen und wohltätigen Mann gekannt, der allseits beliebt und geachtet gewesen war. Dass jene Achtung vermutlich vielerorts auf Furcht vor seiner Macht gefußt hatte, darüber dachte sie lieber nicht nach.

Entgegen jeglicher Tradition hatte er sie zur alleinigen Erbin seines Vermögens und all seiner Liegenschaften eingesetzt.

Eine Tatsache, die in der Stadt für zusätzlichen Gesprächsstoff gesorgt hatte, weil sich nun jeder Mensch mit einem Funken Verstand fragte, wie die junge, vergleichsweise unbedarfte und puppenhaft hübsche Witwe wohl jemals mit dem gewaltigen Vermächtnis ihres Gemahls zurechtkommen würde.

All diese Gedanken schossen ihr in jedem ruhigen Augenblick, den sie sich gönnte, durch den Kopf, aber auch zu ungebetenen Zeiten, wie gerade jetzt, da sie die junge Brunhild anblickte und auf eine Antwort wartete. Als keine kam, das Mädchen jedoch tief errötete, seufzte sie.

«Du hast wieder einmal geträumt, nicht wahr? Was war es diesmal? Ein stattlicher Ritter hoch zu Ross, der dich auf seine Burg entführt? Lass dir gesagt sein, dass die meisten Burgen alles andere als heimelige Orte sind. Schon gar nicht für ein junges hübsches Mädchen, das so wenig von der Welt weiß und noch weniger bereit ist, etwas darüber zu lernen.»

«Aber Frau Aleydis, ich lerne doch sehr gerne!», protestierte Brunhild erschrocken. «Ich studiere die Bücher, die Mutter und Ihr mir gebt, lerne fremde Zungen und übe mich in allen Bereichen der Haushaltsführung.»

«Und welcher Art war das Studium, das du hier draußen auf der Gartenbank betrieben hast?»

Brunhild hielt inne, so als müsse sie überlegen, dann schlug sie die Hände vor den Mund. «Ach, herrje, ich sollte Ells Kräuter für die Pastete bringen.»

«Und was in aller Welt hat dich davon abgehalten?»

Das Mädchen hob die Schultern. «Ich weiß nicht … Oh doch, wartet, da war ein später Schmetterling …»

«Ein Schmetterling.» Aleydis verdrehte innerlich die Augen.

«Ja, der war so hübsch, und da dachte ich, was, wenn ich ein Kleid haben könnte, das genauso farbenfroh leuchtet – in Braun und Rot und ein wenig Gelb und Gold …»

«Und dabei hast du alles um dich herum vergessen und nicht einmal bemerkt, dass der Fuchs im Hühnerhof geräubert hat.»

«Oh.» Brunhilds Augen weiteten sich erschrocken. «Was? Der Fuchs hat schon wieder eine Henne gestohlen?»

«Gerade eben», bestätigte Aleydis. «Lutz konnte sie ihm noch abjagen. Ells kocht uns für morgen daraus eine schmackhafte Suppe.»

«Wie schrecklich! Ich habe wirklich gar nichts mitbekommen.» Schuldbewusst senkte Brunhild den Kopf. «Es tut mir leid. Wenn ich nicht geträumt hätte, wäre ich vielleicht schnell genug zur Stelle gewesen, um den Fuchs zu verjagen.»

Daran zweifelte Aleydis allerdings sehr, denn wenn Brunhild eines nicht war, dann sonderlich flink. «Nun schneide schon die benötigten Kräuter ab.» Sie deutete auf das Messerchen, das Brunhild zu diesem Zweck mitgebracht und auf der Bank abgelegt hatte. «Und danach wäschst du dir die Hände, holst deinen Mantel und begleitest uns zur Messe in St. Kunibert.»

«Ja, Frau Aleydis.» Eifrig schnappte Brunhild sich das Messerchen und schnitt eine Handvoll Petersilie, Schnittlauch, Bärlauch und Melisse ab.

«Brunhild?» Aleydis musste ein Lachen unterdrücken. «Wozu, glaubst du, braucht man Melisse, wenn man eine Kräuterpastete backt?»

«Äh …» Leicht verblüfft blickte das Mädchen auf die Kräuter. «Oh.»

«Nimm sie trotzdem mit hinein, vielleicht kann Ells sie für etwas anderes gebrauchen. Und nun komm.» Ohne Brunhild noch weiter zu beachten, kehrte Aleydis zum Haus zurück und rief nach der elfjährigen Marlein und der neunjährigen Ursel, die sie ebenfalls zur Kirche begleiten sollten. Auch Symon gab sie Bescheid, dass sie ausgehen wollte. Der bullige Eunuch stand schon seit seinen Kindertagen im Dienst ihres Gemahls, als dieser ihn einem brutalen Dienstherren weggenommen hatte. Ohne seine Begleitung oder die des zweiten kräftigen Knechts Wardo verließ sie dieser Tage kaum mehr das Haus. Die beiden waren hauptsächlich dazu da, Aleydis' Besitztümer sowie die wertvollen Waagen und sonstigen Gerätschaften der Wechselstube zu bewachen – und selbstverständlich die hohen Münzwerte, die sich meistens im Haus befanden –, doch gleichzeitig dienten sie Aleydis auch als Leibwächter. Schon als Nicolai noch gelebt hatte, war sie meistens in Gesellschaft eines der Knechte ausgegangen, seit seinem Tod indes hatte sie erst begriffen, wie gefährlich es für sie sein konnte, ohne Schutz in Köln herumzulaufen. Auch wenn die meisten Menschen ihr nach wie vor mit Achtung und Höflichkeit begegneten, hatte sie doch auch schon verbale und sogar tätliche Angriffe erleben müssen. Bei den Angreifern hatte es sich einmal um einen verzweifelten Weber gehandelt, der dank der verachtenswerten Umtriebe Nicolais sein gesamtes Hab und Gut verloren hatte, ein andermal hatten ein Fleischer- und ein Küfermeister gemeinsam einen wütenden Mob aufgehetzt, der sie überfallen hatte und dem sie nur glimpflich entkommen war, weil der Gewaltrichter Vinzenz van Cleve ihr mit dem Kurzschwert beigestanden hatte.

Nachdem sich alle drei Mädchen endlich eingefunden hatten und Aleydis sie einer eingehenden Musterung unterzogen hatte, machten sie sich auf den Weg von der Glockengasse, in der das Anwesen der Familie Golatti lag, in Richtung Hohe Straße. Dieser folgten sie links hinauf in nördlicher Richtung, an der Dombaustelle vorbei bis zum Eigelstein, und dort ging es dann in östlicher Richtung auf St. Kunibert zu.

Die Straßen und Gassen Kölns waren an diesem milden Oktobertag dicht bevölkert. Handwerker aller möglichen Gewerke gingen ihren Tätigkeiten nach, nicht nur an der Dombaustelle. Überall wurde gebaut oder renoviert, hier wurden an einem Haus Fensterrahmen und Türen erneuert, dort ein Dach neu gedeckt. Knechte mit Holz- oder Mistkarren kreuzten die Wege von Mägden mit Wassereimern, Besen oder Körben voller Wäsche. Kaufleute gingen ihren Geschäften nach, Hausfrauen eilten mit ihrem Gesinde und großen Einkaufskörben zu einem der vielen Marktplätze oder schleppten ihre Einkäufe zurück nach Hause. Tagelöhner boten allerlei Dienste feil, Bettler, einer von bedauernswerterer Erscheinung als der andere, lungerten am Rande der Straßen und Plätze und rund um die Kirchen herum, um den vorbeieilenden Bürgern ein Almosen zu entlocken. Kinder tobten kreischend mit struppigen Hunden durch die Gassen, hier und da suhlte sich ein Schwein in einer letzten Pfütze oder pickten Hühner nach Leckerbissen im Straßenstaub. Eine Gänsemagd, vielleicht fünf Jahre alt und kaum größer als die Vogelschar, die sie vor sich hertrieb, ließ Aleydis und die Mädchen kurz in ihrem Schritt innehalten, bis sie samt den ihr anvertrauten Gänsen vorübergezogen war.

Hochbeladene Ochsen- und Pferdefuhrwerke wechselten sich mit kleineren Wagen und Karren ab, die die viel befahrenen Hauptstraßen Kölns in unebene, von unzähligen Radspuren durchzogene Fahrrinnen verwandelt hatten. Da es seit einiger Zeit nicht geregnet hatte, musste man zumindest nicht durch knöcheltiefen Matsch waten.

Immer wieder mischte sich auch ein Reiter unter die Menge, Soldaten, erzbischöfliche Gesandte, Reisende. Pilger mit ihren von unzähligen Messingabzeichen übersäten Mänteln waren ebenso an der Tagesordnung wie auf Latein disputierende Scholaren der Universität, Mönche in den unterschiedlichen Kutten ihrer jeweiligen Orden und Beginen in ihrer strengen, grauen Tracht. Bei ihrem Anblick musste Aleydis stets an das Schicksal von Nicolais Tochter – und Mörderin – Cathrein denken. Marleins und Ursels Mutter lebte seit ihrer Verurteilung eingemauert in einer kleinen Zelle hinter dem Beginenhof in der Glockengasse, dem sie einst angehört hatte. Für die Welt war sie so gut wie tot, wurde nur mit Essen und Wasser sowie wärmenden Decken versorgt und durfte ansonsten bis an ihr Lebensende nicht mehr aus diesem Gefängnis heraus.

Erst vor gut zwei Wochen hatten sie Andrea, Nicolais jüngeren Bruder, zu Grabe getragen, nachdem dieser bei dem Versuch, Cathrein vom Selbstmord abzuhalten, schwer an Kopf und Auge verletzt worden war. Bis zuletzt hatten sie gehofft, er möge sich trotz des Verlustes seines Auges wieder erholen, aber dann war die Wunde doch noch brandig geworden, und der arme Andrea hatte langsam und qualvoll sterben müssen. Dieser zweite Todesfall hatte die Familie erneut erschüttert und natürlich den Klaaf in der Stadt über Cathreins ungeheuerliche Tat aufs Neue entfacht.

Entschlossen schob Aleydis den Gedanken an diese unerfreulichen Ereignisse beiseite. Heute, am Tag der beiden heiligen Ewalde, die in Köln besonders verehrt wurden, wollte sie nicht wieder von den Erinnerungen an die schrecklichen Ereignisse übermannt werden. Es war schwer genug, den Alltag so schlicht und gewöhnlich wie nur möglich zu gestalten, um wenigstens den Kindern und dem Gesinde eine gewisse Sicherheit zu vermitteln.

Je näher sie dem Eigelstein kamen, desto lichter wurde die Bebauung, Kappes- und Rübenfelder nahmen überhand. Doch auch hier herrschte auf den Wegen und Straßen buntes Treiben, denn viele Handelsreisende und Bauern nutzten das Eigelsteintor, um die Stadt zu betreten oder zu verlassen – und zudem waren außer Aleydis und ihren Mädchen noch viele andere auf dem Weg zur Kirche St. Kunibert, in der heute zu Ehren der Ewalde eine besondere Messe gelesen werden sollte. Sie hätte auch die Messe in St. Kolumba hören können, zu deren Kirchspiel die Glockengasse gehörte, aber ihr war heute nach ein wenig mehr Prunk und Abwechslung. Sosehr sie Pater Ecarius, den Gemeindepfarrer, auch schätzte, ab und zu wollte sie auch einmal einen anderen Geistlichen predigen hören.

Die Wechselstube hatte sie für den Vormittag ausnahmsweise geschlossen. Viel Kundschaft erwartete sie dank der Feierlichkeiten am heutigen Vormittag sowieso nicht. Falls sich doch jemand zur Wechselstube verirren sollte oder einer der Kreditnehmer ein Gespräch suchte, würde er sich entweder bis zu ihrer Rückkehr gedulden oder ein andermal wiederkommen müssen. Seitdem Thonnes und Sigbert, die beiden Lehrlinge ihres Gemahls, von ihren Eltern andernorts zur Beendigung ihrer Ausbildung untergebracht worden waren, hatte Aleydis Mühe, den regulären Betrieb der Wechselstube aufrechtzuerhalten. Sie hatte sich zwar das Siegelrecht eintragen lassen, das ihr nach dem Tod ihres Gemahls zustand, und bediente zumeist tagsüber alle Kundschaft selbst, aber ganz ohne Hilfe fiel es ihr doch schwer, das Geschäft so zu betreiben, wie es einmal gewesen war.

Zumindest hatte sie nun begonnen, Ursel und Marlein auszubilden. Die Zunft der Geldwechsler, die der Gaffel Eysenmarkt angehörte, hatte vor kurzem ihr Einverständnis dazu gegeben. Allerdings waren die Kinder noch viel zu jung, um mehr als kleine Handreichungen auszuführen. Früher oder später musste Aleydis sich nach einem Gehilfen umsehen – oder sich wieder verheiraten.

Allein der Gedanke an eine neue Ehe jagte ihr einen unangenehmen Schauder über den Rücken. Nicht weil sie schlechte

Erfahrungen mit der Ehe gemacht hätte – das hatte sie ganz gewiss nicht. Doch seltsamerweise kam ihr, wenn sie darüber nachdachte, stets ebenso zuverlässig wie unwillkommen Vinzenz van Cleve in den Sinn. Jener düster dreinblickende, einer wandelnden Gewitterwolke ähnelnde Gewaltrichter, ohne den sie vielleicht niemals den Tod ihres Gemahls aufgeklärt hätte. Er war ebenfalls Geldwechsler und Kreditverleiher, genau wie sein Vater Gregor, und beide waren Nicolais größte und erbittertste Konkurrenten gewesen.

Dass sie inzwischen Frieden zwischen den Familien anstrebte, lag hauptsächlich daran, dass sie sich einer offenen Rivalität mit den van Cleves nicht gewachsen fühlte. Außerdem zollte sie dem Gewaltrichter großen Respekt, weil er die Vorbehalte ihr und Nicolai gegenüber zur Seite geschoben hatte, um ihrem Gemahl zu Gerechtigkeit zu verhelfen.

Während sie hinter Symon, der ihnen den Weg bahnte, die Mädchen in die bereits von vielen Gläubigen gefüllte Kirche führte und sich einen Platz etwas seitlich mit einigermaßen gutem Blick auf den Altar suchte, breitete sich Vinzenz van Cleve wieder einmal in ihren Gedanken aus. Er war ein scharfsinniger und gerechter Gewaltrichter und ein höchst erfolgreicher Kaufmann. Einige von Nicolais Kreditkunden waren inzwischen zu ihm abgewandert, was einerseits dem Misstrauen gegenüber Aleydis' Fähigkeiten geschuldet war, andererseits jedoch sicherlich auch van Cleves klugem Taktieren. Er hatte von Beginn an keinen Hehl daraus gemacht, was er von der hübschen und ausgesprochen unbedarft wirkenden jungen Witwe seines Konkurrenten hielt. Zwar hatte sie ihm mittlerweile bewiesen, dass sie den wachen Verstand einer kompetenten Händlerin besaß. Dennoch hatte sie stets den Eindruck, er nähre Vorbehalte ihr gegenüber mit voller Absicht. Worauf diese Absicht gründete, wollte sie lieber nicht wissen.

Mittlerweile hatte sie in Erfahrung gebracht, dass Gregor van Cleve einst versucht hatte, ihren Vater dazu zu bringen, sie mit Vinzenz zu verheiraten. Jorg de Bruinker hatte jedoch abgelehnt und Nicolai den Vorzug gegeben.

Bei Gregor van Cleves Ansinnen hatte sicherlich kaum mehr als ihre beachtliche Mitgift eine Rolle gespielt, doch die ablehnende Haltung seines Sohnes ihr gegenüber hatte damit wohl nichts zu tun. Vielmehr schien er der Ehe grundsätzlich unwillig gegenüberzustehen und aus unerfindlichen Gründen ihrer Person im Besonderen.

Sie versuchte, diese Überlegungen beiseitezuschieben, während sie den Worten des Priesters lauschte, denn sie verursachten ein merkwürdig flaues Gefühl tief in ihrer Magengrube. Doch entgegen all ihren Bemühungen schob sich das Gesicht des Gewaltrichters vor ihr inneres Auge. Jenes dunkle Antlitz mit den hohen, ausgeprägten Wangenknochen, dem stets säuberlich gestutzten Kinn- und Oberlippenbart und den ungebärdigen tiefschwarzen Locken, die ihm bis zu den Schultern reichten. Er war ein ansehnlicher Mann, das stand außer Frage. Da er nebenher schon seit vielen Jahren als Fechtmeister der Universität und der Gaffel Eysenmarkt fungierte und in dieser Eigenschaft sowohl die städtischen Soldaten als auch die Scholaren und die Söhne von Bürgern und Patriziern in der Fechtkunst unterwies, besaß er zudem eine äußerst imposante Gestalt, die dem weiblichen Auge zwar schmeicheln mochte, zusammen mit seiner dunklen Ausstrahlung jedoch ein diffuses Gefühl von Hilflosigkeit, vielleicht gar Furcht in Aleydis auslöste. Auf jeden Fall war er eine äußerst respekteinflößende Erscheinung und ein Mann, den man nicht unterschätzen durfte.

Vor einigen Wochen hatte er ihr sogar ein paar Handgriffe gezeigt, mit deren Hilfe sie sich gegen einen möglichen Angreifer verteidigen konnte. Bei der Gelegenheit war sie ihm beinahe schon unschicklich nahe gekommen, und die Erinnerung daran versuchte sie seither mit allen Mitteln zu unterdrücken.

Glücklicherweise hatte inzwischen Alba die Unterweisung in Selbstverteidigung übernommen und Aleydis im Umgang mit einem einfachen Dolch geschult. Der Gewaltrichter hatte seiner zwei Jahre älteren Schwester vieles beigebracht und sie gebeten, Aleydis' Unterricht fortzuführen. Angeblich weil ihm die Zeit dazu fehlte, doch Aleydis war sich inzwischen einigermaßen sicher, dass er ihr einfach nur aus dem Weg ging. Einerseits war sie darüber irritiert, weil sie zuletzt doch zumindest so etwas wie einen annehmbaren Umgangston miteinander gefunden hatten, andererseits war sie froh, sich diesem Mann nicht länger stellen zu müssen, der eine permanente Herausforderung darstellte. Selbst hier und jetzt in der überfüllten und im Augenblick von Gesängen des Augustinerchores erfüllten Kirche konnte sie sich eines heftigen Schauders nicht erwehren, als sie an van Cleves eindringliche, fast schwarze Augen dachte, die stets bis tief in ihre Seele zu blicken schienen.

Vielleicht war es, so sann sie nach, nicht der Gedanke an eine neue Ehe an sich, der sie quälte, sondern die Einsicht, dass sie mit Nicolai geradezu unverschämtes Glück gehabt hatte. Sah man einmal davon ab, dass er einen großen und entsetzlichen Teil seines Lebens und Wirkens vor ihr geheim gehalten hatte, so war er doch ein sanftmütiger, liebenswürdiger Ehemann gewesen, der seine junge Gemahlin auf Händen getragen und stets mit Achtung und Wertschätzung behandelt hatte. Leidenschaft hatte es zwischen ihnen nie gegeben, aber Aleydis hatte sie nicht vermisst. Ihr Temperament, wenn auch durchaus aufgeweckt, hatte sich spielend leicht dem älteren, erfahrenen Mann und seiner ruhigen, zärtlichen Art angepasst.

Was sie hingegen bei einem anderen Gemahl erwarten würde, darüber mochte sie nicht gerne nachdenken. Möglicherweise weil sie so kurz nach Nicolais Tod ausgerechnet einem Mann wie Vinzenz van Cleve gegenübergestanden hatte. An ihm war nichts sanft und ruhig. Zwar galt er als besonnen und umsichtig und war als Gewaltrichter wie auch als Kaufmann allseits geachtet und bewundert, doch unter der gepflegten Oberfläche und verborgen hinter einem ehernen Schutzwall verbarg sich ein teuflisches Temperament. Sie hatte bisher nur winzige Fünkchen davon zu spüren bekommen, doch diese reichten schon vollkommen, um sie in Angst und Schrecken zu versetzen. Aber nicht nur vor ihm, sondern auch vor sich selbst und ihrer unwillkürlichen Reaktion auf ihn. Nahm man dann noch die Gerüchte um seine verstorbene Gemahlin hinzu, die sich angeblich aus Gram das Leben genommen hatte, dann war es wohl nur allzu verständlich, dass er einen bleibenden und beängstigenden Eindruck hinterlassen hatte.

«Pater Ägidius hat die Legende über die beiden Ewalde sehr anschaulich erzählt, nicht wahr?», flüsterte Brunhild Aleydis zu. «Und die Predigt war wirklich beeindruckend. Ganz anders als die von Pater Ecarius, obwohl ich ihm auch sehr gerne lausche.»

Erschrocken riss Aleydis sich von ihren verwirrenden Gedanken los und stellte fest, dass bereits die Hostie erhoben wurde. Sie hatte nicht ein Wort dessen mitbekommen, was der Priester gesagt hatte. Verlegen hüstelte sie. «Ja, das stimmt, Pater Ägidius hat eine sehr wortgewandte Art zu predigen.»

Aufmerksam blickte Brunhild sie von der Seite an. «Ihr wart mit den Gedanken ganz woanders, nicht wahr?» Um die Mundwinkel des Mädchens zuckte es belustigt. «Verratet Ihr mir, wovon Ihr geträumt habt?»

Eine Wärme der Verärgerung stieg in Aleydis' Wangen und mischte sich mit einem Gefühl des Unbehagens, weil der tiefdunkle Blick des Gewaltrichters ihr noch immer vor Augen stand und spöttisch-amüsiert zu funkeln schien. «Ich habe nicht geträumt, sondern mir Gedanken gemacht.»

«Worüber denn? Ihr habt ganz entrückt gewirkt.»

Entschlossen vertrieb sie die dunklen Augen aus ihrem Kopf. «Besorgt wohl eher. Es gibt vieles zu bedenken, wenn man einem großen Haushalt vorsteht und eine Wechselstube zu führen hat.»

In Brunhilds Miene trat Mitgefühl. «Ohne Euren Gemahl ist das schwierig, nicht wahr? Und jetzt, wo auch Thonnes und Sigbert nicht mehr da sind. Ich würde Euch ja so gerne helfen, aber ich tue mich furchtbar schwer mit Zahlen, und wenn ich an die ganzen verschiedenen Münzen und Wechselkurse und all das denke, wird mir ganz schwindelig.»

«Pst.» Aleydis hob mahnend den Zeigefinger an die Lippen. «Für alles wird sich ein Weg und eine Lösung finden.»

Brunhild nickte und neigte andächtig den Kopf, dann hob sie ihn jedoch gleich wieder. «Mein Onkel Vinzenz könnte Euch helfen. Vielleicht weiß er jemanden, der Euch zur Hand gehen könnte. Einen Gehilfen oder so.»

Erneut legte Aleydis den Finger an die Lippen und bemühte sich um eine gleichmütige Miene. «Ich komme auch zurecht, ohne ihn zu behelligen, Brunhild. Da bin ich ganz sicher.»

Ein leichter Wind war aufgekommen, als Aleydis und die Mädchen St. Kunibert verließen. Er trieb die wenigen Wolken am Himmel zügig Richtung Nordosten, sodass ein rascher Wechsel von Licht und Schatten entstand, der die Augen anstrengte. Aleydis blinzelte ein paarmal, bevor sie, Symon diesmal in ihrem Rücken, den Weg zurück nach Hause einschlug. Die Mädchen plauderten und kicherten hinter ihr über das, was sie in der Kirche gehört und gesehen hatten, und sie lauschte ihnen für eine Weile amüsiert.

An der Dombaustelle schließlich machte sich ihr Magen mit einem deutlich vernehmbaren Knurren bemerkbar, wohl ausgelöst durch die mannigfaltigen Düfte, die von den offenen Feuern der Garküchen und den fahrbaren Öfen der Pastetenbäcker ringsum zu ihnen herüberwehten. Die Arbeiter auf der riesigen ewigen Baustelle konnten auf eine beachtliche Auswahl an Gebäck und Gebratenem oder Gegrilltem – am heutigen Freitag ausnahmslos fleischlos oder mit Fisch – zurückgreifen, um in den Pausen oder nach Feierabend ihren Hunger zu stillen.

«Frau Aleydis, hat da gerade Euer Magen geknurrt?» Die kleine Ursel, hellblond und grauäugig, schob sich neben sie und ihre Hand in die von Aleydis. «Er war fast so laut wie mein eigener vorhin in der Kirche. Marlein hat mich gescholten, aber ich konnte gar nichts dafür.»

«Das war schon peinlich, so laut, wie dein Magen geknurrt hat.» Marlein tauchte auf Aleydis' anderer Seite auf. «Die Leute haben ganz böse geguckt.»

«Haben sie gar nicht.»

«Dabei hast du doch zum Frühstück eine ganze Schale Hirsebrei gegessen. Mit Honig und Dickmilch.»

«Na und? Du doch auch!»

«Kinder!» Mahnend blickte Aleydis erst Ursel, dann Marlein an. «Kein Streit bitte. Wahrscheinlich hat uns der weite Weg von zu Hause bis St. Kunibert hungrig gemacht. Dann die lange Messe …» Pater Ägidius hatte zu Ehren der Ewalde den Gottesdienst fast doppelt so lange wie gewöhnlich zelebriert. «Was haltet ihr davon, wenn wir uns mit frischen süßen Pasteten eindecken und uns auch ein paar Pfannkuchen und Gemüsefladen fürs Abendessen mitnehmen?»

«Aber Ells hat doch schon Kräuterpasteten vorbereitet.» Ursels Augen strahlten. Obwohl sie zierlich und dünn war, konnte sie essen wie ein Steinmetz, der den ganzen Tag auf der Dombaustelle schuftete.

«Na, das wird dich wohl kaum davon abhalten, die Pasteten zu kosten, oder doch?» Aleydis zwinkerte ihr zu. «Ells wird schon nichts dagegen haben, wenn wir zu ihren Kräuterpasteten noch ein wenig Abwechslung auf den Tisch bringen. Und wie ich euch kenne, bleibt nach dem Mittagessen sowieso nicht mehr viel für den Abend übrig.» Zielstrebig steuerte sie den Stand eines Pastetenbäckers an, bei dem sie früher schon eingekauft hatte und dessen Krapfen, gefüllt mit klebrigem Honigseim und Äpfeln, ihr besonders gut mundeten.

Sie waren um diese Zeit nicht die einzigen Kunden, und sie mussten sich in einer beachtlichen Schlange einreihen. Brunhild bot sich an, sich schon am Nachbarstand für die Gemüsefladen anzustellen, doch nach einem Blick auf das derbe Jungvolk, das sich dort herumtrieb, verbot es Aleydis. Auch wenn Symon sehr wachsam war, konnte er doch nicht seine Augen überall gleichzeitig haben. Das Letzte, was sie brauchen konnte, waren junge Burschen, die die hübsche Brunhild aus Langeweile oder Übermut foppten. Insbesondere weil das Mädchen sich nur allzu leicht von Komplimenten beeindrucken ließ und nicht unterscheiden konnte, ob diese ernst gemeint waren oder im Scherz ausgesprochen wurden.

Brunhild schien enttäuscht zu sein. Ihr Blick wanderte immer wieder zu einem Grüppchen junger Männer von vielleicht sechzehn, siebzehn Jahren, die viel lachten und einander verulkten und dabei auch häufig in ihre Richtung schauten, so als wollten sie die Aufmerksamkeit des Mädchens erlangen. Als Aleydis die Burschen streng musterte, zogen sie sich jedoch rasch zurück.

Zufrieden wandte sie sich wieder dem Pastetenstand zu. Da sie endlich an der Reihe waren, kaufte sie gleich ein ganzes Dutzend der herrlich duftenden Krapfen. Noch während die Frau das Gebäck in ein einfaches Weidenkörbchen packte, wurde hinter ihnen wütendes Gebrüll laut.

«Lasst mich in Ruhe», schrie ein Junge im Stimmbruch.

«Hau ab, Bettelknabe!», gab eine wütende Männerstimme zurück. «Solche wie dich können wir hier nicht gebrauchen. Ich melde dich bei der Zunft der Bettler, wenn du nicht sofort von hier verschwindest.»

«Ich bin kein Bettler!» Die Stimme verursachte Aleydis eine Gänsehaut, weil sie ihr bekannt vorkam.

«Dann hast du erst recht nichts hier zu suchen!» Diesmal zeterte eine brüchige Frauenstimme. «Mach dich weg von hier, sonst setzt's was!»

«Ich wollte nur hier sitzen und nachdenken.»

«Und versperrst uns damit den besten Platz, du Sauhund. Weg da, sage ich!» Diesmal war es wieder der Mann, der inzwischen klang, als würde er gleich gewalttätig werden.

«Herrin?» Symon trat neben sie und zupfte sie aufgeregt am Kleid. «Herrin, das müsst Ihr Euch ansehen. Der Junge hat Ärger, fürchte ich. Soll ich ihm helfen?»

«Welcher Junge?» Verwundert drehte Aleydis sich um. «Was haben wir mit irgendeinem …» Sie erstarrte, als sie den halbwüchsigen braunhaarigen Jungen erkannte, der nicht weit vom Eingang zur Dombauhütte stand und, ein Kleiderbündel an die Brust gepresst, vor einer Schar zorniger Bettler zurückwich. «Matteo!»

«Was geht denn hier vor, Bettlergesindel, verdammichtes!» Aus dem Eingang der Dombauhütte trat Meister Claiws, der kommissarische Dombaumeister und gute Freund von Aleydis' Vater. «Verschwindet gefälligst von hier, sonst mache ich euch Beine!» Seine kräftige, breitschultrige Gestalt und die wütende Donnerstimme veranlassten die Bettler tatsächlich, das Weite zu suchen. Der Junge hingegen, obwohl ebenfalls recht kräftig gebaut, duckte sich verschreckt gegen die Wand der Hütte. «Was ist denn? Du auch, du Nichtsnutz!» Meister Claiws näherte sich dem Jungen mit in die Seiten gestemmten Händen. Dann stutzte er. «Was ist denn das? Matteo, bist du das?»

«Um Himmels willen.» Aleydis schob der verdutzten Bäckerin eine Münze hin, riss ihr praktisch den Korb aus der Hand und eilte mit großen Schritten auf Meister Claiws und den verschreckten Jungen zu.

«Frau Aleydis, so wartet doch!» Symon fluchte und folgte seiner Herrin, woraufhin die Mädchen ihr ebenfalls erschrocken nachliefen.

«Matteo, du lieber Himmel. Was ist denn passiert?» Als Aleydis den Jungen erreicht hatte, sah sie erst, dass seine Kleider ganz verschmutzt und an einigen Stellen beschädigt waren. Matteo war der Sohn ihres kürzlich verstorbenen Schwagers Andrea; mit ihm hätte sie hier am allerwenigsten gerechnet, noch dazu in einem solchen Aufzug und verwickelt in Ärger mit dem Bettelvolk. Der Junge war gerade einmal sechzehn Jahre alt und von eher sanftmütiger Natur. «Was machst du hier?» Aleydis berührte den Jungen besorgt am Arm.

«Aleydis, na, das nenne ich eine Überraschung.» Meister Claiws lächelte erfreut. Er war ein stattlicher Mann Anfang oder Mitte der Vierzig mit dunkelbraunem, von einigen silbernen Fäden durchzogenem Haar und Bart, den sie bereits seit ihrer Geburt kannte und liebte wie einen Onkel. «Ist dir der Junge abhandengekommen, oder was treibt er hier alleine auf der Baustelle? Ich dachte, ich sehe nicht recht.»

«So geht es mir auch.» Aleydis ließ sich von Meister Claiws

umarmen, trat dann aber gleich auf Matteo zu, der schweigend und mit hängendem Kopf dastand und den Tränen nahe schien. «Matteo, was machst du hier? Warum legst du dich mit den Bettlern an? Und warum», sie musterte ihn noch einmal eingehend, «siehst du fast aus wie einer von ihnen? Man könnte meinen, du hättest seit Tagen auf der Straße geschlafen.»

Matteo schniefte und wandte den Blick zur Seite.

«Was …?» Erschrocken fasste Aleydis ihn bei den Schultern und zwang ihn, sie anzusehen. «Was hat das zu bedeuten, Matteo? Warum bist du nicht zu Hause und kümmerst dich um das Geschäft deines Vaters selig? Es ist jetzt immerhin das deine.»

«Weil …» Wieder wich er ihrem Blick aus. Sein Kinn zitterte.

«Weil was? So rede doch!»

«Kommt erst einmal alle herein.» Meister Claiws wies einladend auf den Eingang zur Bauhütte. «Es muss ja nicht ganz Köln erfahren, was hier vor sich geht. Kommt, Mädchen, hinein mit euch. Aleydis?»

Sie nickte und zog Matteo einfach am Handgelenk mit sich durch den Eingang. Die Hütte selbst war recht geräumig, jedoch nicht unbedingt als bequem zu bezeichnen. Ringsum standen mehrere Tische, auf denen Zeichnungen, Messgeräte und allerlei Werkzeuge verstreut lagen. In der Mitte des Raumes befanden sich unterschiedlich große Steinblöcke, die mit Farbe gekennzeichnet und in verschiedenen Stufen der Bearbeitung waren. Meister Claiws war einst selbst Steinmetz gewesen, was man seinen großen, schwieligen Händen deutlich ansah, und er legte an besonders wichtige und komplizierte Steinarbeiten noch heute hin und wieder selbst Hand an. Auf seinen Wink hin verließen zwei Steinmetze und drei Gehilfen eilig die Bauhütte, sodass sie ungestört waren.

«Nun erzähle, Matteo», forderte Aleydis ihren Stiefneffen erneut auf. «Was ist geschehen?»

«Es ist nicht mehr mein Geschäft.» Die Stimme des Jungen klang dumpf. «Das war es nie. Mutter hat … Sie hat … Sie sagt, sie will mich nie wieder sehen.»

«Deine Mutter?» Vollkommen verblüfft starrte Aleydis Matteo an. Sie wusste, dass Edelgard eine hochnäsige, herrische Frau war, die gerne Andreas Geld mit beiden Händen zum Fenster hinausgeworfen und nie den Eindruck einer liebenden Gemahlin gemacht hatte. Weshalb sie jedoch ihren Sohn des Hauses verweisen sollte, konnte Aleydis nicht nachvollziehen. «Hattet ihr einen Streit, der deine Mutter gegen dich aufgebracht hat?»

«Sie ist … nicht …» Matteo sank regelrecht in sich zusammen. «Sie ist nicht meine Mutter.»

«Na, na, mein Junge, so hart spricht man doch nicht …», setzte Meister Claiws streng an, brach jedoch ab, als Matteos Kopf sich ruckartig hob.

«Sie hat gesagt, ich soll ihr nie wieder unter die Augen kommen. Sie behauptet, ich sei ein elender Bastard und solange Vater noch gelebt hat, hätte sie nicht anders gekonnt, als so zu tun, als wäre sie … als wäre ich ihr Sohn. Er hat sie dazu gezwungen, hat sie gesagt, weil sie selbst keine Kinder bekommen kann. Aber jetzt … Sie war so wütend und hat gesagt, ich darf das Haus nie wieder betreten, sonst schlägt sie mich tot.»

«Heilige Maria, Muttergottes!» Aleydis spürte einen kalten Schauder über ihren Rücken kriechen. «Das ist ja ungeheuerlich!»

Meister Claiws kratzte sich gleichermaßen verblüfft wie ratlos am Kinn. «Andrea hat seinen unehelichen Bastard als Edelgards Kind ausgegeben?»

«Sie sagt, ich bin nicht mehr wert als der Dreck unter ihren

Fingernägeln.» Nun liefen dem Jungen tatsächlich die Tränen über die Wangen. «Meine Mutter sei eine schmutzige Magd gewesen und ich solle dahin gehen, wo ich hergekommen bin.»

«Ungeheuerlich», wiederholte Aleydis entsetzt. «Das kann doch nicht sein …» Der Anblick des verzweifelten Jungen schnitt ihr ins Herz. «Du kommst erst einmal mit zu uns», beschloss sie. «Und dann rede ich mit Edelgard.»

«Mutter hat …» Matteo stockte und wurde blass. «Sie hat gesagt, sie verbrennt alle meine Sachen.»

«Dazu hat sie kein Recht.» Stirnrunzelnd sah sie Meister Claiws an. «Das hat sie doch nicht, oder? Wenn er vielleicht auch nicht ihr Sohn ist, so doch der von Andrea. Das sieht man schon an der Ähnlichkeit …»

Meister Claiws rieb sich noch einmal übers Kinn. «Wenn das wahr sein sollte, ist es eine vertrackte Sache. Insbesondere wenn Edelgard die Geschichte bereits überall herumerzählt hat. Wie ich sie kenne …» Er winkte ab. «Lassen wir das. Selbstverständlich hat der Junge ein Recht auf sein Erbe. Schon weil es ein Testament gibt, das Entsprechendes festlegt. Es gibt keine weiteren lebenden männlichen Verwandten mehr in der Golatti-Linie, oder?»

Aleydis schüttelte den Kopf. «Leider nicht.»

«Dann hat Edelgard lediglich das Recht, den Eisenwarenhandel ihres Gemahls so lange fortzuführen, bis Matteo selbst dazu fähig ist. Zwei Jahre also mindestens noch, obgleich man hier auch eine Ausnahmeregelung einfordern könnte.» Er musterte den Jungen eingehend. «Aber davon würde ich abraten.» Es war offenkundig, was er meinte: Matteo war mit seinen sechzehn Jahren und seinem noch eher kindlichen Gemüt ganz sicher nicht in der Lage, das Geschäft seines Vaters ohne Hilfe zu führen.

«Ich rede mit Edelgard», wiederholte Aleydis entschlossen.

«So hochmütig sie sich auch manchmal gibt, kann ich mir doch nicht vorstellen, dass sie sich Matteo gegenüber derart hartherzig verhält und ihm das Erbe streitig machen will. Was hätte sie davon? Immerhin ist sie doch selbst durch lebenslanges Wohnrecht in ihrem Haus und eine nicht zu knapp bemessene Leibrente bestens versorgt.»

Meister Claiws hüstelte und bedeutete ihr, ihm zur Seite zu folgen. Dann sprach er sie mit gesenkter Stimme an. «Aleydis, kann es vielleicht sein, dass Edelgard sich neu vermählen will und drauf hofft, Andreas Hinterlassenschaft in die Ehe einzubringen?»

Erschrocken starrte Aleydis ihren guten Freund an. «Darauf wäre ich nie gekommen. Oh, Himmel! Nein, Andrea ist erst seit zwei Wochen unter der Erde. Das kann ich nicht glauben.»

«Die Ehe war nie glücklich, oder?»

Sie senkte betroffen den Blick. «Nein, das kann einfach nicht sein. Und selbst wenn, hat sie noch lange nicht das Recht, Matteo um sein Erbe zu bringen.»

«Natürlich hat sie das nicht, aber sie kann ihm auch so Schaden zufügen, wenn sie seine uneheliche Herkunft überall verbreitet.» Besorgt verzog Meister Claiws die Lippen. «Sie selbst steht dabei ja geradezu als Märtyrerin da, die sich unter Zwang des Jungen angenommen hat. Dass sie ihn nun hinausschmeißt, wird ihr kaum jemand übel nehmen, wenn sie die Geschichte nur richtig erzählt. Also sieh zu, dass du sie zum Schweigen bringst, Aleydis, damit der Junge es nicht noch schwerer hat.»

«Ihr habt recht. Du meine Güte, mit so etwas habe ich nun wirklich nicht gerechnet.»

«Ist denn sonst alles … ich meine …» Meister Claiws räusperte sich verlegen. «Macht dir jemand Probleme wegen Nicolais … Erbe?»

«Nein, im Augenblick ist alles ruhig. Obgleich ich …» Sorgenvoll warf sie einen Blick auf die Mädchen, die sich um Matteo geschart hatten und versuchten, ihn aufzuheitern. «Ich werde das Gefühl nicht los, als würde ich von allen Menschen argwöhnisch beobachtet. So als ob …» Sie zögerte, beschloss dann aber doch, dem Freund ihre Sorge anzuvertrauen: «Als ob irgendwo im Schatten Feinde lauern und nur auf eine gute Gelegenheit warten, mich anzugreifen.»

Sichtlich erschrocken ergriff Meister Claiws ihre Hand. «Hast du mit deinem Vater darüber gesprochen? Vielleicht solltest du noch ein paar Männer einstellen, die dich beschützen. Symon und Wardo in allen Ehren, aber sie können nicht überall zugleich sein. Du musst auch an die Mädchen denken.» Sein gleichermaßen besorgter wie verlegener Blick wanderte kurz zu ihrer Körpermitte. «Nicolais Kind scheinst du mithin nicht unter dem Herzen zu tragen, wie du zunächst angenommen hattest.»

«Nein.» Sie schluckte, nun selbst etwas verlegen. «Schwanger bin ich nicht.»

«Das mag vielleicht ganz gut sein, weil es dich einer weiteren großen Sorge enthebt.» Er räusperte sich erneut. «Wenn auch ein Sohn deine Stellung deutlich festigen würde.»

«Es muss auch so gehen.» Sie straffte die Schultern und streckte den Rücken durch. «Ich bringe Matteo jetzt zu uns nach Hause und kümmere mich um ihn, danach suche ich Edelgard auf.»

«Sprich mit deinem Vater», mahnte Meister Claiws noch einmal. «Du musst dich nicht alleine durchschlagen. Wenn du Rat und Hilfe benötigst, zögere auch nicht, mich anzusprechen.»

«Danke, das ist sehr freundlich von Euch.» Sie umarmte ihn spontan. «Ihr seid ein wirklich guter Freund.»

Meister Claiws drückte sie kurz an sich, dann trat er rasch zurück und setzte eine eherne Miene auf, um sich seine Rührung nicht anmerken zu lassen. «Ist doch selbstverständlich, Mädchen. Nun geh und kümmere dich um ihn. Der arme Junge hat es nötig.»

Sie blickte zu Matteo, der nun zwar etwas gefasster wirkte, jedoch der Bemutterung von Seiten der Mädchen überdrüssig zu sein schien. «Also los, brechen wir auf.» Sie hielt kurz inne. «Oder besser noch: Kaufen wir noch eine besonders große Portion Gemüsefladen und Pfannkuchen, denn Matteo hat gewiss ordentlich Hunger.»

KAPITEL 2

Zunächst hatte Aleydis Matteo mit Pasteten und frischem Apfelmost versorgt und ihm dann die Kammer zugewiesen, in der früher die beiden Lehrjungen geschlafen hatten. Es fanden sich sogar noch eine zurückgelassene Hose und ein frisches Hemd von Thonnes.

Aleydis wies den vollkommen erschöpften Matteo an, sich erst einmal auszuschlafen, während sie die Mädchen an ihre Handarbeiten schickte. Sie selbst machte sich zusammen mit Symon erneut auf den Weg, diesmal zum Eisenmarkt, um Edelgard aufzusuchen. Dass sie nun auch nach dem Mittag die Wechselstube geschlossen halten musste, war zwar ärgerlich, doch Matteos Wohl ging eindeutig vor.

Beim Anblick des schmalen, zweigeschossigen Hauses am Eisenmarkt, in dem Andrea Golatti mit seiner Familie gelebt hatte und in dem sich auch sein Eisenwarenkontor befand, überkam sie ein eigenartiges Unwohlsein. Die Fensterläden waren allesamt fest verschlossen, ebenso das Hoftor, hinter dem sich eine Remise, das Lagerhaus und ein Garten verbargen.

Symon neben ihr räusperte sich vernehmlich. «Herrin, da scheint aber niemand zu Hause zu sein.»

Den Verdacht hegte auch Aleydis, dennoch ging sie entschlossen auf die Eingangstür zu und betätigte den schweren eisernen Klopfer. Als sich daraufhin nichts tat, klopfte sie erneut, diesmal mit mehr Nachdruck.

«Niemand da.» Aufmerksam blickte Symon sich um. «Ob Frau Edelgard verreist ist?»

In diesem Moment vernahmen sie ein Knirschen, gleich darauf wurde der Riegel, der sich auf der Hofseite am Tor befand, geräuschvoll zurückgeschoben. Ein mit Kurzschwert bewaffneter Knecht mit weißblondem Haar und einer Warze auf der Wange erschien und musterte sie ungehalten. «Wer ist da?» Dann erkannte er sie, und sofort wurde seine Miene freundlicher. «Oh, guten Tag, Frau Aleydis.» Rasch trat er auf sie zu, während er sein Haar zu ordnen versuchte, das aussah, als sei es vom Schlaf zerzaust. «Meine Herrin ist leider nicht zu Hause. Sie besucht ihren Bruder und die Schwägerin in Bonn. Ich und die Tringen, die Köchin, sind im Moment die Einzigen, die hier sind. Und der Schabbes natürlich, mit dem ich mich bei der Wache abwechsele.» Er grinste etwas schief.

«Guten Tag, Fredo.» Aleydis nickte dem Wachmann freundlich zu. «Dürfen wir eintreten? Ich möchte gerne ein paar Sachen für Matteo abholen. Kleidung, Schuhe, was er so in seiner Kammer hat.» Da Edelgard nicht zu sprechen war, hielt sie es für das Beste, die Sachen des Jungen einfach mitzunehmen, sofern diese noch vorhanden waren.

«Ja, ähm, also …» Fredo senkte betreten den Kopf. «Ich darf eigentlich niemanden einlassen. Auch Euch nicht und den Matteo schon gar nicht.» Verlegen zupfte er an seinem weißblonden Bart. «Ist 'ne Schande, wenn Ihr mich fragt, dass die Herrin den Jungen rausgeschmissen hat. Aber andererseits kann man es ja irgendwie verstehen. All die Jahre hat sie gemacht und getan, weil der Herr Andrea es so wollte, und nur weil sie selbst keine Kinder gekriegt hat. Oder nur Totgeburten. Schlimm, so was. Und dann einen Bastard vor die Nase gesetzt bekommen und tun müssen, als wär's das eigene Kind. Dabei ist der Matteo ein guter Junge. Er tut mir wirklich leid. Ihr kümmert Euch also jetzt um ihn? Das ist gut. Da ist er besser aufgehoben, auch wenn … Nun ja …» Er verhaspelte sich. «Ihr seid eine gute

Frau. Aber reinlassen darf ich Euch nicht.» Er schnaufte leicht nach dieser langen, umständlichen Rede.

«Ich bin eine nahe Verwandte, und Matteo hat ein Anrecht auf seinen Besitz.» Aleydis stemmte die Hände in die Seiten und gab ihrer Stimme so viel Autorität wie nur möglich. Nach über einem halben Jahr in einem Haus mit zwei Kindern – und bis vor kurzem waren ja auch noch zwei halbwüchsige mitunter flegelhafte Lehrjungen da gewesen – fiel ihr das nicht sonderlich schwer. «Um genau zu sein hätte Edelgard ihn gar nicht des Hauses verweisen dürfen. Ich kann verstehen, dass sie ihm vielleicht keine Liebe entgegenbringt, wenn es sich tatsächlich so verhält, wie sie behauptet, aber er ist und bleibt Andreas Sohn und Erbe. Dass er das Eisenwarenkontor im Augenblick nicht übernehmen kann, ist ihm und mir bewusst, aber eines Tages wird er es tun, und bis dahin ist es ein Unrecht, ihn von seinem Eigentum fernzuhalten. Also lass mich gefälligst ins Haus, Fredo, und hilf mir, Matteos Habseligkeiten zusammenzupacken.» Sie wandte sich an Symon. «Lauf zurück nach Hause und hol einen Karren.»

«Ihr könnt auch unseren Holzkarren nehmen.» Fredo war von ihrem Auftreten sichtlich beeindruckt und deutete vage hinter sich in Richtung Hof. «Kommt mit, ich mach Euch die Hintertür auf.» Er kratzte sich nervös am Kopf. «Die Herrin wird mich zwar bestrafen, wenn sie erfährt, dass ich Euch ins Haus gelassen habe, aber Ihr meint es ja nur gut mit dem Jungen. Der hat es wirklich nicht verdient, wie sie mit ihm umgesprungen ist.» Deutlich hörbar schluckte er und zog den Kopf zwischen die Schultern. «Verratet ihr nicht, dass ich das gesagt habe. Sie wirft mich sonst raus. Tut sie wahrscheinlich sowieso, wenn sie merkt, dass ich mich ihrem Befehl widersetzt habe.»

«Sag ihr einfach, du hattest keine andere Wahl, weil ich gedroht habe, den Fall sonst vor das Schöffengericht zu bringen.» Aleydis folgte ihm in den Hof und bedeutete Symon, sie ebenfalls zu begleiten. «Sie darf Matteo nicht einfach sein Erbe vorenthalten.»

«Weiß sie wahrscheinlich auch.» Fredo öffnete ihnen die Hintertür und ließ sie ins Haus eintreten. «Aber sie war so fuchsteufelswild, nachdem der Herr gestorben ist.» Rasch bekreuzigte er sich. «Wirklich böse war sie und hat rumgekreischt und seinen Gehilfen geohrfeigt und rausgeworfen. Und dann hat sie Matteo auf die Straße gesetzt und ihre Sachen gepackt und ist mit den Mägden und dem Hausknecht Henns im Wagen nach Bonn los.»

«Wann genau ist sie denn abgereist?» Aleydis wunderte sich, dass sie davon gar nichts mitbekommen und man ihr auch noch nichts zugetragen hatte. Solche Dinge sprachen sich normalerweise rasch in der Stadt herum.

«Das ist jetzt fünf Tage her. Vor einer Woche hat sie Matteo vor die Tür gesetzt.»

«Vor einer Woche schon!» Kein Wunder, dass der arme Junge ausgesehen hatte wie ein Landstreicher. Sie würde noch ein ernstes Wörtchen mit ihm reden müssen, weil er nicht gleich zu ihr gekommen war und sich stattdessen auf der Straße herumgetrieben hatte. Dumm und gefährlich war das gewesen. Aber wahrscheinlich war er einfach zu verwirrt und verletzt gewesen, um den einfachen Weg zu wählen. Womöglich hatte er sich auch nicht getraut. Wer wusste schon, was Edelgard ihm alles an den Kopf geworfen und wessen sie ihn bezichtigt hatte.

Fredo hatte sie indes in den ersten Stock zu Matteos Kammer geführt, die seit dessen Abgang nicht betreten worden zu sein schien.

«Wusste irgendjemand im Haus, dass Matteo Andreas unehelicher Sohn ist?» Eingehend sah sie sich um und trat dabei zur Seite, um Symon Platz zu machen.

«Ich glaube nicht.» Unentschlossen hob Fredo die Achseln. «Der Schabbes vielleicht, weil er am längsten von uns allen hier im Dienst steht und schon vor Matteos Geburt Wachmann für den seligen Herrn gewesen ist. Aber er hat nie was gesagt. Redet sowieso nie viel. Ist auch nicht der, na ja … der Hellste. Kann aber gut mit dem Kurzschwert umgehen und würde niemals nicht jemanden unerlaubt reinlassen. Also Diebesgesindel oder so. Ihr könnt ihn ja mal fragen, wenn er wieder da ist. Er ist runter zum Fischmarkt, um gesalzene Heringsschwänze und -köpfe und so für die Köchin zu holen. Die Abfälle aus den Fässern kriegt man manchmal umsonst, wenn man Glück hat und schnell ist. Die Tringen hat ihn geschickt, weil sie mal was anderes als Grütze auf den Tisch bringen will. Die Herrin hat verboten, dass wir uns an den guten Vorräten bedienen, solange sie weg ist. Bloß die verderblichen Sachen dürfen wir aufbrauchen.»

«Ich werde den Schabbes befragen.» Aleydis hob den Deckel der Kleidertruhe an und atmete auf: Sie war bis zum Rand gefüllt. «Die hier nehmen wir mit.» Sie ging zu der etwas kleineren Truhe unter dem Fenster und öffnete auch diese. Sie enthielt ein paar zerfledderte Kladden, einen wertvoll aussehenden Abakus mit bunten Kugeln aus Halbedelsteinen sowie ein Rechenbrett mit silbernen Calculi. Diese Rechenhilfen würde Matteo sicherlich haben wollen, ganz besonders wenn er, wie sie gerade beschlossen hatte, ihr in der Wechselstube zur Hand gehen würde. Auch ein lederner Ball, eine uralte zerkratzte Rassel sowie ein Beutel mit farbig glasierten Tonmurmeln befanden sich in der Truhe. Auf dem Bett lag ein in Leder gebundenes Büchlein mit Rechenanleitungen, das sie ebenfalls in die kleine Truhe legte. «Diese hier ebenfalls.» Neben der Tür hingen an Haken zwei Mäntel, eine Gugel, und darunter standen ein Paar Stiefel und zwei Paar Schuhe. Rasch wickelte sie das Schuhwerk und die Kopfbedeckungen in die Mäntel ein und drückte das Bündel Symon in die Arme. «Und das hier.» Sie sah sich noch einmal um. «Hat Matteo sonst noch irgendwelche Habe? Vielleicht im Kontor?»

Fredo zuckte mit den Achseln. «Kann schon sein, aber die Herrin hat das Kontor verriegelt und den Schlüssel mitgenommen.»

«Dann kläre ich das, sobald Frau Edelgard wieder zurück ist.» Sie bedeutete Symon, das Bündel hinauszubringen. «Laden wir erst einmal diese Sachen hier auf den Karren.»

«Im Stall steht noch das Maultier, auf dem Matteo reiten gelernt hat.» Wieder zupfte der Wachknecht sich nervös am Bart. «Und das Pferd, das der Herr Andrea ihm zum Geburtstag geschenkt hat. Die Herrin will die alte Mähre, so nennen wir das Maultier immer, obwohl es noch gar nicht so alt ist, zum Schlachter bringen. Hat sie zumindest angedroht, weil es nur Heu und Hafer frisst und keinen Nutzen bringt. Aber der Junge hat immer dran gehangen, und das Tier ist wirklich gutmütig. War genau richtig für Matteo, als er noch kleiner war.»

«Wir nehmen beide Tiere zu uns», bestimmte Aleydis kurz entschlossen.

«Ähm, Herrin.» Symon drehte sich auf der schmalen Stiege umständlich zu ihr um. «Das wird dann aber eng bei uns im Stall.»

«Und wenn wir anbauen müssen.» Ungehalten runzelte Aleydis die Stirn. «Die Tiere gehören Matteo, also werden sie bei uns untergebracht.»

Symon zog den Kopf ein. «Verzeiht, Herrin, ich meinte ja bloß.»

«Schon gut.» Aleydis zwang sich zu einem Lächeln und wandte sich an Fredo. «Kannst du die Tiere nach der Vesper zu uns bringen?»

«Ja, sicher.» Fredo nickte beflissen.

«Gut. Hat deine Herrin gesagt, wann sie wieder zurück in Köln sein will?»

«Nein, Frau Aleydis.»

«Kennst du Namen und Wohnort ihres Bruders?» Sie überlegte bereits selbst, ob dessen Name ihr gegenüber irgendwann einmal erwähnt worden war, doch sie erinnerte sich nicht daran.

«Das ist der Hedrich van Theynen, der hat seinen Eisenwarenhandel nicht weit vom Cassiusstift in Bonn.»

«Gut, ich werde einen Boten hinschicken und Edelgard ausrichten lassen, dass ich mit ihr sprechen will, sobald sie zurück ist.» Aleydis wartete, bis die beiden Männer sämtliche Habseligkeiten aus Matteos Kammer auf den Holzkarren geladen hatten, bedankte sich bei Fredo und steckte ihm ein paar Münzen zu. Dann machte sie sich zusammen mit Symon auf den Weg zurück zur Glockengasse.

Sie befanden sich gerade auf Höhe des Beginenhofes, als der strohblonde Gassenjunge Lentz heftig winkend auf sie zugerannt kam. Der Zehnjährige war der jüngere Bruder der Magd Gerlin, die bereits seit ihren Kindertagen in Nicolais Haushalt arbeitete. Gelegentlich half er bei ihnen im Stall aus und verdiente sich damit einen trockenen und warmen Schlafplatz und etwas zu essen. «Frau Aleydis, Frau Aleydis, da seid Ihr ja endlich. Gerlin hat mich rausgeschickt, um nach Euch Ausschau zu halten, weil Ihr wichtigen Besuch habt. Ihr sollt Euch beeilen, hat sie gesagt.»

«Was denn für einen wichtigen Besuch?» Aleydis raffte ihre Röcke und beschleunigte den Schritt.

Lentz lief eifrig gestikulierend neben ihr her. «Arnold Hürth und noch ein jüngerer Mann, den ich nicht kenne. Der sieht ziemlich reich aus, aber ich glaube nicht, dass er aus Köln ist, weil ich ihn sonst bestimmt schon mal gesehen hätte.»

Abrupt blieb Aleydis vor dem offenen Tor zu ihrem Anwesen stehen. «Arnold Hürth ist hier?»

«Ja, er wartet drinnen in der Stube auf Euch. Gerlin hat ihn schon mit Wein und Wecken und weiß nicht was noch allem bedient.» Lentz nickte heftig. «Mir hat sie auch einen Wecken gegeben, aber ich darf ihn erst essen, hat sie gesagt, wenn Ihr hier seid und ich Euch Bescheid gesagt habe. Das hab ich ja jetzt, also …» Er neigte den Kopf erwartungsvoll zur Seite.

«Hau schon ab.» Sie gab dem Jungen einen leichten Klaps gegen den Arm. «Und heute Abend kümmerst du dich um die beiden Tiere, die der Knecht Fredo herbringt.»

Lentz war schon halb davongestoben, blieb aber ruckartig stehen und wirbelte herum. «Was denn für Tiere?»

«Ein Maultier und ein Pferd. Für beide muss im Stall Platz geschaffen werden.»

In die Augen des Jungen trat ein freudiges Glitzern. «Das mach ich natürlich, Frau Aleydis. Gleich wenn ich den Wecken aufgegessen habe.»

Sie nickte dem Jungen noch einmal kurz zu, dann drehte sie sich zu Symon um, der inzwischen den Karren in den Hof geschoben hatte. «Bring die Sachen ins Haus, aber lass Matteo schlafen. Er kann sie später selbst in seine Kammer tragen.» Einen Moment lang atmete sie tief ein und wieder aus und versuchte, sich zu sammeln. Arnold Hürth war der Bruder von Nicolais erster, vor Jahren verstorbener Frau Griselda und damit Ursels und Marleins Großonkel – und außerdem ein nicht ungefährlicher Mann. Auf das Betreiben seiner Familie hin hatte Nicolai einst angefangen, seine Schattenwelt aufzubauen, dessen war Aleydis sich inzwischen sicher. Arnold selbst besaß ebenfalls nicht unbeträchlichen Einfluss in Köln, auch wenn er sich nach außen hin wie ein vollkommen harmloser alter Mann gab, dem lediglich eine glückliche Händlerhand zu seinem Vermögen verholfen hatte. Wenn er hier auftauchte, konnte das nichts Gutes bedeuten.

Die Begegnung hinauszuzögern, würde ihr keinen Vorteil bringen, also trat sie schließlich ins Haus und begab sich auf geradem Wege zur Wohnstube. Angenehme Wärme schlug ihr dort entgegen, weil der Raum durch einen großen Hinterlade-ofen von der Küche aus beheizt wurde.

Die beiden Besucher hatten es sich auf den gepolsterten hochlehnigen Stühlen bequem gemacht, die den großen Ei-chentisch umgaben. Jeder hatte einen Zinnteller und einen Becher vor sich. Gerlin hatte einen Korb mit hellen Wecken, eine Platte mit kaltem Braten und Krüge mit Wein und Bier aufgetragen. Gäste wurden seit jeher im Hause Golatti – de Bruinker, korrigierte Aleydis sich im Geiste selbst – großzügig bewirtet. Wenn es sich um solch wichtigen Besuch handelte, galt dies umso mehr. Arnold Hürth sollte nicht daran zweifeln, dass in der Familie seines verstorbenen Schwagers alles seinen geregelten Gang ging.

Als die Männer Aleydis erblickten, erhob sich der Jüngere rasch, während Arnold dies nicht für nötig zu halten schien. «Aha, da seid Ihr ja endlich, Frau Aleydis.» Er musterte sie abschätzend aus seinen kleinen, grauen Augen. «Wir dachten schon, wir müssten unverrichteter Dinge wieder gehen.» Ein schmales Lächeln begleitete seine Worte, das jedoch eher ver-schlagen denn freundlich wirkte. Seine Erscheinung war noch genauso unangenehm wie vor einigen Wochen, als sie ihn zu-sammen mit Vinzenz van Cleve aufgesucht hatte, um ihn we-gen des Mordes zu befragen. Sein dünnes, graues Haar wirkte strähnig und fettig, die überlange, gebogene Nase verlieh ihm ein wenig das Aussehen eines Geiers. Besonders unangenehm war jedoch der Geruch, der von dem alten Mann ausging und der ihn offenbar nicht nur in seinem eigenen Haus in der Nähe der Kirche St. Gereon umgab, sondern sogar bis hierher begleitet hatte. Er erinnerte Aleydis an den muffigen Schimmelgeruch, den man oft in feuchten Kellerräumen vorfand.

«Guten Tag, Herr Arnold.» Sie ließ sich ihre Abscheu nicht anmerken, sondern trat mit einem, wie sie hoffte, unbefangenen Lächeln an den Tisch. «Euer Besuch überrascht und ehrt mich. Was kann ich für Euch tun?» Ihr Blick wanderte fragend zu dem jüngeren Mann, der sie neugierig musterte. Sie waren einander noch nicht begegnet, da war sie sich sicher. Sein auffällig hellrotes Haar und der Bart in derselben Farbe wären ihr ganz sicher in Erinnerung geblieben. Er war vielleicht Mitte zwanzig, etwas korpulent und hatte einen stechenden Blick, was aber vielleicht nur von der ungewöhnlich hellblauen Farbe seiner Augen herrührte.

Der Fremde trat einen Schritt vor. «Darf ich mich kurz vorstellen, Frau Aleydis. Mein Name ist Thomas van der Burghe, von der ehrenwerten Familie van der Burghe aus Sinzig.» Seine Stimme klang weich und schmeichlerisch, sodass sich Aleydis die Nackenhärchen aufstellten.

«Er ist ein guter Freund unserer Familie», fügte Arnold hinzu, «und wünscht sich, in absehbarer Zeit ein Teil derselben zu werden.»

«Ach.» Aleydis' Augen verengten sich. «Ihr bringt mir einen Freier ins Haus?»

«Nicht für Euch natürlich, liebe Frau Aleydis.» Arnold lachte gönnerhaft. «Obgleich auch Ihr sicherlich schon mit dem Gedanken gespielt habt, Euch neu zu vermählen. Eine junge, hübsche Frau wie Ihr sollte nicht lange allein bleiben. Das ist allerdings nicht meine Sorge, sondern die Eures verehrten Herrn Vaters, nicht wahr? Mein Augenmerk liegt ganz und gar auf dem Wohl und Wehe meiner beiden geliebten Großnichten, wie Ihr wisst.»

Missbilligend verzog Aleydis die Lippen. «Die beide noch viel zu jung zum Heiraten sind, wie Euch bekannt sein dürfte.»

«Nicht mehr lange, meine Liebe, nicht mehr lange.» Arnold richtete sich ein wenig auf, was seiner Gestalt etwas mehr Größe verlieh, sie jedoch nicht weniger geierhaft wirken ließ. «Die zauberhafte Marlein wird in drei Jahren vierzehn sein und sich damit bereits im heiratsfähigen Alter befinden. Herr van der Burghe möchte sie gerne so früh wie möglich kennenlernen, damit die beiden sich schon ein wenig anfreunden können. Wir wollen ja schließlich keine einander vollkommen Fremden verheiraten, nicht wahr? Das Mädchen soll von jetzt an ganz in seinem Sinne auf ihre zukünftigen Pflichten in seinem Haushalt vorbereitet und erzogen werden.»

Am liebsten hätte Aleydis angewidert ausgespuckt, doch sie beherrschte sich und verschränkte stattdessen die Arme vor dem Leib. «Ihr könnt sie nicht einfach gegen ihren Willen verloben, Herr Arnold. Gewiss ist es meine Aufgabe, sie ordentlich zu erziehen und auch in den Geschäften der Münzwechslerei auszubilden. Doch ich bin strikt gegen eine Eheanbahnung in so frühem Alter. Ganz abgesehen davon, dass nicht abschließend geklärt ist, ob Ihr überhaupt das Recht habt, Euch in dieser Sache einzumischen.» Tatsächlich gab es neben der Familie Hürth auch noch die Bonner Lombardenfamilie de Piacenza, der der verstorbene Vater der Mädchen angehört hatte. Auch sie stellten seit Nicolais Tod Ansprüche auf die Mädchen, derer Aleydis sich nur erwehren konnte, weil Nicolai in seinem Testament sehr genaue Angaben darüber gemacht hatte, wie es nach seinem Ableben mit den beiden Enkelinnen weitergehen sollte.

«Unsinn, selbstverständlich habe ich ein Recht darauf, die Mädchen standesgemäß zu versorgen. Was wäre dem zuträglicher, als frühestmöglich geeignete Ehemänner für sie zu finden? Vertraut mir in dieser Sache, Frau Aleydis. Ich bin Euch an Jahren und Erfahrung weit voraus und weiß, wovon ich spreche.»

In Aleydis regte sich noch heftigerer Widerstand. «Ist es nicht vielmehr so», widersprach sie, ehe sie nachdenken konnte, «dass Ihr je eher, umso lieber der Mitgift der Mädchen habhaft werden wollt?» Sie wandte sich an van der Burghe, dessen Miene nach wie vor freundlich wirkte, wenn auch etwas irritiert. «Verzeiht, wenn ich so offen spreche, aber ich möchte Marlein zu diesem Zeitpunkt nicht mit einem Mann konfrontieren, der vorhat, sie in drei Jahren zu heiraten. Es erstaunt mich sehr, dass Ihr überhaupt dazu bereit seid, Euch einem elfjährigen Kind anzuverloben. Was versprecht Ihr Euch davon, mal abgesehen von der Mitgift?»

Die Gesichtsfarbe des Besuchers nahm einen ähnlichen Ton an wie sein Haar. «Es schmerzt mich, liebe Frau Aleydis, dass Ihr meinem Ansinnen so ablehnend gegenübersteht. Meine Familie pflegt schon seit langer Zeit enge freundschaftliche Beziehungen zu den Hürths, und auch zu Eurem seligen Gemahl Nicolai hat immer ein gutes Verhältnis bestanden. Ich stehe derzeit in einem Dienstverhältnis beim Amtmann von Sinzig und möchte eines Tages dem Stadtrat angehören, genau wie mein Vater jetzt. Eine Verbindung zu Eurer Familie könnte mir Tür und Tor zu den Patrizierkreisen Kölns öffnen, und der gepaarte Einfluss unserer beider Familien würde unserem Stand und Ansehen sowie dem Erfolg unserer Geschäfte gewiss förderlich sein. Das seht Ihr doch ganz sicher ebenso.»

«Ihr seid also recht ehrgeizig.» Aleydis behielt ihre starre Haltung bei, denn auch wenn Thomas van der Burghe offen gesprochen hatte, schien ihr etwas an seinem Ansinnen nicht stimmig. «Warum aber ausgerechnet ein so junges Mädchen? Gibt es keine anderen Jungfern weit und breit, die Eurem Ansinnen jetzt schon entgegenkämen und nicht erst den Kinderschuhen entwachsen müssen?»

Van der Burghe setzte zu einer Antwort an, wurde jedoch von einem energischen Räuspern Arnolds zurückgehalten. Der alte Mann griff nach dem Weinkrug und füllte seinen Becher. «Die strategischen Überlegungen, die hinter einer solchen Verbindung stehen, dürften das begrenzte Begriffsvermögen einer Frau wie Euch weit übersteigen. Thomas van der Burghe ist aus vielfältigen Gründen willens und bereit, sich drei Jahre lang zu gedulden, bis er die Ehe mit Marlein schließen kann. In dieser Zeit wird er selbstverständlich mit meiner Hilfe und Anleitung in der Welt vorankommen, um seiner zukünftigen Gemahlin einen standesgemäßen Hausstand und seinen Söhnen ein gesichertes Auskommen bieten zu können.»

Beinahe hätte Aleydis geschaudert, als sie van der Burghe nun erneut musterte, der zu den Worten des alten Mannes pflichtschuldig lächelte und nickte. «Herr Arnold hat Euch also in der Hand, ja? Ich würde zu gerne wissen, womit, wenn ich nicht Angst hätte, dass es mich anwidern würde.» Sie trat einen Schritt auf den Tisch zu, hinter dem Arnold nach wie vor saß und sich an ihren Speisen und Getränken gütlich tat. «Herr van der Burghe, ist Euch eigentlich bekannt, dass Marleins Mutter wegen des Mordes an ihrem Vater, meinem Gemahl, nicht weit von hier in einer dunklen Gefängnisklause eingemauert ist und dort bis zu ihrem Tode ein tristes, von der Welt vergessenes Dasein fristen muss? Aber Ihr erwähnt diesen Umstand nicht einmal, obwohl Ihr in die Familie einheiraten wollt? Da muss ich mich doch sehr wundern.» Sie wies mit dem Kinn in Richtung Tür. «Ich schlage vor, Ihr verlasst nun das Haus, ehe ich mich gezwungen sehe, einen meiner Knechte aufzufordern, Euch hinauszubegleiten.»

Sie atmete auf, als Arnold sich tatsächlich erhob, seine

Hände am Tischtuch abwischte und zur Tür ging. Dort blieb er jedoch noch einmal stehen und maß sie mit einem herablassenden Blick. «Das letzte Wort ist in dieser Angelegenheit noch nicht gesprochen, Frau Aleydis. Und wenn ich die Angelegenheit vor die Schöffen bringen muss. Ich bin sicher, dort wird man mir zustimmen, dass die verqueren Ansichten eines rührseligen Weibes nicht dazu angetan sind, die Mädchen angemessen zu versorgen. Kommt, Thomas, wir gehen. Frau Aleydis wird nur allzu bald begreifen, wie kurzsichtig ihr Handeln und wie wichtig auch für sie eine freundschaftliche Verbindung zu meiner wie zu Eurer Familie ist.» Ein letzter bedeutsamer Blick traf Aleydis, im nächsten Moment waren die beiden Männer zur Stube hinaus.

Gleich darauf vernahm sie Symons Stimme aus der anliegenden Wechselstube. Der Knecht verabschiedete die Besucher höflich und verriegelte die Tür hinter ihnen.

Erleichtert und zugleich tief besorgt, begab Aleydis sich ebenfalls in die Wechselstube. «Öffne die Tür wieder, Symon. Es wird Zeit für mich, noch für eine Weile meinen Geschäften nachzugehen.»

Während der Knecht die Tür wieder entriegelte und einen Keil unterlegte, damit jeder sehen konnte, dass die Wechselstube von nun an der Kundschaft offen stand, eilte Aleydis hinab in den Keller und holte ein paar Beutel Silber- und Kupfermünzen Kölner Prägung herauf. Diese verstaute sie in der Truhe neben dem langen Wechseltisch, auf dem noch vom gestrigen Tag Feinwaagen und Gewichte aufgereiht standen. Normalerweise gehörten auch diese Gerätschaften in den bewachten Kellerraum, solange sie nicht genutzt wurden, aber am gestrigen Tag war es so spät geworden, dass sie sie hier zurückgelassen hatte. Eine Nachlässigkeit, die sie sich gleich wieder abgewöhnen musste. Waagen und Gewichte waren nicht nur ihr tägliches Handwerkszeug, sondern auch viel zu wertvoll, um sie offen herumstehen zu lassen.

Sie legte sich ihre Rechnungsbücher zurecht, um einige Vorgänge vom Vortag nachzutragen, sowie die Wachstafeln, auf denen sie alles bereits vorgeschrieben hatte. Aus der Küche drangen die Stimmen und das Gekicher der Mädchen, die ihre Handarbeiten unter Ells' Aufsicht verrichteten und ihr vermutlich auch zur Hand gingen. Es roch nach frischem Gebäck. Offenbar hatte die Köchin Wecken und Brot im Ofen.

Die Drohung, die Arnold ausgestoßen hatte, war unüberhörbar gewesen und bereitete Aleydis nun, da sie allein war, Magendrücken. Noch vor wenigen Wochen, als sie gemeinsam mit dem Gewaltrichter Arnolds Haus aufgesucht hatte, war der alte Mann wesentlich leutseliger gewesen und hatte so getan, als könne er kein Wässerchen trüben. Natürlich war ihr schon damals klargewesen, dass der Anschein des alternden Kaufmanns, der seinen Lebensabend mit Müßiggang verbrachte, nur eine Fassade war. Dass sie nun jedoch so plötzlich seinem offensiven Eingreifen in die Geschicke der Mädchen ausgesetzt war, erschütterte sie zutiefst. Sie wusste, dass Arnold mächtige Freunde unter den Schöffen und im Stadtrat besaß. Wenn er sein Recht durchsetzen wollte, musste er dort nur seinen Einfluss – und sein Vermögen – geltend machen. Es sei denn …

Sie schauderte. Es sei denn, sie kam ihm zuvor. Auch Nicolai war mächtig gewesen. Sehr viel einflussreicher noch als sein Schwager. Sie hatte gleich nach seinem Tod Aufzeichnungen in den Truhen unten im Keller entdeckt, die belegten, dass ihr Gemahl seit gut dreißig Jahren in schöner Regelmäßigkeit Ratsleute bestochen und für seine Ziele und Zwecke eingespannt hatte. Sie selbst hatte sich geschworen, von dieser Art Machenschaften die Finger zu lassen. Doch was, wenn ihr gar keine andere Wahl blieb? Wenn sie die Mädchen vor Arnold

Hürth und insbesondere Marlein vor diesem aalglatten und aus ungreifbaren Gründen widerwärtigen Thomas van der Burghe schützen wollte, blieb ihr womöglich nichts anderes übrig, als ihren Einfluss – oder vielmehr den von Nicolai und seinem Geld – in die Waagschale zu werfen. Sie hatte es erst ein Mal getan, damals noch ohne zu wissen, wie weit Nicolais Macht tatsächlich gereicht hatte – um die Schöffen dazu zu bewegen, dem Mordfall oberste Priorität einzuräumen und ihr alle Wege zur Aufklärung zu ebnen.

Sie wollte mit der Schattenwelt ihres Gemahls nichts zu tun haben. Als sie jedoch erneut das unbeschwerte Gelächter der Mädchen aus der Küche vernahm und dann Ells' Stimme, die sie milde schalt, bildete sich ein harter, heißer Knoten in ihrem Magen. Sie war für Ursel und Marlein verantwortlich, so hatte Nicolai es bestimmt. Es war an ihr, die Mädchen zu beschützen und dafür zu sorgen, dass sie im Sinne ihres Großvaters aufwuchsen, ausgebildet und natürlich später auch verheiratet wurden. Das Problem war, dass Aleydis gar nicht wusste, was Nicolai im Sinn gehabt hatte, als er sie zur Haupterbin und zugleich Verwalterin seines gesamten Nachlasses bestimmt hatte. Einen offiziellen männlichen Vormund für die Kinder hatte er nicht bestellt; diesen Posten hatte zunächst Jorg de Bruinker übernommen, nachdem Ewald von Odendorp, der Advocat, der regelmäßig für Nicolai tätig gewesen war, aufgrund der testamentarischen Bestimmungen dazu geraten hatte. Dass dies der Familie Hürth nicht passte, war abzusehen gewesen und ebenso, dass auch die de Piacenzas nicht damit einverstanden sein würden. Von ihnen hatte Aleydis bisher nichts gehört, doch nachdem Arnold Hürth nun zum Angriff übergegangen war, würde es wohl nur noch eine Frage der Zeit sein, bis sie auch aus Bonn Besuch bekommen würde.

Seufzend versuchte sie, sich zumindest für den Augenblick

ganz auf ihr Tagesgeschäft zu konzentrieren. Und tatsächlich dauerte es nicht lange, bis die ersten Reisenden und Kaufleute in der Wechselstube vorstellig wurden, um ihre Münzwerte in Kölner Währung umzutauschen, sodass Aleydis ihre Sorgen für eine Weile beiseiteschieben konnte.

KAPITEL 3

Es wurde bereits dunkel, als Aleydis die Wechselstube wieder schloss und Symon anwies, Waagen, Silbertablette und Geld zurück in den Keller zu bringen. Sie selbst begab sich hinaus in den Hof, um nach den beiden neuen Reittieren zu sehen, die Fredo kurz nach dem Vesperläuten hergebracht hatte. Matteo war inzwischen wieder auf und so weit ausgeruht, dass er sich selbst um Pferd und Maultier kümmern konnte. Tränen hatten dem Jungen in den Augen gestanden, als er erfahren hatte, dass Aleydis die Tiere hatte bringen lassen.

Aus Gewohnheit streifte Aleydis noch einmal durch den Garten und begutachtete im rasch schwindenden Tageslicht die Beete, die inzwischen bis auf ein paar Kohlköpfe und Pastinaken, Möhren und einige rasch nachwachsende Kräuter abgeerntet waren. Auch die Apfelbäume trugen kaum mehr Früchte, weil sie entweder von Ells und Gerlin zu Saft verarbeitet worden waren oder im Vorratskeller einlagerten. Als Nächstes würde die Ernte der Walnüsse anstehen, von denen bereits einige von dem knorrigen Baum in der vorderen Hofecke herabgefallen waren.

Da Lutz noch dabei war, die Hofzufahrt zu kehren, trat Aleydis durch das Tor hinaus auf die Glockengasse, um auch hier gewohnheitsmäßig nach dem Rechten zu sehen. Zu dieser Uhrzeit waren nicht mehr viele Menschen unterwegs, hauptsächlich Handwerker auf dem Heimweg und hier und da noch ein Knecht oder eine Magd auf einem letzten Botengang. Deshalb überraschte es sie, als sie Hufgetrappel vernahm und, noch ehe sie sich umdrehen konnte, die weiche Stimme Thomas van der Burghes.

«Frau Aleydis, guten Abend. So ein Zufall!» Trotz seiner leichten Körperfülle schwang sich der junge Mann behände von seinem grauen Reittier und trat auf sie zu.

«Herr van der Burghe.» Verwundert runzelte sie die Stirn. «Was führt Euch noch einmal hierher? Habe ich Euch meinen Standpunkt heute Nachmittag nicht deutlich genug dargelegt?» Hinter sich hörte sie die Schritte ihres Altknechts, der mitsamt seinem Besen näher gekommen war, um ihr im Bedarfsfall gegen den Fremden beizustehen.

«Doch, doch, das habt Ihr.» Bei dem salbungsvollen Ton, den van der Burghe anschlug, richteten sich ihre Nackenhärchen erneut auf. «Und ich kann verstehen, dass Ihr besorgt seid. Immerhin seid Ihr für die Mädchen das, was einer Mutter wohl am nächsten kommt. Ich versichere Euch, ich komme mit den ehrbarsten Absichten. Es liegt mir viel daran, Euch über kurz oder lang für mich und meine Pläne mit Marlein einzunehmen. Sie soll es einmal gut haben. An nichts wird es ihr fehlen ...» Er nestelte nervös an seinem Wams herum. «Ich war allerdings gerade nicht auf dem Weg zu Euch, Frau Aleydis, sondern komme von einem Besuch ganz woanders. Ihr habt heute Nachmittag einen wichtigen Punkt angesprochen, nämlich Marleins leibliche Mutter.»

Aleydis' Augen weiteten sich. «Ihr wart bei Cathrein? Normalerweise lässt Frau Jonata niemanden außer der Familie zu ihr.»

«Nun ja.» Der junge Mann lächelte auf unangenehm einschmeichelnde Weise. «Ich habe der Beginenmeisterin glaubhaft darlegen können, dass ich in absehbarer Zeit zur Familie zu gehören gedenke.»

«Obwohl ich mein Einverständnis verwehrt habe?» Mit so viel Unverfrorenheit hatte sie nicht gerechnet.

«Es war mir wichtig, die Mutter meiner zukünftigen Braut kennenzulernen. So wie ich Euch verstanden habe, liegt Euch sehr viel daran.»

Irritiert schüttelte sie den Kopf, kam aber nicht dazu, etwas zu erwidern, weil er bereits weitersprach.

«Ich habe um einen kurzen Besuch gebeten, und Frau Jonata hat mich daraufhin zu dem kleinen gemauerten Anbau hinter dem Wohnhaus der Beginen geführt.» Er schauderte ein klein wenig, ohne dass sein stoisches Lächeln verschwand. «Ich habe Frau Cathrein den Grund meines Besuchs dargelegt und ihr erklärt, dass ich beabsichtige, ihre älteste Tochter zu heiraten, sobald Marlein vierzehn Jahre alt geworden ist.» Er hielt kurz inne. «Dann habe ich sie um ihren Segen gebeten.»

Langsam und geräuschvoll stieß Aleydis den Atem aus. «Und?»

«Sie hat kein Wort mit mir gesprochen.» Erneut zupfte er an seinem Wams herum. «Das bedeutet wohl, dass sie mit meinem Anliegen einverstanden ist, nicht wahr?»

Aleydis seufzte. «Das bedeutet gar nichts, Herr van der Burghe. Seit Cathrein eingemauert worden ist, hat sie mit niemandem mehr gesprochen.» So ganz stimmte das nicht, doch die seltsamen Dinge, die ihre ehemals gute Freundin ihr hin und wieder zugeflüstert hatte, verschwieg sie allenthalben vor der Welt. «Es kann sein, dass sie Euch gehört hat, vielleicht aber auch nicht.»

«Sie hat mich angesehen, das konnte ich genau erkennen, auch wenn in der Zelle nur ein grässliches Zwielicht herrschte.» Leicht verunsichert sah van der Burghe sie an. «Warum sollte sie schweigen, wenn sie etwas gegen unsere Verlobung hat?»

«Weil sie stur ist?» Aleydis hob die Schultern. «Oder möglicherweise auch, weil sie den Verstand verloren hat? Was in aller

Welt habt Ihr Euch davon versprochen, sie damit zu behelligen? Für die Welt ist sie tot. Sie hat ihr Recht an ihren Kindern verwirkt wie auch das Recht, jemals wieder im Tageslicht zu stehen.» Dies auszusprechen schmerzte sie mehr, als sie sich anmerken ließ. Sie hatte Cathrein geliebt wie eine Schwester, tat es im Grunde ihres Herzens immer noch, so unverzeihlich Cathreins Taten auch gewesen sein mochten. Der innere Aufruhr, der Aleydis jedes Mal ergriff, wenn sie darüber nachdachte, und ihre Abscheu vor dem Mann und seiner Blindheit gegenüber dem Irrsinn dieses Unterfangens ließen sie sich abwenden. Sie ging zurück in den Hof, doch dort drehte sie sich noch einmal zu ihm um. Mittlerweile war es fast gänzlich dunkel geworden, sodass sie seine weichen Gesichtszüge mit den unangenehm stechenden hellblauen Augen nicht mehr deutlich erkennen konnte. «Lasst Cathrein in Ruhe, Herr van der Burghe, und wagt es nicht noch einmal, sie wegen Marlein aufzusuchen. Und mich im Übrigen auch nicht. Herr Arnold mag Euch in der Hand haben, doch das ist allein Euer Problem, nicht das meine. Behelligt uns nicht wieder.» Sie gab Lutz ein Zeichen, das Hoftor zu schließen, was er auch sofort tat.

«Geht es Euch wohl, Herrin?» Nachdem er den schweren Riegel vorgelegt hatte, tauchte der Knecht mit besorgter Miene neben ihr auf.

Sie atmete mehrmals tief durch und kämpfte gegen das Magendrücken an, das sich zurückgemeldet hatte. «Ja, Lutz, es geht schon. Ich bin bloß … verärgert.»

«Soll ich sicherheitshalber zusammen mit Wardo und Symon heute Nacht Wache halten?»

Sie schüttelte den Kopf. «Nein, das wird nicht nötig sein, denke ich. Lass uns hineingehen und unser Abendbrot einnehmen.»

～∞～

Der Appetit war Aleydis nach dem neuerlichen Zusammentreffen mit Marleins Freier in spe vergangen, dennoch saß sie der Abendbrottafel, der neben den drei Mädchen und Matteo auch das Gesinde beiwohnte, wie gewohnt vor, sprach das Gebet und hörte dem munteren Geplauder ringsum zu. Dabei wanderte ihr Blick immer wieder zu dem Stuhl an der Stirnseite des Tischs, auf dem einst Nicolai gesessen hatte. Wehmut mischte sich mit einem Anflug von Verzweiflung.

Meister Claiws hatte recht, sie sollte sich ihrem Vater anvertrauen und ihn um Hilfe bitten. Leider war Jorg de Bruinker zwar ein ausgezeichneter Tuchhändler, doch um sich in Nicolais Welt behaupten zu können, fehlte ihm sowohl die Entschlossenheit als auch die Autorität. Er war ein sanftmütiger Mann mit blondem, fast schulterlangem dichtem Haar und für das weibliche Auge sehr anziehenden Gesichtszügen. Sie selbst, so hatte man ihr schon unzählige Male versichert, ähnelte ihm sehr. Das war einerseits schmeichelhaft, andererseits hatte es auch erhebliche Nachteile, denn mit ihrem üppigen Blondhaar, den strahlend blauen Augen und ihrer zierlichen und doch ausreichend weiblich gerundeten Gestalt machte sie auf den männlichen Betrachter nur zu leicht den Eindruck einer unbedarften jungen Frau, die nur für eines gut war – und damit war ganz sicher nicht die komplizierte Geschäftswelt der Kaufleute, Geldwechsler und Kreditverleiher gemeint. Somit machte ihr hübsches Äußeres es ihr unverhältnismäßig schwer, sich gegen die männliche Konkurrenz zu behaupten – oder sich generell gegenüber Männern durchzusetzen.

Letzteres war in jüngster Zeit ziemlich oft vonnöten, um ihren Haushalt und die Wechselstube sowie das daran angeschlossene Kreditgeschäft weiterzuführen. Nicht selten stieß sie dabei an ihre Grenzen. Sie hatte zwar ihrem Vater jahrelang in seinem Kontor geholfen und dabei vieles gelernt, und auch die Vorgänge in der Wechselstube hatte sie rasch begriffen, sodass sie sich sogar zutraute, die Ausbildung der Mädchen ohne männliche Hilfe in die Hand zu nehmen. Doch was Nicolais Tätigkeiten als Bankier betraf, tappte sie nicht selten im Dunkeln. Sie hatte seine Rechnungsbücher studiert und auch alle Urkunden, derer sie fündig geworden war. Dabei musste sie vorsichtig zwischen seinen regulären Kunden und jenen unterscheiden, die er unter der Hand oder gar unter Zwang dazu bewegt hatte, Geldsummen zu hohen Zinsen bei ihm zu leihen.

Seine Schattengeschäfte ließ sie tunlichst ruhen, und bisher hatten sich auch noch kaum Schuldner aus diesem Bereich bei ihr gemeldet. Hin und wieder traf ein Bote ein und überbrachte kryptische, teilweise sogar verschlüsselte Botschaften und Münzen. Sie nahm an, dass es sich um Ratenzahlungen handelte, und bei einigen hatte sie inzwischen auch herausgefunden, von wem sie stammten. Sie wagte es jedoch nicht, die betreffenden Männer aufzusuchen oder anderweitig Kontakt zu ihnen aufzunehmen, um dem Spuk ein Ende zu setzen. Vinzenz van Cleve hatte ihr strikt abgeraten, auch nur einem der heimlichen Schuldner die Verpflichtungen zu erlassen oder gar Geld zurückzuzahlen, denn – und da musste sie ihm leider zustimmen – das würde die Gefahr bergen, dass es sich herumsprach, was wiederum unlautere Gestalten auf den Plan rufen würde. Wie ließe sich schon mit Sicherheit bestimmen, wer wirklich ein Schuldner Nicolais gewesen war und wer das nur erfand, um sich zu bereichern oder sich zu rächen?

Nicolai Golatti hatte ihr ein riesiges Vermögen hinterlassen. In den Truhen im Keller lagerten Goldmünzen von beinahe unermesslichem Wert. Inzwischen hatte sie sogar den Zugang zu einer winzigen geheimen Kammer – mehr einem Gelass –

entdeckt, in dem noch weiteres Gold versteckt war. Sie hatte einige der Truhen aus dem Lagerkeller dorthin geschleppt und den Zugang zu der Geheimkammer wieder so gut wie nur möglich getarnt, denn sie fürchtete sich davor, was passieren würde, falls doch einmal jemand sich gewaltsam Zutritt zum Haus verschaffen würde. Außerdem war das meiste wohl Blutgold oder doch zumindest unrechtmäßig erworbener Reichtum, mit dem sie lieber nichts zu tun haben wollte.

Vielleicht sollte sie ihren Vater tatsächlich bald einmal besuchen und mit ihm die neuesten Entwicklungen besprechen, überlegte sie, während sie lustlos an einer der Gemüsepasteten herumknabberte. Und sei es auch nur, um ihre Sorgen mit jemandem zu teilen.

«Frau Aleydis? Denkt Ihr schon wieder nach?» Brunhilds Stimme verriet, dass sie ein wenig besorgt war. «Ihr habt noch fast gar nichts gegessen, dabei sind wir anderen schon lange fertig.»

Erschrocken riss Aleydis sich von ihren Gedanken los und blickte in die erwartungsvoll auf sie gerichteten Augenpaare ringsum am Tisch. Hastig legte sie die Gemüsepastete auf ihren Teller zurück und wischte ihre fettigen Finger am Tischtuch ab. «Verzeiht bitte, ich war tatsächlich in Gedanken ganz woanders.»

«Wegen des Besuchs heute Nachmittag?» Brunhild griff nach ihrem Becher, trank jedoch nicht von dem frischen Most, sondern schwenkte ihn nur leicht. «Das war Arnold Hürth, nicht wahr? Ich habe ihn schon mal bei Gastmählern gesehen, wenn mein Onkel Mutter und mich mitgenommen hat. Er ist mit Euch verwandt, nicht wahr?»

«Nicht mit mir.» Aleydis schüttelte leicht den Kopf. «Marlein und Ursel sind seine Großnichten.»

«Was wollte der Onkel denn von uns?» Ursel hatte neugierig

den Kopf gehoben, zog ihn jedoch gleich darauf wieder ein, weil ihr bewusst wurde, dass es ungezogen war, ungefragt zu sprechen. Dennoch bat sie nicht um Verzeihung.

Aleydis sah es ihr nach. «Er kam mit einem …» Sie hielt inne. «Vorschlag zu mir, den ich jedoch abgelehnt habe.»

«Wer war denn der Mann, den er dabeihatte?», wollte Marlein wissen. «Der mit den fussigen Haaren?»

Aleydis fragte lieber nicht nach, woher die Mädchen diese ganzen Details wussten, wo sie sich doch die ganze Zeit in der Küche aufgehalten hatten.

«Das war ein guter Bekannter von Herrn Arnold», erklärte sie und beschloss, den Mädchen gegenüber ehrlich zu sein. «Ein gewisser Thomas van der Burghe, der gerne um deine Hand angehalten hätte, Marlein.»

«Was? Um meine Hand?» Das blonde Mädchen riss erschrocken die Augen auf. «Soll ich denn jetzt schon heiraten?»

«Nein, selbstverständlich nicht.» Aleydis warf ihr einen beruhigenden Blick zu. «Mit vierzehn, wenn es nach Herrn Arnold geht, aber auch das habe ich abgelehnt.»

«Daran habt Ihr gut getan, Herrin.» Ells zupfte an ihrer weißen Haube, die ihr mausbraunes Haar bedeckte. «Dieser Mann war mir auf den ersten Blick unheimlich mit seinem feuerroten Haar. Unglück würde er übers Haus bringen, da bin ich ganz sicher. Männer mit fussigem Haar sind gefährlich, jawohl.»

«Das ist abergläubischer Unsinn, Ells, das weißt du genau.» Streng musterte Aleydis ihre Köchin. «Mit seiner Haarfarbe hatte meine Ablehnung nun wahrhaftig nichts zu tun.» Eher schon mit diesen hellblauen, stechenden Augen und seinem abstoßend-schmeichlerischen Wesen, dachte sie.

«Doch, doch, glaubt es mir nur. Fussiges Haar, insbesondere solch ein loderndes Rot, verheißen Ungemach und Gefahr.»

Ells nickte mit Nachdruck. «Das habe ich schon oft erlebt. Und überhaupt, was will denn ein ausgewachsener Mann mit einem Kind wie Marlein? Drei Jahre warten, bis sie alt genug ist? Dass ich nicht lache. Nein, ganz bestimmt steht er mit dem Gottseibeiuns im Bunde.» Sie bekreuzigte sich hastig. «Wer weiß, was er mit unserer lieben Marlein anstellen würde, wenn er sie erst geehelicht hat? Oder vielleicht sogar schon vorher!»

«Frau Aleydis!» Entgeistert starrte Marlein Ells an. «Ich will den nicht heiraten, wenn er so fussige Haare hat und gefährlich ist!» Ihr Kinn zitterte, und schon rannen ihr die ersten Tränen über die Wangen. «Bitte verheiratet mich nicht mit dem.»

«Also wirklich, Ells, war das nötig?» Ungehalten blickte Aleydis der Köchin in die Augen, bis diese achselzuckend den Kopf senkte. «Du weißt doch, wie zartbesaitet Marlein ist. Sie in einen solchen Schrecken zu versetzen … dafür gebührt dir eigentlich eine Abreibung.» Sie griff über den Tisch nach Marleins Hand. «Beruhige dich, Kind. Ich habe doch schon gesagt, dass ich sein Ansinnen abgelehnt habe.»

«Da war der Onkel bestimmt böse, oder?» Ursel hatte nichts von der sensiblen Natur ihrer Schwester, sondern war immer schon, obgleich zwei Jahre jünger, die Mutigere und Impulsivere – und nicht selten trat sie als Beschützerin ihrer älteren Schwester auf. «Hat er sehr geschimpft?»

«Nein.» Als Schimpfen würde Aleydis die Drohungen, die Arnold ausgestoßen hatte, nicht bezeichnen, aber so etwas gehörte nicht hierher. «Die beiden sind unverrichteter Dinge wieder gegangen, das ist alles.» Noch einmal drückte sie Marleins Hand. «Mach dir keine Gedanken. Solange ich etwas zu sagen habe, wird dieser Thomas van der Burghe nicht um deine Hand anhalten. Und selbst wenn er es täte, würde er sie nicht erhalten.»

«Danke, Frau Aleydis.» Immer noch weinerlich, rieb das

Mädchen sich mit dem Ärmel ihres Kleides über Augen und Nase. «Warum will der Onkel denn, dass ich jetzt schon heirate? Oder mich verlobe?»

«Wegen deiner Mitgift», antwortete Ursel prompt, zog aber wieder den Kopf ein, als Aleydis' strenger Blick sie traf. «Ist doch so, oder nicht? Wenn ich nicht erst neun wäre, würde er mich auch gleich mit verheiraten.»

Diese erstaunlich erwachsene Einsicht ließ Aleydis seufzen. «Auch in dieser Angelegenheit habe ich ein Wörtchen mitzureden. Und nicht zuletzt auch mein Vater, der zu eurem Vormund bestimmt wurde. Also zerbrecht euch nicht weiter die Köpfe darüber, sondern geht nun zu Bett.»

«Ja, Frau Aleydis.» Beide Mädchen hatten gleichzeitig gesprochen und erhoben sich, um der Aufforderung Folge zu leisten.

Kaum hatten sie die Stube verlassen, räusperte Ells sich vernehmlich. «Und ich bleibe dabei: Dieser *fussije Käl* verheißt nichts Gutes. Ihr werdet schon noch sehen. Gut, dass Ihr ihn weggeschickt habt. Hoffentlich hat er nicht bereits was von seinem teuflischen Wesen hiergelassen, damit es Unbill stiftet.»

«Ells!» Ungehalten schüttelte Aleydis den Kopf. «Lass endlich dieses abergläubische Geschwätz! Du weißt genau, dass ich dergleichen in meinem Hause nicht dulde. Das hat mein Gemahl, Gott hab ihn selig, nicht getan, und daran wird sich auch jetzt nichts ändern.» Geräuschvoll schob sie ihren Stuhl zurück und erhob sich. Anstatt wie zumeist beim Abtragen der Schüsseln und Teller zu helfen, begab sie sich ohne ein weiteres Wort zur Stubentür. Dort blickte sie noch einmal über die Schulter zurück. «Ich ziehe mich jetzt zurück und möchte heute Abend nicht mehr gestört werden. Matteo, dich möchte ich morgen früh in der Wechselstube sprechen. Du wirst mir dort, solange du hier bist, zur Hand gehen.» Damit verließ sie die Stube, holte sich aus der Küche eine kleine Öllampe und erklomm die Stiege ins Obergeschoss. Ihre Schlafkammer lag nach vorne rechts hinaus, sodass sie, wenn sie ans Fenster trat, die Glockengasse überblicken konnte und rechter Hand einen Teil des Hofes. Das gesamte Haus besaß teure Butzenglas-Fensterscheiben, wodurch der Reichtum der Besitzer für alle Welt deutlich sichtbar zur Schau gestellt wurde. Die Fenster in ihrer Kammer standen weit offen und waren mit Haltern fixiert, sodass sie im Wind nicht zuschlagen und kaputtgehen konnten. Auch die Fensterläden waren weit geöffnet, und so war es in der Kammer recht kalt, doch das störte Aleydis nicht. Gerlin würde ihr später wie immer noch einen heißen, in Tücher gewickelten Ziegelstein heraufbringen und die Kohlen in dem dreibeinigen Becken neben dem Bett entzünden, und bis dahin reichte es Aleydis, sich in ihre Decken einzuwickeln.

Da der Wind immer noch unvermindert ums Haus pfiff und möglicherweise über Nacht Regen mit sich bringen würde, stellte Aleydis das Öllämpchen auf der kleinen Truhe neben dem Bett ab und trat ans Fenster, um dieses zu schließen. Dabei meinte sie, Rauch zu riechen, und runzelte die Stirn. Zog der Kamin wieder einmal nicht richtig? Im Frühjahr hatten sie bereits Ärger damit gehabt, weil ein herabgefallenes Vogelnest den Abzug versperrt hatte. Lutz hatte fast einen ganzen Tag gebraucht, um die Überreste des Nestes aus dem Kamin herauszufischen, ganz zu schweigen von dem Dreck, den er dabei in der Küche aufgewirbelt hatte.

Da verstopfte Kamine eine große Brandgefahr in sich bargen, wandte Aleydis sich ab, um wieder nach unten zu gehen und dem Knecht Bescheid zu geben. Sie hielt jedoch inne, als sie ein seltsames, fernes Knistern und Knacken vernahm. Eine Gänsehaut überlief sie am gesamten Körper, noch bevor ihr Verstand nachvollziehen konnte, woher das unheimliche

Geräusch kam. Ihr Herzschlag beschleunigte sich. Eilig trat sie erneut ans Fenster, beugte sich ein wenig vor, sog die Luft ein. Das war nicht der Kamin. Irgendwo brannte es!

Ihr wurde kalt und heiß zugleich, als sie ihren Blick erst hinüber in den Hof richtete – dort war nichts zu erkennen, alles lag friedlich im Dunklen. Als sie sich nach links wandte und die Glockengasse hinaufblickte, bemerkte sie zunächst auch nichts Ungewöhnliches. Oder doch? Ein Lichtschein fiel ihr auf und gleich darauf winzige Funken, die der Wind herüberwehte. Der Anblick ließ ihr rasendes Herz beinahe stillstehen. Sie beugte sich weiter vor, noch weiter nach links – und stieß einen erstickten Laut aus. Im Beginenhof brannte es – und anscheinend hatte noch niemand außer ihr etwas bemerkt.

«Feuer!» Ihre Stimme versagte. Hastig verließ sie die Kammer. «Zu Hilfe, Lutz, Wardo, Symon, es brennt! Der Beginenhof brennt! Holt Hilfe, weckt die Nachbarschaft!»

«Was ist?» Lutz war der Erste, der auf ihr Rufen reagierte und aus der Stube gestürmt kam. «Was sagt Ihr da, Herrin? Es brennt?»

«Im Beginenhof», wiederholte Aleydis und war schon auf dem Weg nach draußen. «Schlagt Alarm, in Gottes Namen! Lutz, bleib du hier bei den Mädchen und gib acht, dass sie im Haus bleiben.» Ohne an einen Mantel zu denken, rannte sie auf die Glockengasse und wandte sich nach links in Richtung des Beginenhofes. Hinter sich hörte sie Wardo und die Mägde rufen und schreien. Sie rannten ebenfalls auf die Straße, pochten an die Türen der Nachbarhäuser, alarmierten jeden im Umkreis. Auch Matteos Stimme vernahm sie und kurz darauf die ersten aufgeregten Nachbarn.

Der Beginenhof lag nur knapp fünfzig Schritte von ihrem Anwesen entfernt, und als sie ihn erreichte, bestätigte sich ihr Verdacht, dass die Bewohner noch nichts von dem Feuer im rückwärtigen Bereich des Hofs bemerkt hatten. Frau Jonata führte ein strenges Regiment und sorgte stets dafür, dass die ihr unterstellten Beginen nach dem Abendmahl ihre Kammern aufsuchten und alsbald das Licht löschten.

Mit den Fäusten hämmerte Aleydis gegen das Hoftor, in der Hoffnung, eine der Mägde würde sie hören, dann gegen die schmale Haustür. «Frau Jonata, wacht auf!» Ihre Stimme kippte beinahe über. «Es brennt! So öffnet doch endlich die Tür! Das Feuer muss gelöscht werden.» Aleydis' Herz raste nun wieder, denn sie hatte gesehen, wo genau es brannte: Das Dach des Anbaus, in dem Cathrein eingemauert war, stand lichterloh in Flammen. Es würde sicherlich nicht lange dauern, bis das Feuer auch auf das Haupthaus übergriff. «So wacht doch auf, Frau Jonata!» Wieder hämmerte sie mit aller Kraft gegen die Tür.

Mittlerweile hatte sich die Glockengasse mit Menschen gefüllt. «Feuer! Feuer!»-Schreie mischten sich mit dem aufgeregten Getrappel unzähliger Füße, Männerstimmen brüllten Befehle. Jemand rüttelte am verschlossenen Hoftor der Beginen. «Wir müssen es aufbrechen!», rief ein anderer, doch in dem Moment waren aus dem Inneren des Beginenhofes ebenfalls schrille Schreie zu vernehmen. Der Riegel des Tores wurde zurückgeschoben, und schon stürmten die ersten Knechte mit gefüllten Wassereimern hindurch, um das Feuer zu löschen.

«Um der Liebe Gottes willen, was ist denn bloß geschehen?!» Endlich hatte sich auch die Tür des Wohnhauses geöffnet, und eine vollkommen aufgelöste Jonata rannte auf die Straße. Sie trug einen Hausmantel über dem langen grauen Nachthemd und wickelte sich eilig den Schleier ihrer Haube wie ein Kopftuch um das hellblonde, fast weiß wirkende Haar. «Wie konnte das passieren?» Als sie Aleydis erkannte, eilte sie auf sie zu. «Du liebe Güte! Danke, dass Ihr uns geweckt habt. Ist das unsere Remise, die da brennt?» Etwas hilflos blickte die sonst so energische Beginenmeisterin auf das Gewusel von Menschen, die versuchten, des Brandes Herr zu werden. Schnell hatte sich eine Schlange gebildet, volle und leere Wassereimer wanderten hin und her. Derweil kamen auch die übrigen Beginen aus dem Haus und sahen sich verstört um.

Aleydis legte Jonata eine Hand auf den Arm. «Nein, Frau Jonata, nicht die Remise. Es ist Cathreins Gefängniszelle. Das Dach steht in Flammen.»

«Heilige Maria, Muttergottes!» Jonata bekreuzigte sich gleich dreimal. «Cathrein. Man muss sie da herausholen, sonst verbrennt sie!»

«Nein. Bleibt hier.» Obwohl die Angst um Cathrein ihr die Kehle zudrückte und alles in ihr danach verlangte, die einstige Freundin zu retten, hielt Aleydis Jonata am Handgelenk fest. Sie konnte sich selbst nur mit Mühe zurückhalten. Am liebsten wäre sie ebenfalls sofort zu der Unglücksstelle gerannt, doch selbst von hier aus sah sie, dass das keinen Sinn hatte. Die Knechte und auch mehrere Mägde sowie viele weitere Bewohner der umliegenden Nachbarhäuser brauchten den Platz, um die lodernden Flammen mit dem herbeigetragenen Wasser zu löschen.

«Aber sie verbrennt doch!» Jonata schluchzte verzweifelt. «Jemand muss sie befreien.»

«Geht zur Seite, ihr guten Frauen.» Ein weißhaariger Mann mit vorstehendem Bauch und buschigem Bart trat den Frauen in den Weg. Jan Starkenberg war Aleydis' Nachbar von gegenüber, ein reicher Weinhändler, der früher oft zu Gastmählern zu Besuch gewesen war, als Nicolai noch gelebt hatte. «Sonst steht ihr den Helfern im Weg.»

«Nein!», protestierte Jonata. «Cathrein, sie muss doch gerettet werden.»

Aleydis hätte gerne dasselbe verlangt, doch das Entsetzen hatte sie stumm gemacht.

«Erst muss das Feuer gelöscht werden.» Besorgt blickte Starkenberg hinüber zu der Brandstätte. «Vorher können wir gar nichts tun. Die Frau wurde schließlich eingemauert, da kommen wir so leicht nicht heran.» Er zögerte, und es war ihm anzusehen, dass er nicht recht wusste, wie in einem solchen Falle überhaupt vorzugehen war. Immerhin wäre Cathrein, wenn Aleydis und die Hürths sich nicht für sie eingesetzt hätten, wegen ihrer Untaten hingerichtet worden. Schließlich schien jedoch seine Menschlichkeit zu siegen. «Ich gebe ein paar Männern Bescheid, dass sie versuchen sollen, das Gemäuer einzureißen.» Er hustete wegen des scharfen Brandgeruchs, der sich inzwischen überall ausgebreitet hatte. «Aber viel Hoffnung will ich Euch nicht machen, Frau Jonata.» Ein bedauernder Blick streifte auch Aleydis. «Wahrscheinlich ist sie längst erstickt.» Damit wandte er sich ab, um den Männern weitere Befehle zu erteilen.

«O mein lieber guter Gott, wie entsetzlich!» Jonata schluchzte erneut auf und schlug beide Hände vors Gesicht.

Wenig später sah Aleydis schon mehrere Knechte, unter ihnen auch Wardo, mit Spitzhacken und Schaufeln zu dem Anbau eilen. Schläge und Hämmern von Metall auf Stein ertönten gleich darauf und darüber hinweg immer noch die Rufe derer, die weiterhin Eimer voller Wasser herbeischleppten, obwohl der Feuerschein erloschen war. Nun quoll jedoch dichter Rauch auf die Glockengasse und ließ die Helfer husten. Aleydis drückte die Nase in ihre Armbeuge, um sich vor dem Qualm zu schützen, dennoch begannen ihre Augen zu tränen. Trotzdem ging sie langsam, Schritt für Schritt, näher auf die gemauerte Gefängniszelle zu. Hinter sich vernahm sie die aufgeregten und ängstlichen Stimmen der Beginen und schließlich Jonatas energische Aufforderung, sich zurückzuziehen. Offenbar hatte die Beginenmeisterin sich endlich so weit gefangen, dass sie das Ruder wieder übernehmen konnte.

In respektvoller Entfernung blieb Aleydis stehen und sah zu, wie Wardo und zwei weitere kräftige Knechte aus der Nachbarschaft das rußgeschwärzte Gemäuer mit ihren Spitzhacken bearbeiteten. Schon brachen die ersten Steine heraus, wurden mit Schaufeln und Füßen beiseitegeschafft. Weiterer Qualm drang ihnen entgegen, dann barst irgendwo ein Holzbalken.

«Vorsicht, zurück!» Wardo riss einen der Knechte am Arm mit sich. Auch der andere warf sich zur Seite, als ein unheilvolles Knirschen den Dachstuhl erzittern ließ. Im nächsten Moment krachte das Dach mit einem Poltern in sich zusammen.

«Nein!» Aleydis bemerkte gar nicht, dass sie schrie. «Cathrein! Bitte! O Gott.» Sie wollte schon losstürzen, wurde aber von jemandem zurückgehalten.

«Nicht, Herrin, das ist zu gefährlich.» Symons ohnehin helle Stimme kiekste aufgeregt, und er hielt sie an der Schulter fest. «Ihr müsst hierbleiben.»

«Aber Cathrein!» Erst wollte Aleydis sich losreißen, gab es jedoch auf. Angst und Verzweiflung würgten sie. «Man muss ihr doch helfen.»

«Herrin, ich glaub nicht, dass da noch was zu machen ist.» Symon hielt sie weiterhin fest, lockerte seinen Griff jedoch, und es war ihm anzusehen, wie nahe ihm alles ging. Immerhin kannte er Cathrein bereits, seit sie auf der Welt war. Doch sein Augenmerk galt ganz unmissverständlich seiner Herrin. «Das ganze Dach ist auf ihr gelandet, und wahrscheinlich war sie vorher schon …»

«Die Frau lebt!» Einer der Knechte aus der Nachbarschaft hatte sich bereits wieder zu dem Anbau vorgewagt und sich ei-

KAPITEL 4

Ein heiseres, gequältes Keuchen riss Aleydis aus dem Schlaf. Sie schrak hoch und stöhnte prompt, weil ihr alle Glieder weh taten. Vorsichtig richtete sie sich auf dem harten Stuhl auf, den Jonata ihr am Abend hingestellt hatte. Auch die Beginenmeisterin war die ganze Nacht über am Krankenlager geblieben und auf ihrem Stuhl eingenickt. Ihr Kopf war auf die Brust gesunken, mit der Schulter lehnte sie an der Wand neben der Tür.

Aleydis rieb sich den Nacken und den Arm, mit dem sie sich im Schlaf auf dem hohen Kopfende des Bettgestells abgestützt hatte. Ein weiteres Keuchen ließ sie ihren eigenen Schmerz sofort vergessen. Besorgt und erleichtert zugleich beugte sie sich über Cathrein, deren Augenlider flatterten.

«Frau Jonata!» Hastig sprang Aleydis auf und rüttelte die Beginenmeisterin an der Schulter. «Ich glaube, Cathrein wacht auf!»

«Was?» Jonata hob erschrocken den Kopf, erinnerte sich aber gleich, wo sie sich befand, und erhob sich ebenfalls. «Dem Himmel sei Dank, sie lebt noch!» Aufgeregt bekreuzigte sie sich und berührte Cathrein an der Stirn. «O nein, sie fühlt sich ganz warm an. Bestimmt hat sie Fieber.»

«Das hat Meister Hans ja bereits prophezeit.» Aleydis schüttelte sich unwillkürlich, als sie an den späten Besuch des Henkers dachte. Sie konnte einfach nicht anders, als seine Gegenwart als unheimlich zu empfinden. Dabei war der Kölner Scharfrichter im Grunde ein sehr freundlicher, hilfsbereiter Mann. Hochgewachsen und schlank mit kräftigen Armen und Beinen und schulterlangem, zu einem Zopf gebundenem Haar. Er hatte ein durchaus wohlgefälliges Gesicht und kluge hellgraue Augen, seine Ausdrucksweise war gewählt gewesen. Seltsamerweise hatte sie ihn sich vollkommen anders vorgestellt – gruselig, mit grausamem Blick, abgerissener Kleidung und ungehobelt. Dabei wusste sie doch, dass er für alle Dienste, die er im Namen der Gerichtsbarkeit ausübte, fürstlich bezahlt wurde. Seine Kleidung war sauber und von hoher Qualität gewesen. Es hieß, er würde jegliche Bekleidung der von ihm dem Tode überantworteten Menschen zusätzlich als Bezahlung erhalten, Aleydis konnte sich aber kaum vorstellen, dass er diese dann auch selbst trug. Zumindest hatten seine schwarze Hose und das dunkelbraune Wams über dem weißen Leinenhemd nicht gewirkt, als hätte es zuvor einem Verurteilten gehört, und ebenso wenig der dunkelbraune Wollmantel mit der großen Silberfibel. Aber wer konnte das letztlich schon wissen?

Wardo hatte Meister Hans, wie er überall genannt wurde, tatsächlich nicht in dessen Haus am Hühnermarkt aufgetrieben, sondern am Berlich. Allerdings hatte er sich dort nicht mit der Hurenwirtin Elsbeth vergnügt, sondern war wohl auch dort seinem Beruf nachgegangen, der unter anderem darin bestand, die ihm unterstellten Hübschlerinnen zu beschützen – und Geld von ihnen einzutreiben.

Der Henker hatte Cathrein bedachtsam und mit geübten Handgriffen untersucht und verarztet. Der gebrochene Armknochen war nun mittels einer Schiene aus einem Holzstecken gerichtet und fixiert, die Rippen in einem Kräuterumschlag fest eingewickelt, die Kopfwunde sowie die Beule und die Brandwunden hatte Meister Hans ebenfalls versorgt und dazu sogar noch ein paar Arzneien aus seinem Haus am Hühnermarkt holen lassen. Wardo hatte eigens dorthin rennen und einen der Knechte um die Herausgabe bitten müssen.

Im Laufe des Tages würde der Henker erneut herkommen, um nachzusehen, wie Cathrein die Nacht überstanden hatte und wie die Wundheilung voranschritt. Mit dem Fieber hatte er gerechnet und Anweisungen hinterlassen, was in einem solchen Falle zu tun sei. Jonata zog denn auch gleich den Eimer mit kaltem Wasser heran, tauchte ein sauberes Leintuch hinein, wrang es sorgfältig aus und tupfte damit über Cathreins Gesicht.

Wieder flatterten die Lider der Bewusstlosen, hoben sich kurz, schlossen sich aber gleich wieder. Cathrein hustete krampfhaft.

«Der Weidenrindensud wird ihr helfen.» Aleydis griff nach dem Krug, stellte aber fest, dass dieser fast leer war.

«Ich lasse Illa neuen aufsetzen.» Rasch nahm Jonata ihr den Krug ab und drückte ihr stattdessen das Tuch in die Hand.

«Cathrein? Wach bitte auf! Versuch, die Augen zu öffnen.» Sorgenvoll tauchte Aleydis das Tuch erneut ins Wasser und tupfte damit über die Wangen und den Hals ihrer einstigen Freundin. Cathreins Wangen waren eingefallen, um ihren Mund herum hatten sich tiefe Falten gebildet, die vor einigen Wochen noch nicht da gewesen waren. Ihre Haut war ungesund blass, weil sie so lange das Tageslicht hatte entbehren müssen, und insgesamt war sie sehr dünn geworden. Von ihrer früheren, leicht zur Molligkeit neigenden Gestalt war nicht mehr viel zu erkennen. Das ehemals so hübsche braune Haar wirkte jetzt spröde und brüchig. Früher war Cathreins Gesicht herzförmig gewesen, nicht übermäßig hübsch, aber auch nicht hässlich. Jetzt ähnelte ihr fahles Antlitz dem einer alten, verhärmten Frau, die jegliche Hoffnung verloren hatte. Aleydis drängte die aufsteigenden Tränen zurück. Wie schnell sich Cathrein verändert hatte! Kaum wiederzuerkennen war sie.

«Ich bin längst wach.» Ein heftiger Husten folgte auf die erstaunlich klar hervorgebrachten Worte. Cathrein schlug die Augen auf und blickte Aleydis spöttisch an.

«Dem Himmel und allen Heiligen sei Dank!» Erleichtert ging Aleydis neben dem Bett in die Knie und legte Cathrein eine Hand an die Wange. Als das Husten nicht nachließ, half sie der Kranken, sich ein wenig aufzurichten, und schob ihr das Kissen so zurecht, dass sie es bequemer hatte. «Wir hatten schon die größte Angst um dich.»

«Um mich?» Cathrein lachte höhnisch, was einen weiteren Hustenanfall auslöste. «Ich bin doch längst tot für euch! Warum habt ihr mich nicht einfach verbrennen lassen?»

«Nein, o nein, das hätten wir niemals zugelassen!» Entgeistert starrte Aleydis Cathrein an. «Du wurdest nicht zum Tode, sondern zu lebenslanger Haft verurteilt.»

«Und dennoch …» Cathrein keuchte und rollte mit den Augen. «Dennoch …»

«Was dennoch?» Besorgt fasste Aleydis an die Stirn der Schwerverletzten. «Du glühst!» Hastig tauchte sie das Tuch wieder ins Wasser und strich damit über Cathreins Gesicht.

Cathrein wand sich stöhnend. «Lass! Verdammte Schmerzen.» Wieder rollte sie mit den Augen, ihr Blick schien zu verschwimmen. «Dennoch …», wiederholte sie, nun krampfhaft atmend. Ihre Stimme erstarb fast, wieder hustete sie. «Dennoch, Aleydis, hat jemand sich bemüßigt gefühlt, das ursprüngliche Urteil an mir zu vollstrecken.» Sie keuchte, bäumte sich etwas auf, dann fiel sie kraftlos zurück ins Kissen. Ihre Augen verdrehten sich ein weiteres Mal, dann schlossen sich die Lider flatternd, und ihr Körper erschlaffte.

«Cathrein!» Erschrocken tastete Aleydis über das Gesicht der Freundin, prüfte ihren Atem, lauschte ihrem Herzschlag. «Cathrein, sag doch was!»

«Was ist geschehen?» Alarmiert von Aleydis' verzweifelten Rufen, stürzte Jonata in die Kammer und beugte sich über Cathrein. «Ist sie aufgewacht?»

«Sie war wach, ganz kurz, und hat mit mir gesprochen.» Als sie sicher war, dass Cathrein noch atmete, ergriff Aleydis ihre Hand und drückte sie leicht. «Sie fiebert immer mehr.»

«Der Weidenrindensud braucht noch ein bisschen.» Jonata nahm Aleydis den Lappen aus der Hand und fuhr fort, Cathreins Gesicht und Hals mit dem kalten Wasser zu betupfen. «Was hat sie gesagt?»

«Nicht viel, und … es klang wirr.» Sicherheitshalber verschwieg Aleydis der Beginenmeisterin die genauen Worte, die Cathrein gesprochen hatte, um sie nicht aufzuregen.

«Das kommt bestimmt vom Fieber.»

Aleydis nickte leicht verstört. «Sagt …» Sie setzte sich zurück auf ihren Stuhl. «Wie konnte dieses schreckliche Feuer überhaupt ausbrechen?»

Jonata hielt inne. «Ich weiß es nicht, Frau Aleydis. Bisher bin ich noch gar nicht dazu gekommen, mir darüber Gedanken zu machen. Es muss ein Unfall gewesen sein. Eine brennende Lampe, ein Kienspan, derlei …»

«Besaß Cathrein denn eine Lampe in ihrer Zelle?»

«Nein.» Jonata schüttelte ratlos den Kopf. «Natürlich nicht.»

«Seid Ihr sicher, dass niemand ihr heimlich eine hat zukommen lassen?» In Aleydis arbeitete es. «Eine der Beginen, eine Magd?»

«Nein, ganz bestimmt nicht. Wir wurden, wie Ihr wisst, genau instruiert, wie wir mit ihr umzugehen haben. Anderes Licht als das, was durch das winzige Fenster fällt, war ihr nicht erlaubt. Ich kann mir nicht vorstellen, dass sich eine von den Beginen oder eine Magd einfach darüber hinweggesetzt hätte. Warum auch?»

«Aus Mitleid?» Nachdenklich knabberte Aleydis an ihrer Unterlippe. «Aber selbst wenn … es gab außer dem Bett nichts Brennbares in der Zelle, wie hätte dadurch das Dach in Brand geraten sollen?»

«Durch Funkenflug vielleicht.»

Aleydis dachte darüber nach und schüttelte den Kopf. «Sie hätte vorher längst um Hilfe rufen können. Oder das Feuer mit ihrer Decke ersticken.»

«Was wollt Ihr damit sagen?» Erstaunt sah Jonata sie an.

Abrupt sprang Aleydis von ihrem Stuhl auf. «Ich muss mir die Unglücksstelle ansehen. Jetzt sofort.»

«He, Ludger, ist der Meister Vinzenz da? Ich muss mit ihm reden.» Die helle, freche Jungenstimme ließ Vinzenz van Cleve den Blick von der Wechselurkunde heben, die er gerade studierte. Neugierig lauschte er auf die Antwort seines jungen Wachmannes, die wie erwartet rüde und unfreundlich ausfiel.

«Du hast gar nix zu wollen, Sabbelschnüss. Mach dich weg von hier!»

«Nee, ich muss da rein und Meister Vinzenz wichtige Neuigkeiten erzählen.»

«Nenn ihn gefälligst Herr van Cleve oder Herr Gewaltrichter, du kleiner Mistfink. Wie oft muss ich dir das noch sagen?»

«Wie oft muss ich dir sagen, dass er mein Fechtmeister ist und ich ihn deshalb Meister Vinzenz nennen darf? Au, hör auf, mich zu schubsen. Ich beiße!»

«Untersteh dich, Zwerg, sonst setzt's was!»

«Lass mich schon durch, du blöder Mutzpuckel. Du weißt genau, dass ich reindarf, wenn ich wichtige Nachrichten habe.»

«Was für wichtige Nachrichten willst du mickriges Kaastemännche schon zu erzählen haben?» Ludgers Stimme klang spöttisch, doch eine Spur Neugier war auch herauszuhören.

«Geht dich nix an, sondern nur den Meister Vinzenz.» Der Junge gab seiner Stimme einen hochmütigen Ton, der seine Wirkung nicht verfehlte.

Ludger schnaubte wütend. «Tu nicht so groß, Klätschköppche.»

«Das ist eine Beleidigung, die kann ich beim Gewaltrichter anzeigen, jawohl!»

«Ich geb dir gleich eine Beleidigung, du kleiner Botzedrisser! Au, verdammt noch eins, lass das Treten!»

«Selbst schuld, Blötschjeseech! Aua, aua, lass mich los! Loslassen, sage ich!»

Vinzenz konnte ein Lachen kaum unterdrücken. Es war doch jedes Mal das Gleiche mit den beiden. «Ludger, nun lass den Jungen endlich herein. Euer Gezänk schreckt ja sämtliche Kunden im Umkreis von zweihundert Schritten ab.»

«Siehste. Ätsch!»

Im nächsten Moment erschien ein ungefähr zehnjähriger Junge mit strohblondem, verstrubbeltem Haar und einem triumphierenden Grinsen in der Wechselstube. Er trat mutig bis zu dem Tisch vor, hinter dem Vinzenz saß und seine Geschäfte führte. Heute hatte er sich, weil seine Lehrjungen auf Botengängen unterwegs waren, einiges an Papieren und Urkunden aus seiner Schreibkammer mit in die Wechselstube genommen, um sie durchzusehen, während er das normale Tagesgeschäft abwickelte. Der Vormittag gestaltete sich sehr ruhig, sodass er sich später auch noch mit einigen Vorgängen in seiner Eigenschaft als Gewaltrichter befassen können würde. Damit wartete er jedoch tunlichst, bis seine Lehrbuben wieder hier waren, denn Gerichtsakten hielt er, wenn er sie mit nach Hause brachte, in seiner Schreibstube streng unter Verschluss.

«Lentz, guten Morgen.» Er nickte dem Gassenjungen freundlich zu. «Ärgerst du wieder mal meine Wachleute?»

«Gar nicht.» Mit seinen großen braunen Augen blickte der Junge sich neugierig um. «Der Ludger ärgert *mich*, nicht ich ihn. Ich bin bloß hier, um Euch wichtige Neuigkeiten zu berichten.»

«Tatsächlich.» Aufmerksam musterte er den kleinen Kerl. «Dann mal heraus mit der Sprache.»

«Was krieg ich denn dafür?» Lentz legte den Kopf ein wenig schräg und setzte seinen besten Unschuldsblick auf.

Wieder musste Vinzenz sich ein Lächeln verkneifen. «Hast du schon gefrühstückt?»

«Ja, hab ich. Gerlin hat mir einen Wecken mit Apfelfüllung zugesteckt.» Der Junge grinste breit. «Aber Hunger hätt ich trotzdem noch.»

«Bette hat Eintopf auf dem Herdfeuer. Wenn die Neuigkeiten interessant genug sind, darfst du dir eine Schale davon holen.»

Lentz' Augen leuchteten. «Bette kocht den besten Eintopf. Noch besser als der von Ells, aber verratet ihr nicht, dass ich das gesagt habe, sonst kriege ich von ihr nix mehr.»

«Ich schweige wie ein Grab.» Auffordernd blickte er den Jungen an. «Also?»

«Im Beginenhof in der Glockengasse hat es gestern Abend gebrannt.»

Vinzenz nickte leicht. «Das ist mir bereits zu Ohren gekommen, und auch dass Frau Cathrein schwer verletzt geborgen wurde. Der Henker kümmert sich um sie, wie ich hörte.» Dass ihn diese Hiobsbotschaft in unangenehmer Weise an die Geschehnisse von vor einigen Wochen erinnerte und darüber hinaus eine diffuse Sorge um eine gewisse Lombardenwitwe in ihm ausgelöst hatte, verdrängte er tunlichst. Brände brachen immer mal wieder aus, und in diesem Falle war glücklicherweise alles glimpflich ausgegangen. Es gab also keinerlei Rechtfertigung für den unseligen Drang, im Hause Golatti – de Bruinker, verbesserte er sich rasch selbst im Geiste – nach dem Rechten zu sehen. Sobald seine Schwester Alba von ihrem Verwandtenbesuch in Deutz zurück war, konnte sie sich darum kümmern und würde ihm zuverlässig Bericht erstatten. Das musste reichen. Dem Vorfall weiteres Gewicht beizumessen und damit seine Aufmerksamkeit auf Aleydis zu lenken tat gewiss nicht gut – weder ihm noch ihr.

Lentz ließ indes etwas enttäuscht die Schultern hängen. «Das wisst Ihr alles schon? Woher denn?»

Vinzenz lächelte nun doch ein wenig. «Du bist nicht mein einziger Informant, Lentz. Was für ein schlechter Gewaltrichter wäre ich wohl, wenn ich nicht sicherstellen würde, dass solche Vorfälle mir unverzüglich zugetragen werden?»

«Hm.» Lentz senkte den Kopf, hob ihn aber gleich wieder, und seine Miene hellte sich auf. «Aber bestimmt wisst Ihr noch nicht, dass Frau Aleydis heute Morgen über die Brandstelle geklettert ist und sich alles genau angesehen hat. Ich hab's selbst gesehen. Ganz schmutzig hat sie sich dabei gemacht. Und danach hat sie sich umgezogen und auch gewaschen, weil sie nämlich hinterher wieder ganz sauber war, und ist mit dem Symon ausgegangen. Gerlin sagt, sie will zum Rathaus und Anklage erheben. Das könnt Ihr noch nicht wissen, weil ich gleich hierhergekommen bin, als Frau Aleydis losgegangen ist.»

«Anklage will sie erheben?» Ahnungsvoll runzelte Vinzenz die Stirn. «Weswegen?»

«Brandstiftung.» Hocherhobenen Hauptes trat Aleydis durch die Eingangstür, dicht gefolgt von ihrem bulligen Knecht Symon. «Und wegen versuchten Mordes. Auf Cathrein wurde ein Anschlag verübt.»

«Frau Aleydis!» Lentz hüpfte vor Schreck regelrecht in die Höhe, als er ihrer ansichtig wurde. «Ich dachte, Ihr wolltet zum Rathaus.»

«Das wollte ich auch.» Aleydis nickte dem Jungen zu. «Aber dann fiel mir ein, dass der Gewaltrichter an einem Samstagvormittag dort vermutlich nicht anzutreffen sein wird.» Sie wandte sich mit einer hölzernen Bewegung, die verriet, wie angespannt sie war, Vinzenz zu, sah ihm aber nicht in die Augen, sondern hielt den Blick starr auf einen Punkt irgendwo neben seinem Kopf gerichtet. «Ich weiß, ich muss damit vor die Schöffen treten, aber zuvor möchte ich, dass Ihr Euch die Brandstelle zusammen mit mir anseht.»

«Warum?» Vinzenz erhob sich von seinem Platz und ging um den langen Wechseltisch herum auf sie zu.

«Weil die Schöffen heute und morgen nicht tagen und ich im Rathaus lediglich meine Klage aussprechen kann. Wenn wir den Täter finden wollen, kann ich aber nicht bis Montag warten.»

Je näher er ihr kam, desto steifer wurde ihre Haltung. Ob sie sich dessen bewusst war, konnte er nicht mit Bestimmtheit ausmachen. Um ihr wie auch sich selbst Raum zum Atmen zu lassen, blieb er in schicklicher Entfernung stehen und verschränkte demonstrativ die Arme vor der Brust. «Klug gedacht, falls etwas an Eurem Verdacht wahr sein sollte.»

In ihrem Blick flackerte es kurz, dann zuckte er erstmals zu seinem, wenn auch nur ganz kurz. «Folgt mir und überzeugt Euch selbst.» Abrupt wandte sie sich ab und verließ die Wechselstube wieder.

Symon sprang verblüfft zur Seite und hob dann mit einem kurzen Blick zu Vinzenz die Schultern, ehe er seiner Herrin eilig folgte.

«Die ist aber ganz schön wütend. Etwa auf Euch?» Lentz grinste wieder breit.

«Wohl kaum.» Zumindest konnte Vinzenz sich nicht vorstellen, weshalb Aleydis sich ihm gegenüber derart unterkühlt und kurz angebunden gab. Er hatte sich nichts vorzuwerfen. Rasch holte er seinen Mantel, dann gab er seinem Knecht Clewin Bescheid, dass er für eine Weile das Haus verlassen würde, und schickte zuletzt Lentz in die Küche, damit er seine Schale Eintopf bekam.

Obwohl er sich sputete, hatte er Aleydis erst am Ende des Kreuzgässchens wieder eingeholt. Sie schritt flott voran, den Kopf hoch erhoben, die Schultern nach wie vor steif zurückgezogen. O ja, sie war wütend, und ihn beschlich das ungute Gefühl, dass er doch nicht gänzlich unschuldig an ihrer üblen Laune war.

«Was genau hat Euch Anlass gegeben, den Brand als von Menschenhand absichtlich herbeigeführt anzusehen?» Als er endlich zu ihr aufgeschlossen hatte, bemerkte er, dass sie die Lippen fest aufeinandergepresst hatte.

«Das werdet Ihr gleich sehen.» Ihre Stimme klang spröde und leicht gepresst. «Und keine Sorge, es handelt sich nicht um irgendwelche weiblichen Flausen. Ich kann beweisen, dass es Brandstiftung war – ebenso wie ich beweisen konnte, dass mein Gemahl ermordet wurde.»

Irritiert runzelte er die Stirn. «Ich erinnere mich nicht, Euch weibliche Flausen vorgeworfen zu haben. Weder heute noch damals.»

«Ich will Euch lediglich die Sorge nehmen, dass Ihr den Weg in die Glockengasse womöglich umsonst zurücklegen müsst. Immerhin scheint Ihr diesen ja ausgesprochen ungern zu gehen.»

«Wie kommt Ihr darauf?»

Sie blieb so jählings stehen, dass er sie um ein, zwei Schritte überholte, bevor er ebenfalls anhielt und sich zu ihr umdrehte.

Ihre Miene war finster, was einen erstaunlichen Kontrast zu ihren zarten Gesichtszügen und den strahlend blauen Augen bildete. Die Kombination hatte ihm früher schon zugesetzt und verfehlte ihre Wirkung auch jetzt nicht. «Das fragt Ihr noch? Ihr schickt Eure Schwester aus, sich mit mir anzufreunden und mir behilflich zu sein, straft mich aber gleichzeitig mit Eurer Missachtung, indem Ihr gleich zweimal eine Einladung zum Essen im Kreis meiner Familie ausschlagt.»

«Ich war beschäftigt.»

«O ja, gewiss.» Sarkastisch verzog sie die Lippen. «Hauptsächlich damit, mir aus dem Weg zu gehen, nicht wahr?»

Beinahe hätte er sich an dieser Wahrheit verschluckt. «Ich wusste nicht, dass Euch an meiner Anwesenheit zu jenen Anlässen so viel lag.»

Ruckartig wandte sie sich ab und ging weiter auf die Glockengasse zu. «An Eurer Anwesenheit liegt mir überhaupt nichts, Herr van Cleve.»

«Waren wir nicht einst bei Meister Vinzenz angelangt?», versuchte er einen heiteren Einwand.

«Nein, denn mein Meister – Fechtmeister oder wie auch immer Ihr es nennen möchtet – seid Ihr ja nicht. Oder nicht mehr, seit Eure Schwester es übernommen hat, mich in der Kunst der Selbstverteidigung zu unterrichten.» Sie lief weiter, ohne ihn auch nur eines Blickes zu würdigen. «Aber das ist durchaus sinnvoll, denn, wie gesagt, an Eurer Gesellschaft liegt mir nicht das Geringste.»

«Aha.» Er kämpfte beharrlich gegen den Drang an, sie zu sich herumzudrehen, um ihr ins Gesicht sehen zu können. «Verratet Ihr mir dann wohl, weshalb Euch meine Abwesenheit bei den genannten Gastmählern so gegen mich aufbringt?»

Mittlerweile hatten sie den Beginenhof erreicht, sodass Aleydis erneut stehen blieb. Diesmal richtete sie ihren Blick auf seine Augen, jedoch so starr, dass sie ihn vermutlich gar nicht wahrnahm. Sie hatte sich vollständig vor ihm verschlossen. «Es bringt mich gegen Euch auf, Herr van Cleve, weil Euer Fernbleiben eine Missachtung des guten Benehmens darstellt.»

Seine Augen verengten sich. «Ihr haltet mich also für unhöflich?»

«Ja. Es sei denn, das Ausschlagen gleich zweier Einladungen hat sogar noch andere, niederträchtigere Gründe.» Sie verschränkte die Arme vor dem Leib und schob ihr Kinn ein wenig vor. «Ich bin weiß Gott nicht erpicht darauf, mich einen ganzen Abend Eurer Missbilligung auszusetzen, aber habt Ihr auch nur einen Moment darüber nachgedacht, welchen Eindruck es auf meine Familie und Freunde macht, wenn der größte Konkurrent meines verstorbenen Gemahls einerseits behauptet, er wolle keinen Zwist mehr zwischen unseren Familien, ja mir sogar seine Schwester als Unterstützung ins Haus schickt und sich dann beharrlich weigert, selbst den Weg dorthin einzuschlagen, um einen Abend lang wenigstens den schönen Schein zu wahren?»

Von dieser Warte aus hatte er die Sache noch nicht betrachtet. «Es gibt keine niederträchtigen Hintergedanken, die mich davon abhalten, Eure Gesellschaft zu suchen, Frau Aleydis.» Nun verschränkte auch er die Arme, hauptsächlich um seine Hände unter Kontrolle zu halten, mit denen er sie liebend gerne erwürgt hätte. Er hatte ganz vergessen, wie sehr sie ihm auf den Magen schlagen konnte. «Mir liegt nichts ferner, als die Rivalität zwischen unseren Familien wiederzubeleben, insbesondere da Ihr Eure Geschäfte mittlerweile wieder unter dem Namen de Bruinker führt und Euch damit von Golattis Machenschaften distanziert habt. Noch habe ich vor, mich einzumischen oder irgendwo hineinzudrängen.»

«Dann trägt Alba Euch also nicht jede Kleinigkeit zu, die sich in meinem Haus oder der Wechselstube begibt?»

«Doch.» Allmählich wurde er rechtschaffen wütend. «Aber nicht zum Zweck, Euch durch sie auszuspionieren, falls Ihr mir dies unterstellen wollt.» Er runzelte die Stirn. «Das ist lächerlich.»

«Dann straft Ihr mich also aus reiner Gewohnheit mit Nichtachtung.» Sie hob die Schultern. «Das ist gut zu wissen.»

Zorn stieg in ihm auf, bitter wie Galle. «Dreht mir nicht die Worte im Mund um und wagt es nicht, Euch die Wahrheit so zurechtzubiegen, wie sie Euch in den Kram passt. Dass ich Eure Einladungen abgelehnt habe, hatte diverse Gründe, die jedoch allesamt nichts damit zu tun haben, dass ich Euch einen Schaden zufügen will oder Euren Ruf in Frage stelle. Im Gegenteil – ich bin davon ausgegangen, sowohl Euch als auch mir einen Gefallen zu tun, wenn ich mich von Euch fernhalte.»

«Ach.» Zwischen ihren Augenbrauen entstand eine steile Falte.

«Ja, ach.» Er lockerte seine starre Haltung ein wenig. «Aber wenn es Euch so wichtig ist, was für einen Anschein wir erwecken, werde ich Eurer nächsten Einladung gerne Folge leisten, damit wir einen ganzen Abend damit zubringen können, dass Ihr mich angiftet und ich Euch mit der entsprechenden Dosis Missbilligung strafe.» Angelegentlich sah er sich um. «Können wir uns nun endlich der Brandstelle widmen und der Beweisführung hinsichtlich Eurer Anklage?»

Aleydis zögerte für den Bruchteil eines Augenblicks, dann nickte sie und trat durch das geöffnete Tor in den kleinen Innenhof des Anwesens, das, soweit er informiert war, derzeit sechs oder sieben Beginen beheimatete. Die Gebäude – Wohnhaus, Remise und der kleine Vieh- und Hühnerstall – waren gut in Schuss. Auch der Garten wirkte gepflegt und wies selbst um diese Jahreszeit noch einen vergleichsweise üppigen Bewuchs auf, was bewies, dass die Beginen sich mit Hingabe darum kümmerten. Es gab über hundert Beginenhöfe in Köln – dieser hier in der Glockengasse gehörte eindeutig zu den schönsten. Kein Wunder, wenn man bedachte, dass nicht nur Jonata Hirzelin, die Beginenmeisterin, aus betuchtem Hause stammte, sondern auch die meisten anderen Bewohnerinnen. Die Beginen lebten und arbeiteten zwar keusch und nach strengen Regeln, durften aber, im Gegensatz zu Ordensschwestern, ihr Hab und Gut behalten und, falls sie es wollten, den Beginenhof jederzeit wieder verlassen, um in ein weltliches Leben zurückzukehren. Nicht selten unterstützten die Familien der Beginen sie mit regelmäßigen Unterhaltszahlungen oder Spenden. Im Fall des Beginenhofs in der Glockengasse kam noch hinzu, dass Nicolai Golatti nicht nur seiner Tochter, die hier seit dem Tod ihres Gemahls gelebt hatte, eine nicht unbeträchtliche Leibrente hinterlassen, sondern dem Beginenhof selbst testamentarisch eine beachtliche Summe zugesprochen hatte. Obwohl Cathrein nun nicht mehr zur Gemeinschaft der Frauen gehörte, blieb der Beginenmeisterin dennoch diese geerbte Geldsumme, mit der sie sich und den ihr unterstellten Beginen ein auskömmliches Leben ohne jeglichen Mangel ermöglichen konnte. Frau Jonata, so wusste er, weil sie ebenfalls mit Alba gut bekannt war, wirtschaftete besonnen und sparsam. Die Beginen hatten immerhin ein Leben in Armut und christlicher Wohltätigkeit gelobt.

In einer abgezäunten Ecke scharrten zehn oder zwölf Hühner im Staub, aus dem Stall waren das Meckern einer Ziege und das Grunzen eines Schweins zu vernehmen. Alles hätte friedvoll wirken können, wenn nicht auf der Rückseite des Wohnhauses die rußgeschwärzte Ruine von Cathreins Gefängniszelle ein hässliches Mahnmal gebildet hätte.

Es roch immer noch scharf nach Rauch. Vinzenz ging langsam und mit aufmerksamem Blick auf die ehemalige Gefängnisklause zu. Sie war solide gemauert und mit einem ordentlichen, wind- und wetterfesten Dach ausgestattet gewesen. Er hatte sich nach dem Bau selbst davon überzeugt, dass es keinerlei Fluchtmöglichkeiten für die Delinquentin gab.

Dort, wo sich einst das Fenster – die einzige Möglichkeit zum Kontakt mit der Außenwelt – befunden hatte, klaffte jetzt ein großes Loch, das von den Rettern in die Mauer geschlagen worden war. Das Dach war vollständig eingestürzt. Jemand hatte die schweren Dachbalken beiseitegeschoben, doch überall lagen noch Reste verkohlter Holzlatten sowie die gebrannten Dachziegel, die mit Sicherheit aus Aleydis' Börse bezahlt worden waren. Kein undichtes Holzdach für Cathrein Golatti, mochte sie auch mehrere Morde begangen haben.

Vinzenz warf Aleydis diese möglicherweise übertriebene Wohltätigkeit nicht vor – im Gegenteil. Er bewunderte sie dafür, dass sie Cathrein nicht in Grund und Boden verdammte. Cathrein, da war er sich ziemlich sicher, war nicht mehr ganz richtig im Kopf. Vor dem Gesetz machte dies indes keinen Unterschied – Mörder wurden hingerichtet, ganz gleich, in welchem Geisteszustand sie sich befanden. Ausschlaggebend war jedoch, inwieweit die betroffene Familie, der in diesem Fall ja gleichzeitig die Anklägerin entstammte, sich für ein milderes Urteil einsetzte. Sowohl Aleydis als auch die Familie Hürth hatten ihren Einfluss geltend gemacht, um zu verhindern, dass Cathrein in einer öffentlichen Hinrichtung ums Leben gebracht wurde. Der Skandal war so schon groß genug.

Dass es sich nicht um ein zufällig oder durch reine Fahrlässigkeit entstandenes Feuer gehandelt hatte, wurde ihm klar, als er vorsichtig das klaffende Loch in der Wand passierte und sich im Inneren der Gefängniszelle genauer umsah. Trotzdem wandte er sich zunächst mit skeptischer Miene zu Aleydis um, die vor dem Eingang stehen geblieben war und ihm zusah. «Stand der Gefangenen hier drinnen eine Lampe zur Verfügung?»

«Nein.» Aleydis trat ein paar Schritte näher. «Frau Jonata hat mir versichert, dass dem nicht so war.»

«Ein Kienspan? Eine Kerze?»

«Nichts dergleichen.» Mit der Schuhspitze berührte sie die Überreste der Pritsche. Die einfache Strohmatratze war an zwei Seiten verkohlt, die Wolldecke wies Brandlöcher auf, das Gestell war geborsten, als der Dachstuhl daraufgekracht war. «Cathrein hat sich unter dem Bett versteckt, als sie den Brand bemerkt hat.»

«Sie hat nicht um Hilfe gerufen?» Er wich ihr ein wenig aus, damit sich ihre Körper in dem engen Raum nicht versehentlich berührten, und sah sich die verbrannten Dachlatten und -balken näher an.

«Wahrscheinlich war sie dazu schon zu schwach, weil sie den ganzen Rauch eingeatmet hat.» Zu seinem Unbehagen folgte Aleydis ihm und deutete auf einen besonders verkohlten Balken. «Hier muss es angefangen haben.»

Vorsichtig hob er das Balkenende an und besah es sich von nahem. Er roch sogar an dem Holz, dann legte er es zurück auf den Boden, stieg darüber hinweg und untersuchte die Latten in der gegenüberliegenden Ecke der Kammer. «Oder hier.» Mit spitzen Fingern zupfte er ein Stückchen Leintuch zwischen zwei Latten hervor und rieb es zwischen den Fingern, dann hob er es an die Nase. «Tran.» Auffordernd hielt er Aleydis den Fetzen hin, doch sie nahm ihn nicht entgegen, sondern nickte nur.

«Ich weiß. Ich sagte doch, dass ich es beweisen kann.» Sie deutete auf das Bett. «Selbst wenn Cathrein eine Lichtquelle

95

hier drinnen gehabt hätte, wäre doch zuerst ihr Bett in Brand geraten und nicht das Dach.»

«Es sei denn, sie hätte das Feuer selbst gelegt.»

«Das glaubt Ihr?» Verärgert hob sie den Kopf und sah ihn endlich direkt an.

«Sie hat schon damals versucht, sich das Leben zu nehmen, wenn Ihr Euch erinnern möchtet. Euer Schwager hat den Versuch, sie davon abzuhalten, letztlich mit dem Leben bezahlt.»

Sie schauderte. «Daran erinnere ich mich nur zu gut, immerhin war ich dabei.»

Er neigte leicht den Kopf. «Was spricht also Eurer Meinung nach dagegen, dass sie es jetzt erneut versucht hat?»

«Die Tatsache, dass jemand links und rechts außen am Dachüberstand trangetränkte Lappen festgeklemmt und entzündet hat.» Sie wies mit dem Kinn in Richtung des stark verkohlten Balkenendes, das er zuerst untersucht hatte. «Ganz oben auf dem Giebel muss auch solch ein Lappen gewesen sein, vermutlich unter eine der Schindeln geklemmt.» Sie stieg vorsichtig über die zerbrochenen Dachpfannen und wies mit dem Zeigefinger auf den Giebelbalken, der ziemlich genau in der Mitte gebrochen war, dort, wo das Feuer offenbar am längsten gebrannt hatte. Sie schluckte hörbar und wandte sich ihm dann wieder zu. Ihre Miene verriet reines Grauen. «Jemand hat versucht, aus der Zelle so etwas wie einen umgedrehten Scheiterhaufen zu machen.»

«Eine Räucherkammer wohl eher.» Er nickte zustimmend. «Das habt Ihr gut beobachtet, Frau Aleydis.»

Überrascht sah sie auf. «Außerdem hat Cathrein mir gesagt, dass jemand einen Anschlag auf ihr Leben verübt hat.»

Verblüfft hielt er inne. «Ich dachte, sie sei schwer verletzt und ohne Bewusstsein.»

«Sie ist heute früh kurz erwacht.»

«Und hat Euch vielleicht auch erzählt, wer den Brand gelegt hat?»

Die steile Falte kehrte zwischen ihre Augen zurück, ebenso ihr frostiger Ton. «Nein, hat sie nicht. Ich glaube auch nicht, dass sie weiß, wer es gewesen ist. Ihre genauen Worte waren: ‹Dennoch hat jemand versucht, das ursprüngliche Urteil an mir zu vollstrecken.›»

Vinzenz dachte kurz darüber nach. «‹Dennoch›?»

Mit sichtlichem Unbehagen hob Aleydis die Schultern. «Sie wollte wissen, warum wir sie nicht einfach haben verbrennen lassen.»

«Also doch!»

«Nein!» Finster starrte sie ihn an. «Ich widersprach ihr, dass wir so etwas niemals zugelassen hätten, weil sie nicht zum Tode, sondern zu lebenslanger Haft verurteilt worden sei.»

«Ich frage mich nachgerade, ob ich ihr damit wirklich einen Dienst erwiesen habe, wenn sich nun jemand befleißigt fühlt, meine Entscheidung rückgängig zu machen.» Ehe Aleydis aufbrausen konnte, hob er abwehrend die Hände. «Ich stelle Euren Begehr, das Urteil abzumildern, nicht in Frage. Es war Euer gutes Recht, um Milde zu bitten.»

«Die Euch sonst so gar nicht liegt.»

«Da habt Ihr vollkommen recht.» Er musterte sie aufmerksam. Sie liebte die Mörderin immer noch wie eine Schwester, das war unschwer zu erkennen. «Ich lasse Milde nur walten, wo ich sie für angebracht halte.»

Erneut blickte sie ihm in die Augen, diesmal skeptisch. «Wollt Ihr behaupten, ich habe Euch gegen Euren Willen und Eure Überzeugung dazu verleitet?»

Er lachte trocken auf. «Schmeichelt Euch nicht selbst, Frau Aleydis. Abgesehen davon, dass Ihr es nicht allein wart, die um Abmilderung des Urteils ersucht hat, habe ich nie behauptet, dass das Todesurteil im Falle Eurer – was ist sie eigentlich: Eure Stieftochter?»

«Ja, und Freundin.» Wieder verschränkte sie die Arme vor dem Leib. «Zumindest war sie das einst.»

Er nickte ihr zu. «Dass das Todesurteil in ihrem Falle die angemessene Bestrafung gewesen wäre.»

Ihre Augen weiteten sich überrascht, und sie ließ die Arme wieder sinken. «Warum?»

«Weil …» Er hätte ihr diverse Gründe nennen können, doch keiner davon fußte auf sachlicher Argumentation, wie sie einem Gerichtsurteil zugrunde liegen sollte. Also beschränkte er sich auf den offensichtlichsten – und am wenigsten gefährlichen – Grund: «Sie hat den Verstand verloren. Sie ihres irdischen Lebens zu berauben, entspräche dem geschriebenen und althergebrachten Gesetz, hätte aber stets den Beigeschmack von Hilflosigkeit. Wie gehen wir mit Menschen um, die wie Eure einstige Freundin durch innere oder äußere Umstände irrgeworden sind? Wir sperren sie in Narrentürme, damit sie uns aus den Augen kommen und niemandem Schaden zufügen können. Tun sie es doch, weil ihr Irrsinn zu spät erkannt wurde, können wir sie natürlich dem Tode überantworten. Im höllischen Fegefeuer wird Cathrein für ihre Sünden höchstwahrscheinlich büßen, ob jetzt gleich oder später.»

«Ihr klingt, als hegtet Ihr daran Zweifel.» Aleydis kräuselte nachdenklich die Lippen. «Glaubt Ihr nicht, dass sie den Tod und das Fegefeuer verdient hat?»

«Ich glaube», setzte er vorsichtig an, weil er wusste, dass er sich mit seiner Meinung scharf am Rande zur Blasphemie bewegte, «dass es Menschen gibt, die durch äußere Einflüsse oder ein besonders empfindsames Wesen so sehr verzweifeln können, dass ihr Verstand daran zerbricht. Wenn das aber nun der Fall ist, wieso kann man sie dann in gleichem Maße für ihr

Handeln verantwortlich machen wie jemanden, der bei vollem Bewusstsein eine Untat begeht? Unsere Rechtsprechung unterscheidet jedoch nicht zwischen einem gemeinen Mörder und solchen diffizilen Einzelfällen.»

Aleydis dachte eine ganze Weile über seine Worte nach. «Ihr sprecht, als hättet Ihr früher schon Erfahrungen mit solchen … diffizilen Einzelfällen gemacht.»

Er wusste sofort, worauf sie anspielte, und ärgerte sich über den Zorn, den das unvermittelt in ihm auslöste. Nicht auf sie, sondern auf sich selbst, weil er sich nach all der Zeit noch immer nicht davon lösen und damit abschließen konnte. «Annelin hat sich nicht selbst das Leben genommen, wenn Ihr darauf anspielt. Mit ihr haben meine Ansichten in dieser Sache nicht das Geringste zu tun.» Er stieg entschlossenen Schrittes über den verbrannten Schutt hinweg und verließ die enge Zelle. Draußen sog er gierig die kühle Herbstluft in die Lungen. «Ich gebe Eurer Klage statt, Frau Aleydis. Bei diesem Brand handelt es sich nicht um einen Unfall, sondern um einen Anschlag auf das Leben von Cathrein Golatti. Wenn Ihr wollt, kann ich die Nachricht den Schöffen überbringen, dann müsst Ihr nicht selbst zum Rathaus gehen.»

KAPITEL 5

Natürlich hatte sie die Sache vollkommen falsch angegangen – und den Gewaltrichter gegen sich aufgebracht. Aleydis war wütend auf sich selbst und konnte sich nicht erklären, weshalb sie die Einladungen überhaupt erwähnt hatte. Damit hatte sie einzig und allein den Eindruck eines beleidigten Kindes erweckt. Da musste sie sich ja nicht wundern, wenn van Cleve sie nicht ernst nahm.

Es hatte sie verblüfft, dass er vergleichsweise ruhig geblieben war und ihr trotz ihrer kindischen Tirade weiter zugehört hatte. Ihrer Beweisführung hatte er freilich nicht widersprechen können, denn die Hinweise, dass jemand das Feuer absichtlich gelegt hatte, waren eindeutig.

Er hatte versprochen, sich im Lauf des Tages in der Stadt umzuhören, nachdem er ihre Klage den Schöffen unterbreitet hatte, und sie am folgenden Tag nach der Sonntagsmesse aufzusuchen, um ihr die Ergebnisse seiner Nachforschungen zu unterbreiten. Sie hatten kein Wort darüber verloren, doch Aleydis war sich sicher, dass er wie sie davon ausging, dass der Anschlag auf Cathrein etwas mit dem Tod von Nicolai zu tun hatte.

Allein der Gedanke jagte ihr eiskalte Angstschauder über den Rücken. Denn wem konnte etwas daran liegen, die Mörderin des mächtigsten Lombarden Kölns dem Feuertod zuzuführen? Jemandem aus der Unterwelt? Falls ja, aus welchem Grund? Oder war es gar jemand aus der Familie gewesen, der sich rächen wollte? Oder – schlimmer noch – jemand, der es auf das Erbe abgesehen hatte? In dem Fall wäre nicht nur Cathrein in Gefahr, sondern auch Aleydis selbst – sie alle. Sosehr sie versuchte, diesen Verdacht beiseitezuschieben, er holte sie den ganzen Tag über immer wieder ein.

Vinzenz van Cleve hatte sich nach der Besichtigung der Brandstelle ausbedungen, Cathrein zu sehen, die jedoch wieder bewusstlos war. Danach hatte er sich verabschiedet, und Aleydis hatte Jonata erneut eine Weile bei der Betreuung der Verletzten geholfen. Schließlich war sie jedoch nach Hause zurückgekehrt, denn ihr eigener Haushalt und die Wechselstube bedurften dringend ihrer Aufmerksamkeit.

Marlein und Ursel bestürmten sie regelrecht mit Fragen über das Unglück und den Zustand ihrer Mutter. Die Mädchen litten am meisten unter dem Umstand, dass Cathrein für ihre Taten lebend eingemauert worden war. Beide waren noch zu jung, um das volle Ausmaß der Geschehnisse zu begreifen. Aleydis hatte ihnen anfangs noch erlaubt, die Mutter hin und wieder zu besuchen, dann aber festgestellt, dass dies den Kindern nicht guttat. Sowohl Ursel als auch Marlein waren hinterher jedes Mal verwirrt und traurig gewesen. Auch wussten sie nichts mit Cathreins plötzlichem Dauerschweigen anzufangen, das sie bisher nur Aleydis gegenüber hin und wieder gebrochen hatte, um seltsame Dinge von sich zu geben. Also hatte sie den Mädchen ein Besuchsverbot ausgesprochen und seither den Eindruck gewonnen, dass die beiden darüber sogar recht froh waren. Seit einer Weile sprachen sie kaum noch über ihre Mutter, und das Entsetzen über die Geschehnisse war einer Art allgemeiner Trauer gewichen, fast so, als wäre Cathrein gestorben.

Nun spülten die Erinnerungen alles wieder an die Oberfläche, und da Aleydis nicht leugnen konnte, dass jemand einen Mordanschlag auf Cathrein verübt hatte, war die Aufregung natürlich noch größer als zuvor.

Um ein wenig Ruhe in die Angelegenheit – und ihren Haushalt – zu bringen, hatte sie Marlein in ihre Kammer geschickt, wo sie eines der alten Rechnungsbücher aus Nicolais legitimen Geschäften studieren sollte. Auf diese Weise sollte sie sich mit der Kunst der Buchführung vertraut machen. Ursel saß derweil am äußersten Ende des langen Tischs in der Wechselstube und polierte mit einem Tuch mehrere Waagen und die zugehörigen Gewichte, die Aleydis aus dem Keller geholt hatte.

Brunhild hatte normalerweise in der Wechselstube nichts verloren, dennoch hatte Aleydis sie angewiesen, auf der Bank im rückwärtigen Teil des Raumes Platz zu nehmen und sich ihren Handarbeiten zu widmen. Matteo hingegen hatte seinen Platz neben Aleydis am Wechseltisch eingenommen und ließ sich aufmerksam erklären, worauf beim Einwechseln von Münzen verschiedener Währungen zu achten war. Da er seine Lehre als Eisenwarenhändler bereits fast abgeschlossen hatte, war er sehr verständig und begriff schnell. Das Rechenbrett, das er aus seiner Kammer mitgebracht hatte, und seinen Abakus benutzte er nur bei sehr schwierigen Rechenoperationen.

Nachdem sie drei Kunden, alles Kaufleute auf der Durchreise, gemeinsam bedient hatten und Aleydis sicher war, dass Matteo die grundlegenden Vorgänge verstanden hatte, wandte sie sich den Urkunden zu, die sie aus Nicolais oder vielmehr nun ihrer Schreibkammer hinter der Wechselstube mitgebracht hatte. Es handelte sich um Schuldverschreibungen, die in diesem Monat fällig wurden, von den betreffenden Personen oder deren Geschäftspartnern aber noch nicht eingelöst worden waren. Obwohl der Oktober sich bereits dem Ende zuneigte, war dies nichts Ungewöhnliches. Manchmal verspäteten sich Reisende, Warenlieferungen trafen zu anderen Zeiten ein als veranschlagt – und in seltenen Fällen verfielen Wechsel oder Schuldverschreibungen auch, weil deren Inhaber oder Wechselberechtigte nie auftauchten. Es gab Fristen, die zu beachten waren, und Nicolai hatte stets genau notiert, unter welchen Voraussetzungen geldwerte Wechsel bei ihm hinterlegt worden waren. Auch von den Urkunden selbst hatte er stets eine Zweitschrift angefertigt, und so hielt Aleydis es nun ebenfalls, auch wenn es doppelte Arbeit bedeutete. Doch auf diese Weise hatte sie stets einen Überblick über alle Vorgänge, und niemand konnte ihr mit falschen Anfragen oder sonstigen betrügerischen Absichten daherkommen.

Sie notierte sich gerade auf einer Wachstafel die nächsten Schritte, die zu beachten waren, falls zwei der ihr vorliegenden Wechsel nicht binnen der eingetragenen Frist eingelöst wurden – sie musste dann einen Boten zum jeweiligen Inhaber der Urkunden schicken und nachfragen lassen –, als eine weitere Kundin die Wechselstube betrat. Bei ihrem Anblick strahlte Aleydis. «Jungfer Adelheid, guten Tag! Wie schön, dass Ihr wieder einmal den Weg zu uns findet.» Sie erhob sich und winkte die Kundin näher. «Wie geht es Euch und Meister Langhölm?»

Die junge Frau mit geflochtenem und zu Schnecken aufgestecktem, jedoch unbedecktem braunem Haar trat lächelnd an den Wechseltisch heran. «Guten Tag, Frau Aleydis. Danke der Nachfrage, meinem Vater und mir geht es ausgezeichnet. Wir ziehen mit unseren Töpfen und Pfannen unsere Kreise, wie Vater es immer nennt, und sind nun wieder einmal von Frankfurt herübergekommen. Auf der dortigen Messe konnten wir ausgezeichnete Geschäfte tätigen und uns diesmal sogar die Reise über den Rhein leisten, deshalb waren wir schneller unterwegs als sonst. Leider ist an unserem Wagen, als er vom Schiff abgeladen wurde, die Deichsel gebrochen, und nun müssen wir sie schnellstens reparieren lassen. Und unsere Zugtiere brauchen neues Futter, deshalb schickt Vater mich, rasch unser Geld in Kölner Münze wechseln zu lassen.» Sie reichte

Aleydis einen umfänglichen Beutel, in dem es verheißungsvoll klimperte.

«Ihr seid aber wohl nicht mit all dem Geld allein durch Köln gelaufen?», fragte Matteo erstaunt und musterte die Kundin neugierig. «Das ist viel zu gefährlich.»

Adelheid lachte. «O nein, natürlich nicht. Frieder, das ist unser Waffenknecht, begleitet mich stets, wenn ich Besorgungen machen muss.» Sie deutete hinter sich auf die offene Tür, vor der in wenigen Schritten Entfernung ein grobschlächtiger, kahlköpfiger Knecht wartete, dessen grimmiger Blick alleine wohl schon genügte, um Bettler und Diebesgesindel auf Abstand zu halten.

«Oh, gut.» Matteos Gesicht färbte sich leicht rötlich.

Adelheid blickte von ihm zu Aleydis. «Ihr habt also einen neuen Gehilfen eingestellt? Gehen die Geschäfte gut, und kommt Ihr zurecht, seit …» Sie stockte. «Verzeiht, ich wollte Euch nicht so plump an Euren schrecklichen Verlust erinnern.»

«Keine Sorge. Ich habe Eure Frage ganz und gar nicht als plump empfunden», erwiderte Aleydis. «Es geht uns so gut, wie man es unter den gegebenen Umständen erwarten kann. Die Wechselstube ist nach wie vor einträglich, auch wenn wohl einige Kunden nicht mehr kommen, weil sie einer Frau nicht zutrauen, das Geschäft zu führen, aber die meisten sind uns treu geblieben.»

«Das freut mich zu hören.» Auf Adelheids Gesicht zeichnete sich ehrliche Erleichterung ab. «Vater war auch schon besorgt, weil er befürchtete, Ihr könntet Euch vielleicht gegen die gewaltige Konkurrenz hier in Köln nicht durchsetzen. Er hat immer gern Geschäfte mit Eurem seligen Gemahl gemacht – Herr Nicolai war so ein freundlicher, gutherziger Mann.» Ihre Miene wurde wieder verlegen. «Natürlich haben wir inzwischen so einige böse Gerüchte gehört, aber Ihr dürft versichert sein, dass wir nicht eines davon glauben. Herr Nicolai war ein ehrenwerter Mann und immer liebenswert und zuvorkommend zu uns. Schande über die Lästermäuler, die nach seinem Tod so viel Unfreundliches über ihn verbreiten.»

Aleydis lächelte ein klein wenig gequält. «Setzt Euch doch hier hinten zu Brunhild auf die Bank, Jungfer Adelheid, solange wir Eure Münzen zählen und abwiegen. Es wird nur einen kleinen Moment dauern. Matteo, die Waage und den Umrechnungskurs für Frankfurt bitte.»

Dankbar nickte Adelheid ihr zu und setzte sich zu Brunhild auf die Bank, blickte dann aber den Jungen noch einmal genauer an. «Sagt, Ihr heißt Matteo? Matteo Golatti gar?»

Der Junge drehte sich zu ihr um. «Ja, der bin ich.» Er schluckte so heftig, dass sein Adamsapfel auf und ab hüpfte. Seine Stimme kiekste ganz leicht vom Stimmbruch. «Ich kenne Euch.»

«Und umgekehrt.» Adelheid lachte. «Wir sind uns vor Jahren schon mal begegnet, nicht wahr? Damals wart Ihr zwölf oder dreizehn Jahre alt, schätze ich. Mein Vater hat mit dem Euren Geschäfte betrieben und mich manchmal mitgenommen. Ich war gerade sechzehn geworden und damit in seinen Augen alt genug, um zu lernen, mit Handelspartnern umzugehen.»

«Dreizehn.» Matteo räusperte sich. «Ich war dreizehn, als Ihr das erste Mal in unser Kontor kamt.» Sein Gesicht färbte sich in ein noch tieferes Rot als zuvor.

«Und das dürfte jetzt gut drei Jahre her sein.» Adelheid lächelte strahlend. «Wie nett, dass wir uns hier erneut begegnen. Aber sagt, wie kommt es, dass Ihr Frau Aleydis helft und nicht Eurem Herrn Vater in dessen Kontor? Oder hat er Euch trotz seines eigenen Gebrechens an Frau Aleydis ausgeliehen, damit ihr jemand bei den vielfältigen Geschäften zur Hand geht? In einer Familie muss man einander schließlich zur Seite stehen, nicht wahr? Und mittlerweile müsste er sich doch von den schlimmen Verletzungen wieder erholt haben, zumindest weitgehend. Das hat er doch? Wir haben sehr für ihn gebetet.» Fragend blickte sie von Matteo zu Aleydis.

«Ihr dürftet es noch nicht erfahren haben, wenn Ihr gerade erst von Frankfurt herübergekommen seid.» Während sie sprach, schüttete Aleydis die Münzen aus dem Geldbeutel in eine große Messingschale und schob diese Matteo hin, damit er die Geldstücke nach Sorten sortierte. «Andrea Golatti ist leider vor etwas mehr als zwei Wochen seinen Verletzungen erlegen.»

«O nein.» Entsetzt schlug Adelheid die Hände vor den Mund. «Das tut mir entsetzlich leid. Und da rede und rede und rede ich auch noch in einem fort, wie nett es von ihm ist, Euch hier aushelfen zu lassen.» Sie warf Matteo einen mitfühlenden Blick zu. «Mein allerherzlichstes Beileid zu diesem Verlust, Matteo.»

«Danke.» Der Junge senkte den Blick auf die Messingschale. «Es ist alles sehr … schwierig.»

«Und dennoch findet Ihr die Kraft, Frau Aleydis zu helfen.» Adelheid streckte die Hand aus, so als wollte sie Matteo berühren, doch sie saß zu weit von ihm entfernt und verschränkte auch sogleich wieder die Hände im Schoß, als ihr bewusst zu werden schien, dass die Geste nicht ganz schicklich war. «Das ist wahrhaft christlich und zeugt von Eurem guten Charakter.»

«Hm … ja, also danke noch mal.» Sichtlich verlegen beugte Matteo sich über die Münzen und schob sie eifrig in der Messingschale hin und her.

Aleydis hüstelte unterdrückt und blickte zwischen den beiden jungen Leuten neugierig hin und her. Adelheid lächelte immer noch versonnen und beobachtete Matteo, obwohl er nun mit dem Rücken zu ihr saß und sie kaum etwas sehen konnte.

«Möchtet Ihr uns beim Wechsel vielleicht zusehen?» Ganz

sicher war Aleydis sich nicht, ob dieser Vorschlag sinnvoll war, aber sie hatte gesprochen, bevor sie weiter darüber hatte nachdenken können.

«Oh, gerne.» Adelheid richtete sich ein wenig auf. Als Matteo noch lauter mit den Münzen klimperte und nervös zu werden schien und Ursel daraufhin zu kichern begann, blieb sie jedoch sitzen. «Andererseits habe ich noch gar nicht das Vergnügen gehabt, dieser netten Jungfer hier vorgestellt zu werden.» Sie wandte sich dem Mädchen neben ihr zu.

Aleydis staunte nicht schlecht über Adelheids feines Gespür, was Matteos Verlegenheit anging, und sie antwortete bereitwillig: «Dies ist Brunhild, die Tochter einer Freundin. Sie wird für ein oder zwei Jahre bei uns bleiben, um das Hauswirtschaften zu erlernen.»

«Tatsächlich!» Adelheids herzliches Lächeln traf nun auf Brunhild. «Es freut mich, Eure Bekanntschaft machen zu dürfen, Jungfer Brunhild. Wie ich sehe, beschäftigt Ihr Euch mit Stickereien.» Sie deutete auf die bunten Blütenranken, die Brunhild bereits auf den Kissenbezug in ihrem Schoß gestickt hatte. «Und mit so außergewöhnlicher Fertigkeit! Das würde mir niemals gelingen. Ich bin froh, dass ich Strümpfe stopfen und Risse in unseren Kleidern flicken kann. Dies hier ist einfach wunderbar.»

«Danke sehr.» Auch Brunhild lächelte und errötete leicht, wenn auch mehr aus Freude über das überschwängliche Lob denn aus Verlegenheit. «Ich liebe Handarbeiten. Am liebsten würde ich den lieben langen Tag nichts anderes tun.»

«Ja, wenn du nicht gerade träumst.» Wieder kicherte Ursel. «Brunhild ist nämlich ein richtiges Drömdöppen. Das sagt zumindest Ells, unsere Köchin.»

«Ursel!» Mahnend hob Aleydis den Zeigefinger. «Sei nicht so frech!»

«Das würde ich dir ebenfalls raten, Jungfer Ursel.» Die dunkle Männerstimme an der Tür ließ alle Anwesenden ruckartig herumfahren.

Aleydis' Herz machte einen Satz, als sie Vinzenz van Cleve erkannte.

Er lächelte Ursel grimmig zu. «Auch wenn Ells mit dieser Einschätzung durchaus richtigliegt.» Er nickte Aleydis zu, dann Brunhild, die erfreut aufgesprungen war und hastig die Stickerei auf die Bank warf.

«Onkel Vinzenz, Ihr seid es! Welch eine schöne Überraschung.» Ohne weiter auf sein Stirnrunzeln zu achten, eilte sie auf ihn zu und umarmte ihn. Sogar ein Kuss landete auf seiner Wange, was ihn zu noch mehr Stirnrunzeln und einem vernehmbaren Räuspern veranlasste.

Er stieß sie jedoch nicht von sich, sondern erwiderte die Umarmung sogar für einen winzigen Moment, bevor er einen Schritt zurücktrat. «Nun ist es aber gut, Brunhild. Man möchte meinen, wir hätten uns seit Jahren nicht gesehen. Geh wieder an deine Arbeit, Kind, und lass mich mit Frau Aleydis reden.»

«Ja, natürlich, Onkel Vinzenz. Sofort.» Beflissen ließ Brunhild sich wieder auf der Bank nieder und griff nach ihrer Handarbeit. «Sind Mutter und die Großeltern schon aus Bonn zurückgekehrt?»

«Nein, noch nicht. Ich nehme an, sie werden den Sonntag noch dort verbringen.» Er wandte sich an Aleydis. «Wie Ihr seht, finde ich den Weg hierher durchaus, wenn es sein muss.»

Aleydis kniff ein wenig die Augen zusammen. «An Eurem Orientierungssinn hatte ich auch nicht gezweifelt, Herr van Cleve. Verratet Ihr mir, warum Ihr der Ansicht seid, um einen erneuten Besuch in der Glockengasse nicht herumzukommen?»

Für ihren schnippischen Ton erntete sie prompt einen missfälligen Blick. «Wie viele Knechte beschäftigt Ihr hier im Haus?»

Aleydis, die insgeheim immer noch über sein beinahe liebevolles Verhalten seiner Nichte gegenüber staunte, erhob sich irritiert von ihrem Platz und ging um den Tisch herum. «Drei, das wisst Ihr doch. Symon, Wardo und Lutz.»

«Aber nur die ersten beiden sind auch als Wächter abgestellt.»

Sie nickte verwundert. «Ja. So wie es mein Gemahl selig einst veranlasst hat.»

«Euch ist noch nicht in den Sinn gekommen, dass mehr Schutz nötig sein könnte?»

«Mehr Schutz?» Die diffuse Angst beim Gedanken an die Gefahr, in der sie sich vielleicht befand, kehrte zurück. «Was meint Ihr damit?»

«Was ist an ‹mehr Schutz› schwer zu verstehen?» Sein Blick hatte sich verfinstert. «Solange wir nicht wissen, was genau es mit dem …» Er warf Adelheid einen kurzen Blick zu. «… Vorfall gestern Abend auf sich hat, solltet Ihr Euch besser absichern.» Er drehte sich kurz zur Tür um. «Augustin, Gilles, kommt herein!»

«Was …?» Verblüfft sah sie, wie zwei kräftige, mit Kurzschwertern bewaffnete Männer in einfacher Lederkleidung die Wechselstube betraten. Beide trugen ein Bündel bei sich. «Was soll das? Wer sind diese Männer?»

«Das ist Augustin.» Van Cleve deutete auf den etwas Jüngeren, den Aleydis auf Mitte der Dreißig schätzte und der, als sie etwas genauer hinsah, irgendwie schief zu stehen schien. Als er zwei Schritte vortrat, bemerkte sie, dass er hinkte. «Ein ehemaliger Söldner des Erzbischofs. Geschickt mit dem Schwert, dem Dolch und, falls nötig, auch mit Armbrust und Lanze.»

Augustin richtete sich so gerade auf, dass nicht mehr auffiel, dass etwas mit seinem linken Bein nicht stimmte. Er war dunkelblond, sein Haar reichte ihm bis über die Ohren, und seine Nase erinnerte an eine riesige Knoblauchknolle. «Zu Diensten, Frau Aleydis.»

«Aber …» Sie starrte den Gewaltrichter verständnislos an, doch dieser deutete bereits auf den zweiten Mann.

«Sein Name ist Ägidius.»

«Gilles», knurrte der gedrungene, muskelbepackte Kerl und musterte sie eingehend. «Nennt mich jeder.»

Vinzenz van Cleve nickte. «Gilles gehörte bis vor kurzem den Stadtsoldaten an, sucht nun jedoch eine neue Stellung.»

«Könnt ihr ruhig sagen, dass sie mich rausgeschmissen haben, weil ich nicht mehr flink genug bin.» Den knurrigen Ton behielt Gilles weiterhin bei, und sparsam mit Worten schien er ebenfalls zu sein. «Is' nu' mal so. Die alten Kämpen können sie im Stadtheer nich' gebrauchen.»

«Als Wachmann taugst du allemal noch besser als so mancher Grünschnabel.» Damit ging van Cleve zur Tür. «Ich muss weiter.»

«Augenblick, wartet!» Immer noch vollkommen perplex, trat Aleydis auf den Gewaltrichter zu und hielt ihn am Ärmel seines Mantels fest. «Was soll das, Herr van Cleve? Wie kommt Ihr dazu, mir diese Männer ins Haus zu bringen und dann einfach ohne ein weiteres Wort wieder zu verschwinden?»

Mit gerunzelter Stirn blickte er auf ihre Hand an seinem Ärmel. «Weil ich es eilig habe. Diese Männer sind willens und bereit, Euch treu und wachsam zu dienen. Weist Ihnen einen Schlafplatz zu und handelt ihren Sold aus. Dazu werdet Ihr doch wohl in der Lage sein.» Bedachtsam pflückte er ihre Hand von seinem Arm und trat durch die Tür nach draußen. «Und geht vorerst ohne Begleitschutz nirgendwo hin. Nicht einmal bis zum Beginenhof.» Damit ging er einfach los, ohne sie noch einmal anzusehen.

Etwas hilflos blickte sie ihm nach. «Herr van Cleve!»

«Nicht mal bis zum Abort!» Seine Stimme klang gereizt.

Kopfschüttelnd und mit einer Mischung aus Verärgerung und Ratlosigkeit sah sie ihm hinterher, wie er sich mit ausholenden Schritten entfernte. Schließlich wandte sie sich ihren beiden neuen Wachmännern zu. «Bringt eure Bündel einstweilen in die Remise und bittet Wardo oder Lutz, euch herumzuführen und alles zu zeigen. Wardo kann euch auch sagen, wo ihr eure Posten beziehen sollt.» Sie fasste sich an die Stirn, immer noch vollkommen konsterniert. «Wir sprechen uns später.»

Die beiden Männer gehorchten ohne ein weiteres Wort. Als sie die Wechselstube verlassen hatten, gluckste Adelheid vernehmlich. «Das war vielleicht ein Auftritt! So etwas habe ich ja noch nie erlebt. Wer war das denn?» Sie musterte Aleydis neugierig. «Brunhilds Onkel?»

«Der Gewaltrichter Vinzenz van Cleve.» Mit Mühe riss Aleydis sich zusammen. «Entschuldigt seinen Auftritt. Von Höflichkeit hält er nicht viel, wenn es um mich geht.»

«Ihm muss aber eine Menge an Eurer Sicherheit liegen.» Strahlend lächelte Adelheid sie an.

«Offenbar.» Aleydis wusste nicht, was sie von der Sache halten sollte, und noch viel weniger, wie sie des heftigen Herzklopfens Herr werden sollte, das sie ergriffen hatte.

«Wenngleich er ja ziemlich maulfaul zu sein scheint.» Mit einem heiteren Lachen erhob Adelheid sich und trat an die Tür, blickte hinaus, doch natürlich war van Cleve längst außer Sichtweite. «Und ein wenig düster um die Kanten herum.»

«So ist er immer.» Brunhild lächelte leicht. «Ich kenne ihn gar nicht anders. Also, er kann auch sehr freundlich und fröhlich sein, aber nur selten und nicht, wenn Fremde anwesend sind.»

«Fröhlich?» Zweifelnd schüttelte Aleydis den Kopf. Selbst mit der Bezeichnung *freundlich* hatte sie ihre Probleme. Sich einen fröhlichen Vinzenz van Cleve vorzustellen, wollte ihr ganz und gar nicht gelingen.

Brunhild nickte jedoch mit Nachdruck. «Doch, doch. Er ist mein liebster Verwandter nach Mutter.» Sie wurde wieder ernst. «Warum er zu Euch so ruppig und kurz angebunden ist, kann ich mir allerdings nicht erklären, Frau Aleydis. Wo Mutter doch immer so nett über Euch spricht, wenn ich sie besuche und er auch zu Hause ist.»

«Tut sie das?» Aleydis kräuselte die Lippen.

Adelheid kicherte. «Womöglich ist das der Grund für seine schlechte Laune.»

«Was? Warum das denn?» Verwundert hob Brunhild den Kopf, doch Adelheid winkte mit einem Seitenblick auf Aleydis ab. «Ach, nichts. Das war nur so ein alberner Gedanke. Wie ist es denn nun, Matteo, habt Ihr meine Münzen inzwischen alle gewogen und eingewechselt?»

«Ja, äh, natürlich. Hier, bitte sehr.» Matteo zählte ihr eine Anzahl Kölner Münzen auf den Tisch und bekam dabei ganz rote Ohren. Aleydis überprüfte seine Berechnungen und nickte dann beifällig.

«Danke vielmals!» Mit ihrem unerschütterlich strahlenden Lächeln füllte Adelheid das Geld in ihre Geldkatze und verknotete die Verschlussschnüre sorgfältig. «Ich wünsche Euch noch einen schönen Tag und hoffe, wir sehen uns alsbald wieder.» Die letzten Worte hatte sie zwar an Aleydis gerichtet, doch ihr Blick war unzweifelhaft zu Matteo gewandert.

Dessen Wangen nahmen dieselbe Farbe an wie seine Ohren. «Auf bald, Jungfer Adelheid.»

Aleydis brachte die Kundin zur Tür. «Gehabt Euch wohl und grüßt Euren Vater von mir.»

«Das werde ich tun, Frau Aleydis.» Mit verschwörerischer Miene beugte Adelheid sich ein wenig zu ihr vor und senkte die Stimme. «Lasst Euch von dem grimmigen Gewaltrichter nicht den Tag verderben. Ich bin sicher, er hat das mit den Wachmännern nur gut gemeint.» Dann gab Adelheid ihrem Knecht Frieder einen Wink und strebte mit ihm zügig die Glockengasse hinab in Richtung St. Kolumba.

«Frau Aleydis?» Hinter ihr war Marlein in die Wechselstube gekommen, unter dem Arm das dicke Rechnungsbuch, das ihr zu studieren aufgetragen worden war. «Darf ich Euch etwas fragen?»

Prüfend blickte Aleydis noch einmal die Glockengasse hinab und hinauf, doch augenblicklich schienen keine weiteren Kunden auf dem Weg hierher zu sein. Also wandte sie sich dem Mädchen zu. «Was gibt es denn? Bist du mit deinen Studien schon fertig?»

«Nein, Frau Aleydis, das nicht.» Marlein legte das in Schweinsleder gebundene Buch auf dem Wechseltisch ab.

«He, doch nicht hier!» Ursel deutete auf die polierten Gewichte der Waage, die sie ordentlich vor sich aufgereiht hatte. «Siehst du nicht, dass ich zu tun habe?»

«Ich brauch aber Platz, um das Buch aufzuschlagen.»

«Mir doch egal. Geh rüber auf die andere Seite.»

«Da sitzt Matteo.»

«Komm hierher.» Aleydis setzte sich wieder auf ihren Stuhl und schob die Zählschalen und die Waage, mit der sie und Matteo heute arbeiteten, ein wenig zur Seite. «Hast du eine Frage zu den Einträgen im Rechnungsbuch?»

«Ja. Ich glaube, Großvater hat sich ein paarmal verrechnet.» Marlein schob das Buch direkt vor sie und kam um den Tisch herum, um sich neben sie zu stellen. Eifrig blätterte sie in den Seiten und deutete schließlich auf eine Spalte mit Zahlen. «Hier.»

Aufmerksam sah Aleydis die Einträge durch. «Ich kann nicht erkennen, was du meinst. Dies sind alles Einzahlungen vom zweiundzwanzigsten Juni anno 1402.» Damals hatte Griselda noch gelebt, Marleins und Ursels Großmutter, und der Handschrift nach zu urteilen, hatte sie die Einträge gemacht. Sie hatte für Nicolai akribisch Buch geführt – eine erstaunliche Tatsache, wenn man bedachte, dass manche Geldwechsler ihre Transaktionen gar nicht schriftlich festhielten. Doch in Nicolais Wechselstube war es schon immer sehr fortschrittlich zugegangen. Er selbst und seine Frau waren des Lesens und Schreibens nicht nur mächtig gewesen, sondern hatten diese Fähigkeiten auch genutzt, um sämtliche Vorgänge sowohl im Münzwechsel als auch im Bereich ihrer Kreditgeschäfte genau und nachvollziehbar festzuhalten. Auf diese Weise konnten sie selbst Jahre später noch Nachweis führen, wohin ihr Geld geflossen war oder woher es stammte. Auch über die Sicherheiten, die Nicolai häufig verkauft hatte, gab es Aufzeichnungen und nicht zuletzt sogar über all seine Schattengeschäfte. Oder doch zumindest über sehr viele. Ob es wirklich alle waren, würde Aleydis wohl niemals erfahren. Ganz bestimmt gab es mit manch einem heimlichen Schuldner auch mündliche Verabredungen, doch dieses Wissen hatte Nicolai mit ins Grab genommen.

«Ja, ich weiß.» Marlein tippte mit dem Zeigefinger auf eine der Spalten. «Hier sind die eingezahlten Münzwerte, das habe ich verstanden. Und das hier», sie deutete auf die nächste Spalte, «ist das jeweilige Gewicht der Münzen.»

«Genau.» Beifällig nickte Aleydis. «Wie kommst du darauf, dass hier ein Rechenfehler besteht?»

«Weil …» Eifrig blätterte Marlein weiter, hielt aber ihre linke Hand auf der Seite, die sie eben angesehen hatten. «Hier, schaut, das sind die Auszahlungen an die Münzmeister in der Kölner Münze, die das Geld dort einschmelzen sollten.» Sie blätterte zurück zur vorherigen Seite und zeigte auf die Summe am Ende der Seite, dann auf den Wiegebetrag aus der Kölner Münze. «Die Zahlen stimmen nicht überein, Frau Aleydis. Die Münzmeister haben Großvater mehr ausgezahlt, als er ursprünglich ausgerechnet hat. Und beim Umrechnen in die Kölner Währung hat er wohl versehentlich dem Kunden ein bisschen zu wenig ausgezahlt. Denn in der Münze haben sie doch bestimmt richtig gewogen.»

Eingehend studierte Aleydis die beiden Einträge und musste dem Mädchen schließlich recht geben. «Stimmt, Marlein, da hast du gut aufgepasst. Offenbar ein versehentlicher Rechenfehler. So etwas sollte natürlich nichts vorkommen, denn es übervorteilt ja den Kunden, ohne dass er es merkt. Vielleicht war an jenem Tag besonders viel Betrieb in der Wechselstube, und dein Großvater, oder wer auch immer die Münzen gewogen hat, war unkonzentriert.»

Marlein dachte über ihre Worte nach, dann nickte sie. «Ja, das kann sein. Aber es ist mehrmals passiert. Hier, schaut.» Sie blätterte zu einem Eintrag ein paar Tage später. «Da sind jede Menge Möhrchen aufgeführt, also schwarze Turnosen. Großvater hat mir mal erzählt, dass man sie Möhrchen nennt, weil sie so dunkel wie Mohren sind. Wie kriegt man das eigentlich hin, dass das Geld so schwarz wird?»

«Das kommt vom hohen Kupferanteil», erklärte Matteo, der ebenfalls interessiert zugehört hatte. «Mein Vater», er schluckte kurz, «hat sich immer geärgert, wenn Kunden mit vielen Möhrchen bezahlt haben, weil diese Münzen so einen geringen Wert haben und er immer genau aufpassen musste, dass am Ende der Betrag stimmt, weil der bei den schwarzen Turnosen so schwankt. Er hat seine Möhrchen meistens einmal im Monat zu Onkel Nicolai gebracht, damit der sie in Silbermünzen umtauscht, weil Vater auch selbst nicht gerne mit ihnen gezahlt hat.»

«Hier in Großvaters Buch steht aber immer derselbe Wert für die Möhrchen, keine Unterschiede.» Marlein fuhr mit dem Finger die Einträge entlang. «Aber hier hinten, bei den Einträgen über die Abgabe an die Kölner Münze, sind wieder unterschiedliche Werte aufgeführt.»

Stirnrunzelnd verglich Aleydis die Einträge. «Vielleicht hat er die schwarzen Turnosen mit einem pauschalen Wert belegt, um es einfacher zu haben?» Davon hatte sie zwar gehört, aber ganz rechtens war diese Vorgehensweise nicht. Allerdings beschwerte sich auch niemand, weil unterm Strich zumeist doch in etwa derselbe Wert herauskam, als würde man alle Münzen einzeln wiegen. Eines war allerdings offensichtlich: Die Beträge, die Nicolai von den Münzmeistern erhalten hatte, waren stets höher gewesen als die, die er zuvor seinen Kunden gegenüber als Wert veranschlagt hatte. Ein Zufall?

«Wenn an manchen Tagen so viele Münzen hier gewechselt worden sind, war bestimmt sehr viel los.» Marlein sog die Oberlippe in den Mund und dachte nach. «Dann hat er sich vielleicht öfter mal verrechnet.»

Zögernd nickte Aleydis. «Ja, das ist möglich.» Aber es sah Nicolai so gar nicht ähnlich. «Du hast ein scharfes Auge, Marlein, und eine gute Auffassungsgabe, dass dir das so rasch aufgefallen ist.» Sie lächelte dem Mädchen zu. «Hast du noch weitere Fehler gefunden?»

«Nein, aber so weit bin ich ja auch noch gar nicht gekommen. Ich finde die gemischten Münzrechnungen so schwierig und die ganzen Umrechnungskurse für fremdländische

Münzen. Warum gibt es nicht einfach nur eine einzige Sorte Münzen überall auf der Welt? Wäre das nicht viel einfacher?»

«Das wäre es in der Tat, kleine Jungfer.» Unbemerkt hatte ein Mann von mittelgroßer, schlanker Statur mit kurzem, welligem schwarzem Haar und fröhlich funkelnden Augen in einem höchst ansprechenden Gesicht die Wechselstube betreten. «Nur leider werden damit weder die unzähligen Herrscher der fremden Lande noch die übrigen über das Münzrecht verfügenden Obrigkeiten einverstanden sein. Es ist ein Hoheitsrecht, und das will sich ganz bestimmt niemand, der es innehat, nehmen lassen.» Sein Lächeln war ebenso einnehmend wie sein Antlitz. «Aber dennoch klug gedacht, mein Kind. Viel einfacher wäre es allemal, wenn wir nicht überall, wo wir hingehen, uns mit neuer Währung und komplizierten Wechselkursen aufhalten müssten. Andererseits wäre dann diese Wechselstube hier hinfällig, nicht wahr, und damit die Lebensgrundlage deiner Familie, die nicht zuletzt auch dich ernährt.»

«Ja, ähm …» Verblüfft starrte Marlein den Fremden an. «Ich dachte ja nur …»

«Wie gesagt: vom praktischen Gesichtspunkt betrachtet ein vernünftiger Gedanke.» Der Mann, er mochte vielleicht um die dreißig sein oder etwas darüber, trat noch ein wenig näher. «Doch dann bliebe noch zu überlegen, wer denn das Recht haben soll, diese überall geltende Währung festzulegen.»

«Der König», schlug Ursel vor.

«Oder der Kaiser», fügte Marlein hinzu.

Der Mann nickte ihnen freundlich zu. «Und was ist mit all jenen Reichen, deren andere Könige Herr sind?»

Marlein sog wieder die Oberlippe in den Mund. «Der Papst dann vielleicht? Der steht über allen Königen und Kaisern.»

«Aber es gibt auch Menschen, weit entfernt von uns lebend,

die nicht dem christlichen Glauben anhängen.» Anscheinend machte es dem Fremden Spaß, mit den Kindern zu diskutieren. «Und was ist mit den Juden, die zwar bei uns geduldet sind, unseren Heiligen Vater aber nicht als ihr Glaubensoberhaupt betrachten?»

Marlein rieb sich über die Stirn. «Das ist schwierig.»

«Ganz genau, und ein weiterer Grund, weshalb noch niemand versucht hat, eine Währung einzuführen, die für alle Menschen gilt.» Er zwinkerte ihr zu und wandte sich nun endlich an Aleydis. «Guten Tag, wohledle Frau.»

Sie lächelte ihm ebenso freundlich zu wie er ihr. «Seid gegrüßt, wohledler Herr. Wie kann ich Euch helfen? Habt Ihr Münzen einzuwechseln?»

«Das wohl auch.» Er lachte sie an und nahm sie damit noch ein wenig mehr für sich ein. «Aber deshalb bin ich nicht hier. Verzeiht bitte, dass ich mich noch gar nicht vorgestellt habe. Mein Name ist Alessandro Venetto.» Er ließ seinen Namen für einen Moment wirken.

Aleydis hob erstaunt den Kopf. «Venetto? Müsste ich Euch kennen?»

«Nicht unter diesem Namen und vielleicht auch nicht unter jenem, den ich bei meiner Geburt trug – Alessandro Golatti.»

Überrascht starrte sie ihn an. «Seid Ihr ein Verwandter meines verstorbenen Gemahls?»

«Ja.» Das Lächeln milderte sich ein wenig ab und wurde leicht betrübt. «Das heißt, so weit entfernt ist die Verwandtschaft nicht. Ich bin sein Bruder.»

«Bruder?» Verblüfft sprang sie auf und starrte ihn an.

«Großvater hatte doch gar keinen Bruder außer Onkel Andrea.» Ursel sah ihn mit großen Augen an. «Und der ist vor kurzem gestorben.»

Aleydis warf dem Mädchen einen kurzen, strafenden Blick

zu, musste ihr aber zustimmen. «Ursel hat recht: Von einem Bruder namens Alessandro habe ich noch nie gehört, und immerhin war ich mit Nicolai verheiratet.» Sie blickte Matteo fragend an. «Weißt du etwas darüber?»

«Nein.» Matteo schüttelte den Kopf. «Vater hat nie einen Bruder außer Onkel Nicolai erwähnt.»

Deutlich misstrauischer musterte Aleydis den Fremden. «Das ist doch höchst eigenartig, meint Ihr nicht auch, dass nicht einmal Eure nächsten Verwandten etwas über Euch zu wissen scheinen?»

Betroffenheit verdunkelte Alessandros Miene. «Andrea ist ebenfalls tot?» Er bekreuzigte sich. «Du meine Güte, damit hatte ich nicht gerechnet. Er hätte meine Existenz bestätigen können. Dass er nie über mich gesprochen hat, ebenso wie Nicolai, wird vielleicht verständlich, wenn ich Euch die näheren Umstände erkläre.» Er hüstelte und blickte von Aleydis zu den Mädchen und wieder zurück. «Gewährt Ihr mir ein Gespräch unter vier Augen, Frau Aleydis?»

Leicht verunsichert blickte Aleydis an ihm vorbei zur Tür, durch die sie ein fuchsfarbenes Pferd mit prall gefüllten Satteltaschen und einem großen Bündel hinter dem Sattel erkannte, das Alessandro vor dem Eingang angebunden hatte. Symon, der vorne Wache hielt, signalisierte ihr mit einem grimmigen Nicken, dass er jederzeit bereit war, ihr beizustehen, falls es notwendig werden sollte. Schließlich winkte sie den Knecht herbei. «Symon, sag einem der beiden neuen Knechte Bescheid, dass er vor der Tür Posten beziehen soll, und dann begleite mich mit Herrn Alessandro in meine Schreibstube.»

Symon nickte knapp und verschwand. Es dauerte nicht lange, bis an seiner statt Augustin vor dem Eingang Wache bezog und Symon sich Aleydis anschloss, die den Besucher nach hinten in die kleine Schreibstube führte und die Türen schloss.

Aleydis setzte sich an das schwere Schreibpult aus Eichenholz und bedeutete Alessandro, ihr gegenüber auf dem gepolsterten Stuhl Platz zu nehmen, der Besuchern vorbehalten war. Sie ärgerte sich ein wenig, dass es hier drinnen nicht ordentlicher war, doch sie hatte bisher jeden freien Augenblick genutzt, um die unzähligen Schriftstücke, die sich in den Truhen und Regalen an den Wänden befanden, durchzusehen und neu zu ordnen. Auf dem Pult drängten sich mehrere unterschiedlich hohe Stapel Urkunden und Kladden aneinander und ließen kaum noch Platz für Wachstafel, Griffel, Federkiele und Tintenhorn. Um nicht noch mehr Unordnung in die Schriftstücke zu bringen, stützte sie ihre Unterarme auf die beiden Stapel vor ihr und verschränkte ihre Finger ineinander. «So erklärt mir nun, Herr Alessandro, warum Eure Existenz ein solch wohlgehütetes Geheimnis ist.»

Auf Alessandros Lippen erschien wieder dieses einnehmende Lächeln. «Müsstet Ihr Euch das nicht denken können, Frau Aleydis? Ich bin unehelich geboren. Nicolai war bereits ein Mann von vierundzwanzig, als ich zur Welt kam, Andrea noch ein Junge von etwa zehn Jahren. Unser Vater hatte wohl im Lauf seines Lebens mehrere Mätressen, stets um einiges jünger als er selbst. Doch nur die letzte hat ihm einen weiteren Sohn geboren.» Er hob leicht die Schultern. «Mich.»

Mit neuem Interesse musterte Aleydis ihn. Natürlich hatte sie sich so etwas schon gedacht, doch eine Spur Misstrauen blieb. «Bastarde sind nichts allzu Ungewöhnliches. Warum hat man um Euch so ein Geheimnis gemacht?»

«Genau kann ich Euch das auch nicht beantworten. Möglicherweise, um der Gemahlin meines Vaters Gram zu ersparen? Er hielt seine Mätressen wohl stets sehr diskret. Meine Mutter wurde von ihm mit einer nicht geringen Geldsumme versorgt, und als sie etwa zwei Jahre nach meiner Geburt verstarb, wurde ich zu einer Lombardenfamilie in Koblenz gebracht, wo ich wie ein Sohn des Hauses aufgezogen und im Geldwechsel- und Kreditgeschäft ausgebildet wurde. Mit ihnen zog ich dann später nach Frankfurt um. Leider ist mein Pflegevater kürzlich verstorben, seine Frau schon vor einigen Jahren. Eigene Kinder hatten sie keine.» Nun war so etwas wie Wehmut in seinen Augen zu erkennen. «Ich übernahm die Wechselstube in Frankfurt und führe sie dort recht erfolgreich weiter. Doch als ich nun von Nicolais Tod erfuhr, beschloss ich, seine Familie aufzusuchen und möglicherweise neue Bande zu knüpfen.»

«Und in Erfahrung zu bringen, ob es etwas für Euch zu erben gibt?» Argwöhnisch verzog Aleydis die Lippen. «Weder in Nicolais noch in Andreas Testament seid Ihr erwähnt.»

«Das hatte ich auch nicht erwartet.» Beschwichtigend hob Alessandro die Hände. «Wirklich nicht. Bitte, Frau Aleydis, ich bin nicht hier, um Ansprüche zu erheben. Wie ich bereits erklärte, habe ich mein eigenes Auskommen und nicht vor, mich an dem Euren zu bereichern. Nein, mir liegt vielmehr daran, Euch und die übrige Familie näher kennenzulernen. Haltet mich für einen Feigling, weil ich es nicht schon früher getan habe, sondern erst den viel zu frühen Tod meines Bruders zum Anlass genommen habe. Ich war mir nie sicher, ob meine Halbbrüder Wert darauf legten, mich kennenzulernen. Von sich aus haben sie nie Kontakt zu mir aufgenommen. Abgesehen davon weiß ich um die … nun ja …» Er senkte die Stimme ein wenig. «Nicolai war ein mächtiger Mann und nicht ganz … ungefährlich.» Abwartend sah er ihr in die Augen. Als sie nicht reagierte, fuhr er fort: «Nach dem Tod unseres Vaters ließ er meinen Pflegeeltern regelmäßig Geldbeträge für mich zukommen und sorgte für meine Ausbildung. Doch auf Dankesbriefe hat er nie reagiert, und alsbald nahm ich an, er wolle nichts mit mir zu tun haben.»

«Und was bringt Euch auf den Gedanken, ich oder Nicolais Enkelinnen könnten Interesse an Eurer Bekanntschaft haben?» Aleydis löste ihre Finger wieder voneinander und strich beiläufig über die Urkunden, die zuoberst auf den Stapeln lagen. «Was genau versprecht Ihr Euch von dieser Annäherung an unsere Familie?»

Er neigte den Kopf ein klein wenig zur Seite. «Ihr seid misstrauisch, das ist verständlich. Lasst mich Eure Frage so beantworten: Köln ist meine Geburtsstadt, doch gelebt habe ich hier nie. Menschen, mit denen ich verwandt bin, sind hier zu Hause, doch ich kenne nicht einen von ihnen persönlich. Nun ja, bis jetzt.» Sein Lächeln vertiefte sich wieder und wurde bittend. «Die Menschen, die mir am nächsten standen, sind verstorben. Nennt mich rührselig, aber ich erging mich in der Hoffnung, hier vielleicht eine neue Familie zu finden. Es mag vermessen klingen, weil ich nur ein Bastard bin. Doch warum darf nicht auch ein unehelicher Sohn auf die Güte derjenigen hoffen, die, wenn auch unfreiwillig, mit ihm verwandt sind?»

Aleydis schluckte und musste unwillkürlich an den armen Matteo denken. «Mit Worten könnt Ihr jedenfalls geschickt umgehen, Herr Alessandro. Zu dumm nur, dass offenbar niemand mehr da zu sein scheint, der ihren Wahrheitsgehalt bestätigen kann.»

Symon, der an der Tür stand und den Besucher scharf im Auge behielt, räusperte sich. «Herrin, vielleicht gibt es doch einen.»

«So?» Überrascht sah sie zu dem Knecht auf.

«Lutz ist schon seit Kindertagen im Dienst der Familie Golatti gewesen.» Symon trat etwas näher, blieb aber in respektvollem Abstand stehen. «Wenn einer weiß, ob die Geschichte wahr ist, dann bestimmt er.»

Bedächtig nickte Aleydis. Auf diesen Gedanken hätte sie selbst kommen können. «Hol Lutz herein, Symon.»

Erneut wehte ein kräftiger Wind durch die Gassen und Straßen Kölns und zerrte an Regenrinnen und Fensterläden. Aleydis hatte sich fest in ihre Decke gewickelt und drückte ihre kalten Füße gegen den heißen, in Tücher gehüllten Ziegelstein am Fußende des Bettes. Das Licht hatte sie schon vor Stunden gelöscht, im Haus war alles still, bis auf das gelegentliche Knarren und Knacken der Holzbalken und das Rütteln des Windes an den Fenstern.

Sosehr sie sich auch bemühte, der ersehnte Schlaf wollte sie heute Nacht einfach nicht übermannen. Mit weit geöffneten Augen starrte sie in der Dunkelheit zum Betthimmel hinauf und versuchte, ihre Gedanken zum Stillstand zu bringen. Diese kreisten jedoch immer abwechselnd um das Feuer im Beginenhof und den vollkommen unverhofften Besuch Alessandro Venettos. Lutz hatte tatsächlich bestätigt, dass Nicolais Vater einst eine heimliche Liebschaft gepflegt hatte, der ein Sohn entsprungen war. Dieser sei, soweit der Knecht wusste, heimlich nach Koblenz gebracht worden. Was danach aus dem Kind geworden sei, konnte er allerdings nicht sagen. Seine Aussage bestätigte jedoch zumindest einen Teil von Alessandros Geschichte, woraufhin der ihr auch noch einige Schriftstücke vorgelegt hatte, die bestätigten, dass er bei dem Lombarden Emilio Venetto in Koblenz und später in Frankfurt aufgewachsen und ausgebildet worden war. Auch die Existenz seiner eigenen Wechselstube in Frankfurt konnte Alessandro nachweisen, ebenso wie die Tatsache, dass Venetto ihn, obgleich er ihn nur an Sohnes statt angenommen hatte, zu seinem Alleinerben erklärt hatte. Da Emilios Ehe kinderlos geblieben war, hatte er den Jungen bereitwillig bei sich aufgenommen, und dieser hatte den Namen des Ziehvaters angenommen.

Aufgrund all dieser Beweise hatte Aleydis ihm schließlich Glauben geschenkt und ihn, weil sie fand, dass die Gastfreundschaft es verlangte, eingeladen, für eine Weile in ihrem Haus zu wohnen. Wie lange sein Besuch dauern würde, wusste er selbst noch nicht, aber er hatte die Einladung gerne angenommen und schlief nun in einem kleinen Raum unter dem Dach gleich neben der Gesindekammer, die die beiden neuen Knechte sich seit heute teilten.

Beim Abendessen hatte Alessandro bereits Freundschaft mit Matteo und den Mädchen geschlossen. Sein heiteres, einnehmendes Wesen machte es einem leicht, ihn zu mögen. Außerdem hatte er ihr angeboten, ihr in der Wechselstube zu helfen, solange er hier war. Auch wenn ein Funken Misstrauen blieb, konnte Aleydis doch nicht leugnen, dass ihr der Rat eines erfahrenen Geldwechslers und Bankiers durchaus willkommen war. Nicht so sehr im Hinblick auf Nicolais Schattengeschäfte, auch wenn Alessandro darüber Bescheid zu wissen schien. Aber die regulären Kreditgeschäfte waren ebenso ein Feld, auf dem sie sich kaum auskannte und wo ihr ein Gehilfe sicherlich von Vorteil sein würde.

Dennoch blieben Zweifel, und sie konnte einfach nicht aufhören zu denken. Sie vermisste Nicolai. Vermisste jemanden, dem sie sich anvertrauen konnte, der ihr nahestand und ihr liebevoll Rat geben konnte. Immer noch hatte sie ihren Vater nicht aufgesucht. Jorg de Bruinker würde über den plötzlichen Familienzuwachs sicherlich ebenso verblüfft sein wie sie selbst, ganz abgesehen von seiner Sorge, wenn er von den Ereignissen im Beginenhof erfuhr. Bisher schien er noch nichts davon mitbekommen zu haben, andernfalls wäre er wahrscheinlich bereits hier gewesen, um nach ihr zu sehen. Sie beschloss, den Besuch bei ihren Eltern nicht weiter aufzuschieben. Der morgige Sonntag würde sich gut dazu eignen. Gleich nach dem Kirchgang könnte sie sich auf den Weg machen, dann wäre sie zurück, wenn Vinzenz van Cleve sie am Nachmittag aufsuchte.

Der Gedanke an den Gewaltrichter ließ all die seltsamen Gefühlsregungen von zuvor wieder erwachen. Sie konnte einfach nicht verhindern, dass sich ihr Herzschlag beschleunigte und dieses flaue Gefühl, gepaart mit einem nervösen Unwohlsein, sich in ihr ausbreitete.

Verzweifelt versuchte sie, dagegen anzukämpfen. Was war nur mit ihr, dass sie sich von diesem Mann so leicht aus der Fassung bringen ließ? Gewiss, er war eine imposante, furchteinflößende Erscheinung, insbesondere wegen seines forschen Auftretens und seines düsteren Gemüts, das sie stets an eine sich zusammenbrauende Gewitterfront erinnerte. Dass er überdies zwar strenge, jedoch gleichzeitig sehr ansprechende Gesichtszüge besaß und eine beinahe vibrierende Vitalität ausstrahlte, trug sicherlich zu der Verwirrung bei, die er so zuverlässig in ihr stiftete. Sie wollte sich am liebsten so weit von ihm fernhalten, wie es nur irgendwie ging, doch gleichzeitig fühlte sie sich angegriffen, wenn er ihr den Gefallen tat und ihr aus dem Weg ging. Das war unvernünftig und geradezu verrückt, ebenso wie die Tränen, die nun in ihr aufstiegen, weil sie sich so allein fühlte. Wie sehr sehnte sie sich nach jemandem, der ihr den Weg wies, der für sie da war, in dessen Armen sie sich geborgen und sicher fühlen durfte. Entsetzlicherweise war der einzige Mensch, der ihr dieses Gefühl vor einiger Zeit für einen kurzen Moment gegeben hatte, ausgerechnet der Gewaltrichter gewesen. Er hatte ihr den Trost nur äußerst widerwillig gespendet, und beinahe hätte sie sich an der Hornhaut, die seine Seele umgab, die ihre blutig geschürft. Dennoch wollte sein dunkler, stoischer Blick nicht von ihrem inneren Auge weichen, sosehr sie sich auch dagegen wehrte. Vielleicht verlor sie nun auch allmählich den Verstand?

Cathrein fiel ihr ein, und sofort bemühte sie sich, nur noch an sie zu denken. Frau Jonata hatte gegen Abend eine Nachricht überbringen lassen, dass Cathrein aus der Bewusstlosigkeit erwacht sei, jedoch noch viel schlafe und in ihren kurzen wachen Phasen mit niemandem ein Wort spreche.

Aleydis beschloss, die Freundin – sie konnte trotz allem nicht anders von ihr denken – morgen ebenfalls noch einmal zu besuchen. Vielleicht konnte sie sie dazu bringen, ihr Schweigen zu brechen. Denn wenn Cathrein annahm, jemand habe das ursprüngliche Todesurteil nun an ihr vollstrecken wollen, dann hatte sie vielleicht auch eine Ahnung, wer der Täter gewesen sein könnte. Oder hatte sie ihn womöglich gar gesehen? Doch warum sprach sie mit niemandem – außer ihr, Aleydis? War ihr Geist wirklich so vollkommen verwirrt, wie alle Welt annahm? Oder hatte ihr Verhalten einen anderen Grund? Aleydis konnte es sich nicht erklären und schlief über diesen Überlegungen schließlich doch endlich ein.

KAPITEL 6

E s ist sehr freundlich von Euch, Herr Alessandro, dass Ihr mich zum Haus meiner Eltern begleitet.» Aleydis lächelte dem gutaussehenden Mann an ihrer Seite herzlich zu. «Nötig wäre es ganz gewiss nicht gewesen, denn Ihr seht ja, dass Symon und Gilles mir zur Seite stehen.»

«Nun, vielleicht ist es nicht notwendig», gab Alessandro ebenso lächelnd zu, «doch es erlaubt mir, mich Eurer Gesellschaft zu erfreuen.» Er ließ ihr an einer schmalen Stelle der Gasse am Perlengraben den Vortritt und sprach erst weiter, nachdem er erneut zu ihr aufgeschlossen hatte. «Ihr geht stets nur in Begleitung mindestens eines der beiden Knechte aus?»

Sie nickte. «Das ist sicherer. Ich …» Sie zögerte kurz, entschloss sich dann aber, kein Geheimnis aus ihrer Situation zu machen. «Seit Nicolai tot ist, wurde ich bereits mehrfach bedroht, einmal sogar angegriffen. Zuvor schon hat Nicolai darauf bestanden, mir einen Wächter zur Seite zu stellen, doch damals habe ich noch nicht … nun ja, nicht gewusst, warum ihm das so wichtig war. Natürlich geht eine Frau möglichst nicht alleine durch Kölns Gassen, doch ich war es bis zu meiner Ehe gewohnt, dass eine Magd, Freundin oder meine Stiefschwester als Begleitung ausreichten.»

«Wusstet Ihr denn nicht, was auf Euch zukommt, wenn Ihr Nicolai Golatti heiratet?» Überrascht musterte Alessandro sie von der Seite. «Selbst mir ist und war immer bekannt, wie mächtig und einflussreich mein ältester Bruder ist … war», korrigierte er sich rasch. «Ich nahm an, verzeiht mir meine Offenheit, dass …» Er stockte kurz. «Ihr seid so viel jünger als Nicolai. Da lag die Annahme nahe, dass Ihr …»

«Dass ich ihn geheiratet habe, weil mein Vater bei ihm in der Kreide stand? Oder anderweitig von ihm …» Sie schluckte. «Erpresst wurde?»

Alessandro nickte.

«Nein, dem war nicht so.» Mit einer Mischung aus Wehmut und Verlegenheit schüttelte sie den Kopf. «Mein Vater war mit Nicolai befreundet, seit ich auf der Welt bin. Wir kannten uns gut, sind uns oft begegnet. Als er vor einem guten Jahr um meine Hand angehalten hat … Ich verlange nicht von Euch, dass Ihr das versteht, aber ich habe nicht gezögert, sondern aus freiem Willen und mit liebendem Herzen eingewilligt, seine Frau zu werden. Er war ein guter Mann … wenigstens mir und meiner Familie gegenüber. Wir haben nichts von seinen Schattengeschäften geahnt.»

«Schattengeschäften?» Alessandro wurde ernst. «Ja, so kann man sie wohl nennen. Manchmal frage ich mich …»

«Was?» Nun sah sie ihn neugierig von der Seite an.

Er zögerte wieder, sprach dann aber weiter: «Ich frage mich, ob Nicolai nie Kontakt zu mir gesucht hat, weil er verhindern wollte, dass ich mit diesen Schattengeschäften in Berührung komme. Andrea hat er auch herausgehalten, nicht wahr?»

«Soweit ich weiß, ja.»

«Vielleicht ist es auch nur Wunschdenken, dass er auf diese Weise für meine Sicherheit gesorgt hat. Ich meine, er hat ja meinem Ziehvater regelmäßig Geld zukommen lassen, also hat es ihn doch in gewisser Weise interessiert, was aus mir wird. Vielleicht wollte er mich auch damit von sich fernhalten, von Köln, von dem, was er war und tat, indem er mir anderswo ein auskömmliches Leben ermöglicht hat.»

Aleydis dachte über seine Worte nach. «Er war ein guter Mann mit einem großen Herzen, so habe ich ihn zeit meines Lebens gekannt. Was seine Motive waren, Euch den Kontakt zu verwehren, weiß ich freilich nicht. Er hat auch mich im Dunkeln gelassen, was seine Schattenwelt angeht. Ich habe erst nach seinem Tode davon erfahren.»

«Also hat er auch Euch geschützt.»

«Ja.» Sie schluckte. «Er hat mich geliebt, dessen bin ich sicher, und diese Liebe wurde erwidert. Es mag Euch seltsam vorkommen, weil unser Altersunterschied so groß war, aber ich war glücklich mit ihm.»

«Und nun vermisst Ihr ihn.» Er nickte verständnisvoll.

«Ja.» Sie hob verzagt die Schultern. «Und nein. Ich weiß nicht mehr genau, was ich empfinde. Natürlich fehlt er mir. Der Nicolai, den ich gekannt und geliebt habe. Aber nachdem ich nun weiß, wie er noch gewesen ist, dass er ein zweites, grausames Gesicht besessen hat, bin ich nicht mehr sicher, wie ich mich selbst fühle. Ob ich ihm vergeben kann.»

«Ihr solltet Euch Zeit lassen, dies alles zu überdenken. Wenn Ihr so vollkommen unwissend wart, muss die Wahrheit ein schrecklicher Schock für Euch gewesen sein. So etwas steckt man nicht einfach so weg. Es braucht Zeit, darüber hinwegzukommen. Ich bewundere Euch für Eure Stärke, Frau Aleydis. Ihr seid weder verzweifelt, noch versteckt Ihr Euch vor der Welt. Stattdessen führt Ihr die Wechselstube weiter – und das kann unter den gegebenen Umständen bestimmt nicht einfach sein. Wenn ich Euch irgendwie helfen kann, auch über die täglichen Vorgänge des Geldwechselns hinaus, zögert bitte nicht, Euch an mich zu wenden.»

«Das Angebot ist sehr großzügig, Herr Alessandro.» Nun lächelte sie wieder, wenn auch verhalten. «Wahrscheinlich werde ich schneller darauf zurückkommen, als Ihr es vermutet.

Die Geschäfte in der Wechselstube führe ich mittlerweile sogar mit einer gewissen Freude, doch was die Kreditverleihe angeht, so kenne ich mich leider überhaupt nicht aus. Ich habe zwar Nicolais Bücher studiert und einiges begriffen, doch die Kenntnisse des alltäglichen Umgangs mit dieser Art von Geldgeschäften fehlen mir völlig.» Sie blieb stehen, weil sie das Haus ihrer Eltern am unteren Perlengraben erreicht hatten. «Da wären wir.»

Noch ehe sie anklopfen konnte, schwang die Haustür auf, und Krista de Bruinker eilte mit weit ausgebreiteten Armen auf sie zu. Dabei flatterte der zarte Schleier, der an ihrem dunkelbraunen Kurzhennin, einer Art Kappenhaube, befestigt war, fröhlich hinter ihr her, und der Samtstoff ihres dunkelbraunen Samtsurcots raschelte leise über dem weißen Leinenunterkleid. «Aleydis, mein liebes, liebes Kind, wie freue ich mich, dich zu sehen. Als Symon heute früh vor der Tür stand und uns ausrichtete, dass du uns nach dem Kirchgang besuchen möchtest, war ich ganz aus dem Häuschen. So lange haben wir uns schon nicht mehr gesehen. Ich weiß immer gar nicht, wohin die Zeit verrinnt.» Auf Aleydis' Wangen landete jeweils ein Kuss, dann drückte Krista sie fest an sich. «Gut siehst du aus, mein Kind. Gerade heute Morgen haben wir von dem schrecklichen Brand im Beginenhof erfahren, und dass Cathrein dabei schwer verletzt wurde. Ganz entsetzlich. Ich war wie erstarrt, als man es uns in der Kirche zugetragen hat. Wenn wir früher davon gewusst hätten …» Sie trat einen Schritt zurück. «Du hättest sofort zu uns kommen sollen, Aleydis, oder nach uns schicken lassen.»

Über den aufgeregten Redeschwall ihrer Stiefmutter musste Aleydis schmunzeln. «Danke, Krista, ich weiß deine Sorge um mich zu schätzen. Doch bei Lichte besehen hättet ihr doch gar nichts tun können. Das Feuer war glücklicherweise schnell gelöscht, und Cathrein wird jetzt von den Beginen gepflegt.»

«Trotzdem, trotzdem.» Krista seufzte. «Wie geht es ihr? Ist es wirklich so schlimm, wie die Gerüchte besagen?»

«Sie ist schwer verletzt. Ihr linker Arm ist gebrochen und ebenso ein paar Rippen, sagt der Henker.»

Krista stieß einen entsetzen Laut aus. «Großer Gott, der Henker?»

«Er ist für die städtischen Gefangenen zuständig.» Aleydis legte ihrer Stiefmutter beschwichtigend eine Hand auf den Arm. «Es mag dich überraschen, aber er ist ein sehr freundlicher Mann und kennt sich ausgezeichnet in der Heilkunde aus. Er hat Cathreins Arm gerichtet und ihre Wunden verbunden, auch die Brandwunden. Eine schlimme Beule hat sie überdies am Kopf, und sie war lange bewusstlos. Jonata hat mir gestern Bescheid gegeben, dass Cathrein nun erwacht sei, deshalb will ich sie heute noch besuchen.»

«Ja, tu das unbedingt, mein Kind.» Wieder seufzte Krista. «Auch wenn ich immer noch nicht so recht weiß, wie ich zu ihr stehen soll. Sie war dir – uns allen – eine gute Freundin, und nun …? Aber schon die christliche Nächstenliebe gebietet es uns, ihre Seele nicht zu verdammen. Ich habe heute sehr lange und inbrünstig für sie gebetet.» Plötzlich wurde sie auf Alessandro aufmerksam, der ihr zuvor wohl gar nicht aufgefallen war. Neugierig musterte sie ihn. «Wen hast du denn da mitgebracht, Aleydis?»

«Das interessiert mich allerdings auch.» Jorg de Bruinker trat aus der Haustür und ging auf seine Tochter zu. Wie immer machte er eine sehr gute Figur in seinen dunkelbraunen Samthosen und dem passenden Wams, das er über einem strahlend weißen Leinenhemd trug. Umstandslos zog er seine Tochter in eine feste Umarmung. «Guten Tag, mein Liebling. Wie freue ich mich, dass du uns heute besuchen kommst.» Rasch trat er wieder einen Schritt zurück. «Und in Begleitung, wie meine liebe Gemahlin zwar spät, aber treffend bemerkt hat.»

«Ja, verzeiht, ich bin noch gar nicht dazu gekommen, euch Alessandro Venetto vorzustellen.» Aleydis nickte ihrem Begleiter freundlich zu. «Er ist seit gestern Gast in meinem Haus.»

«Alessandro Venetto?» Neugierig musterte Jorg den schwarzhaarigen Mann von Kopf bis Fuß. «Ihr seid lombardischer Abstammung?»

Alessandro deutete eine Verbeugung an. «Ich bin Nicolais und Andreas Halbbruder.»

«Ach.» Aus dem neugierigen Blick wurde ein misstrauischer. Jorg trat näher an Alessandro heran. «Wie kommt es, dass ich noch nie von Euch gehört habe?»

«Diese Frage habe ich ihm ebenfalls gestellt», mischte Aleydis sich rasch ein. «Und er hat sie mir ausführlich und nachvollziehbar beantwortet.»

«Vielleicht sollten wir alle zusammen ins Haus gehen», schlug Krista eifrig vor und eilte ihnen voraus bis zur Haustür. «Derlei Dinge bespricht man doch nicht mitten auf der Straße, nicht wahr? Außerdem wird das gute Sonntagsessen kalt. Ich habe unsere Köchin zur Feier des Tages ganze Berge von mit Speck und Wurzelgemüse gefüllten Pfannkuchen zubereiten lassen, weil ich weiß, wie gerne du die isst, Aleydis. Dazu ein Fromentée nach einem Rezept, das ein englischer Geschäftspartner deines Vaters uns hiergelassen hat. Zerstoßene Weizenkörner mit Rindfleisch in Mandelmilch aufgekocht. Eigentlich gehört auch noch Safran daran, aber wer kann sich den schon leisten?» Sie lachte. «Für die gelbe Farbe hat die Köchin stattdessen einfach ein paar zusätzliche Eigelbe hineingemischt. Also kommt, kommt herein!» Einladend winkte sie Aleydis und Alessandro, ihr ins Haus zu folgen.

Die Stube im Hause de Bruinker war nicht so groß wie die von Aleydis, doch auch hier wurde mit einem Hinterladeofen geheizt, sodass eine wohlige Wärme die Gäste empfing. Krista wies ihnen Plätze zu, nachdem Aleydis auch ihre Stiefgeschwister begrüßt hatte, und ließ sogleich das Essen auftragen.

«Nun denn.» Höflich, aber immer noch sehr aufmerksam, bedeutete Jorg de Bruinker Alessandro, sich zu bedienen, und nahm sich dann selbst einen dicken Pfannkuchen. «Ich bezweifle zwar nicht, dass meine Tochter keine Zweifel an Eurer Herkunft hegt, sonst hätte sie Euch nicht in ihr Haus eingeladen, dennoch möchte ich doch sehr bitten, nun auch mich unverzüglich ins Bild zu setzen, Herr Alessandro. Ihr seid also Nicolais Halbbruder. Und weiter?»

Alessandro fasste zusammen, was er auch Aleydis am Vortag erzählt hatte. «Wenn Ihr wollt», schloss er, «kann ich Euch die Urkunden, die meine Herkunft bestätigen, gerne zeigen.»

Jorg neigte ein wenig den Kopf. «Darauf komme ich vielleicht noch zurück. Da aber Aleydis sie bereits gesehen hat, werde ich Euch auch ohne diese zusätzliche Beweisführung Glauben schenken.»

«Wie lange habt Ihr denn vor, hier in Köln zu verweilen?» Krista goss allen Anwesenden nacheinander Würzwein ein. Den für ihren Sohn und ihre jüngere Tochter, die erst zwölf und vierzehn Jahre alt waren, verdünnte sie mit Wasser.

«Das steht noch nicht fest.» Alessandro kostete von seinem gefüllten Pfannkuchen und nickte anerkennend. «Eurer Köchin ist ein großes Lob auszusprechen, Frau Krista.» Er warf Aleydis einen kurzen Seitenblick zu. «Ich will natürlich die Gastfreundschaft im Haus Eurer Tochter nicht über Gebühr strapazieren, doch es wäre mir eine Freude, zumindest für eine Weile, vielleicht ein paar Wochen, in Köln bleiben zu dürfen. Zum Ausgleich für die Unterbringung in der Dachkammer habe ich bereits angeboten, in der Wechselstube auszuhelfen. Ich möchte die Familie gerne näher kennenlernen und hoffe, freundschaftliche Bande knüpfen und zukünftig pflegen zu dürfen.»

«Soso.» Krista warf Aleydis einen neugierigen Blick zu. «Dass Ihr Aleydis helfen wollt, ist sehr freundlich von Euch.»

«Aber es kommt auch sehr überraschend», fügte Jorg hinzu. «Vor allem wenn man bedenkt, dass Ihr zuvor nie auch nur mit einem Wort von Nicolai erwähnt wurdet.»

«Stimmt», fügte Aleydis hinzu. «Allerdings hat Nicolai es ja auch verabsäumt, uns darüber aufzuklären, was für dunkle Geschäfte er im Stillen getätigt hat.»

Jorg runzelte die Stirn. «Wisst Ihr davon, Herr Alessandro?»

«Ja.» Alessandro nickte. «Nicht jedoch von meinem Bruder selbst, mit dem ich nie auch nur ein Wort gesprochen habe. Wir sind uns nie begegnet. Doch mein Ziehvater wusste darüber Bescheid und hat mir diese unschöne Wahrheit nie verschwiegen. Später, als ich seine Wechselstube übernommen habe, kam ich hier und da auch mit dem einen oder anderen Gerücht in Berührung. Um die Wahrheit zu sagen, überrascht es mich nicht wenig, dass seine eigene Familie keine Ahnung gehabt haben soll.»

«Herr Alessandro glaubt, dass Nicolai nichts über ihn hat verlauten lassen, um ihn zu schützen», fügte Aleydis rasch hinzu. «So wie er uns nichts von seiner Schattenwelt gesagt hat.»

«Zum Schutze also.» Nachdenklich nickte Jorg vor sich hin. «Möglich wäre es.» Er suchte Alessandros Blick. «Wie ich mich all die Jahre so habe täuschen lassen können, ist mir nach wie vor ein Rätsel. Noch immer kann ich kaum glauben, dass Nicolai zwei Gesichter hatte. Dass meine Tochter sich nun mit den Auswirkungen seiner Schattengeschäfte herumschlagen muss, lässt mich sehr besorgt zurück.»

«Das ist verständlich.» Alessandro sah Aleydis nun ganz offen an. «Ihr lasst diesen Teil Eures Erbes ruhen.» Es war weniger eine Frage denn eine Feststellung.

Aleydis nickte. «Mir bleibt wohl nichts anderes übrig. Zu tun haben will ich damit auf keinen Fall etwas. Am liebsten würde ich das alles einfach vergessen, doch das wird mir wohl nicht gelingen, denn dazu waren Nicolais Händel zu weit verstrickt, und sein Einfluss reichte zu weit.»

«Wir können nur hoffen, dass du nicht noch einmal angegriffen wirst, so wie damals von den aufgestachelten Knechten und Mägden.» Krista, die neben Aleydis saß, berührte sie sanft an der Schulter. «Ich war so entsetzt, als ich davon erfuhr. Jetzt lebe ich in ständiger Angst, so etwas könnte sich wiederholen.»

«Seid unbesorgt», verkündete Alessandro. «In meiner Gegenwart wird niemand sich an Frau Aleydis zu vergreifen wagen. Außerdem stehen ihr tüchtige, kräftige Knechte zur Seite.»

«Andernfalls könnte ich wohl auch keine Nacht mehr ruhig schlafen!» Noch einmal drückte Krista Aleydis' Schulter, dann wandte sie sich wieder dem Essen zu. «Wo wir gerade von den Knechten sprechen, Aleydis – hast du einen neuen eingestellt? Diesen mürrischen Kerl, den du heute neben Symon dabeihast, habe ich zuvor noch nie gesehen.»

«Ja, Gilles ist neu in meinem Haushalt.» Aleydis griff nach ihrem Trinkbecher. «Herr van Cleve hat mir ihn und einen weiteren Mann namens Augustin gestern überraschend ins Haus gebracht und darauf bestanden, dass ich sie einstelle.»

«Vinzenz van Cleve?» Verblüfft hob ihr Vater den Kopf. «Weshalb denn das? Du hast doch zwei gute Wachknechte.»

«Er sorgt sich wohl um meine Sicherheit.» Aleydis wusste nach wie vor nicht, was sie davon halten sollte.

«Um Himmels willen, glaubt er denn, dass du in Gefahr schwebst?» Entsetzt fuhr Krista auf. «Warum nur?»

«Wegen des Brandes im Beginenhof.» Endlich kam Aleydis dazu, ihre Sorgen mit den Eltern zu teilen.

«Was hat das mit dir zu tun?» Argwöhnisch kniff Jorg die Augen zusammen. «Das Feuer war doch wohl ein Unfall, oder?»

«Nein, war es nicht.» Aleydis stellte den Becher zurück auf den Tisch, ohne einen Schluck getrunken zu haben. «Es war Brandstiftung.»

«Bei allen Heiligen!» Krista bekreuzigte sich, ihre Töchter und ihr Sohn tuschelten aufgeregt miteinander.

«Das Feuer wurde mittels trangetränkter Lappen absichtlich an Cathreins Gefängniszelle gelegt.»

«Großer Gott.» Nun bekreuzigte auch Jorg sich. «Das hättest du uns sofort erzählen müssen! Das ist ja … Jemand hat versucht, Cathrein zu verbrennen?»

«Es hat zumindest den Anschein.» Wieder griff Aleydis nach ihrem Becher, diesmal nippte sie auch daran. «Ich habe eindeutige Spuren an der Brandstelle gefunden und sie Herrn van Cleve gezeigt, weil ich Anklage erheben wollte.»

«Und daraufhin hat er dir die zwei zusätzlichen Wachleute ins Haus geschickt.» Krista stieß überlaut den Atem aus. «Wie gut, dass er so ein umsichtiger Mann ist.»

«Darf ich fragen, um wen es sich bei diesem Vinzenz van Cleve handelt?» Alessandro blickte fragend in die Runde. Seiner Miene war anzusehen, dass Aleydis' Bericht über den Brand ihn ebenfalls erschreckt hatte.

«Liebe Güte, liebe Güte, wie entsetzlich das alles ist.» Jorg rieb sich besorgt übers Kinn. «Herr van Cleve ist der Gewaltrichter, der Cathrein für den Mord an Nicolai verurteilt hat.»

«Ah.» Alessandro runzelte die Stirn. «Hat er etwas mit dem Geldverleiher Gregor van Cleve zu tun?»

«Das hat er in der Tat.» Aleydis nickte. «Gregor van Cleve ist sein Vater. Kennt Ihr ihn?»

«Kennen wäre zu viel gesagt.» Mit einem Hüsteln griff nun auch Alessandro nach seinem Becher und trank einen großen Schluck. «Ich habe bereits so einiges über Gregor van Cleve gehört. Er steht in dem Ruf, ein recht, nun ja, skrupelloser Geldverleiher zu sein. Zuverlässig und wohl angesehen, jedoch mit Vorsicht zu genießen, weil ihm ein Ruf als besonders jähzorniger Mann vorauseilt. Sein Sohn ist also Gewaltrichter hier in Köln? Ist er ebenfalls Geldverleiher?»

«Ja, und Münzwechsler.» Aleydis nickte. «Er und sein Vater waren Nicolais größte und erbittertste Konkurrenten.»

«Und dennoch habt Ihr vor ihm Anklage erhoben? Gibt es nicht noch andere Gewaltrichter in Köln?» Verständnislos sah Alessandro sie an. «Wenn der Sohn nur halb so ruchlos ist wie sein Vater, möchte ich mit ihm ungern Geschäfte machen, geschweige denn mich seinem richterlichen Urteil anvertrauen.»

«Gregor van Cleve ist nicht der angenehmste Mensch», stimmte Jorg zu, «doch sein Sohn ist ein wohlgeachteter und gerechter Richter. Auch habe ich noch nie gehört, dass er seine Geschäfte auf ruchlose Art und Weise führen würde. Durchaus rücksichtslos seiner Konkurrenz gegenüber, das wohl, aber nie unehrenhaft. Andernfalls hätte er es wohl kaum zu solch hohem Stand und Ansehen gebracht.»

«Ich war damals gezwungen, vor ihm Anklage zu erheben», fügte Aleydis hinzu. «Die Schöffen und der Rat der Stadt Köln ließen keinen der beiden anderen Richter für diesen Fall zu. Die Gerichtsbezirke sind zwischen den drei Gewaltrichtern aufgeteilt. Es hat sich allerdings nicht als Nachteil erwiesen, obwohl auch ihm nicht wohl dabei war, sich dieses Falles anzunehmen – die Umstände haben für viel Klaaf in der Stadt gesorgt.»

«Ich hoffe, Ihr habt recht mit Eurer Einschätzung.» Alessandro nahm sich noch einen weiteren Pfannkuchen und auch von der Fromentée und war erneut voll des Lobes für die Köchin, ehe er fortfuhr: «Ich sähe Euch ungern übervorteilt, Frau Aleydis. Glücklicherweise kann auch ich Euch nun in dieser Angelegenheit zur Seite stehen, wenn Ihr es mir erlaubt. Ich war entsetzt, als ich erfuhr, dass Nicolai offenbar von seiner eigenen Tochter ermordet worden ist – oder vielmehr, dass sie jemanden dazu gedungen hat. Wie kommt es, dass Ihr ihr trotzdem immer noch ein spürbares Maß an Sympathie entgegenbringt?»

«Sie war mir immer eine gute Freundin.» Zaghaft hob Aleydis die Schultern. «Ich kann sie nicht völlig verdammen für das, was sie getan hat. Sie ist Teil meiner Familie, versteht Ihr? Sie hat ihren Vater und damit meinen Gemahl ermordet, doch nicht aus Bosheit oder Habgier oder anderen niederträchtigen Beweggründen, sondern aus einer Verzweiflung heraus, die tief in ihrer Seele zu sitzen scheint.» Auch Aleydis nahm sich von der Fromentée, obwohl sie kaum Appetit verspürte. «Cathrein hat ihre gerechte Strafe erhalten und wird eine weitere in den ewigen Höllenfeuern zu erleiden haben, wenn sie einmal stirbt. Das ist für mein Dafürhalten genug der Verdammnis.»

«Ihr besitzt ein gütiges Herz, Frau Aleydis.» Bewundernd lächelte Alessandro sie an. «Ebenso wie Ihr, Herr de Bruinker und Frau Krista.»

«Jorg.» Aleydis' Vater tauschte einen kurzen Blick mit seiner Gemahlin aus. «Wenn Ihr Aleydis hilfreich zur Seite stehen möchtet, bin ich Euch zu großem Dank verpflichtet.»

«Ich will alles versuchen, Euer Vertrauen und das Eurer Tochter zu erlangen.» Alessandro hob seinen Becher und prostete Jorg zu. «Das ist das mindeste, was ich tun kann, um Euch meine Dankbarkeit für Eure Gastfreundschaft zu erweisen und für Eure Bereitschaft, mir die Gelegenheit zu geben, die Familie meiner Brüder kennenzulernen.»

KAPITEL 7

Den Rückweg vom Perlengraben, der sich hinter dem Waidmarkt befand, bis in die Glockengasse verbrachten Aleydis und Alessandro in angeregter Unterhaltung über seine Wechselstube in Frankfurt. Er erzählte ihr von einigen amüsanten Begebenheiten, und dabei stellte sich heraus, dass sie in Meister Anton Langhölm und dessen Tochter Adelheid sogar gemeinsame Bekannte vorzuweisen hatten.

«Meister Langhölm ist ein sehr angenehmer Mensch, findet Ihr nicht auch?» Alessandro ließ Aleydis auch jetzt immer wieder den Vortritt, wenn ein Engpass auftauchte auf der für einen Sonntag recht bevölkerten Straße, die zwischen der Hohen Pforte und der Dombaustelle verlief. «Er ist ja viele Monate des Jahres mit seiner Tochter auf Reisen, um seine Töpfe und Pfannen unters Volk zu bringen, und wenn sie nach Frankfurt kommen, um ihre Vorräte aufzufüllen, besuchen sie mich stets in meiner Wechselstube und berichten, was es an interessanten Neuigkeiten in der Umgebung gibt.»

Aleydis nickte. «Ich mag ihn auch sehr, wobei ich sagen muss, dass ich ihn in den vergangenen Monaten gar nicht mehr zu Gesicht bekommen habe, weil zuletzt immer nur Jungfer Adelheid in die Wechselstube kommt, um ihre Münzen einzutauschen. Auch sie ist eine sehr nette Person. Ich plaudere immer gerne mit ihr.» Bei der Erinnerung an das Zusammentreffen von Matteo und Adelheid musste sie schmunzeln. «Allerdings fürchte ich, dass mein Neffe, Andreas Sohn, eine heimliche Zuneigung zu ihr gefasst hat.»

«Tatsächlich?» Alessandro lachte leise. «Was gibt es daran auszusetzen?»

Aleydis ließ sich von seinem Lachen anstecken. «Vielleicht die Tatsache, dass er erst sechzehn Jahre alt ist und sie gut drei Jahre älter.»

«Wenn es nur eine vorübergehende heimliche Bewunderung von Adelheids Liebreiz ist, braucht Ihr Euch wohl keine Gedanken zu machen.» Er grinste sie von der Seite an. «Oder glaubt Ihr, es steckt mehr dahinter?»

«Das weiß ich nicht.» Sie hob die Schultern. «Mir fiel nur auf, dass Jungfer Adelheid nicht gänzlich abgeneigt zu sein schien, auch umgekehrt Matteo ein gewisses Wohlgefallen entgegenzubringen.»

«Aha.» Bedachtsam nickte Alessandro vor sich hin. «Dann ist sie eine kluge junge Frau, wenn Ihr mich fragt.»

«Weil Matteo der Erbe eines gut gehenden Eisenwarenkontors ist?»

Er lachte wieder. «Ihr habt also selbst schon darüber nachgedacht.»

Aleydis neigte den Kopf ein wenig. «Matteo ist noch zu jung zum Heiraten.» Sie stockte kurz. «Nicht dem Alter nach, wenn man es darauf anlegte, aber doch wohl von seinem Wesen her.»

«Vielleicht ist Jungfer Adelheid ja bereit, noch zwei, drei Jahre zu warten.»

An der Einmündung zur Brückenstraße blieb Aleydis stehen, weil ihnen eine Schar erzbischöflicher Reiter entgegenkam. «Würdet Ihr eine solche Verbindung befürworten?»

Sachte berührte Alessandro sie am Ellenbogen und deutete auf die andere Straßenseite, wo ein besseres Durchkommen war. «Wenn sie auf beiderseitigen Wunsch geschlossen wird – warum nicht? Glaubt Ihr denn, dass es angebracht ist, Euch darüber jetzt schon Gedanken zu machen?»

«Wahrscheinlich nicht.» Sie lachte über sich selbst. «Es fiel mir nur so überdeutlich ins Auge, als Jungfer Adelheid gestern in die Wechselstube kam. Vielleicht erweist sich ja auch alles nur als Strohfeuer.»

«Bei einem Jungen in Matteos Alter durchaus keine Seltenheit», stimmte er ihr zu.

«Ja, vermutlich.»

Bei der Pfarrkirche St. Kolumba mussten sie erneut kurz stehen bleiben, weil eine Gruppe Bettelmönche lauthals vom Ende der Welt predigte und eine beachtliche Zahl Schaulustiger sich um sie geschart hatte.

Wieder nahm Alessandro sie sanft am Ellenbogen und dirigierte sie um die Menschentraube herum. «Ob Jungfer Adelheids Zuneigung, so sie denn tatsächlich besteht, wirklich echt ist, dürfte sich darüber hinaus bald zeigen, denn es wird sich sicherlich rasch herumsprechen, dass Matteo ein Bastard ist.»

Aleydis, die ihren Eltern natürlich auch von dieser Angelegenheit berichtet hatte ebenso wie vom Besuch Arnold Hürths und dessen seltsamen Freundes Thomas van der Burghe, nickte zwar zu Alessandros Worten, fragte sich jedoch gleichzeitig, ob es wirklich klug gewesen war, in Gegenwart des ihr fast vollkommen Fremden all diese familiären Details ausgebreitet zu haben. Alessandros leutselige, freundliche und liebenswürdige Art ließen sie nur zu leicht vergessen, dass sie ihm gestern zum ersten Mal begegnet war. Seinen Worten musste sie nun jedoch zustimmen. «Ihr dürftet wohl am besten wissen, was es heißt, mit einem solchen … nun ja …»

«Makel zu leben, meint Ihr?» Alessandro nickte mit ernster Miene. «Das weiß ich ohne Frage sehr gut. Die Menschen sind jedoch, wenn man ein ehrenhaftes, gottgefälliges Leben führt, meistens bereit, über so manch einen Makel hinwegzusehen. Insbesondere, wenn es ihnen zum Vorteil gereicht.»

«Aber würde das nicht bedeuten, dass Jungfer Adelheid Zuneigung heucheln könnte, wo keine besteht, um für sich einen Vorteil zu ziehen?»

Alessandro schüttelte den Kopf. «Haltet Ihr sie für so oberflächlich? Natürlich wird sie wissen, was gut für sie ist und was vielleicht nicht. Doch da Matteo noch so jung ist und Jungfer Adelheid gewiss nicht ohne andere Bewerber um ihre Gunst dasteht, die wahrscheinlich ein ebenso sicheres Leben und Auskommen versprechen würden wie er, lässt sich gewiss bald erkennen, wo ihre Prioritäten liegen.» Er schmunzelte. «Immer gesetzt den Fall, Euer Verdacht erweist sich als richtig.»

«Ja.» Sie lächelte ebenfalls wieder. «Ja, Ihr habt recht.»

«Es ist übrigens eine ausgesprochen christliche Geste, den Jungen bei Euch aufzunehmen. Bestimmt fällt es ihm nicht leicht, mit der neuen Situation umzugehen.» Mittlerweile hatten sie die Glockengasse erreicht, und Symon eilte voraus, um die Ankunft der Hausherrin anzukündigen. Alessandro sah ihm wohlgefällig nach und richtete seinen Blick dann in eine unbestimmte Ferne. «Ich wusste von meinen ersten Lebenstagen an, dass ich ein unehelich Geborener bin, und konnte mich entsprechend wappnen. Dies erst zu erfahren, wenn man so gut wie erwachsen ist, und noch dazu unter solch misslichen Umständen und ohne auf den Rückhalt des Vaters hoffen zu können, stelle ich mir ungleich schlimmer vor. Wie gut, dass er zumindest in Euch jemanden hat, dem er sich anvertrauen kann.»

«Ich tue, was ich kann, um ihn zu unterstützen.» Aleydis seufzte leise. «Allerdings kann ich Frau Edelgard nicht verstehen. Sie muss doch wissen, dass sie trotz allem Matteo das Erbe nicht einfach so streitig machen kann.»

«Vielleicht will sie das gar nicht.» Alessandro hob auf ihren überraschten Blick die Schultern. «Möglicherweise konnte sie es einfach nicht mehr ertragen, ihn um sich zu haben. Wie würdet Ihr Euch fühlen, wenn Euer Gemahl Euch gezwungen hätte, ein Kind, das er mit einer anderen gezeugt hat, als das Eure anzunehmen und aufzuziehen?»

«Das weiß ich nicht.» Aleydis konnte sich eine solche Situation nicht einmal ansatzweise vorstellen. «Ihr seid ein weitsichtiger Mann, Herr Alessandro.»

«Ich lege Euch lediglich meine Gedanken dar, die möglicherweise stark von meinen eigenen Erfahrungen gefärbt …»

«Da seid Ihr ja endlich!»

Die wütende Donnerstimme Vinzenz van Cleves unterbrach ihr Gespräch. Sie hatten soeben Aleydis' Anwesen erreicht, und sie hatte der Haustür zustreben wollen, doch wie aus dem Nichts stand nun plötzlich der Gewaltrichter vor ihr. Offenbar hatte er in der Nähe des Hoftores auf sie gewartet und nach ihr Ausschau gehalten. Ehe sie sich's versah, packte er sie unsanft bei den Schultern und zerrte sie ein paar Schritte in den Hof.

«Seid Ihr von allen guten Geistern verlassen, Aleydis?» Er schüttelte sie leicht. «So viel Dummheit ist mir mein Lebtag noch nicht untergekommen.»

Im ersten Moment war sie so erschrocken, dass sie kein Wort herausbrachte. Alessandro hingegen stürzte sich augenblicklich auf van Cleve und fiel ihm in den Arm.

«Loslassen, aber sofort! Was fällt Euch ein, Frau Aleydis anzugreifen?»

Mit einer unwirschen Geste schüttelte van Cleve ihn wie ein lästiges Insekt ab. «Ihr!» Er fixierte Alessandro zornig. «Haltet Euch da heraus.» Schon suchte sein Blick wieder den von Aleydis. «Nun redet schon: Wie kommt Ihr dazu, diesem Mann einfach so Gastfreundschaft zu gewähren?»

Obwohl ihr das Herz bis zum Hals hinauf pochte, erwachte Aleydis endlich aus ihrer Erstarrung und riss sich aus van Cleves hartem Griff los. «Wie kommt Ihr dazu, mir hier aufzulauern und mich anzuschreien?»

«Ihr habt es nicht besser verdient, Aleydis.» Der Blick des Gewaltrichters funkelte vor rechtschaffenem Zorn. «Sagt mir sofort, was Euch bewogen hat, diesen … diesen», er deutete vage in Alessandros Richtung, «wer auch immer er sein mag, einfach in Euer Haus zu lassen? Wozu stelle ich Euch zwei zusätzliche Wächter zur Seite, wenn Ihr so vertrauensselig wildfremde Männer einladet, bei Euch zu wohnen?»

Aleydis verschränkte die Arme vor dem Leib. «Herr Alessandro ist kein wildfremder …» Sie schüttelte den Kopf. «Er ist Nicolais Bruder. Halbbruder, um genau zu sein.»

«Behauptet er.» Van Cleves Stimme grollte wie der sprichwörtliche Donner. «Und Ihr habt nichts Besseres zu tun, als seine Märchen zu glauben.»

«Das sind beileibe keine Märchen, guter Mann», mischte Alessandro sich erneut ein.

Van Cleve fuhr so heftig zu ihm herum, dass Alessandro erschrocken zurückwich. «Hatte ich nicht gesagt, Ihr sollt Euch raushalten?» Seine laute Stimme schallte über den Hof, sodass die Knechte wachsam näher kamen und auch Lutz und Irmel in ihrer Arbeit innehielten, um zu sehen, was vor sich ging. Bald würden sicherlich auch die restlichen Bewohner des Hauses aufmerksam werden.

Aleydis berührte den aufgebrachten Gewaltrichter vorsichtig am Arm, zog die Hand jedoch sofort wieder zurück, als sich sein Blick wieder auf sie richtete. «Es gibt keinen Grund, mich und Herrn Alessandro derart unhöflich anzugehen. Woher wisst Ihr überhaupt, dass er hier wohnt? Und warum seid Ihr jetzt schon hier? Ich dachte, Ihr wolltet erst später herkommen, um …»

«Als man mir zugetragen hat, dass Ihr einem Fremden Obdach gewährt, bin ich sofort hergekommen. Was dachtet Ihr denn?» Er starrte sie missmutig an. «Dass ich das einfach so mit ansehe?»

Sie starrte wütend zurück. «Ich wüsste nicht, was es Euch anginge, wenn ich einem Verwandten meines verstorbenen Gemahls Gastfreundschaft gewähre.»

Geräuschvoll stieß er die Luft aus und fuhr sich in einer frustrierten Geste durch das schulterlange, lockige Haar. «Tut Ihr nur so dumm, oder seid Ihr es tatsächlich? Auf Cathrein wurde ein Mordanschlag verübt. Wir wissen nicht, wer der Täter ist oder was seine Beweggründe sind, aber Ihr habt nichts Besseres zu tun, als den angeblichen Halbbruder Eures Gemahls hier einzuquartieren.»

«Ich kann meine Herkunft nachweisen», mischte Alessandro sich ein weiteres Mal mutig ein und fing sich prompt noch einen zornigen Blick von van Cleve ein.

«Und wenn Ihr ein von Nicolai Golatti persönlich gesiegeltes Schreiben vorweisen könntet. Das ist nicht der Punkt.» Wieder wandte er sich an Aleydis. «Eure Gedankenlosigkeit ist gefährlich, ist Euch das eigentlich klar? Ihr könnt nicht einfach jeden dahergelaufenen Kerl, und sei er noch so verwandt mit Euch oder Nicolai, hier im Haus aufnehmen. Nicht, solange Ihr nicht wisst, wer für den Brand im Beginenhof verantwortlich ist.»

Alessandro räusperte sich und trat erneut näher. «Ihr seid der Gewaltrichter Vinzenz van Cleve, nehme ich an. Haltet Ihr es nicht für vermessen, eine ehrbare, trauernde Witwe derart harsch für ihr christliches Handeln zu kritisieren? Wenngleich ich Euch, nachdem ich nun über diesen Brandanschlag im Bilde bin, durchaus zustimme, dass es gefährlich sein kann, sich Fremden gegenüber allzu vertrauensvoll zu geben.»

Diesmal wandte van Cleve sich Alessandro sehr langsam zu, mit noch immer zornfinsterem Blick. «Wie ich mit Frau Aleydis rede und auf welche Art ich meine Kritik an ihrem Handeln äußere, geht Euch einen feuchten Kehricht an.»

«Doch, das tut es sehr wohl, da sie meine Schwägerin ist.» Nun hatte auch Alessandros Miene sich deutlich verfinstert, und seine starre, aufrechte Haltung verriet, dass er bereit war, Aleydis, wenn nötig, mit allen Mitteln zu verteidigen.

«Diese Verwandtschaft muss sich erst noch als wahr erweisen.» Der Gewaltrichter trat einen Schritt auf Alessandro zu und richtete sich dabei zu seiner vollen Größe auf, sodass er sein Gegenüber um fast einen halben Kopf überragte.

Alessandro wich jedoch nicht zurück, sondern verzog nur grimmig die Lippen. «Nichts leichter als das. Seht Euch an, was ich an Urkunden mitgebracht habe, um meine Verwandtschaft mit Nicolai und Andrea Golatti nachzuweisen.»

«Urkunden lassen sich fälschen.»

«Und wozu sollte ich das wohl tun? Ich habe seitens meiner verstorbenen Brüder nichts zu erwarten, denn in ihren Testamenten bin ich nicht bedacht.»

Die beiden Männer standen sich nun dicht gegenüber und starrten einander an wie zwei Kämpfer, die sich jeden Moment aufeinanderstürzen würden. Dabei bildeten sie einen wahrhaft eindrucksvollen Anblick, denn beide waren groß und schwarzhaarig und strahlten ein geradezu vibrierendes Selbstbewusstsein aus. Alessandro wirkte jedoch schmaler, war nicht so kräftig gebaut wie der Gewaltrichter, dessen regelmäßige körperliche Betätigung in der Fechtschule ihm neben seiner natürlich breitschultrigen Erscheinung zusätzlich muskulöse Arme und Beine beschert hatte und zudem eine Beweglichkeit, die ihn im Augenblick wie ein gereiztes Raubtier wirken ließ. Alessandro hingegen machte einen ruhigeren, kühleren, beherrschteren Eindruck, schien jedoch keinesfalls weniger entschlossen und schon gar nicht eingeschüchtert.

Vinzenz van Cleve ballte die Hände zu Fäusten, hob sie indes nicht. «Es mag hundert Gründe geben, die Euch bewogen haben, ausgerechnet jetzt hier aufzutauchen.»

«Und doch trifft nur einer davon zu.»

Aleydis beobachtete die beiden Männer sprachlos. Was in aller Welt ging hier vor? Sie zuckte heftig zusammen, als in diesem Moment das amüsierte Lachen einer Frau aus Richtung der Haustür erklang.

Alba van Cleve trat in den Hof. Sie trug einen dunkelgrauen, mit schwarzen Stickereien verzierten Surcot über einem weißen Leinenunterkleid und auf ihrem schwarzen, zu einer komplizierten Hochsteckfrisur geflochtenen Haar eine turbanartige Haube nach der neuesten Mode. Ihre dunkelbraunen Augen, die denen ihres Bruders sehr ähnelten, funkelten vergnügt. «Also wirklich, Vinzenz! Ich dachte, wir wären hergekommen, um bei der lieben Aleydis nach dem Rechten zu sehen und nicht um der Nachbarschaft den Anblick zweier Platzhirsche zu bieten, die ihr Revier verteidigen.» Ohne die Männer weiter zu beachten, eilte sie auf Aleydis zu und zog sie in eine herzliche Umarmung. «Guten Tag, meine liebe Freundin! Wie freue ich mich, Euch wiederzusehen. Die zwei Wochen in Bonn sind mir arg lang geworden ohne Eure anregende Gesellschaft. Bitte verzeiht meinem Bruder seine unbeholfene Art. Er war recht besorgt, als der kleine Lentz uns die Nachricht überbrachte, dass Ihr einen neuen Hausgast beherbergt.»

«Lentz?» Aleydis runzelte die Stirn.

«Unbeholfen?» Van Cleve war einen Schritt zurückgetreten und runzelte, noch immer sichtlich ungehalten, die Stirn. Doch die unmittelbare Gefahr einer handgreiflichen Auseinandersetzung der beiden Männer schien gebannt.

«Ja, Lentz.» Alba trat einen halben Schritt zurück und berührte Aleydis beinahe mütterlich an der Wange, dann lächelte sie wieder. «Vinzenz bezahlt den Kleinen dafür, dass er ihm stets die neuesten Neuigkeiten zuträgt, das wisst Ihr doch.»

«Aus meinem Hause?» Argwöhnisch blickte Aleydis zu van Cleve. «Schon wieder?» Der Junge hatte sie früher schon im Auftrag des Gewaltrichters bespitzelt.

«Immer noch, würde ich sagen, und nicht nur aus Eurem Hause, sondern von überall aus der Stadt.» Alba lachte. «Vinzenz hat eine Menge Informanten und manche davon in den erstaunlichsten Ecken.» Sie wandte sich ihrem Bruder zu. «Und was dich angeht: Unbeholfen ist noch eine höchst schmeichelhafte Bezeichnung für dein Betragen. Ich fürchte, du bist schon etwas zu lange unbeweibt, sodass deine Manieren allmählich zu wünschen übrig lassen.»

«Red keinen Unsinn, Alba.» Obgleich seine Stimme immer noch gewittrig klang, hatte sich der Gewaltrichter inzwischen deutlich entspannt und wirkte nicht mehr so bedrohlich und raubtierhaft wie zuvor. «Ich bin nicht hier, um Frau Aleydis schönzutun.»

«Nein, aber um bei ihr nach dem Rechten zu sehen und um deine Besorgnis hinsichtlich ihres Wohlergehens zum Ausdruck zu bringen.» Mit einem feinen Lächeln legte Alba Aleydis eine Hand auf den Arm. «Es ist wirklich manchmal ein Kreuz mit diesem Mann, liebe Freundin. Keine Spur von Sanftmut, zumindest nicht, wenn er sich derart in Sorge befindet. Aber gebt ihm ruhig Contra. Ich habe genau gesehen, dass Ihr das tun wolltet. Glaubt mir, er könnte ein gut Maß an rechtschaffenem weiblichem Zorn vertragen, der ihn zurechtstutzt. Ich fürchte, der meine nutzt sich allmählich ab, was aber damit zu tun haben mag, dass ich nur seine Schwester bin und nicht … nun ja.»

«Halt den Schnabel, Alba.» Vinzenz wirkte alles andere als angetan von den Worten seiner Schwester, ging jedoch nicht weiter darauf ein, sondern wandte sich wieder an Aleydis: «Ich muss mit Euch sprechen. Unter vier Augen.» Ohne Alessandro auch nur eines weiteren Blickes zu würdigen, deutete er zur Straße. «Folgt mir.»

«Wohin?» Aleydis rührte sich nicht von der Stelle. Sie war noch immer etwas perplex, sah jedoch nicht ein, warum er einfach so über sie bestimmen sollte.

«Zum Beginenhof. Ich will mit Cathrein reden.»

Da sie dies heute ebenfalls noch vorgehabt hatte, gab sie nach. «Also gut, wie Ihr wollt.»

«Ich begleite Euch.» Mit wachsamem Blick und immer noch entschlossener Miene schob Alessandro sich an Aleydis' Seite.

«Welchen Teil von ‹Haltet Euch da raus› habt Ihr nicht verstanden?» Schwindelerregend schnell braute sich die Gewitterfront erneut zusammen. Van Cleve fixierte Alessandro herausfordernd.

«Da ging es um etwas anderes», erwiderte Alessandro nicht minder angriffslustig.

Aleydis runzelte irritiert die Stirn, dann wandte sie sich an ihren Hausgast. «Bitte, Herr Alessandro, seid so gut und bleibt einstweilen hier. Ich glaube, es ist besser, wenn ich mit dem Gewaltrichter alleine hinüber zum Beginenhof gehe.»

Alessandro verzog ein wenig die Lippen, entspannte sich jedoch wieder. «Also gut, wie Ihr wollt, Frau Aleydis. Werden die Wachknechte Euch begleiten?»

«Nur Symon.» Der Gewaltrichter legte seine Hand demonstrativ über den Griff des Kurzschwerts, das er an der Hüfte trug. «Gehen wir.»

∞

149

Den kurzen Weg zum Beginenhof legten sie schweigend zurück, doch sobald sie durch das offenstehende Hoftor getreten waren, ergriff der Gewaltrichter erneut das Wort. «Töricht, fürwahr. Anders kann ich Euer Verhalten nicht nennen, Frau Aleydis. Töricht und gefährlich sorglos.»

Vor der verkohlten Ruine blieben sie stehen.

«Ihr wiederholt Euch, Herr van Cleve. Und auch wenn ich begreife, dass Ihr besorgt seid, gibt Euch das doch nicht das Recht, mir den Verstand abzusprechen. Schon gar nicht in Gegenwart meines Gastes und meines Gesindes.»

«Hattet Ihr auch nur die geringste Kenntnis von der Existenz dieses angeblichen Halbbruders Eures Gemahls?»

«Nein. Deshalb muss er aber noch lange kein Betrüger sein. Er wusste nicht, dass auch Andrea gestorben ist, und ging davon aus, dass, wenn auch einer seiner Brüder tot ist, der andere ihn erkennen würde.»

«Behauptet er.» Van Cleve starrte missmutig auf die Überreste der Gefängniszelle. «Ganz gleich, was er an Urkunden oder sonstigen Schriftstücken bei sich hat – Ihr dürft nicht einfach glauben, was er behauptet. Inzwischen müsstet Ihr doch wissen, wie einfach es ist, solche schriftlichen Beweise zu fälschen – oder zu stehlen. Nicolai hat sein Leben damit verbracht, andere Menschen zu übervorteilen, zu betrügen, zu erpressen. Wer sagt Euch denn, dass dieser Alessandro nicht in Wahrheit ein geprelltes oder auf Rache sinnendes Opfer der Machenschaften Eures Gemahls ist? Oder einfach jemand, der glaubt, sich auf die eine oder andere Weise an Euch bereichern zu können?»

«Das kann ich nicht wissen, da habt Ihr recht.»

Verblüfft hob er den Kopf. «Ihr pflichtet mir bei?»

Aleydis hob die Schultern. «Er sieht Nicolai ähnlich. Andrea sogar noch mehr, um die Augen herum.»

Stirnrunzelnd richtete van Cleve den Blick wieder auf die Ruine. «Das kann ein Zufall sein.» Mit der Fußspitze tippte er gegen eine verkohlte Holzlatte. «Ihn in Eurem Haus zu beherbergen, entbehrt jeglicher Vernunft. Er könnte Euch oder den Mädchen sonst was antun. Oder Euch bestehlen. Ich habe zwei meiner Männer ausgesandt, um in Erfahrung zu bringen, wer sich wirklich hinter Alessandro Venetto verbirgt.»

Geräuschvoll stieß Aleydis die Luft aus und bemühte sich, ihren Ärger zu zügeln. «Wie kommt Ihr darauf, dass ich nicht längst dasselbe getan habe? Ihr müsst mich wirklich für strohdumm halten, Herr van Cleve.»

«Nicht strohdumm, nur …» Er hielt inne. «Ihr habt jemanden ausgesandt, Venettos Behauptungen zu überprüfen?»

«Einen Mann, den auch Nicolai oft beschäftigt hat, um Botschaften zu übermitteln oder Informationen einzuholen.» Sie blickte an ihm vorbei auf den Garten der Beginen, in dem Cathrein sich früher mit Hingabe beschäftigt hatte. «Das hättet Ihr mir nicht zugetraut.»

Er folgte ihrem Blick. «Das habe ich nicht gesagt.»

Abrupt hob sie den Kopf. «Doch. Ihr haltet mich nach wie vor für ein unbedarftes, dummes Kind.» Betrübt senkte sie den Blick auf ihre Hände. «Fühlt Euch damit in guter Gesellschaft, Herr van Cleve. Das passiert mir nicht zum ersten und sicher nicht zum letzten Mal. Hin und wieder fliegt mich der Gedanke an, es wäre besser gewesen, hässlich zur Welt gekommen zu sein.» Sie hob den Kopf wieder, suchte seinen Blick. «Als Mann geboren wäre es vermutlich am leichtesten.»

«Ihr als Mann?» Er hob die Augenbrauen, dann schmunzelte er unverhofft. «Das würde Euch das Überraschungsmoment nehmen, mit dem Ihr selbst mich noch immer zu überrumpeln versteht, obgleich ich Euch mittlerweile gut genug kennen sollte. So wie ich es sehe, hat der Allmächtige Euch aus einem

Grund mit den von Euch so geringgeschätzten Attributen ausgestattet.»

Sie schnaubte sarkastisch. «Um sich an meinem ewigen Kampf zu weiden, die Vorurteile der Männer zu widerlegen?»

Er neigte den Kopf ein wenig zur Seite. «Um Euch stärker zu machen.»

Sie erschrak ein wenig, als sich ihre Blicke erneut trafen. Van Cleves Miene verriet nicht viel darüber, was er dachte, doch in seinen tiefdunklen Augen flackerte kurz etwas auf, das ihr Herz veranlasste, zu stolpern und seine Schlagzahl zu beschleunigen. Zudem verspürte sie beim Klang seiner dunklen, rauen Stimme nicht zum ersten Mal ein Gefühl, wie wenn man eine Katze gegen die Wuchsrichtung ihres Fells streichelte. Höchst seltsam und beunruhigend.

«Vertraut niemandem, ehe wir nicht geklärt haben, wer das Feuer gelegt hat.» Er deutete mit dem Kinn auf die Ruine.

Sie schluckte. «Niemandem?» Nun ritt sie auch noch der Teufel. «Nicht einmal Euch?»

Wieder blitzte etwas in seinen Augen auf. «Streng genommen … ja.»

«Und wenn wir den Täter nie fassen?» Sie machte eine ausholende Bewegung. «Darf ich dann niemals wieder jemandem mein Vertrauen schenken?»

Um van Cleves Mundwinkel zuckte es kurz. «Um das zu verhindern, sollten wir alsbald damit beginnen, den Verursacher dieses Ungemachs ausfindig zu machen.»

«Und obgleich Ihr mich für dumm haltet – oder gar gerade deswegen –, soll ich bei Euch eine Ausnahme machen und darüber hinwegsehen, dass auch Ihr diverse Gründe haben könntet, mir und meiner Familie zu schaden.»

Zwischen seinen Brauen bildete sich eine steile Falte. «Nicht dumm, Frau Aleydis, töricht. Hielte ich Euch für nicht fähig,

Euren Kopf für mehr zu benutzen als zum Tragen der hübschen Hauben, mit denen Ihr Euer goldenes Blondhaar mehr schmückt, als es zu bedecken, würden wir jetzt nicht hier stehen. Abgesehen davon bleibt Euch wohl kaum etwas anderes übrig, als mir zu vertrauen, denn immerhin bin ich der zuständige Richter und, ob Ihr es nun glaubt oder nicht, ebenso sehr wie Ihr daran interessiert, diesen Vorfall aufzuklären.»

Für einen Moment war Aleydis verblüfft und fragte sich, ob er sich über sie lustig machte oder ob er ihr gerade so etwas wie ein Kompliment gemacht hatte. Sie kam nicht dazu, weiter darüber nachzudenken, weil in diesem Moment Jonata aus dem Haus kam und auf sie zustrebte.

«Frau Aleydis, Herr Gewaltrichter, guten Tag. Unsere Mettel sagte mir gerade, dass Ihr hier seid. Ihr seht Euch noch einmal die Unglücksstelle an?»

«Das auch.» Aleydis ergriff die ausgestreckten Hände der älteren Frau und drückte sie leicht. «Aber wir möchten auch mit Cathrein reden. Ist sie wach?»

«Ich nehme es an.» Jonata erwiderte den Händedruck kurz, dann wies sie in Richtung des Eingangs. «Obwohl sie die meiste Zeit mit geschlossenen Augen daliegt und kein Wort spricht. Kommt mit herein. Symon auch, wenn er will, aber dann wird es eng in der Krankenkammer.»

«Symon kann hier draußen warten», entgegnete Aleydis und folgte der Begine ins Haus.

«War der Scharfrichter noch einmal hier, um die Gefangene zu verarzten?» Van Cleve hielt sich dicht hinter Aleydis. «Hat er etwas zu den Genesungsaussichten gesagt?»

Jonata blieb neben der Tür zu Cathreins Kammer stehen. «Er war gestern Abend hier, aber viel gesagt hat er nicht. Nur dass es noch zu früh ist, um eine Prognose zu stellen. Ich nehme an, er fürchtet, die Knochenbrüche könnten nicht richtig verheilen oder dass sich am geschienten Arm Wundbrand bildet. Dann müsste er ihn amputieren.»

Erschrocken trat Aleydis dicht an das Krankenbett heran. «Hoffen wir, dass es nicht so weit kommt.» Sie beugte sich über die Verletzte. «Cathrein?» Kurz bildete sie sich ein, hinter Cathreins geschlossenen Lidern eine Bewegung wahrzunehmen, doch eine andere Reaktion auf ihre Stimme war nicht auszumachen.

«Seid bitte so gut, Frau Jonata, und lasst uns einen Augenblick allein mit der Gefangenen sprechen.» Der freundlich-joviale Ton, mit dem van Cleve die Beginenmeisterin ansprach und den er Aleydis gegenüber fast nie anschlug, überraschte und ärgerte sie gleichermaßen.

«Selbstverständlich, Herr van Cleve, waltet Eures Amtes. Aber bisher hat sie kein Wort zu uns gesagt.» Jonata lächelte Aleydis noch einmal betrübt zu und verließ dann die Kammer. Die Tür schloss sie hinter sich, sodass Aleydis sich plötzlich beengt und wie von der Außenwelt abgeschnitten fühlte.

«Ihr sprecht also nicht.»

Es dauerte einen Moment, bis Aleydis begriff, dass van Cleve mit Cathrein redete. Er trat ebenfalls dicht ans Bett und blickte aufmerksam auf Cathreins Gesicht.

«Aber Ihr versteht jedes Wort, das ich sage. So lasst mich denn berichten, was mir zugetragen wurde und welche Schlüsse ich daraus ziehe, und entscheidet dann, ob Ihr Euer Schweigen brechen wollt oder Euch lieber weiterhin in der Aufmerksamkeit sonnt, die es Euch beschert.»

Nun zuckten Cathreins Augenlider deutlich sichtbar, doch sie hielt sie nach wie vor geschlossen und enthielt sich jeder anderen Regung.

Der Gewaltrichter nickte vor sich hin. Auf seinen Lippen zeichnete sich ein fast unmerkliches, gleichwohl grimmiges

Lächeln ab. «Also gut, hört zu: Wie mir Frau Aleydis zugetragen hat, vermutet Ihr hinter dem Feuer einen Anschlag auf Euer Leben, ausgehend von der Annahme, jemand wolle das von mir festgesetzte und durch Antrag Eurer Familie abgemilderte Urteil in seiner ursprünglichen Form an Euch vollstrecken.» Er hielt kurz inne, doch Cathrein rührte sich nicht. «Nachdem Frau Aleydis und ich uns die Überreste Eurer Herberge angesehen haben, stimmen wir Euch insofern zu, dass der Brand keinesfalls durch einen Unfall ausgelöst wurde. Trangetränkte Lappen wurden an zwei Seiten des Gebäudes unter die Dachbalken sowie unter den First gestopft und in Brand gesetzt.» Wieder wartete er auf eine Reaktion, die aber nicht erfolgte. «Mit anderen Worten: Jemand hatte vor, Euch zunächst in einer Art Räucherkammer zu ersticken und dann zu Asche verbrennen zu lassen.» Nun flackerten die Lider doch wieder kurz, woraufhin sich das grimmige Lächeln auf van Cleves Lippen vertiefte. «Keine allzu freundliche Art, das Todesurteil zu vollstrecken, welches, wenn der Scharfrichter es ausgeführt hätte, deutlich rascher und mit weniger Aufwand vonstattengegangen wäre – nämlich durch Erhängen. Ganz zu schweigen davon, dass der Täter ein Übergreifen des Feuers auf benachbarte Gebäude billigend in Kauf genommen hat. Er ist also so voll des Hasses, dass ihm dieser Umstand gleichgültig war. Oder er war sich der Gefahr nicht bewusst.»

Aleydis hüstelte. «Jeder Mensch weiß, dass Feuer gefährlich ist und sich leicht ausbreitet.»

Er sah sie von der Seite an. «Etwas zu wissen und es in Erwägung zu ziehen, wenn man dabei ist, Vergeltung zu üben, sind zwei verschiedene Dinge. Oftmals handeln wir in Rage oder aus einem Impuls heraus vernunftwidrig.»

Sie konnte sich des Eindrucks nicht erwehren, dass er mit seinem letzten Satz weniger vom Brandstifter redete denn von sich selbst, doch der Eindruck verflog wieder, als er weitersprach.

«Falls nun Ihr, Cathrein, einen Verdacht hegen solltet, wer als Übeltäter in Frage kommt, solltet Ihr mir den Namen dringend nennen. Tut Ihr es nicht, erschwert das nicht nur unsere Nachforschungen, sondern Ihr setzt Euch damit auch weiterhin einer Gefahr aus – ebenso wie Eure Familie, denn es ist nicht auszuschließen, dass der Täter auch an all jenen Vergeltung üben möchte, die dafür gesorgt haben, dass Ihr für Eure Untaten nicht unverzüglich vor das Angesicht unseres allmächtigen Herrn treten musstet.»

Wieder flackerte es hinter Cathreins Augenlidern, dann schlug sie sie auf, sprach jedoch weiterhin kein Wort. Lediglich ihr Blick wanderte aufmerksam zwischen van Cleve und Aleydis hin und her.

Aleydis ging neben dem niedrigen Bett in die Hocke und legte ihre Hand auf Cathreins unverletzten Arm. «Bitte rede mit uns. Wenn du einen Verdacht hast, musst du ihn uns mitteilen. Oder hast du womöglich den Brandstifter sogar gesehen?»

Cathrein sah sie zwar an, blieb jedoch stumm.

«Ich habe mich in der Stadt umgehört», fuhr van Cleve unbeirrt fort. «Niemand – wirklich niemand, und das ist für Köln bemerkenswert – scheint auch nur den Anflug einer Ahnung zu haben, was hier vor sich geht. Die Reaktionen derer, mit denen ich über den Brandanschlag gesprochen habe, reichen von Bestürzung bis hin zu blanker Schadenfreude, doch wer dahinterstecken könnte, darüber will niemand auch nur ansatzweise eine Vermutung äußern. Wenn Ihr eine weniger bekannte Person wäret, würde mich das nicht weiter verwundern, doch als Tochter des einst mächtigsten Lombarden Kölns, sowohl im Licht des Tages als auch im Schatten der Unterwelt, habt Ihr auch nach dem Mord an Eurem Vater eine besondere Stellung inne. Nicht einmal jetzt wagt es jemand, Euch öffentlich zu verunglimpfen.» Er hielt einen Moment inne. «Das allseitige Schweigen, das uns umgibt und dem Ihr Euch offenbar angeschlossen habt, erweckt ein interessantes Bild. Entweder ist die Person, die hinter dem Anschlag steckt, selbst derart mächtig, dass niemand es wagt, auch nur in ihre Richtung zu atmen, oder …»

Aleydis schluckte und erhob sich wieder. Fragend sah sie zu van Cleve auf. «Oder was?»

Er hob die Schultern. «Ich glaube in solchen Angelegenheiten nicht an Zufälle. Es besteht jedoch die Möglichkeit, dass es sich nicht um einen Racheakt handelt, sondern um ein Mittel zum Zweck, um Euch, Frau Aleydis, weiteren Schaden zuzufügen, indem erneut das Augenmerk der Kölner Bürger auf Euch und den Skandal gelenkt wird, den der gewaltsame Tod Eures Gemahls mit sich gebracht hat. Das Gerede, das solche Ereignisse nach sich ziehen, könnte unter Umständen dazu angetan sein, Eurem guten Leumund ein paar Dellen zu verpassen. Auf diese Weise lässt sich das Vertrauen in Euch und Euer Geschäft ins Wanken bringen, was wiederum Eurer Konkurrenz zum Vorteil gereichen würde.»

Aleydis schauderte entsetzt. «All das, um mir zu schaden?»

«Und Nicolai nachträglich zu entthronen und zu verhindern, dass Ihr wieder Fuß fasst und womöglich doch noch seine Schattengeschäfte übernehmt.» Er lächelte erneut grimmig. «In diesem Fall würde ich annehmen, dass der Brandanschlag erst der Anfang gewesen sein dürfte.»

«Du lieber Himmel!» Entsetzt rieb sie sich über die Stirn.

«Dafür spricht», fuhr er fort, «dass solche Beweggründe sich nicht so rasch in den Gassen und Winkeln verbreiten wie der schiere Durst nach Vergeltung. Das Schweigen, auf das ich bisher gestoßen bin, kann also durchaus eine natürliche Ursache haben, der wir nur auf den Grund gehen werden, indem wir entschlossen und hartnäckig nachbohren.»

«Wir?» Erstaunt hob sie den Kopf. «Ich hätte angenommen, dass Ihr unter den beschriebenen Umständen verlangt, dass ich mich zurückhalte.»

«Wie erfolgreich ich mit dieser Forderung gewesen wäre, sehen wir daran, dass Ihr sie schon einmal nicht befolgt habt, als es darum ging, Euch aus den Nachforschungen zum Mord an Nicolai herauszuhalten.» Er warf ihr einen vielsagenden Blick zu. «Ihr habt vorhin darauf bestanden, einen klugen Kopf zu besitzen, also benutzt ihn nun auch. Denkt nach, bevor Ihr handelt, und sprecht Euch mit mir ab, Frau Aleydis. Enthaltet Euch jeglicher törichter Einfälle oder Alleingänge. Bringt Ihr das fertig?» Ein spöttischer Funke blitzte in seinen Augen auf. «Wir sollten die Nachforschungen unter uns aufteilen. Ihr haltet die Augen und Ohren offen, wann immer jemand in Eure Wechselstube kommt, mit Euch ein Gespräch auf der Straße anfängt oder auf irgendeine andere Art mit Euch in Kontakt tritt. Ich werde mich zunächst mit all jenen Personen befassen, die möglicherweise einen Groll gegen Cathrein hegen, und des Weiteren mit denen, die einen direkten Vorteil aus Cathreins Tod und dem damit verbundenen Ungemach für Eure Familie ziehen könnten.»

«Aber …» Aleydis schüttelte den Kopf. «Ist das nicht eine sehr ungleiche Aufteilung?»

«Sie ist die sicherste, Frau Aleydis.»

«Jedoch nicht die vernünftigste», widersprach sie. «Wenn ich bedenke, wie viele Leute einen Vorteil daraus ziehen würden, wenn mein Ruf geschädigt wird und meine Geschäfte darunter leiden, wäre es doch viel sinnvoller, wenn auch ich …»

«Nein.» Das Donnergrollen war kurz, aber prägnant. «Überlasst Eure Konkurrenz mir.»

«Aber …»

«Ihr lasst die Finger davon.» Das Donnergrollen zog ein zorniges Blitzen in van Cleves Augen nach sich. «Wer immer hinter dem Anschlag auf Cathrein steckt, ist skrupellos und offensichtlich nicht dumm. Solange die Zahl der Verdächtigen durch die Vielfalt an möglichen Beweggründen derart unüberschaubar ist, solltet Ihr Euch dringend ruhig verhalten und Euch nicht zusätzlich ins Visier des Täters begeben.»

Mit Mühe widerstand Aleydis dem Impuls, wieder einmal die Arme zu verschränken. Stattdessen richtete sie ihr Augenmerk wieder auf Cathrein, die dem Disput still und beinahe andächtig gefolgt war. Erneut ging sie neben der Verletzten in die Hocke und berührte sie diesmal an der Schulter. «Cathrein, so rede doch mit uns. Sag uns, wenn du einen Verdacht hast. Oder willst du etwa denjenigen schützen, der versucht hat, dich zu ermorden?» In Cathreins Augen blitzte es lediglich spöttisch auf. Aleydis schüttelte den Kopf. «Das kannst du unmöglich wollen. Oder glaubst du …» Die Erkenntnis entsetzte sie. «Hältst du den Feuertod für deine gerechte Strafe, der du durch das schnelle Handeln der Brandhelfer, die dich gerettet haben, entgangen bist?»

«Kurzsichtig gedacht, Cathrein», brummte van Cleve. «Denn selbst wenn jemand ausschließlich an Euch Rache üben wollte, werden die Auswirkungen Eurer ganzen Familie schaden.» Er winkte ab und trat an das winzige Fensterchen, durch das trübes Herbstlicht hereinfiel. «Vielleicht sind wir schon zu weit vorausgeprescht mit unseren Überlegungen. Fangen wir bei den einfachen Dingen an.» Er drehte sich zu Aleydis um. «Wisst Ihr, wer zuletzt bei Cathrein war, bevor das Feuer ausgebrochen ist?»

Aleydis setzte sich auf die Bettkante. «Frau Jonata sagte, dass Mettel und Irmel gemeinsam draußen waren, um Cathrein ihr

Essen zu bringen und ihren Nachttopf zu leeren. Das muss zwischen dem Vesper- und dem Abendläuten gewesen sein. Danach war niemand mehr …» Sie stockte, und ein unangenehmer Schauder erfasste sie. «Thomas van der Burghe!»

«Wer?» Der Gewaltrichter ging einen Schritt auf sie zu.

«Er war abends noch hier bei uns, zusammen mit Arnold. Er wollte Marlein … Nein, das ist verrückt.» Sie erhob sich und umfasste dabei ihre Oberarme, weil ihr seltsam kalt geworden war. Verrückt in der Tat, dachte sie. Es bestand nicht der geringste Anlass, van der Burghe zu verdächtigen.

«Aleydis!» Die barsche Stimme des Gewaltrichters riss sie aus den Gedanken, die drohten, sich wild ineinander zu verwickeln. «Noch einmal von vorne und in Ruhe, der Reihe nach. Wer ist Thomas van der Burghe, und warum hat er Euch zusammen mit Arnold Hürth aufgesucht?»

«Er ist ein …» Ratlos trat nun sie ans Fenster und blickte hinaus. «Ich weiß nicht genau, was oder wer er ist. Ein Kaufmann aus Sinzig, der um Marleins Hand anhalten wollte.»

«Marlein ist die Elfjährige.» Van Cleve runzelte die Stirn. «Er will ein Kind ehelichen?»

«Wenn sie vierzehn Jahre alt wird.» Fahrig strich Aleydis über ihren Surcot. «Arnold hat ihn eingeladen. Die beiden stehen in irgendeiner … geschäftlichen Verbindung.»

«Ihr habt gezögert.» Der Gewaltrichter trat dicht an sie heran. «Welcher Art ist diese Verbindung?»

«Ich weiß es nicht. Aber es ist eine … ungute. Zumindest glaube ich das.»

«Eine ungute Verbindung.» Er kräuselte die Lippen. «Arnold will also seine noch viel zu junge Großnichte mit van der Burghe verheiraten. Als Unterpfand oder Bezahlung oder … was auch immer.»

«Ja.» Wieder schauderte sie.

«Ihr habt abgelehnt.»

Sie hob den Kopf, und ihre Blicke trafen sich. «Hätte ich etwa zustimmen sollen?»

«Dann hätte ich Euch tatsächlich jeglichen Verstand abgesprochen.»

«Ich habe beide hinausgeworfen.» Weil sein Blick ihr zu intensiv wurde, sah sie erneut aus dem Fenster. «Später am Abend, es war bereits fast dunkel, bin ich van der Burghe noch einmal begegnet. Er war allein unterwegs – mit seinem Pferd.»

«Zu Euch?»

«Nein, er sagte, er sei auf dem Rückweg von … hier.» Sie machte eine ausholende Handbewegung. «Er hat Cathrein besucht.»

Sie blickten beide auf die Verletzte, die mittlerweile wieder die Augen geschlossen hatte.

«Was wollte er von ihr?» Van Cleves Stimme klang gereizt und spöttisch zugleich. «Etwa ihr Einverständnis zu seinem Vorhaben?»

«So behauptete er mir gegenüber.»

«Welch ein Irrsinn.»

«Das dachte ich auch, aber in jenem Moment war mir, als wüsste er es vielleicht nicht besser.»

«Was für ein Mann ist er? Wie sieht er aus?»

«Er ist vielleicht Anfang oder Mitte der Zwanzig, etwas kräftiger im Körperbau, rotes Haar.»

«Ach.»

«Ells, unsere Köchin, hat sogleich die wüstesten Geschichten über Rothaarige zum Besten gegeben.» Aleydis hob die Schultern. «Ihr wisst ja, dass sie entsetzlich abergläubisch ist.»

«Eurer Reaktion vorhin nach zu urteilen, seid Ihr nun aber nicht mehr gänzlich abgeneigt, diesen Schauergeschichten Glauben zu schenken?»

«Nein.» Entschieden wehrte Aleydis ab. «Abergläubisches Geschwätz hat mich noch nie beeindruckt. Wenn ich mich allerdings recht entsinne, ist der Brand kurz nach van der Burghes Besuch bei Cathrein ausgebrochen.»

«Er könnte also das Feuer gelegt haben.» Der Gewaltrichter runzelte die Stirn. «Aus Ärger, weil Cathrein sein Anliegen ebenfalls abgelehnt hat?»

«Er hat behauptet, sie habe kein Wort zu ihm gesagt.»

«Dann aus Zorn über ihr Schweigen?»

Sie seufzte. «Das klingt allzu unwahrscheinlich.»

«Ein fieser Möpp.» Cathreins Stimme ließ sie beide abrupt herumfahren.

«Was sagst du da?» Rasch trat Aleydis an die Krankenstatt heran.

«Dat fussisch Käälsche.» Sehr langsam schlug Cathrein die Augen wieder auf und grinste spöttisch. «Van der Burghe, oder wie der Rothaarige sich nennt. Ekelhaft … und ein Tor, wenn er glaubt, er kriegt eins meiner Mädchen.» Ihre Stimme klang ein wenig brüchig, aber bestimmt.

«Ihr habt also beschlossen, Euer Schweigen zu brechen.» Interessiert trat van Cleve neben Aleydis.

Cathrein bedachte ihn lediglich mit einem kurzen Blick und sah sogleich wieder Aleydis an. «Ich habe nicht gesehen, wer das Feuer gelegt hat. Gehört auch nicht, denn ich hatte bereits geschlafen. Aufgewacht bin ich, weil ich kaum noch Luft bekommen habe. Da bin ich unter das Bett gekrochen, weil Vater mir einmal erklärt hat, als ich noch ein Kind war, dass Rauch stets nach oben steigt, selbst wenn er einen Raum erfüllt, und dass man am Boden am längsten überlebt.»

«Bemerkenswert.» Stirnrunzelnd betrachtete van Cleve sie.

Cathrein ging nicht darauf ein. «Ich wollte schreien, aber dadurch musste ich nur schrecklich husten. Also hab ich es sein lassen und auf einen sanften Tod durch Ersticken gehofft, bevor die Flammen mich erreichen.»

«Lieber Gott.» Bestürzt schlug Aleydis ein Kreuzzeichen.

Überraschend lachte Cathrein auf. «Von ihm habe ich wohl am allerwenigsten zu erwarten.»

«Ihr könnt demnach nicht mit Bestimmtheit sagen, ob van der Burghe den Brand gelegt hat oder nicht.» Ein wenig beugte van Cleve sich vor, suchte Cathreins Blick, doch sie wich ihm beharrlich aus.

«Der fussige Dickwanst war es nicht. Das hätte ich gehört, denn da war ich ja noch wach. Und wenn Aleydis ihn kurz darauf getroffen hat, muss er schon fort gewesen sein, als ich mich zum Schlafen niedergelegt habe.»

«Hm.» An der Art, wie van Cleve die Lippen verzog, konnte Aleydis erkennen, dass er mit dieser Argumentation nicht vollkommen zufrieden war. Dennoch nickte er schließlich. «Die Wahrscheinlichkeit, dass er es war, ist gering. Warum die Frau töten, deren Tochter man ehelichen möchte? Es sei denn, er hat die Verlobung nur als Vorwand benutzt oder wurde von jemandem gedungen.»

«Aber von wem denn?» Erschrocken hob Aleydis den Kopf.

Cathrein lächelte spöttisch. «Da ließen sich ganze Heerscharen von Namen aufzählen.»

«Sehr wahr», bestätigte van Cleve, «aber dennoch unwahrscheinlich. Zumindest hoffe ich, dass hier nicht ein derart ausgeklügeltes Spiel gespielt wird.» Er wandte sich wieder Cathrein zu. «Einen konkreten Verdacht habt Ihr offenbar nicht, wer Euer Leben gerne beendet sehen würde.»

«Abgesehen von mir selbst zuweilen?» Cathrein zuckte mit den Schultern und verzog gleich darauf schmerzerfüllt die Lippen. «Alle, die mich für meine Taten hassen. Auf dieser Liste stehe ich selbst ganz zuoberst, danach folgt Aleydis.»

«Nein!» Entsetzt starrte Aleydis sie an. «Ich hasse dich nicht, und ich wünsche dir auch nicht den Tod.»

«Doch, das tust du, zumindest den Teil mit dem Hassen.» Cathrein warf ihr einen langen, wissenden Blick zu. «Ich habe deinen Gemahl, meinen geliebten Vater, ermorden lassen. Du kannst gar nicht anders, als mich zu verabscheuen. Den Tod wünschst du mir vielleicht nicht, weil du glaubst, dass diese Strafe für das, was ich dir angetan habe, zu leicht zu ertragen wäre. Ein Dasein eingemauert in eine beengte Kammer jedoch, fernab vom Leben und dennoch so nah daran, dass ich es hören, riechen, manchmal gar schmecken und fühlen kann, das hältst du für gerechte Vergeltung. Und wer weiß, vielleicht hast du damit sogar recht.»

Vollkommen entgeistert blickte Aleydis in das nun geradezu höhnisch lächelnde Gesicht ihrer früheren Freundin. Eine unangenehme Gänsehaut breitete sich über ihren Rücken und die Arme aus. Hatte Cathrein womöglich recht? Entsprang der Wunsch, die Freundin vor dem Tod durch den Henker zu bewahren, gar nicht der Nächstenliebe und Sorge um das Wohl der Kinder, so wie Aleydis bisher gedacht hatte? War sie vielleicht wirklich vom Wunsch nach Rache beseelt und wollte, dass Cathrein ihre Strafe auf Erden erlitt, bevor sie ihre Seele dem ewigen Höllenfeuer zu überantworten hatte?

Sie zuckte zusammen, als sie van Cleves Hand an ihrer Schulter spürte. Er sah sie nicht an und ging mit keinem Wort auf das ein, was Cathrein soeben gesagt hatte. Stattdessen fixierte er die Verletzte mit einem eisigen Blick. «Wen setzt Ihr noch auf Eure Liste und in welcher Reihenfolge?»

Ohne den Blick von Aleydis abzuwenden, sagte sie: «Gleichauf stehen die Familie meiner Mutter und meine eigenen engsten Verwandten. Andreas Familie, ja selbst die meines verstorbenen Mannes.»

«Den Ihr ebenfalls ermordet habt.»

«Blieb mir eine andere Wahl?» Eisige Bitterkeit schwang in ihrer Stimme mit, und noch immer sah sie nur Aleydis an, die sich zunehmend unwohl fühlte. Lediglich van Cleves Hand, die sich nicht von ihrer Schulter fortbewegte, hielt sie davon ab, den Raum fluchtartig zu verlassen. «Seine Familie leidet vielleicht nicht unter Nicolais Tod, wünscht den meinen jedoch ganz sicher inbrünstig herbei.»

«Eine Möglichkeit, die wir nicht außer Acht lassen werden.» Der Gewaltrichter nickte vor sich hin. «Wenn sie mir auch nicht ganz schlüssig erscheint, denn der Tod Eures Gemahls liegt bereits einige Jahre zurück. Etwas anderes interessiert mich deutlich mehr: Ihr glaubt also, Eure engste Verwandtschaft will Euch ans Leder, obwohl sie sich einhellig dafür ausgesprochen hat, Euch nicht hinrichten zu lassen.» Zweifelnd beäugte er Cathrein. «Was führt Euch zu dieser Annahme?»

«Eine Hinrichtung bedeutet stets einen Skandal, Herr Gewaltrichter, das wisst Ihr doch selbst am besten. Und ein solcher Skandal befleckt das Ansehen wie kaum etwas anderes. Eine eingemauerte Sünderin hingegen, die für den Rest ihres Lebens ihre Missetaten bereuen kann, gereicht all jenen zu Ansehen, hauptsächlich im christlichen Sinne, die sich für diese Art der Bestrafung ausgesprochen haben, um von ihren eigenen Taten abzulenken.»

Der Gewaltrichter verzog den Mund. «Ihr sprecht von den Machenschaften der Hürths, die, soweit ich es begriffen habe, Euren Vater durch die Ehe mit Eurer Mutter erst in die Lage versetzt haben, seine Schattenwelt aufzubauen, und die die maßgebliche treibende Kraft dahinter gewesen sein dürften.»

«Ihr sagt das, als wäre es etwas Schlechtes.» Nun blickte Cathrein ihn doch an, mit einem verschlagenen Lächeln, das Übelkeit in Aleydis hervorrief. «Ihr vergesst wohl, dass, wenn es nach mir gegangen wäre, Aleydis nun längst die Zügel in die Hand genommen und Vaters Geschäft zu dem ihren gemacht hätte. Nicht nur die Wechselstube und ein paar lächerliche Kredite, sondern alles, was er sich in Jahrzehnten aufgebaut hat. Das könnte sie immer noch und damit zur mächtigsten Frau Kölns werden.» Sie seufzte betrübt. «Leider scheint sie weniger beherzt zu sein, als ich dachte. Zu schade.» Ihr Blick wanderte wieder zu Aleydis. «Überleg es dir noch einmal. Noch ist es nicht zu spät. Ich kann es schon vor mir sehen: All die Menschen, die zu dir aufschauen, die dich fürchten und um deine Gunst buhlen würden. Die Geschicke dieser Stadt könntest du lenken, Aleydis. Du allein! Vater hat es lange Zeit getan. Mutter hat ihn stets angeleitet und ermutigt …»

«Nein.» Verzweifelt wandte Aleydis den Kopf zur Seite, um Cathrein nicht mehr in die vor Erregung blitzenden Augen blicken zu müssen. «Hör auf damit. Ich will nichts davon hören.»

Der Druck von van Cleves Hand auf ihrer Schulter verstärkte sich ein wenig, doch wieder ging er nicht auf das ein, was Cathrein von sich gegeben hatte. «Glaubt Ihr nicht, dass ein Brandanschlag ein bisschen zu viel Aufmerksamkeit erregt? Etwas, das Eure Verwandtschaft nach Euren eigenen Worten nicht unbedingt schätzt? Wäre nicht ein Quantum Schierling in Eurem Essen eine einfachere Methode, Euch aus dem Weg zu räumen?»

Cathrein schnaubte missmutig. «Zerstört bitte nicht mit Euren vernunftgeleiteten Folgerungen meine sorgsam zurechtgelegte Geschichte. Andernfalls müsste ich Euch beipflichten, dass der Brandstifter anderswo zu suchen ist, und das würde meine Besorgnis erregen.» Sie lachte trocken. «Allerdings auch mein Interesse.»

«Ich habe nicht gesagt, dass ich Eure Familie für unschuldig halte. Ich frage mich nur, weshalb sie diesen komplizierten – und deutlich gefährlicheren – Weg gewählt haben sollten.»

«Ablenkung?» Cathrein grinste breit. «Der Anschlag hat Verwirrung gestiftet, nicht wahr? Plötzlich sind alle verdächtig, und niemandem kann etwas nachgewiesen werden. Genauso hätte ich es gemacht, wenn ich so was geplant hätte. Die Ankläger tappen im Dunkeln, und derweil verwehen sämtliche Spuren im Herbstwind.»

Wie zur Bestätigung rüttelte eine Bö des erneut auffrischenden Windes an den Büschen und Bäumen vor dem Fenster.

«Nehmen wir an, dass Ihr recht habt.» Endlich nahm van Cleve die Hand von Aleydis' Schulter, was seltsamerweise dazu führte, dass sie sich noch unwohler und irgendwie alleingelassen fühlte. «Dann geht Ihr also grundsätzlich von einem Vergeltungsschlag aus, der dazu dienen sollte, mein Urteil nachträglich zu vollstrecken.»

Immer noch diabolisch grinsend, blickte Cathrein von ihm zu Aleydis und wieder zurück. «Wenn Ihr von dieser Annahme ausgehen wollt, und das müsst Ihr wohl, denn Ihr seid verpflichtet, jedem Ansatz nachzugehen, dann wären die von mir besagten Personengruppen diejenigen, denen ich am ehesten einen Mord – oder vielmehr einen Versuch desselben – zutrauen würde.» Ihre Stimme war nach und nach kratziger geworden, und nun hustete sie kurz, aber krampfhaft. «Also schnappt Euch diesen Knochen und nagt eine Weile daran herum.» Plötzlich klang sie heiser, dennoch lachte sie. «Aleydis kann mir ja später berichten, ob dieser Pfad zum Erfolg geführt hat.»

Mit angewiderter Miene trat van Cleve einen Schritt zurück. «Und wenn das nicht der Fall sein sollte?»

Cathrein lächelte nur und schloss die Augen.

«Gehen wir.» Der barsche Befehlston des Gewaltrichters ließ Aleydis zusammenzucken, doch sie folgte ihm ohne Protest.

Frau Jonata war nirgendwo zu entdecken, also verließen sie das Haus unbehelligt. Erst als sie die Straße erreicht hatten, sprach er sie erneut an.

«Ihr lasst Euch zu leicht von dem Weib ins Bockshorn jagen.»

«Was?» Aleydis versuchte noch immer, die Übelkeit niederzukämpfen.

«Sie versucht, Euch zu manipulieren.»

«Ich weiß.» Kläglich bemühte sie sich, ihren Atem zu kontrollieren.

«Ihr seid sehenden Auges in ihre Falle marschiert.»

Sein missbilligender Ton erregte ihren Ärger, was ihr guttat, denn es lenkte sie von ihrem massiven Unwohlsein ab. «Bin ich das? Oder hat sie vielleicht recht?»

«Damit, dass Ihr auf Rache sinnt?» Er hob unbeeindruckt die Schultern. «Diese Frage könnt nur Ihr selbst beantworten.»

Sie schauderte, denn genau vor dieser Antwort hatte sie plötzlich Angst. «Ihr habt gesagt, dass sie die Todesstrafe nicht verdient hat, weil sie verrückt geworden ist.»

«Meine persönlichen Ansichten haben beim Fällen eines Urteils wenig bis gar nichts zu suchen, Frau Aleydis. Ihr habt bei mir um Milde ersucht und um eine Umwandlung der Todesstrafe in eine lebenslängliche Haft. Euer Geld hat für den Bau der Gefängniszelle gezahlt, damit Cathrein nicht in einem der städtischen Gefängnistürme vor sich hin rotten muss.»

«Ja.» Sie senkte den Kopf. «Und jetzt behauptet sie, ich hätte das alles aus Rachsucht getan.»

«Das Weib kann viel behaupten, wenn der Tag lang ist.» Er hob die Hand, wie um sie erneut an der Schulter zu berühren, unterließ es jedoch. «Ihr mögt vieles sein, Aleydis, und ich habe Euch sicherlich auch schon vieles genannt, aber als rachedurstig habe ich Euch nicht eingeschätzt.» Abrupt trat er einen Schritt zurück. «Ich muss nun gehen. In Kürze werden übrigens die Schöffen in Eurer Nachbarschaft herumfragen, ob jemand etwas gesehen oder gehört hat, bevor, während oder nachdem der Brand ausgebrochen ist. Große Hoffnungen mache ich mir allerdings nicht, auf diesem Wege dem Täter auf die Spur zu kommen, denn Ihr wart ja offenbar die Erste, der das Feuer aufgefallen ist. Dennoch darf nichts unversucht bleiben. Auch Euer Gesinde wird noch befragt. Bis dahin beherzigt, was ich Euch empfohlen habe: Haltet Euch zurück und Ohren und Augen offen. Morgen oder übermorgen reden wir weiter.» Damit wandte er sich ab und ging mit ausholenden Schritten die Glockengasse hinab.

KAPITEL 8

Aufgewühlt machte Aleydis sich zusammen mit Symon auf den Heimweg. In ihrem Kopf drehte sich alles, und die unterschiedlichsten Empfindungen machten ihr zu schaffen, sowohl was Cathrein betraf als auch den Gewaltrichter, dessen Verhalten sie noch mehr als sonst verwirrte. Sie kam jedoch nicht dazu, ihre Gedanken zu ordnen, denn schon von weitem vernahm sie schrilles Gekreisch. Mehrere fremde Knechte und Mägde und sogar ein paar Handwerker aus der Nachbarschaft hatten sich um das offene Hoftor geschart und tuschelten und lachten.

Ahnungsvoll raffte sie die Röcke und beschleunigte ihren Schritt. Symon hastete ihr voraus und schob die Gaffer, die ihnen den Weg versperrten, einfach mit seinen massigen Armen zur Seite.

«Was geht denn hier vor?» Innerlich hatte Aleydis sich schon gewappnet, weil sie befürchtete, dass einmal mehr die kleine Ursel und Lentz in eine Prügelei verwickelt waren, doch als sie im Hof ankam, bot sich ihr ein ganz anderer Anblick: Ursel saß weinend auf den Stufen vor der Hintertür, während Marlein und Lentz – natürlich war der kleine Frechdachs wieder einmal in die Sache verstrickt – schreiend und mit den Armen wedelnd unter dem Walnussbaum herumsprangen. Verwundert ging Aleydis auf die schluchzende Ursel zu. «Kind, was ist denn hier los? Weshalb weinst du?»

Schniefend hob das Mädchen das verweinte Gesicht. «Weil Lentz so blöd und fies und gemein ist und ich ihn hasse!»

«Lentz?» Aleydis' Blick huschte zu dem eifrig um den Baum herumhüpfenden Jungen. Dass er die Ursache des Übels war, verwunderte sie wenig. Ihn und Ursel verband so etwas wie eine innige Hassliebe, die auch Marlein in gewissem Sinne mit einschloss. Lentz machte sich häufig einen Spaß daraus, die sensible und leicht zu beeindruckende Marlein zu hänseln, und Ursel sprang in solchen Fällen regelmäßig für ihre ältere Schwester in die Bresche. Das wiederum endete nicht selten in Handgreiflichkeiten. Die zerrissenen Kleidungsstücke und Schrammen, die Ursel, aber auch Lentz dabei schon davongetragen hatten, konnte Aleydis längst nicht mehr zählen. Seufzend ging sie neben Ursel in die Hocke. «Was hat er denn diesmal angestellt, und warum führen er und Marlein sich so unbotmäßig auf?» Sie drehte sich zu Irmel um, die neben der Hintertür stand und den Kindern mit offenem Mund zusah. «Was ist mit dir? Willst du diesem Treiben nicht langsam ein Ende bereiten? Schau nur, wie viele Leute am Tor stehen und zusehen.»

«Wie?» Verdattert riss Irmel den Blick von dem Geschehen los. «Oh, Herrin, ja, natürlich. Ich hab's vorhin schon versucht, aber die hören einfach nicht auf mich. Nur wegen der Katzen.»

«Was für Katzen?» Verwundert sah Aleydis sich um, dann erhob sie sich, weil das Gekreisch einfach nicht aufhören wollte und ihr die Sache allmählich zu bunt wurde. Auch von den Gaffern waren inzwischen immer hämischeres Gelächter und spöttische Rufe zu vernehmen. Entschlossen ging sie zu Lentz und schnappte sich seinen Arm. «Schluss jetzt!» Da Marlein soeben auch in ihre Reichweite geriet, packte sie auch deren Arm und hielt ihn eisern fest. «Du auch, kleine Jungfer. Was in aller Welt treibt ihr hier? Seid ihr von allen guten Geistern verlassen? Solch ein Aufruhr, ihr solltet euch was schämen!»

«Aber die Kätzchen!» Marlein gestikulierte mit der freien

Hand wild in Richtung der Baumkrone. «Wir müssen sie da runterholen. Lentz ist schuld.» An dieser Stelle traf den Jungen ein zorniger Blick. «Er hat sie da raufgejagt, und dann hat er sich über Ursel lustig gemacht, bis sie ihm eine geknallt hat. Da hat er sie geschubst, und sie ist hingefallen, und dann ist auch noch die dritte Katze abgehauen, und jetzt weint Ursel ganz arg, weil sie doch auf die Kätzchen aufpassen wollte.»

«Ich hab doch bloß Spaß gemacht.» Lentz wand sich ein wenig unter Aleydis' hartem Griff. «Wollte gar nicht, dass Ursel losflennt. Kann ich denn wissen, dass sie so versessen auf die kleinen Viecher ist? Gibt doch eh so viele davon.»

«Aber nicht bei uns!» Marlein warf ihm einen strafenden Blick zu. «Wir hatten keine, aber dafür viele Mäuse, und deshalb hat Frau Alba uns die Kätzchen geschenkt. Ursel hat versprochen, sich um sie zu kümmern, und du hast ihr bloß weh getan. Du bist so was von fies!»

«Marlein.» Mahnend sah Aleydis das erzürnte Mädchen an. «Jetzt mal ganz in Ruhe und der Reihe nach.» Sie warf einen kurzen Blick in die Krone des Walnussbaumes, dessen Blätter sich bereits verfärbt hatten und dessen Früchte unbedingt bald geerntet werden mussten – viele lagen bereits am Boden verstreut. Erst konnte sie nur Äste und Blattwerk erkennen, doch als sie genauer hinsah, fiel ihr ein graues Schwänzchen auf sowie ein weißgraues Katzenköpfchen, ganz oben zwischen den Zweigen versteckt. «Frau Alba hat Euch also Kätzchen mitgebracht?»

«Ja.» Ein weiterer zorniger Blick traf Lentz. «Drei Stück. Die hat ihre Hauskatze im Mai geworfen, und Frau Alba sagt, sie hätte nicht so viel Platz für all die Katzen, aber weil sie wusste, dass wir hier so viele Mäuse haben und gar keine Katzen, hat sie sie uns geschenkt.» Nach diesem umständlichen Satz atmete Marlein tief durch. «Sie hat gesagt, wir sollen sie unbedingt anfangs nur im Stall halten, damit sie nicht weglaufen, und erst rauslassen, wenn sie hier heimisch geworden sind. Weil sie sonst nämlich abhauen oder zu Frau Albas Haus zurückwollen.»

«Aha.» Wieder warf Aleydis einen kurzen Blick in die Baumkrone, doch Schwänzchen und Köpfchen waren verschwunden. «Und wie sind die Katzen in den Baum gelangt?» Diesmal richtete sie ihre Frage mit strenger Stimme an Lentz, der prompt den Kopf einzog.

«Ich hab sie rausgelassen.»

Sie kräuselte die Lippen. «Warum?»

«Einfach so. Wusste doch gar nicht, dass die drinbleiben müssen. Aber Ursel hat sich so albern angestellt und gleich rumgejammert und geheult, da habe ich …» Er hob die Schultern. «Na ja, sie ein bisschen gefoppt.»

«So lange, bis sie richtig wütend war?»

Wieder zuckte er mit den Achseln. «War nur zum Spaß. Was stellt sie sich auch so an, nur wegen ein paar Katzen?» Er scharrte ein wenig mit den Füßen im Staub. «Na ja, und sonst heult sie ja auch nicht gleich los, sondern haut mich halt und ich dann sie und …» Nun wirkte er tatsächlich verlegen. «Ich hab ja versucht, die Viecher wieder vom Baum runterzuholen. Marlein hat geholfen.»

«Ja, aber sie sind immer weiter hochgeklettert, und eine ist ganz abgehauen.» Hilflos hob Marlein die freie Hand. «Ich wollte Ursel nur helfen.»

«Und dabei habt ihr die Tiere noch mehr verschreckt. Das hättet ihr euch doch denken können.» Kopfschüttelnd wandte Aleydis sich um und stellte erleichtert fest, dass die Gaffer sich zu zerstreuen begannen. «So ein Geschrei macht Katzen doch nur scheu und lockt sie nicht an.» Sie ließ Marleins Arm los und nahm sich Lentz vor. «Du gehst jetzt sofort zurück an deine Arbeit.»

«Ja, Frau Aleydis.» Der Kopf des Jungen senkte sich noch mehr.

«Aber vorher entschuldigst du dich bei Ursel.»

Sein Kopf ruckte hoch, und seine Wangen röteten sich. «Hab ich doch schon, indem ich versucht habe, die Katzen wieder einzufangen.»

Mit aller Kraft bemühte sie sich, ein Schmunzeln zu unterdrücken. «Es mag löblich gedacht sein, deinen Missetaten eine Wiedergutmachung folgen zu lassen. Dennoch hast du Ursels Gefühle verletzt, und der Anstand gebietet es, dass du dich bei ihr entschuldigst.» Sie schob ihn ein wenig in Ursels Richtung. «Mit Worten, nicht nur mit Taten.» Nun ließ sie auch ihn los und wandte sich Marlein zu. «Du gehst in die Küche und holst eine Schale Milch und bringst sie heraus. Die Kätzchen werden schon wieder vom Baum herunterkommen, wenn sie Hunger kriegen.»

«Aber eine ist weggerannt und hat sich vielleicht verirrt.»

Aleydis seufzte. «Daran lässt sich jetzt nichts ändern. Wahrscheinlich hat sie sich versteckt. Entweder sie kommt zurück oder eben nicht. Vielleicht läuft sie auch tatsächlich zu Frau Albas Haus zurück, dann kann sie sie uns ja wiederbringen, wenn sie das nächste Mal herkommt.»

«Hoffentlich.» Marlein ließ die Schultern hängen. «Soll ich Ursel noch ein bisschen trösten?»

Aleydis sah sich um. Lentz hatte sich neben Ursel auf die Stufen vor der Hintertür gesetzt und redete leise und mit hochrotem Kopf auf sie ein. «Nein, lass die beiden das unter sich ausmachen. Hol die Milch her, aber nimm die Vordertür.»

Diesen Weg nahm sie selbst nun auch. In der Wechselstube traf sie zu ihrer Überraschung auf Alessandro und Matteo, die nebeneinander am Wechseltisch saßen und mehrere Schalen mit unterschiedlichen Münzen sowie drei verschiedene Waagen vor sich stehen hatten. Ungehalten trat sie auf den Tisch zu. «Was tut Ihr denn hier? Habt Ihr denn nicht den Aufruhr gehört, der draußen im Hof geherrscht hat?»

«Doch, haben wir.» Matteo bekam rote Ohren. «Aber das waren doch nur die Mädchen und Lentz, oder?»

«Wir haben angenommen, dass es sich lediglich um ein etwas lauteres Kinderspiel handelt.» Alessandros begütigendes Lächeln verfehlte seine Wirkung. «Nichts Besorgniserregendes.» Er wurde ernst. «Das war es doch wohl?»

«Wenn sich die Mägde und Knechte und sogar ein paar Nachbarn vor dem Hoftor scharen und sich an dem Geschrei ergötzen, erregt dies sehr wohl meine Besorgnis.» Verärgert zerrte Aleydis an der Fibel, mit der ihr Mantel verschlossen war, und hätte fast geflucht, weil sie sie erst beim dritten Versuch aufbekam.

Alessandro erhob sich und kam um den Tisch herum. «Verzeiht, Frau Aleydis, aber das ist uns hier drinnen tatsächlich entgangen. Ein Menschenauflauf, sagt Ihr?» Rasch ging er zur Tür und schaute hinaus. «Weshalb denn bloß? Hat sich jemand verletzt?»

«Nein.» Sie schüttelte ihren Mantel aus und legte ihn auf die Bank an der Wand hinter dem Wechseltisch. «Ein kindischer Streit um drei kleine Katzen. Dennoch erfreut es mich nicht gerade, dass dies der Nachbarschaft Anlass gibt, über uns zu reden. Ihr könnt es natürlich noch nicht wissen, Herr Alessandro, aber auf die Kinder muss stets ein besonderes Augenmerk gelegt werden, weil sie selten einfach nur miteinander spielen. Insbesondere wenn sich der kleine Lentz einmischt, Gerlins Bruder, endet es in neun von zehn Fällen in einem Durcheinander und oft auch in Handgreiflichkeiten.»

Verblüfft drehte Alessandro sich zu ihr um. «Die Mädchen schlagen sich mit einem kleinen Bengel?»

«Marlein nicht, aber Ursel hat leider die unselige Angewohnheit.»

«Aber sie ist doch ein Mädchen.» Er wirkte, als habe er etwas so Absonderliches noch nie gehört.

«Das hält sie nicht davon ab, ihren Willen oder ihre Meinung mithilfe ihrer Fäuste kundzutun und durchzusetzen.» Seufzend ließ Aleydis sich auf die Bank sinken. «Habt bitte zukünftig ein Auge auf die Kinder, wenn ich nicht da bin.»

«Normalerweise macht Gerlin das, aber sie ist vorhin ausgegangen. Oder Frau Alba. Das hab ich erlebt, als ich vor einer Weile hier zu Besuch war.» Matteo grinste. «Wenn Frau Alba hier ist, trauen die Mädchen sich nicht aufzumucken. Dann sind sie immer ein Ausbund an Wohlerzogenheit.»

«Und in meiner Gegenwart nicht, meinst du?» Stirnrunzelnd musterte sie den Jungen, der daraufhin erneut rote Ohren bekam.

«Doch, doch, aber Ihr seid ganz anders als Frau Alba. Bei Euch sind die Mädchen brav, weil sie wissen, dass Ihr sonst schimpft oder sie ohne Abendessen zu Bett schickt. Frau Alba macht das ganz anders. Sie schimpft nie, aber wenn sie einen nur ansieht – sie hat so einen besonderen Blick an sich –, dann kriegt man ein furchtbar schlechtes Gewissen und macht einfach alles, was sie will.»

«Tatsächlich.» Alessandro schmunzelte. «Das würde ich gerne einmal erleben.»

«Nein.» Matteo schüttelte den Kopf. «Glaubt mir, das wollt Ihr nicht. Zumindest nicht, wenn der Blick Euch trifft.»

«Sie machte vorhin einen zwar energischen, aber doch auch höchst liebenswürdigen Eindruck auf mich.»

Matteo grinste. «Das ist sie auch, man darf sie nur nicht ärgern.»

«Gut zu wissen.» Alessandro räusperte sich und kehrte zu

seinem Platz am Wechseltisch zurück, setzte sich jedoch nicht, sondern wandte sich erneut Aleydis zu. «War Euer Besuch bei Cathrein erfolgreich? Wie geht es ihr?»

«Erstaunlich gut.» Aleydis faltete die Hände im Schoß. «Anfangs wollte sie nicht mit uns sprechen, dann aber doch.» Sie schauderte unwillkürlich, als sie an das Gespräch zurückdachte. «Einen konkreten Verdacht, wer das Feuer gelegt haben könnte, hat sie leider nicht. Sie …» Konsterniert stockte sie und fasste sich an die Stirn. Weil Cathreins Worte sie so aufgewühlt hatten, war Aleydis ganz entfallen, sie zu fragen, ob sie etwas über Alessandro wusste.

«Stimmt etwas nicht?» Besorgt trat Alessandro einen Schritt näher.

Entschlossen riss sie sich zusammen. «Nein, nein, mir ist nur gerade etwas eingefallen, das ich unbedingt erledigen muss.» Sie atmete tief ein. «Ich fürchte, es wird sehr schwierig, den Schuldigen zu finden.»

«War es nicht im Falle von Nicolais Tod ebenso?» Alessandro ließ sich neben ihr auf der Bank nieder. «Dennoch habt Ihr es geschafft.»

«Ja.» Sie schluckte. «Es ist alles so verworren und … Ich weiß nicht, ob die Mädchen vielleicht auch in Gefahr sind.»

Nachdenklich blickte Alessandro sich in der Wechselstube um. «Das ist möglich, jedoch nicht sehr wahrscheinlich. Bedenkt, dass Ihr nun zwei weitere Wachmänner habt, und ich bin auch noch da. Ich werde nicht zulassen, dass jemand Euch zu nahe kommt – oder jemandem aus Eurem Haushalt.»

Mit einem schwachen Lächeln hob sie den Kopf. «Das ehrt Euch, Herr Alessandro. Ich nehme nicht an, dass Ihr mit solchen Komplikationen gerechnet habt, als Ihr herkamt, um uns kennenzulernen.»

«Das habe ich in der Tat nicht.» Das Lächeln kehrte nun

auch auf seine Lippen zurück, wenn auch etwas verhaltener als zuvor. «Doch was der Allmächtige auch immer für Euch vorgesehen hat – seid gewiss, dass ich Euch zur Seite stehen werde. Immerhin seid Ihr meine Schwägerin und gehört damit zu meiner Familie, als wäret Ihr meine eigene Schwester.»

«Daran muss ich mich wohl erst noch gewöhnen.» Seufzend wollte sie sich erheben, doch Alessandro legte ihr überraschend eine Hand auf den Arm. «Frau Aleydis, kann ich Euch wohl kurz allein sprechen? In Eurer Schreibstube vielleicht? Es geht um …» Er zögerte und wurde wieder ernst. «… eine etwas delikate Angelegenheit.» Sein Blick wanderte kurz zu Matteo, der mit einer der Waagen und einer Schale voller Münzen beschäftigt war. «Euer junger Gehilfe stellt sich übrigens sehr geschickt im Rechnen an und wird Euch ganz sicher eine ausgezeichnete Unterstützung hier in der Wechselstube sein. Ich habe vorhin die Gelegenheit ergriffen, um ihm ein paar Dinge zu erklären und ein paar Kniffe zu zeigen, die es ihm erleichtern, die verschiedenen Wechselkurse umzurechnen.»

«Das ist sehr freundlich von Euch.» Nun erhob sie sich doch. «Wollt Ihr mir verraten, um was für eine Angelegenheit es sich handelt, die Ihr mit mir besprechen möchtet?»

«Unter vier Augen.» Er hüstelte und blickte wieder zu Matteo. «Der Junge kann so lange hier weiter üben, nicht wahr?»

«Natürlich.» Irritiert, weil Alessandro so geheimnisvoll tat, ging sie hinüber in ihre Schreibstube, setzte sich an das schwere Eichenpult und wartete, bis er die Tür hinter sich geschlossen und ihr gegenüber auf dem Stuhl für Besucher Platz genommen hatte. «Nun denn.» Sie nickte ihm zu. «Hier sind wir unter uns. Was liegt Euch auf der Seele?»

Alessandro hüstelte erneut und wirkte mit einem Mal weit weniger selbstsicher als sonst. «Was ich Euch zu sagen habe, liegt mir weniger auf der Seele denn auf dem Magen. Ich bin mir auch nicht ganz sicher, wie ich Euch darauf ansprechen soll, ohne Euch womöglich zu beleidigen, zu belustigen oder zu erschrecken, je nachdem, wie viel Ihr über die Geschäfte meines seligen Bruders wisst oder welche Praktiken davon Ihr selbst anwendet.»

«Praktiken?» Argwöhnisch runzelte sie die Stirn. «Ihr beunruhigt mich.»

«Das wollte ich nicht, oder … nun ja.» Vage deutete er hinter sich auf die Tür zur Wechselstube. «Wie gesagt, ich habe Eure Abwesenheit genutzt, um Matteo ein paar Dinge über das Geldwechselgeschäft zu erklären. Dabei ist mir rein zufällig aufgefallen … Ich habe es vor Matteo verheimlicht, weil ich eben nicht weiß, wie Ihr dazu steht …»

«Kommt bitte auf den Punkt, Herr Alessandro.» Beim Anblick seiner besorgten Miene beschlich Aleydis ein ungutes Gefühl. Ihre Nerven waren nach dem Besuch bei Cathrein bereits sehr angespannt, sodass ihr die nötige Geduld fehlte, seinen umständlichen Umschreibungen zu folgen. «Was es auch sei, Ihr dürft offen reden.»

«Also gut.» Er nickte dankbar. «Habt Ihr Eure Waagen schon einmal miteinander verglichen?»

«Die Waagen?» Verblüfft zog sie die Brauen zusammen. «Nein. Warum sollte ich das tun?»

«Weil …» Er hob die Schultern. «Es ist mir nur rein zufällig aufgefallen, weil ich versehentlich Gewichte der einen Waage für die andere benutzt habe. Matteo habe ich nichts gesagt, und es scheint ihm auch nicht aufgefallen zu sein.»

«Was soll ihm aufgefallen sein?» Das ungute Gefühl steigerte sich zu einer unheilvollen Ahnung.

«Kann es sein, dass Nicolai mit zweierlei Maß gemessen oder vielmehr mit zweierlei Gewichten gewogen hat?»

«Zweierlei …?» Ein eisiger Schauder kroch ihr über den Nacken und den Rücken hinab. «Ihr meint …»

«Die Gewichte der beiden Silberwaagen unterscheiden sich geringfügig, aber dennoch erkennbar voneinander.» Er hüstelte erneut. «Ich weiß nicht, inwiefern Ihr Bescheid wisst über die Art und Weise, wie manche Geldwechsler ihre Kundschaft betrügen …»

«Betrügen?» Der eisige Schauder erreichte ihre Zehenspitzen. «Ihr meint …» Entgeistert schlug sie die Hände vor den Mund. «Er hat falsch gewogen?»

«Zu leicht, ja. Die Kundschaft merkt so etwas in den seltensten Fällen, insbesondere wenn der Geldwechsler diese Praxis nur bei ausgesuchten Personen anwendet und sich ansonsten eines einwandfreien Rufs erfreut – oder so gefürchtet ist wie Nicolai.»

«Betrug.» Ihr fielen die falschen Einträge ein, die Marlein in Nicolais altem Rechnungsbuch entdeckt hatte. Doch diese waren schon viele, viele Jahre alt. Die Waagen hingegen waren, soweit sie wusste, schon immer in Benutzung gewesen. Oder … Angestrengt dachte sie nach, mit welchen Waagen Nicolai und seine Lehrlinge gearbeitet hatten. Es gab eine ganze Reihe von Waagen im Keller. Aleydis hatte nie wirklich darauf geachtet, ob ihr Gemahl an manchen Tagen andere Waagen benutzt hatte. Als sie die Wechselstube wieder eröffnet hatte, hatte sie einfach die genommen, die im ersten Regal im Kellerraum gestanden hatten.

«Ihr seid sehr blass geworden, Frau Aleydis.» Besorgt beugte Alessandro sich ein wenig vor.

«Wundert Euch das?» Sie musste sich zwingen, ruhig auf ihrem Stuhl sitzen zu bleiben. «Ihr seid ganz sicher, dass die Gewichte der Waagen sich unterscheiden?»

«Wie gesagt, es ist mir zufällig aufgefallen. Ihr könnt Euch, wenn Ihr wollt, selbst davon überzeugen. Ich wollte nur nicht, dass Matteo etwas mitbekommt, bevor ich nicht mit Euch geredet habe. Es hätte ja sein können, dass Ihr bereits Bescheid wisst.»

«Nein.» Ihr Herz begann zu schmerzen, wie stets, wenn sie eine neue Facette der Übeltaten ihres Gemahls entdeckte. «Ich wusste nichts davon. Wie konnte er nur ... O mein Gott, dann habe ich meine Kundschaft ja auch betrogen.» Erschüttert ließ sie sich gegen die Stuhllehne sinken und starrte auf das Schreibpult, auf dem sich nach wie vor diverse Briefe, Wechsel und Urkunden in einem wirren Durcheinander tummelten, dessen sie nur mit Mühe Herr wurde. «Was mache ich denn jetzt?»

«Schweigen und die manipulierte Waage verschwinden lassen.» Alessandro sah sie begütigend an. «Mehr könnt Ihr nicht tun. Es mag Euren Kunden ein Schaden entstanden sein, doch wenn Ihr dies nun zugebt, schadet das Eurem Leumund mehr, als es hilft.»

«Ich soll einfach schweigen?» Das widersprach allem, was ihr Gewissen von ihr verlangte, und schmerzte sie beinahe ebenso wie die Tatsache, dass sie all den Opfern von Nicolais Machenschaften keine Wiedergutmachung zukommen lassen konnte. Vinzenz van Cleve hatte ihr strikt davon abgeraten, und sie hatte inzwischen begriffen, dass er recht hatte. Reichte sie nur einem der heimlichen Schuldner oder Geschädigten den kleinen Finger, würden alle anderen nicht nur die ganze Hand, sondern vermutlich auch noch den Arm fordern – oder Schlimmeres. Ganz zu schweigen davon, dass sie niemals würde unterscheiden können, ob es sich bei einer Person wirklich um ein Opfer handelte oder um jemanden, der nur von ihrem Dilemma profitieren wollte. Zwar besaß sie über die Transaktionen in der Wechselstube, die sie durchgeführt hatte, genaue Aufzeichnungen, doch woher sollte sie wissen, ob Nicolai die manipulierte Waage noch in Gebrauch gehabt hatte – und falls ja, wann genau. Sie würde jeden einzelnen seiner Einträge in den Rechnungsbüchern – viele hatte sie ja selbst im letzten Jahr angefertigt – überprüfen und mit den Angaben vergleichen, die er bei den Münzmeistern gemacht hatte. Aber selbst das wäre fruchtlos, wenn er die durch Betrug erzielten Überschüsse anderweitig wieder ausgegeben, verliehen oder gar irgendwo versteckt hatte.

Diese Erkenntnis führte dazu, dass sie sich noch elender fühlte. Nicht zum ersten – und vermutlich auch nicht zum letzten – Mal fragte sie sich, was Nicolai sich bei all dem gedacht haben mochte. Insbesondere dabei, ausgerechnet ihr diese schreckliche Schattenwelt mit seinem übrigen Erbe zu vermachen.

«Ich rate Euch strikt davon ab, auch nur ein Wort darüber verlauten zu lassen», beantwortete Alessandro indes ihre Frage. «Wie gesagt, lasst die Waage verschwinden und nutzt nur die korrekte.»

Aleydis nickte dumpf und erhob sich. Es war müßig anzumerken, dass sie nun gezwungen war, jede einzelne ihrer Waagen zu überprüfen, die Goldwaagen insbesondere, um festzustellen, ob noch weitere Gewichte verfälscht worden waren. «Danke, Herr Alessandro, dass Ihr mich darauf hingewiesen habt. Bitte gebt mir die Waage, damit ich sie aus der Wechselstube entfernen kann.»

Er erhob sich ebenfalls und verließ schweigend die Schreibkammer, um kurz darauf mit der Silberwaage und dem Kästchen voller Gewichte zurückzukehren.

Schweigend nahm sie beides entgegen. «Danke.» Sie wandte sich zur Tür. «Entschuldigt mich nun, ich möchte mich für eine Weile zurückziehen.»

Ohne noch weiter auf ihn zu achten, verließ sie die Schreib-stube und begab sich auf direktem Weg in ihre Schlafkammer. Sie verschloss die Tür hinter sich, legte sogar den Riegel vor. Dann stellte sie Waage und Kästchen auf die Truhe neben ih-rem Bett. Für einen langen Moment blieb sie reglos mitten im Raum stehen und starrte auf das Fenster, hinter dem das Tages-licht allmählich zu schwinden begann. Sie fühlte sich, als hätte ihr jemand den Boden unter den Füßen weggezogen – wieder einmal. Wann würde das endlich aufhören? Mit einem halb wütenden, halb verzweifelten Laut warf sie sich auf ihr Bett, presste ihr Gesicht in das weiche Daunenkissen – und weinte.

KAPITEL 9

Vinzenz unterdrückte ein Gähnen, während er in einer der Truhen in seiner Schreibstube nach dem Wechsel suchte, den er für den Ratsherrn und Hauptmann der Stadtsoldaten Tilmann Greverode hinterlegt hatte. Greverode wartete derweil auf der gepolsterten Bank in der Wechselstube.

Nachdem er am vergangenen Abend noch einer kleinen Gruppe von Patriziersöhnen eine Lektion im Fechten gegeben hatte, war er durch die Schenken, insbesondere am Hafen, gezogen. Nicht, um sich zu verlustieren, sondern um ein paar seiner Informanten ausfindig zu machen und Nachforschungen hinsichtlich des Brandstifters anzustellen. Insbesondere Clentz und Birgel, zwei Brüder, die in den Tretmühlen der Lastenkräne am Hafen arbeiteten, hatte er gesucht, jedoch nicht gefunden. Er war von ihrem Stammlokal *Zum schwarzen Fisch* aus mehreren Hinweisen gefolgt, doch ihre Spur hatte sich irgendwo in den Winkeln auf dem Berlich verloren. Vermutlich hatten sie sich in einem der Hurenhäuser aufgehalten, doch Vinzenz war nicht danach gewesen, die billigen Absteigen alle einzeln aufzusuchen. Er selbst bevorzugte, wenn er sich denn die Zeit für weibliche Gesellschaft nahm, das Haus *Zur schönen Frau*, welches von der ehemaligen Hübschlerin Elsbeth betrieben wurde. Die achtete streng auf Sauberkeit und die Gesundheit ihrer Dirnen, ebenso wie darauf, dass beide Eigenschaften auch auf die Freier zutrafen. Bei weitem nicht jeden ließ sie über ihre Schwelle treten.

Auch wenn ihm etwas Entspannung – und ein Bad in

Elsbeths Badestube – sicherlich gutgetan hätten, hatte er zugunsten seiner Ermittlungen darauf verzichtet. Es war sowieso schon spät gewesen, nachdem er von Taverne zu Taverne gezogen war. Der fehlende Nachtschlaf, gepaart mit einem guten Maß innerer Unruhe, machte ihn heute müde und missgelaunt. Seiner Kundschaft gegenüber ließ er sich dies selbstverständlich nicht anmerken.

Der Hauptmann war ein hochgewachsener, schlanker Mann mit langem, zu einem Zopf gebundenem schwarzem Haar, in das sich inzwischen immer mehr graue Strähnen mischten, und ungewöhnlich dunkelblauen Augen, die oft finster oder spöttisch dreinblickten, je nachdem, in welcher Stimmung er sich gerade befand. Obgleich er um einiges älter war als Vinzenz, machte er einen vitalen, jugendlichen Eindruck, was sicherlich damit zusammenhing, dass er sich nach wie vor regelmäßig an Lang- und Kurzschwert übte. Vielleicht hatte es aber auch etwas mit seiner Gemahlin zu tun, von der ganz Köln wusste, dass sie ein teuflisches Temperament besaß, das Greverode wohl einiges an Langmut, aber auch Anstrengung abverlangte.

Vinzenz mochte Greverode, ab und zu trafen sie sich im großen Saal der Fechtschule an der Universität und übten sich in freundschaftlichen Zweikämpfen an den Hieb- und Stichwaffen. Auch Greverodes ältester Sohn Mathis kam regelmäßig, um sich von Vinzenz in der Kunst des Schwertkampfes unterrichten zu lassen.

«Wie ich hörte», sprach Greverode ihn nun mit erhobener Stimme an, «habt Ihr das Vergnügen, die Ursache des Brandes im Beginenhof in der Glockengasse herauszufinden. Die Witwe Golatti hat Anklage erhoben?»

Endlich hatte Vinzenz den Wechsel gefunden und kehrte zu seinem Kunden zurück. «Frau Aleydis hat eine Klage eingereicht, das stimmt. Und die Ursache des Feuers lag klar auf der Hand: Es war Brandstiftung. Davon konnte ich mich selbst überzeugen.»

«Ja, nun, vielleicht habe ich mich falsch ausgedrückt.» Greverode lächelte leicht. «Euch obliegt es nun also schon zum zweiten Mal innerhalb weniger Monate, Aleydis de Bruinker, wie sie sich jetzt wieder nennt, zu ihrem Recht zu verhelfen. Ich fand es bemerkenswert, dass ausgerechnet die Frau, die Ihr hinter Schloss und Riegel – oder vielmehr feste Steinmauern – gebracht habt, nun Eurer Hilfe bedarf. Welch ein Glück für sie, dass Frau Aleydis sich immer noch so um sie sorgt. Ich kann es mir kaum vorstellen, dass sie Cathrein Golatti diese Übeltat verziehen hat.»

«Ob hier Vergebung im Spiel ist, vermag ich nicht zu beurteilen.» Vinzenz setzte sich an den Wechseltisch und bedeutete seinem Lehrling Thonnes, den auf dem Wechsel vermerkten Betrag der Geldtruhe zu entnehmen. «Ganz sicher jedoch ein tief verwurzeltes Pflichtgefühl ihrer Familie gegenüber. Das mag manch einer im Falle von Cathrein Golatti als fehlgeleitet ansehen, doch für mich macht das keinen Unterschied. Wenn jemand eine Klage vor meinen Richtertisch bringt, die auf fundierter Argumentation fußt, kann und werde ich sie nicht abweisen.»

«Oh, nicht, dass Ihr mich missversteht.» Greverode lachte. «Ich halte Frau Aleydis' Anliegen für alles andere als fehlgeleitet. Wenn man bedenkt, welch absonderliches und nicht eben ungefährliches Erbe der alte Golatti ihr hinterlassen hat, tut sie gut daran, jeden Angriff auf sich oder die Familie mit allen Mitteln abzuwehren.» Greverode erhob sich, als Thonnes auf den abgezählten Betrag in Silbermünzen deutete. «Gibt es denn zumindest einen Punkt, an dem Ihr ansetzen könnt?»

Vinzenz nickte vage. «Einige. Wenngleich der Umstand, dass

186

sich Cathrein mit ihren Untaten sowohl innerhalb als vermutlich auch außerhalb ihrer Familie Feinde gemacht haben dürfte, nicht eben zur Erleichterung der Nachforschungen beiträgt.»

«Ihr fürchtet, jemand aus ihrer Verwandtschaft könnte dahinterstecken?» Greverode runzelte die Stirn und nickte dann langsam. «Da liegen natürlich die stärksten Beweggründe. Selbst Frau Aleydis hätte welche, wenn man es streng betrachtet.»

«Das tue ich, keine Sorge.» Grimmig verzog Vinzenz die Lippen. «Wenngleich ich mir kaum vorstellen kann, dass sie erst einen Anschlag auf Cathreins Leben verübt und mich dann mit der Nase darauf stößt, dass es bei dem Feuer nicht mit rechten Dingen zugegangen ist.»

«Golatti hätte man solch einen Schachzug durchaus zutrauen können», gab Greverode zu bedenken.

«Aber nicht Aleydis.» Vinzenz schüttelte den Kopf. «Das passt nicht zu ihr, dazu ist sie zu ehrlich.»

«Ihr mögt sie.» Neues Interesse glomm in Greverodes Augen auf.

Unwillkürlich stellte Vinzenz seine Stacheln auf. «Abgesehen von ihrem zuweilen vorlauten Mundwerk macht sie es einem schwer, eine Abneigung gegen sie zu entwickeln.»

«Sie ist ein hübsches Menschenkind.» Angelegentlich strich Greverode seinen dunklen Mantel glatt, unter dem er seine Geldbörse vor aufdringlichen Blicken verborgen hatte. «Jung noch dazu und wohl auch nicht auf den Kopf gefallen.»

«Ich widerspreche Euch nicht, Hauptmann Greverode.» Aus reiner Gewohnheit, jedoch auch um seine Hände sinnvoll zu beschäftigen, wischte Vinzenz mit einem Leinentüchlein über die Schalen seiner Silberwaage.

«Aber Ihr mögt es nicht, wenn man Euch auf ihre Vorzüge hinweist.»

«Es ist überflüssig», bestätigte Vinzenz. «Mein Interesse an ihr oder ihrem Geschick ist rein richterlicher Natur.»

«Nun gut.» Greverode wandte sich zum Gehen, drehte sich jedoch an der Tür noch einmal um. «Ihr wisst hoffentlich, dass Euer verehrter Herr Vater kaum eine Gelegenheit auslässt, sich über die Vorzüge einer Verbindung zwischen Euch und Frau Aleydis auszulassen?»

Bittere Galle stieg in Vinzenz auf, doch äußerlich versuchte er, gelassen zu bleiben. «Tut er das wieder einmal? Wie gut, dass die Entscheidung über solche Angelegenheiten allein bei mir liegt.»

«Oha, das klingt reichlich verbiestert. Da halte ich mich lieber heraus.» Lachend trat Greverode über die Schwelle, dann drehte er sich ein zweites Mal um. «Falls mir etwas zu Ohren kommen sollte, was diese Brandstiftung und den Anschlag auf Cathreins Leben angeht, werde ich Euch umgehend davon berichten. Sehen wir uns am kommenden Donnerstag in der Fechtschule?»

«So Gott will.» Vinzenz nickte ihm jovial zu und wollte sich gerade umdrehen, als er durch die offene Tür auf Aleydis aufmerksam wurde, die, gefolgt vom knubbelnasigen Augustin, entschlossenen Schrittes auf die Schreibstube zustrebte. Ihre Miene – verkniffen mit einer Spur Verzweiflung in den Augen – verhieß nichts Gutes.

Nachdem sie ihn gehetzt und ein wenig außer Atem begrüßt hatte, drängte sie sogleich in die Schreibstube und schloss die Tür hinter sich, bevor sie dicht an sein Schreibpult trat und ein Bündel darauf ablegte. «Ich brauche Eure Hilfe.» Sie senkte ihre Stimme etwas. «Und ich möchte einen Betrug anzeigen.»

«Einen Betrug?» Vinzenz setzte sich und griff verblüfft nach dem Bündel. Es handelte sich offenbar um einen kleinen Holzkasten, den sie in ein Seidentuch eingeschlagen hatte. «Wer hat Euch denn übers Ohr gehauen?»

Plötzlich wurde sie sehr still, senkte den Blick. «Ich bin nicht das Opfer, sondern … offenbar … versehentlich … die Täterin.»

Für einen Moment starrte er sie perplex an. Als er aber bemerkte, dass ihre Hände zitterten, während sie nervös an einer Rockfalte knetete, deutete er auf den Besucherstuhl. «Setzt Euch, Frau Aleydis, ehe Ihr mir umkippt. Was soll das bedeuten, Ihr seid die Täterin? Und warum versehentlich?» Rasch entfernte er das Seidentuch und klappte das Kästchen auf. Er besaß mehrere ganz ähnliche, deshalb war er kaum überrascht, als er den Inhalt erblickte. Stirnrunzelnd nahm er eines der Silbergewichte zwischen Daumen und Zeigefinger.

Vorsichtig ließ sich Aleydis auf der Stuhlkante nieder und nestelte dabei erneut an ihrem Rock herum. Schließlich atmete sie tief durch und suchte seinen Blick. «Überprüft bitte diese Gewichte mit Eurer Waage. Herr Alessandro hat mich darauf hingewiesen, dass sie wahrscheinlich manipuliert wurden. Mit Hilfe dieser Waage wurden in meiner Wechselstube Münzen falsch abgewogen, und den Kunden ist eine dementsprechend zu niedrige Summe ausbezahlt worden.»

Bedachtsam legte Vinzenz das winzige Gewicht zurück in das Kästchen. «Alessandro hat Euch darauf hingewiesen?»

«Er hat Matteo gestern ein paar Dinge erklärt und beim Umrechnen von Wechselkursen geholfen. Dabei sind ihm die falschen Gewichte zufällig aufgefallen.»

«Zufällig.» Eine Mischung aus Besorgnis und Zorn stieg in ihm auf. «Und er hatte nichts Besseres zu tun, als Euch sofort mit der Nase darauf zu stoßen.»

«Hätte er es mir etwa verschweigen sollen?» Verwirrt blickte sie ihn an.

«Ein wenig seltsam, findet Ihr nicht, dass er die angeblich falschen Gewichte rein zufällig jetzt bei Euch entdeckt?»

Ehe sie antworten konnte, hatte er sich bereits erhoben und ging hinüber in die Wechselstube, um eine seiner Silberwaagen zu holen.

Unruhig rutschte Aleydis auf der Stuhlkante herum. Sie hatte in der Nacht kaum geschlafen, weil sie ständig an die manipulierten Gewichte gedacht und darüber nachgegrübelt hatte, was sie tun sollte. Alessandros Mahnung, sich nichts anmerken zu lassen, leuchtete ihr ein, doch ihr Gewissen ließ ihr keine Ruhe. Schließlich hatte sie es nicht mehr ausgehalten und beschlossen, mit Vinzenz van Cleve zu reden. Sie hätte auch zu ihrem Vater gehen können, doch was hätte ihr das gebracht? Am Ende hätten er und Krista sich nur noch mehr um sie gesorgt. Ihr war bewusst, dass auf Betrug hohe Strafen standen, doch wenn sie jemals wieder ruhig schlafen wollte, musste sie sich jemandem anvertrauen. Der Gewaltrichter war der einzige Mensch, der ihr einfiel, dem sie außerhalb ihrer engsten Familie vertrauen konnte. Ein Freund wäre ihr deutlich lieber gewesen, doch nun, da sie diese weitere Abscheulichkeit entdeckt hatte, fürchtete sie, jeden, der ihr nahestand, in ein schlechtes Licht zu rücken, wenn erst herauskam, dass in ihrer Wechselstube betrogen worden war. Auch wenn sie nichts davon geahnt hatte.

Als van Cleve die Tür zur Wechselstube leise wieder schloss und seine Silberwaage auf dem Schreibpult abstellte, richtete sie sich hastig auf und straffte die Schultern. «Glaubt Ihr etwa, Herr Alessandro habe von den manipulierten Gewichten schon vorher gewusst?»

«Wohl kaum, wenn er, wie er behauptet, nie zuvor in Eurem Haus war.» Mit geübten Handgriffen legte er ein paar seiner eigenen Gewichte in die eine Waagschale und dann die entsprechenden aus ihrem Kästchen in die andere. «Aber er könnte sie heimlich ausgetauscht haben, um Euch zu erschrecken oder Euch in ein schlechtes Licht zu rücken.»

Sie schüttelte vehement den Kopf. «Hätte er mir dann etwa geraten, darüber Stillschweigen zu bewahren und die Waage samt Gewichten einfach verschwinden zu lassen?»

Überrascht hob er den Kopf. «Wenn es dazu diente, Euch zu verängstigen …»

«Das sind Gewichte von Nicolai, ich kenne sie. Sie sind sogar alle auf der Unterseite markiert.»

Da sich die Schale mit Aleydis' Gewichten ein klein wenig senkte, kräuselte van Cleve die Lippen und wiederholte die Probe mit den etwas größeren Gewichten. «Sie sind manipuliert, das steht fest.» Sorgsam verpackte er die Gewichte wieder in dem Kästchen. «Und Ihr habt sie also benutzt. Seit wann?»

Mit klopfendem Herzen hob Aleydis die Schultern. «Seit ich die Wechselstube nach Nicolais Tod wieder eröffnet habe. Ich wusste doch nicht … Ich habe einfach die nächstbesten Waagen genommen, die ich in unserem Lagerkeller gefunden habe, und mir nichts dabei gedacht …»

«Was ist mit Euren anderen Waagen für Kupfer, Gold und so weiter?»

«Ich habe sie verglichen und keine Abweichungen festgestellt. Wenn sie also nicht alle verfälscht sind …»

«Ich werde zu Euch kommen und sie mit meinen Waagen abgleichen.» Mit ernster Miene schob er seine Waage ein wenig von sich und faltete erneut die Hände auf dem Tisch. Dabei traten die Fingerknöchel weiß unter der Haut hervor. Er wirkte angespannt. «Warum Alessandro, und warum jetzt?»

Sie dachte über seine Frage nach. «Es muss Zufall sein. Ich glaube nicht, dass er mir Böses will.»

«Ach nein?» Van Cleves Augenbrauen hoben sich.

«Wie gesagt, er hat mir abgeraten, jemandem davon zu erzählen.»

Ruckartig löste van Cleve seine Hände voneinander und begann, mit den Fingern der Rechten auf die Tischplatte zu trommeln. «So wenig ich diesem Kerl traue, aber an der Stelle muss ich ihm recht geben.»

Vor Verblüffung vergaß sie beinahe, weiter zu atmen. «Ich soll das Ganze auf sich beruhen lassen? Das kann ich nicht. Es war ja keine Absicht, aber ich habe wochen-, nein, monatelang meine Kundschaft betrogen. Das muss ich doch wiedergutmachen. Irgendwie.»

«Wisst Ihr, welche Strafen aufs falsche Wiegen von Münzen stehen?» Erzürnt starrte er sie an. «Selbst wenn der Richter Euch gnädig gestimmt ist, weil er die Umstände in sein Urteil mit einbezieht, kommt Ihr nicht unter zehn bis fünfzehn Rutenschlägen davon.»

Sie zuckte entsetzt zusammen.

Sein eindringlicher Blick ruhte auf ihr. «Der Kax ist Euch ebenfalls für bis zu drei Tage sicher. Wollt Ihr wirklich so lange am Pranger stehen und die Schmach Eurer Mitmenschen aushalten für etwas, das Euer Gemahl selig Euch eingebrockt hat? Schlagt Euch Euer schlechtes Gewissen aus dem Kopf.»

«Aber …» Sie schüttelte verwirrt den Kopf. «Ihr seid doch der Richter. Ihr müsst doch … Ich meine …»

«Allerdings bin ich der Richter, und als solcher weise ich Eure Selbstanklage zurück.»

«Aber …»

Seine Augenbrauen zogen sich düster dräuend zusammen. «Was muss ich tun, um Euch einen Funken Verstand einzubläuen? Ich dachte, ich hätte Euch bereits ausführlich dargelegt, dass Ihr unter keinen noch so widrigen Umständen irgendjemandem für etwas, das Nicolai getan hat, eine Wiedergutmachung zahlen dürft.»

«Für seine heimlichen Kreditgeschäfte und die Gemeinheiten, mit denen er die Menschen geködert hat. Aber das hier ist doch etwas anderes. Ich habe …»

«Einen Fehler gemacht. Das hätte jedem passieren können. Wenn Ihr mich zwingt, Euch deshalb in aller Öffentlichkeit durch den Schmutz zu ziehen, werdet Ihr Eures Lebens nicht mehr froh, Aleydis.» Er fixierte sie, und es schien, als wolle er noch etwas hinzufügen. Ihr stockte der Atem, doch dann schüttelte er nur den Kopf und wechselte das Thema. «Mag sein, dass ich mich wiederhole, aber es gefällt mir nicht, dass dieser Alessandro in Eurem Haus wohnt. Habt Ihr bereits Nachricht von dem Mann, den Ihr nach Frankfurt geschickt habt?»

«Nein, natürlich nicht. Er hat sich ja erst vor wenigen Tagen auf den Weg gemacht.» Sie versuchte, etwas ruhiger zu atmen, doch ihr Herzschlag war vollkommen aus dem Tritt geraten. «Warum glaubt Ihr, Nicolais Halbbruder wolle mir etwas Böses? Kann es nicht sein, dass er einfach nur seine Familie kennenlernen will? Oder das, was noch davon übrig ist?»

«Das hätte er jederzeit haben können. Seit wann seid Ihr so leichtgläubig?» Er neigte den Kopf ein wenig zur Seite. «Er ist Euer Schwager.»

«Ja.» Sie runzelte irritiert die Stirn. «Und?»

«Eine Dispens dürfte Euch verdammt teuer zu stehen kommen.»

«Dispens für was?» Sie riss die Augen auf. «Das ist ja wohl … Was denkt Ihr Euch eigentlich?» Sie konnte sich kaum beherrschen. Nur der Umstand, dass sich den Stimmen nach nebenan in der Wechselstube neue Kundschaft befand, hielt sie davon ab, die Stimme weiter zu erheben. Doch der Zorn kochte in ihr. «Wie könnt Ihr nur glauben …? Ich kenne Herrn Alessandro doch so gut wie gar nicht.»

«Eben.»

«Und doch glaubt Ihr, ich wolle … oder er …»

«Er ist ein ganz ansehnlicher Kerl. Sauber, gewandt mit Worten.»

«Ja, und? Das seid Ihr auch, aber deshalb will ich Euch nicht gleich heiraten.» Sie ballte die Hände zu Fäusten. «Was denkt Ihr eigentlich von mir? Dass ich mich jedem Nächstbesten an den Hals werfe?»

«Ich versuche lediglich, den Grund für Eure Arglosigkeit herauszufinden.» Er legte die Hände flach auf das Pult. «Ihr wärt nicht der erste Mensch, der sich von schönen Worten und einer ansehnlichen Oberfläche blenden lässt.»

«Ich lasse mich nicht blenden.» Sie hielt inne, als sie den seltsamen Ausdruck in seinem Blick wahrnahm. «Ihr sprecht aus Erfahrung. Seid Ihr schon einmal einem Blender auf den Leim gegangen?»

«Ich habe genug gesehen, Aleydis. Als Richter und als Kaufmann.»

Sie sah ihm an, dass er log – oder zumindest nicht die ganze Wahrheit sagte. Seine verstorbene Frau fiel ihr ein, doch sie traute sich nicht, weiter nachzubohren, denn seine Miene hatte sich verschlossen, und nun umgab ihn wieder diese gewittrige Ausstrahlung. «Wenn ich so gutgläubig wäre, wie Ihr behauptet», lenkte sie das Gespräch zurück auf ein etwas sichereres Terrain, «hätte ich wohl kaum jemanden ausgeschickt, Herrn Alessandros Geschichte zu überprüfen.»

«Und dennoch vertraut Ihr ihm.»

«Nein, tue ich nicht.» Sie verschränkte die Arme vor dem Leib.

«Ihr wollt es aber, und das ist ausgesprochen gefährlich, solange Ihr keine Gewissheit habt, worauf er es in Wahrheit abgesehen hat.»

«Ach, mein Bruderlieb, bist du jetzt nicht ein klein wenig zu streng mit Aleydis?» Albas heitere Stimme ließ sie beide zusammenzucken. Van Cleves Schwester war unbemerkt in der schmalen Tür zu den hinteren Wohnräumen aufgetaucht und trat nun ganz in den Raum. «Sie bemüht sich, in jedem Menschen, selbst in dir, das Gute zu sehen. Andernfalls hätte sie sich wohl kaum in die Höhle des Löwen gewagt, um sich dir anzuvertrauen. Und bedenke, es könnte auch sein, dass der junge Golattibruder tatsächlich das ist, was er zu sein vorgibt: ein Mann auf der Suche nach seiner Familie.»

«Hat er dich auch schon um den Finger gewickelt?» Mit finsterem Blick musterte van Cleve seine Schwester.

«Ganz und gar nicht. Ich bin ihm ja neulich nur ganz kurz begegnet. Ein ansehnlicher Mann, da muss ich dir recht geben, Vinzenz, aber das macht ihn noch nicht zu einem Strolch. Sein Auftauchen zu diesem Zeitpunkt mag verdächtig erscheinen, doch ich finde, wir sollten ihn nicht vorverurteilen, solange wir nicht mehr über ihn wissen. Dass er Aleydis auf die manipulierten Gewichte aufmerksam gemacht hat, ehrt ihn zunächst einmal.» Sie lächelte Aleydis zu. «In einem Punkt muss ich meinem Bruder allerdings recht geben: Ihr dürft Euch nicht für die Taten Eures seligen Gemahls verantwortlich fühlen. Was Euch unterlaufen ist, ist ein Irrtum. Ihn ans Licht zu zerren, hilft niemandem.»

«Du hast wieder einmal gelauscht.» Missbilligend runzelte van Cleve die Stirn. «Dieses ungehörige Verhalten nimmt allmählich überhand. Wenn sich das herumspricht, wirst du schwerlich jemals wieder einen Mann finden, der dir seinen Haushalt anvertraut.»

«Darauf lege ich es auch ganz sicher nicht an.» Albas Lächeln schwand. «Das weißt du besser als jeder andere. Eine lieblose Ehe hat mir vollauf gereicht. Noch einmal lasse ich mir das nicht antun. Außerdem habe ich doch hier einen Haushalt, um den ich mich kümmern kann. Zumindest bis ich dich davon überzeugt habe, dass du dein Witwerdasein zugunsten einer holden Maid aufgibst.» Sie warf Aleydis einen vielsagenden Blick zu. «Sodann könnte ich mich nämlich endlich in einen schönen, ruhigen Beginenhof zurückziehen. Womöglich gar in der Glockengasse, der sagt mir zu. Ich mag die Meisterin Jonata sehr.»

«Du weißt genau, dass Vater dazu seine Zustimmung verweigern wird.»

Alba lächelte wieder, diesmal grimmig. «Und du, Bruderlieb, weißt ebenso genau, dass ich mich davon nicht beeindrucken lasse. Ich habe gelernt, mich gegen den Willen der Männer durchzusetzen. Leider ein wenig zu spät. Hätte ich eher den Mut gefunden, wäre meine schöne Mitgift jetzt nicht in alle Winde verstreut.» Sie zuckte mit den Achseln. «Genau wie meine Selbstachtung.»

In van Cleves Augen glomm ein Funken Mitgefühl. «Du schweigst über das, was hier gesprochen wurde.»

«Das versteht sich von selbst.» Sie trat neben Aleydis und legte ihr sanft eine Hand auf die Schulter. «Grämt Euch nicht, liebe Freundin. Es ist ein vertracktes Ding mit dem Gewissen. Meistens funkt es uns dazwischen, wenn es am wenigsten passt.»

Aleydis ließ den Kopf hängen. «Ich weiß nicht, ob ich das kann. Mich ständig zu verstellen. Zu tun, als wäre nichts geschehen. Das bin nicht ich.»

«Das müsst Ihr aber sein, wenn Ihr überleben wollt.» Van Cleves Miene war wieder ehern, von Mitgefühl keine Spur mehr. «Konzentriert Euch vorerst darauf, Euch umzuhören, Augen und Ohren offen zu halten. Möglicherweise wäre es hilfreich, wenn Ihr Cathrein noch einmal ohne mich aufsucht. Sie ist verschlagen und gehässig, aber sie vertraut Euch. Mir hingegen nicht. Vielleicht bringt Ihr sie ohne mich dazu, etwas freigiebiger mit ihrem Wissen umzugehen.»

Verwundert hob Aleydis den Kopf wieder. «Glaubt Ihr, sie weiß mehr, als sie zugibt?»

«Ziemlich wahrscheinlich.» Er verzog leicht die Lippen. «Warum habt Ihr sie nicht nach Alessandro gefragt? Sie müsste doch über ihn Bescheid wissen.»

Da sie nicht zugeben wollte, dass sie es einfach vergessen hatte, wich sie seinem Blick aus und erhob sich. «Ich werde mit ihr unter vier Augen darüber reden.»

«Lasst Euch nicht wieder von ihr verunsichern.» Er stand ebenfalls von seinem Stuhl auf und trat an eines der Regale an der Wand. Nach einigem Kramen zog er eine hölzerne Schachtel daraus hervor und reichte sie ihr. «Sie spielt mit Euch. Verhindert, dass sie die Oberhand gewinnt.»

Erstaunt nahm sie die Schachtel entgegen. «Was ist das?»

«Gewichte für eine Goldwaage. Vergleicht die Euren damit und lasst alle verschwinden, die manipuliert sein könnten. Werft sie in den Rhein. Aber lasst Euch dabei nicht erwischen.» Er wandte sich zur Tür und maß dabei seine Schwester mit einem langen Blick. «Ich muss jetzt gehen. Man erwartet mich im Rathaus.»

Alba nickte ihm zu. «Ich werde meine liebe Freundin nach Hause begleiten und ihr zur Seite stehen. Auch wenn ich der Ansicht bin, dass das deine Aufgabe wäre, denn du bist derjenige, der über Goldwaagen Bescheid weiß. Die Ratsherren könnten gut ein wenig auf dich warten.»

«Tu nicht so unwissend, Alba.» Er schnappte sich seinen

Mantel vom Haken neben der Tür und warf ihn sich über. «Davon abgesehen treibt sowieso nur die Neugier dich hinüber in die Glockengasse. Ihre Waagen könnte Frau Aleydis auch gut alleine überprüfen.»

«Ach ja, könnte sie das?» Alba lächelte fein.

«Sie ist schließlich nicht dumm.» Damit stieß er die Tür auf und hatte im nächsten Moment schon die Wechselstube durchquert und war im Gewimmel auf dem Neumarkt verschwunden.

Alba seufzte theatralisch. «Nun denn, liebe Freundin, machen wir beide uns mit dem guten Augustin auf den Weg zu Eurem Heim. Und lasst den Kopf nicht hängen. Ich bin sicher, alles wird sich zum Guten wenden. Früher oder später.»

KAPITEL 10

Sein Aufenthalt im Rathaus hatte sich länger hingezogen, als ihm lieb war. Die Vesperzeit nahte bereits, als Vinzenz endlich die letzte Gerichtsakte beiseitelegen und seine beengte Richterstube hinter sich abschließen konnte. In einer so großen Stadt wie Köln gab es stets eine Menge Recht zu sprechen, doch glücklicherweise gestalteten sich nicht alle Angelegenheiten derart undurchsichtig wie die Brandstiftung in der Glockengasse.

Jetzt überlegte er, ob er noch einmal Ausschau nach den beiden Hafenarbeitern halten sollte, entschied sich dann jedoch, auf anderem Wege nach neuen Informationen zu suchen. Er wandte sich in Richtung Berlich, um im Dirnenhaus *Zur schönen Frau* mit der Hurenwirtin Elsbeth zu sprechen. Sie war einst selbst eine begehrte Hübschlerin gewesen, und seit sie vor mehr als einem Jahrzehnt die Oberaufsicht über die Dirnen übernommen hatte, war nicht nur der Ruf des Hauses einem deutlichen Wandel zum Besseren unterzogen worden, sondern Elsbeth selbst hatte sich zu einem wahren Hort des Wissens um die Geschicke und Geschehnisse der Stadt Köln entwickelt. Sie hatte ihre Augen und Ohren überall und Vinzenz schon oft Hinweise und Informationen geliefert, an die er andernfalls nicht oder nur mit größter Mühe gelangt wäre.

Nach einem anstrengenden Tag wie heute würde er außerdem die Befragung Elsbeths mit einem Besuch in der Badestube kombinieren und bei der Gelegenheit vielleicht auch ein trauliches Stündchen mit der Hübschlerin Giselle verbringen können. Sie war sauber, leidlich hübsch, nicht dumm und alles in allem genau das, was er nach einem solchen Tag brauchte, um wieder ins innere Gleichgewicht zu gelangen.

Als er am Dirnenhaus eintraf, fand er vor dem Eingang den Hausknecht Gero vor, der zusammen mit seiner Mutter, der verhärmten Magd und ehemaligen Dirne Änne, eine alte Matratze und einen Sack mit Lumpen nach draußen zerrte. Ännes Gesicht war verheult, die Augen rot gerändert. Zwei andere Knechte musterten Vinzenz, erkannten ihn und winkten ihn durch.

Aus dem Gastraum drangen Stimmen und Gelächter. Für einen Montagnachmittag schien das Haus ungewöhnlich gut besucht zu sein. Das passte ihm nicht, denn er mochte es nicht besonders, wenn die Leute über seine Besuche hier redeten. Er blieb in dem dunklen Gang vor der mit einer Decke verhängten Tür zum Gastraum stehen und drehte sich zu den Knechten um. «Ist Elsbeth zu sprechen?»

Einer der beiden Knechte, ein kleiner, gedrungener Kerl mit schiefer Nase, die vermutlich schon mehr als ein Mal gebrochen gewesen war, deutete auf die Tür. «Drinnen, Herr. Hält ein Auge auf die Freier und kassiert heute selbst.»

Wenn sie das tat, dann ganz sicher, weil sie sich erhoffte, von ihrer Kundschaft die neuesten Neuigkeiten aus der Stadt zu erfahren. Was wiederum bedeutete, dass entsprechend interessante Klientel sich hier tummelte. Vinzenz war also möglicherweise genau zur rechten Zeit gekommen.

«Geh hinein und sag ihr, dass ich sie unter vier Augen zu sprechen wünsche, Bänes.» Er hielt dem Knecht eine Kupfermünze hin, die dieser sich umgehend schnappte.

«Ja, Herr, wie Ihr wollt.»

«Ich gehe derweil außen herum zur Badestube. Elsbeth soll mich dort treffen.»

«Ja, Herr.» Unter mehreren eifrigen Verbeugungen machte sich der Knecht auf den Weg in die Gaststube. Als er die Tür öffnete, um hindurchzuschlüpfen, schwoll das Gelächter gerade an. Vinzenz erhaschte einen kurzen Blick auf das bunte Treiben in der Stube. An der rückwärtigen Wand war eine lange Tafel mit Speisen und Getränken aufgebaut, an denen die Gäste sich für einen kleinen Aufpreis stärken durften. An den Wänden entlang standen gepolsterte Bänke, weitere Tische und Bänke in der Raummitte vervollständigten die Einrichtung. Mehr als die Hälfte der Plätze war mit Männern und Dirnen besetzt. Noch wurde hier unten geschlemmt und geschäkert, aber es würde sicher nicht mehr lange dauern, bis die Gäste mit den Weibern hinauf in die Kammern verschwinden würden.

Der kurze Blick hatte Vinzenz gereicht, um zwei Ratsherren, einen der Gerichtsschreiber, ein paar stadtbekannte Handwerkergesellen sowie zwei Männer mit Tonsuren zu erkennen. Es musste sich der Kleidung nach um hohe Geistliche handeln, vermutlich stammten sie aber nicht von hier. Normalerweise bedienten die Hübschlerinnen hier keine Angehörigen des Klerus und schon gar nicht, wenn diese aus Köln stammten. Elsbeth machte nur eine Ausnahme, wenn dabei ein ordentlicher Profit für sie heraussprang – und sie Gewissheit hatte, dass ihr niemand einen Strick daraus drehte.

Für Vinzenz war die bunte Mischung an Gästen ein Grund mehr, sich von der Gaststube fernzuhalten. Er wollte weder erkannt werden noch gezwungen sein, sich mit möglichen Verstößen gegen die städtischen Verordnungen hinsichtlich der Dirnenhäuser zu befassen. Also machte er kehrt und verließ das Haus, um über den Hof und die Hintertür in die Badestube zu gelangen. Im Hinterhof traf er erneut auf Gero und Änne, die inzwischen gemeinsam die alte, durchgelegene und verdreckte Matratze auf den Misthaufen wuchteten. Die magere, von Kummer gezeichnete Magd schniefte und drehte ihren Kopf zur Seite, um ihre Nase an ihrer Schulter trocken zu reiben. Was auch immer der Grund für das Entsorgen der Matratze war, er bekümmerte die Alte sehr.

«Die dicke Trin, unsere alte Küchenmagd, ist gestern von uns gegangen.» In der Hintertür war Elsbeth erschienen und nickte ihm mit einem betrübten Lächeln zu. «Ist einfach mitten in der Arbeit in sich zusammengesackt und war tot, noch ehe sie auf dem Boden aufschlug. Ein seliger, glücklicher Tod, wenn Ihr mich fragt. Ich hatte schon Sorge, dass sie uns mit ihrer Leibesfülle eines Tages zur Last wird, wenn sie kränkeln sollte und mal nicht mehr fähig wäre aufzustehen. So war der Allmächtige», sie bekreuzigte sich nachlässig, «denn ziemlich gnädig und hat kurzen Prozess mit ihr gemacht.»

Vinzenz erinnerte sich an die dicke Magd, die früher ebenfalls als Dirne gearbeitet hatte. Sie und Änne waren um mehrere Jahre älter als Elsbeth, die die Vierzig einige wenige Jahre überschritten haben dürfte. Die drei Frauen hatten einst gemeinsam mit anderen für die alte Mutter Berta gearbeitet. Elsbeth hatte nach einer missglückten Liebschaft mit einem Ratsherrn, so erzählte man, der Ehrgeiz gepackt, und sie hatte sich praktisch aus dem Nichts nach oben gearbeitet und nach Bertas Tod die Leitung des Hurenhauses übernommen. Änne und Trin waren als Einzige ihrer Weggefährtinnen noch übrig geblieben. Elsbeth hätte sie hinauswerfen können, nachdem die beiden nicht mehr als Dirnen taugten, doch ihr mitleidiges Herz hatte es nicht über sich gebracht, und so hatte sie die beiden als Mägde bleiben lassen. Oder vielleicht erhoffte sie sich durch diese Mildtätigkeit auch eine Verkürzung ihrer Zeit im vorhöllischen Fegefeuer.

«Mein Beileid.» Vinzenz trat auf die Hurenwirtin zu, die

ihn daraufhin durch die Tür ins Innere der Badestube winkte. Ihr hellgraues, mit blauen Blütenstickereien verziertes Kleid raschelte, als sie ihm folgte. «Wie es scheint, gehen die Geschäfte für einen Montag ungewöhnlich gut.»

«Deshalb scheut Ihr Euch, die Wärme und Gemütlichkeit meiner Gaststube in Anspruch zu nehmen.» Elsbeth zupfte an ihrer kleinen schwarzen Hörnerhaube herum, die ihr hellbraunes Haar fast vollständig bedeckte und sie wie eine bürgerliche Matrone aussehen ließ, wenn da nicht die farbigen Bänder an ihrem linken Ärmel gewesen wären, die sie als Dirne und Unehrliche auswiesen. «Wir haben eine kleine Abordnung von Kanonikern aus Aachen zu Gast. Sie sind am Wochenende hergekommen, um der heiligen Ewalde zu gedenken und hernach einen Abstecher zu den Heiligen Drei Königen zu machen.»

«Und brauchen die Sündenvergebung, die eine derartige Pilgerreise mit sich bringt, gleich wieder auf, indem sie sich unter deinem Dach vergnügen?»

«Ach was.» Elsbeth lachte und winkte gleichzeitig ab. «Die gehören zum Aachener Marienstift. Ich möchte wetten, dass jeder Einzelne von denen schon längst bei einer der vergangenen Heiltumsweisungen in Aachen einen vollständigen Ablass all seiner früheren und zukünftigen Sünden erwerben konnte. Um ihr Seelenheil machen die sich ganz sicher keine Gedanken mehr.» Sie grinste anzüglich. «Ganz im Gegensatz zu Euch.»

«Ich war noch nie auf einer Heiltumsweisung und besitze demnach auch keinen vollkommenen Ablass.»

Sie hatten inzwischen den geräumigen Badesaal erreicht. Die Bottiche – es waren sieben an der Zahl – waren durch schulterhohe Trennwände voneinander abgeschirmt. In den zweien links außen hockten jeweils drei Männer unterschiedlichen Alters, deren Gesichter ihm nichts sagten. Wein und leichte Speisen standen auf Brettern für sie bereit, die zwischen ihnen quer über die Badebottiche lagen, und drei dralle, nur dürftig bekleidete Bademägde wuselten um sie herum und leisteten ihnen Gesellschaft.

Elsbeth deutete auf den Bottich ganz rechts. «Ich lasse Euch diesen hier frisch befüllen, Herr Gewaltrichter. Der Giselle habe ich schon Bescheid gegeben, dass Ihr hier seid. Sie wird gleich für Euch da sein und freut sich schon, Euch mal wieder bedienen zu dürfen. Ihr habt Euch in letzter Zeit ziemlich rargemacht.» Es lag kein Vorwurf in Elsbeths Stimme, wohl aber eine deutlich erkennbare Spur Neugier. «Ich dachte schon, Ihr habet meinem Haus vollständig abgeschworen, weil Ihr wieder auf Freiersfüßen wandelt.» Sie winkte eine noch sehr junge braunhaarige Bademagd herbei. «Britti, füll diesen Bottich hier für unseren Gast und gib ein gutes Maß an Lavendel- und Kampferöl hinzu.» Sie nickte ihm zu. «Kampfer und Lavendel entspannen. Giselle kann Euch die Muskeln ein wenig durchwalken, wenn Ihr wollt.»

Vinzenz runzelte die Stirn. «Ich wandele nicht auf Freiersfüßen. Wer behauptet denn so etwas Abwegiges?»

«Ich habe es nicht für abwegig gehalten. Einer der Burschen aus Eures Vaters Kontor ist hier regelmäßig zu Gast und zahlt nicht nur mit Geld, sondern auch mit mannigfaltigen Nachrichten über das städtische Geschehen. Nach seiner Aussage hofft Euer geschätzter Herr Vater dringlich darauf, der Lombardenwitwe Aleydis de Bruinker habhaft zu werden, um sie Euch ins Ehebettchen zu legen.»

«Was mein Vater hofft und was sich erfüllt, sind zwei verschiedene Paar Schuhe.» Vinzenz verschränkte die Arme vor der Brust, die Missbilligung war ihm deutlich ins Gesicht geschrieben. Auf Elsbeths Wink hin setzte er sich dennoch auf eine der mit Kissen ausgelegten Bänke, die die Wände säumten, um auf sein Bad zu warten.

Elsbeth ließ sich anmutig neben ihm nieder und richtete sorgsam die Röcke von Unterkleid und Surcot. «Dabei ist Frau Aleydis doch ein ansehnliches Weib, wie Ihr selbst einmal zugegeben habt. Und reich wie die Sünde selbst.»

«Was meinen Vater reizen mag, mich hingegen nicht.»

«Das Geld oder ihr ansehnliches Äußeres?»

Er kräuselte darauf nur die Lippen. «Reichtum kann auch eine Bürde sein, speziell, wenn er erworben wurde wie der von Aleydis de Bruinker.»

«Ihr scheut Euch vor dem Blutgold, das sich unter den Münzen befindet, die ihr Gemahl selig massenhaft angehäuft hat?»

«Nicht so sehr wie sie selbst, würde ich vermuten.»

Elsbeth nickte verständnisvoll. «Sie ist wahrscheinlich zu tugendhaft, um die Macht zu schätzen, die sie jetzt besitzt.»

Vinzenz streckte die Beine aus und überkreuzte sie an den Knöcheln. «Meiner Meinung nach lebt sie sicherer, wenn sie diese Macht mehr fürchtet denn schätzt. Nicolai Golattis Witwe zu sein, ist nicht eben ungefährlich.»

Sittsam faltete Elsbeth die Hände im Schoß. «Ihr glaubt, der Anschlag auf Cathrein Golattis Leben war eine Botschaft an Frau Aleydis?»

«Was weißt du darüber?» Aufmerksam musterte Vinzenz die Hurenwirtin, deren Gesicht noch recht ansehnlich war und jung wirkte, obgleich sich um Mund und Augen einige Fältchen gebildet hatten, die deutlicher hervortraten, wenn sie lächelte.

«Was man so hört, wenn man dem Rattern des Stadtklaafs lauscht …» Elsbeth hob die Schultern. «Das Feuer brach am frühen Abend aus, gerade spät genug, dass die meisten Nachbarn des Beginenhofes sich bereits zu Bett begeben hatten und nichts mitbekamen, bis Frau Aleydis Alarm schlug. Wenig später schon sprach sich herum, dass sie Anklage wegen Brandstiftung erhoben hat – persönlich bei Euch, wie man mir zutrug. Habt Ihr schon jemanden im Verdacht?»

«Verdächtige gibt es mehr als genug.» Lässig lehnte sich Vinzenz mit dem Rücken gegen die steinerne Wand und sah der Bademagd Britti zu, wie sie ein Schaff heißes Wasser nach dem anderen herbeitrug und in den Bottich leerte. Das ärmellose Hemd, das sie trug, ging ihr bis an die Knie und spannte ein wenig über den Brüsten und dem runden Hinterteil.

«Sie kann Euch gerne ebenfalls Gesellschaft leisten.» Elsbeth war seinem Blick gefolgt und lächelte ihn wissend an.

Vinzenz schüttelte amüsiert den Kopf. «Sag mir, was du sonst noch über den Brand verlauten gehört hast.»

«Gerne.» Elsbeth löste ihre Hände voneinander und hielt ihm die linke mit der Handfläche nach oben beiläufig hin. «Es wird eine Menge geredet.»

Vinzenz zog seine Geldbörse unter seinem Wams hervor, fischte eine Silbermünze heraus und legte sie in ihre Handfläche. «Fasse dich kurz und beschränke dich auf die sinnvollen Äußerungen.»

Elsbeths Finger schlossen sich um das Geldstück, und rasch ließ sie es in einer versteckten Börse in ihrem Ärmel verschwinden. «Einmal abgesehen von einigen missgünstigen Seelen, die sich in der Vermutung ergehen, Frau Aleydis habe das Feuer selbst gelegt, um sich an ihrer Stieftochter für den Mord an Nicolai zu rächen, gibt es hauptsächlich zwei Lager. Das eine verdächtigt irgendein namenloses Opfer von Nicolais Untaten, das andere vermutet, Alessandro Venetto sei schuld an dem Feuer. Letzteres Lager besteht allerdings nur aus einigen wenigen, hauptsächlich älteren Bürgern, die sich überhaupt noch daran erinnern, dass Golatti einen jüngeren Halbbruder hatte.»

«Du wusstest auch davon?» Überrascht hob Vinzenz den Kopf.

Elsbeth schmunzelte. «Ich war damals noch ein junges Mädchen, frisch unter Mutter Bertas Fittiche geraten, wenn man so will.» Sie bekreuzigte sich bei der Erinnerung an die frühere Vorsteherin des Hurenhauses. «Der alte Golatti hielt es wohl geheim, aber schon damals gingen hier Ratsherren und Schöffen ein und aus.» Ihr Lächeln wurde für einen kurzen Moment wehmütig, und sie griff nach dem silbernen Ring, den sie an einer Kette um den Hals trug und von dem es hieß, jener Ratsherr, mit dem sie einst eine unstandesgemäße Liebschaft gehabt hatte, habe ihn ihr hinterlassen. «Man erzählte sich damals, der alte Golatti habe den unehelichen Sohn samt Mutter aus der Stadt bringen lassen. Nach Koblenz wohl, doch später verschlug es den Jungen mit der Familie seines Ziehvaters hinüber nach Frankfurt. Nicht ganz freiwillig übrigens, wenn man der Gerüchteküche weiter Glauben schenken darf.»

«Ach?» Erstaunt hob Vinzenz den Kopf. «Inwiefern?»

«Das war wohl schon einige Jahre später, und aus dem Kleinkind war bereits ein Junge geworden.» Elsbeth ließ den Ring wieder los. «Der genaue Hergang liegt im Dunkeln, vermutlich weil Nicolai Golatti genau dafür gesorgt hat. Man munkelt jedoch, dass schon die Unterbringung des Bastards bei der Familie Venetto nicht ganz freiwillig vonstattenging. Offenbar hatte der eine Lombarde Schulden bei dem anderen. Oder vielleicht auch bei Nicolais Schwiegerleuten, wer weiß.»

«Was hat die Familie Hürth mit Nicolais Halbbruder zu schaffen?» Aufmerksam richtete Vinzenz sich wieder auf.

«Klüngel, was sonst? Die sind doch alle irgendwie miteinander verstrickt. Nicolai hat Griselda Hürth damals auch nicht von ungefähr geheiratet. Wenn Ihr mich fragt, hatten die Hürths die Golattis in der Hand, weshalb auch immer, und haben Nicolai auserkoren, ihre Schattenwelt anzuführen. Was er ja dann auch sehr erfolgreich gute drei Jahrzehnte lang getan hat.»

«Aber was hat das mit Alessandro zu tun?»

Elsbeth zuckte erneut mit den Achseln. «Ich weiß vieles, aber nicht alles. Soweit ich mich erinnere, ging damals irgendetwas vor. Der alte Franco Golatti hat wohl für den Unterhalt seines Sohnes gesorgt, indem er seinen Schuldner Venetto dazu brachte, sich des Jungen anzunehmen. Venetto war wahrscheinlich froh, dass er nur für ein Kind sorgen musste, anstatt hohe Schuldzinsen zu berappen. Jahre später verlautete – aber da bin ich nicht ganz sicher, ob es stimmt –, dass die Venettos mehr oder weniger Hals über Kopf Koblenz verlassen und sich in Frankfurt niedergelassen hätten. Zu der Zeit war Nicolais Vater schon gebrechlich, und es hieß, Nicolai kümmere sich von nun an um alle familiären Angelegenheiten. Also vermutlich auch um seinen Halbbruder, falls man es kümmern nennen kann, ein Kind möglichst weit von der eigenen Familie fernzuhalten.»

Nachdenklich richtete Vinzenz sich wieder auf. «Dann bist du also der Meinung, es handelt sich bei Alessandro wirklich um Golattis Halbbruder und nicht womöglich um einen Betrüger?»

«Betrüger?» Elsbeth schüttelte den Kopf. «Wenn man der Gerüchteküche Glauben schenken kann, sieht er Nicolai und seinem Vater viel zu ähnlich, als dass eine Verwechslung möglich wäre.» Sie legte den Kopf ein wenig schräg. «Ihr traut ihm nicht.»

«Warum auch?» Vinzenz ließ erneut seinen Blick zu der Bademagd schweifen, die immer noch fleißig Wasser herbeitrug. «Allein sein Auftauchen zu dieser Zeit wirft für mich Fragen nach seiner Gesinnung auf.»

«Weil er bis vor ein paar Wochen gewartet und sich erst hergewagt hat, als beide Brüder bereits unter der Erde lagen, meint Ihr?»

«Wenn er, wie er behauptet, an einer Familienzusammenführung interessiert wäre, hätte er das jedenfalls schon früher versuchen können.» Vinzenz hielt inne, denn erst jetzt begriff er, was Elsbeth gerade gesagt hatte. «Seit wann, sagst du, ist er in Köln?»

Elsbeth überlegte kurz. «Ganz genau weiß ich es nicht, aber es muss so zwei, drei Wochen her sein, nehme ich an. Wo er sein Lager aufgeschlagen hatte, bis er sich Frau Aleydis offenbart hat, vermag ich nicht zu sagen, doch wenn Ihr es genau wissen wollt, kann ich mich gerne umhören.» Sie hielt ihm erneut die flach ausgestreckte Handfläche hin.

In Vinzenz arbeitete es. Wenn das stimmte, war Alessandro soeben der Lüge überführt worden. «Also gut.» Er fischte eine weitere Münze aus seiner Börse. «Hör dich um.» Er legte noch eine weitere Münze dazu. «Ich nehme einen Krug Wein, den Burgunder, und etwas Brot, Käse und Braten zu meinem Bad.»

Elsbeth erhob sich, schob die eine Münze in ihren Ärmel und ließ die andere in die Börse an ihrem Gürtel gleiten, wo sie sich klimpernd zu etlichen weiteren gesellte. «Ich sage Giselle Bescheid, dass Ihr eine kleine Stärkung wünscht.» Bevor sie ging, musterte sie ihn noch einmal eingehend. «Ihr sorgt Euch um Frau Aleydis, nun da dieser Alessandro aufgetaucht ist.»

Er erwiderte ihren Blick ungerührt. «Einer muss es ja tun. Du hast selbst gesagt, dass es Leute gibt, die ihn verdächtigen.»

«Wegen des Brandes, meint Ihr?» Elsbeth winkte ab. «Da glaube ich noch eher an den unbekannten Rächer. Weshalb sollte Alessandro seiner Nichte etwas antun? Er und Nicolai standen sich ja wohl nicht gerade nahe, also dürfte Rache in dem Fall nicht als Beweggrund herhalten.»

Vinzenz nickte schweigend. Alessandro mochte etwas im Schilde führen, doch der Mordversuch klang tatsächlich abwegig. Dennoch würde er den Mann im Auge behalten – und Aleydis über seine tatsächliche Verweildauer in der Stadt berichten müssen.

«Er soll ein ansehnliches Mannsbild sein.» Elsbeth hatte bereits einige Schritte auf den Vorhang zugemacht, der vor dem Durchgang zum Haupthaus hing, und sich dort noch einmal umgedreht. «Vielleicht bewahrt er Euch vor der Ehe mit der jungen Witwe, indem er selbst um sie wirbt.»

Vinzenz zog die Stirn in Falten. «Alessandro ist ihr Schwager.»

«Na und?» Elsbeth lächelte fein. «Eine Dispens könnte Frau Aleydis aus ihrer Schürzentasche bezahlen, möchte ich meinen. Nicolai hatte überdies gute Verbindungen zum Kölner Erzbischof. Ein Wort an dessen Offiziat, und die Sache dürfte ihren Gang gehen.»

«So unbedacht wird sie ja wohl nicht sein.» Er biss die Zähne derart fest zusammen, dass es schmerzte.

Das Lächeln auf Elsbeths Lippen vertiefte sich. «Unbedacht würde ich es nennen, wenn sie allzu lange wartet, bis sie sich einen neuen Gemahl erwählt. Sie wirkt auf mich nicht wie eine Frau, die so jung schon den Weg der ewigen Witwenschaft gehen sollte. Alessandro Venetto wäre, nach Euch, die klügste Wahl, wenn er denn kein Ungemach gegen sie im Schilde führt. Immerhin ist er doch wohl noch unbeweibt, selbst ein lombardischer Geldwechsler und, wenn ich recht informiert bin, auch im Kreditwesen bewandert. Zumindest hieß es, sein Ziehvater habe sein täglich Brot damit verdient. Deutlich hübscher als sein älterer Bruder ist er obendrein und mit Sicherheit auch um einiges, nun ja, mannhafter. Was also würdet Ihr an dieser Verbindung als unklug bewerten, Herr

Gewaltrichter?» In ihren Augen blitzte es amüsiert. «Ich hätte gedacht, Ihr wärt ihm dankbar, denn wenn sie ihn ehelicht, könnt Ihr Euch weiter in Eurer ewigen Witwerschaft ergehen. Das ist es doch, was Ihr wollt, oder nicht? So hatte ich Euch zumindest verstanden.»

«Meisterin, das Bad für den werten Herrn ist bereitet.» Britti war herbeigekommen, die Wangen gerötet von der Anstrengung. Der warme Wasserdampf hatte ihr Haar gekräuselt, und ein paar Wasserflecken auf ihrem Hemd ließen selbiges noch dichter an ihrem Körper anliegen und brachten ihre Rundungen bestens zur Geltung.

Elsbeth nickte dem Mädchen freundlich zu – es mochte höchstens sechzehn Jahre alt sein. «Gut, leiste dem Gewaltrichter Gesellschaft, bis Giselle hier ist.» Sie warf Vinzenz noch einen eindeutigen Blick zu.

Vinzenz schüttelte den Kopf. Er fragte sich, wie ein so hübsches, junges Ding bereits als Bademagd und Hübschlerin in Elsbeths Haus hatte landen können. Je länger er sie nämlich betrachtete, desto sicherer war er, dass sie womöglich noch jünger als die vermuteten sechzehn Jahre war. Vierzehn, fünfzehn allerhöchstens. Seiner Meinung nach gehörten Männer, die sich an derartig jungen Maiden vergriffen, selbst wenn sie in einem Haus wie diesem arbeiteten, auf der Stelle kastriert. Auch Männer, die sich solch junge Mädchen zur Braut machten und ehelichten, waren in seinen Augen keinen Deut besser und sollten hart bestraft werden. Mit dieser Meinung jedoch, das wusste er genau, stand er vergleichsweise allein da.

«Da bin ich.» Giselle, ebenfalls in einen knielangen Leinenkittel gewandet, das lange dunkelblonde Haar wie immer zu einem dicken Zopf geflochten, trat hinter dem Vorhang hervor und lächelte Vinzenz fröhlich zu. «Verzeiht, dass es etwas gedauert hat, doch ich musste mich noch um ein kleines Missgeschick im Gastraum kümmern.» Sie wandte sich an die Hurenwirtin. «Einer der Kanoniker, der ganz junge, hat das Bier nicht vertragen und sich erbrochen. Wir mussten ihm zum Abort helfen. Offenbar hatte er vorher schon in einer Taverne dem Wein zugesprochen und, nun ja …»

«Bier auf Wein, das lass lieber sein.» Elsbeth lachte. «Es wird ihm eine Lehre sein.» Sie griff nach dem Vorhang, um ihn zurückzuziehen und hindurchzuschlüpfen. «Ich wünsche Euch ein angenehmes Bad, Herr Gewaltrichter. Britti, komm mit, du holst unserem Gast ein Tablett mit Wein, Brot, ein paar Scheiben von dem Wildschweinbraten und dem guten Käse.» Sie nickte Giselle noch einmal vielsagend zu und war verschwunden. Britti hastete hinter ihr her.

«Soll ich Euch beim Entkleiden behilflich sein?» Giselle spielte beiläufig am Ende ihres Zopfes herum und lächelte einladend. «Ich kann Euch auch gerne erst in die Schwitzkammer begleiten und Euch dort ein wenig die Muskeln kneten, wenn es Euch beliebt.»

Vinzenz riss sich von seinen unschönen Gedanken an feiste alte Männer los, die es mit halben Kindern trieben, und setzte ein Lächeln auf. «Entkleiden kann ich mich schon noch selbst, Giselle, aber die Schwitzkammer klingt gut. Bereite schon mal alles vor, ich bin gleich dort.» Er sah ihr kurz nach, wie sie mit wiegenden Hüften auf die Tür zuging, hinter der sich der etwa drei mal drei Schritte große fensterlose Raum befand, in dem durch einen gut bestückten Ofen und Aufgüsse auf glühende Steine eine atemberaubende, von wohlriechenden Dämpfen erfüllte Hitze herrschte, die einem umgehend den Schweiß aus allen Poren trieb. Dann wandte er sich ab und suchte den ebenfalls durch Vorhänge abgetrennten Umkleideraum auf. Dort entledigte er sich seiner Kleider und Stiefel, legte alles ordentlich gefaltet in ein Fach des an der Wand aufgestellten

Regals und schlüpfte in eines der bereitliegenden knielangen Badehemden. Lange würde er es zwar nicht anbehalten, doch Elsbeth bestand darauf, dass ihre Gäste sich zumindest auf dem Weg zwischen Schwitzkammer, Badebottichen und gegebenenfalls den Kammern der Hübschlerinnen züchtig bedeckten.

Eine gute Weile lang ließ er sich von Giselle die verspannten Muskeln an Schultern und Rücken walken und begab sich dann zu seinem Bad. Ein Brett mit den von ihm bestellten Speisen sowie einem Krug Wein mit zwei Bechern stand schon bereit, doch zunächst ließ er sich von Giselle die Haare waschen und lud sie danach ein, sich zu ihm in das angenehm warme Wasser zu gesellen.

Wohlgefällig sah er ihr dabei zu, wie sie ihren Kittel über den Kopf zog. Sie war etwa Mitte der Zwanzig und besaß einen schlanken, biegsamen Körper mit nicht zu großen Brüsten und sanften Rundungen. Ihre Körperbehaarung hatte sie größtenteils entfernt und auch die an ihrer Heimlichkeit sorgsam gestutzt. Sein Körper reagierte unwillkürlich auf ihren Anblick, woraufhin sie lächelnd ins Wasser stieg und sich an ihn schmiegte. Ihre Hand strich in eindeutiger Weise an seinem von vielen Übungsstunden mit Kurz- und Langschwert gekräftigten Körper entlang nach unten und umschloss sanft, aber bestimmt seine aufgerichtete Männlichkeit.

«Wollt Ihr Euer Mahl noch ein Weilchen verschieben, Herr Gewaltrichter?» Warm lächelte sie ihm zu. «Mir scheint, Euch gelüstet im Augenblick weniger nach einer Speise denn nach ein wenig mehr Entspannung.»

«Entspannung, ja.» Er schloss die Augen und legte den Kopf in den Nacken. Leider führte das dazu, dass sich das Gesicht einer gewissen Lombardenwitwe vor sein inneres Auge schob und ihn irritierte. Ungehalten schlug er die Lider wieder auf. «Was genau gedenkst du zu tun, um mir diese zu verschaffen?»

Mit einer geschmeidigen Bewegung schob Giselle sich über ihn und nahm ihn in sich auf. «Was haltet Ihr hiervon, werter Herr?»

Er umfasste ihre Hüften mit den Händen und zog sie noch ein wenig dichter an sich. «Ein guter Anfang, will mir scheinen.»

Gute zwei Stunden später verließ Vinzenz das Badehaus, wieder durch die Hintertür, und machte sich auf den Heimweg. Sein Körper fühlte sich wohlig-entspannt und müde an, sein Geist hingegen wand sich in unangenehmen Abwärtsdrehungen. Heute hatte er das Beisammensein mit Giselle nicht so genießen können wie sonst. Schuld daran war dieses elende Weib, das sich ungebeten in seinen Kopf geschlichen und dort festgesetzt hatte. Dabei wäre Aleydis mit Sicherheit alles andere als erfreut darüber, wenn sie erführe, dass sie ihn in Gedankenform begleitet hatte, während er sich mit einer Hübschlerin vergnügte. Dieser Unfug musste aufhören, wenn er nicht über kurz oder lang den Verstand verlieren wollte. Wochenlang hatte er nicht einen Gedanken an die Lombardenwitwe verschwendet und war ausgesprochen zufrieden gewesen. Hatte ihn doch einmal die Erinnerung an sie gestreift, waren diese Anwandlungen umgehend von ihm unterbunden worden. Dass sie ihm jetzt das einzige Vergnügen, das er sich hin und wieder gönnte, vergällte, indem sie ihn als Hirngespinst heimsuchte, ärgerte ihn über alle Maßen. Hoffentlich fand sie tatsächlich alsbald einen aufrechten, rechtschaffenen Mann, der sie ehelichte, dann würde er endlich wieder ruhig und ohne von ihren großen blauen Augen behelligt zu werden, schlafen und wachen können.

Im Augenblick jedoch half ihm diese Hoffnung wenig. Zum ersten Mal seit langer Zeit verspürte er, so widersinnig es auch sein mochte, ein schlechtes Gewissen.

Er stieß einen ungehaltenen Laut aus, während er auf dem Absatz kehrtmachte und einem neuen Ziel zustrebte: der Universität. Es war noch früh genug, um sich dort ein Weilchen am Langschwert zu üben. Irgendein anderer Fechtmeister und ein paar Soldaten oder Scholaren waren immer dort und würden sich als Kampfgegner eignen. Wenn er gekonnt hätte, hätte er gerne Aug in Aug mit den Dämonen gefochten, die ihn in Aleydis' Gefolge zu behelligen pflegten. Doch leider entzogen sie sich ihm auf Dämonenart und lachten ihn aus dem tiefsten Inneren seiner Seele hämisch aus.

KAPITEL 11

Gleich nach der Frühmahlzeit hatte Aleydis vorgehabt, sich noch einmal zu Cathrein zu begeben, um sie zu Alessandro zu befragen. Doch mehrere Kunden verlangten ihre Aufmerksamkeit sowie der Bote eines Grafen aus dem Bergischen, der eine Teilzahlung zu einer Geldleihe überbrachte, über die sie keinerlei Aufzeichnungen fand. Deshalb konnte sie nicht feststellen, ob es sich um eine ordnungsgemäße Zahlung handelte. Alessandro bekam die Sache zwar mit, da er sich mit Matteo um das Tagesgeschäft in der Wechselstube kümmerte, konnte ihr jedoch auch keinen klugen Rat geben. Nachdem der Bote gegangen war, legte er ihr lediglich nahe, die Aufzeichnungen in Nicolais Truhen noch einmal durchzusehen.

«Das habe ich bereits mehrmals getan.» Aufgebracht rieb sie sich über die Stirn. «Ich bin mir vollkommen sicher, dass da über diesen Grafen von Spons und einen Geldverleih an ihn nichts ist. Der Name sagt mir überhaupt nichts.»

«Dann hat mein Bruder vielleicht noch anderswo Aufzeichnungen über seine Geschäfte hinterlegt.» Mit der Schulter lehnte Alessandro am Türstock und musterte sie aufmerksam. «Wo genau habt Ihr denn gesucht?»

«In sämtlichen Truhen und Büchern hier in der Schreibstube sowie unten im Keller.» Seufzend strich sie über den Stapel Urkunden vor sich auf dem Schreibpult. «Es gibt einige unten, und es hat sehr lange gedauert, bis ich sie alle durchsucht hatte. Auch einen geheimen Raum gibt es im Keller, dorthin habe ich einen Teil von Nicolais Korrespondenz gebracht. Vornehmlich jene Schriftstücke, von denen ich annehme, dass sie mit seinen Schattengeschäften zu tun haben.»

«Es gibt einen geheimen Raum in Eurem Keller?» Verblüfft hob Alessandro den Kopf. «Wusste Nicolai davon?»

«Selbstverständlich. Er hatte dort einen Teil seines Geldes versteckt.» Aleydis knabberte an ihrer Unterlippe. Ob es klug war, Alessandro von dem Geheimversteck zu erzählen? Wenn er wollte, könnte er sie nun ganz einfach berauben. Etwas an seinem offenen, interessierten Blick sagte ihr jedoch, dass er derlei nicht vorhatte.

«Wenn sich also dort unten nichts weiter befindet als das, was Ihr bereits entdeckt habt, gibt es möglicherweise im Haus noch ein weiteres Geheimversteck», schlug er vor und stieß sich vom Türstock ab, um auf das Pult zuzugehen. «Hohle Wände, doppelte Böden, vermauerte Räume?»

«Nein.» Entschieden schüttelte sie den Kopf. «Das wäre mir doch aufgefallen.»

«Ist Euch der geheime Raum im Keller vor Nicolais Tod aufgefallen?»

Das war er nicht. Sie hatte ihn erst entdeckt, als sie jeden Winkel des Kellers abgesucht hatte. Doch hier oben, in den Wohn- und Arbeitsräumen, gab es keine weiteren Geheimverstecke. Das war ausgeschlossen.

«Darf ich mir die Schriftstücke, die Ihr gefunden habt, einmal in Ruhe ansehen?» Alessandro trat noch einen Schritt näher, sodass er fast gegen das Pult stieß. «Ein frischer Blick erkennt vielleicht, was Ihr nach mehrmaligem Durchgehen gar nicht mehr wahrnehmt.»

Aleydis zögerte, nickte dann aber und erhob sich. «Den größten Teil der Dokumente habe ich hier.» Sie machte eine ausholende Handbewegung. «Wenn Ihr Euch damit befassen möchtet, bitte sehr. Tut es aber ausschließlich hier in der

Schreibstube.» Sie rief Wardo herbei, dem sie auftrug, Alessandro Gesellschaft zu leisten.

Alessandro verzog die Lippen zu einem Lächeln. «Ihr traut mir nicht.»

«Wundert Euch das?» Sie bedachte ihren Gast mit einem vielsagenden Blick. «Eure Geschichte mag wahr sein, doch …»

«Der Gewaltrichter misstraut mir, und Ihr hört auf seinen Rat.»

«Er misstraut Euch, in der Tat», gab sie zu. «Aber denkt nicht, dass ich, nur weil ich Euch Obdach gewähre, vertrauensseliger bin als er.»

«Es würde mich enttäuschen, wenn es sich anders verhielte.» Umstandslos ließ er sich auf dem gepolsterten Stuhl hinter dem Pult nieder und griff nach dem ersten Stapel Urkunden. «Wollt Ihr hierbleiben, solange ich mich mit diesen Schriftstücken beschäftige?»

«Ich habe anderes zu tun.» Sie wandte sich zur Tür. «Es gibt noch einiges, was ich Cathrein fragen muss.»

«Ihr solltet sie nach mir befragen, Frau Aleydis.» Alessandro, der sich bereits in den Text der zuoberst liegenden Urkunde vertieft hatte, hob nur kurz den Blick von den verschnörkelten Buchstaben. «Es wundert mich, dass Ihr es nicht schon gestern getan habt. Gewiss wird Nicolais Tochter über die Familienangelegenheiten Bescheid wissen.»

Aleydis presste die Lippen zusammen, weil sie sich ärgerte, dass ihr diese Angelegenheit am Vortag so vollkommen entfallen war. «Ich bin vor dem Mittagsmahl wieder zurück.» Sie gab Ells Bescheid, die wie immer fleißig in der Küche hantierte, und Brunhild den Auftrag, der Köchin zu helfen. Die beiden jüngeren Mädchen saßen in der Stube und waren damit beschäftigt, die Lektionen der vergangenen Woche noch einmal zu wiederholen. Später würde Aleydis ihnen neue Aufgaben auftragen, doch der Besuch im Beginenhof war im Augenblick wichtiger.

Als sie schließlich durch die Hintertür in den Hof trat, war sie kurz versucht, die knapp fünfzig Schritte bis zum Beginenhof rasch allein zurückzulegen. Auf der Glockengasse herrschte das übliche morgendlich geschäftige Treiben: Mägde mit Eimern oder Körben, Knechte mit Karren oder anderen Lasten, Handwerker, die auf dem Weg von oder zu einer Baustelle waren. Schräg gegenüber wurde ein Dach neu gedeckt. Ein Stück weiter die Straße hinab in Richtung St. Kolumba wohnte ein Tuchhändler, der gerade eine Wagenladung Leinenballen erhalten hatte. Seine kräftigen Knechte brüllten einander zotige Witze zu, während sie die schwere Last von dem Fuhrwerk luden. Nebenan knieten die Töchter von Aleydis' Nachbarn auf dem Boden und sammelten Esskastanien auf, die ein ausladender Baum vor ihrem Gehöft abgeworfen hatte.

Der kurze Weg zu den Beginen war ungefährlich, schon gar um diese Tageszeit. Früher hatte sich Aleydis darüber nicht die geringsten Gedanken gemacht. Heute musterte sie jeden vorbeikommenden Bauern eingehend, ebenso wie den bärtigen Reiter, der ihr Hoftor passierte, und die Frauen und Männer unterschiedlichster Stände, die mit irgendeiner Verrichtung beschäftigt waren oder auf ein Ziel zustrebten. Hinter Aleydis klapperte ein Eimer am Brunnen. Sie drehte sich um und erblickte Irmel, die Wasser für die Hühner heraufgekurbelt hatte.

An der Dachrinne der Remise werkelte Lutz, der kleine Lentz stand daneben und reichte ihm auf Zuruf Werkzeug an.

Seufzend machte Aleydis einen Schritt auf die Straße zu.

«Herrin, wartet.» Aus der Hintertür trat Symon, der, als er sie erblickte, eilig auf sie zustrebte. «Herr Alessandro sagte, Ihr wolltet rüber zu den Beginen und dass ich Euch begleiten soll.»

Für einen Moment war sie verblüfft, dann nickte sie ergeben und ging ohne ein weiteres Wort durchs Tor.

Die Beginenmeisterin Jonata war ausgegangen, ebenso wie der Großteil der Beginen. Nur Tringen und Suse traf Aleydis an. Die beiden betätigten sich häufig zusammen mit Illa als Totenwäscherinnen und Wollspinnerinnen. Während Suse heute jedoch Pförtnerdienste verrichtete, war Tringen dazu abgestellt, sich um die verletzte Cathrein zu kümmern. Sie bat Aleydis freundlich herein, die wiederum Symon hieß, vor dem Haus zu warten. Cathrein mochte den hellstimmigen Knecht mit den enormen Muskel- und Fettmassen gernhaben – in seiner Gegenwart jedoch würde sie vielleicht wieder nicht so offen sprechen, wie Aleydis es sich erhoffte. Außerdem war es sicherlich besser, nicht zu viele Menschen mit der verurteilten Mörderin zusammenkommen zu lassen. Nicht weil sie Cathrein als gefährlich erachtete, sondern weil es der Obrigkeit nicht gefallen würde.

Tringen, eine unscheinbare Frau mittleren Alters, die in dem strengen grauen Gewand der Beginen samt Haube und Gebende sehr blass wirkte, blieb kurz vor der Tür zu Cathreins Kammer stehen und drehte sich zu Aleydis um. «Geht nur zu ihr hinein. Frau Cathrein fiebert ein wenig, doch nicht so sehr, dass wir uns Sorgen machen müssten, sagte der Henker. Er war heute früh kurz hier, um nach ihr zu sehen. Ein Schöffe namens van Kneyart war auch mit dabei und meinte, es wäre am besten, wenn sie ins Gefängnis verbracht würde, doch der Henker sagte, da würde sie ganz sicher richtiges Fieber kriegen und wahrscheinlich einfach wegsterben. Also bleibt sie doch erst mal hier, bis es ihr besser geht.» Sie senkte die Stimme ein wenig. «Wird denn der Anbau hinten wieder aufgebaut und sie erneut eingemauert?»

Aleydis nickte. «So ist es vorgesehen.»

«Und Ihr bezahlt das?» Neugierig musterte die Begine sie. «Das kostet ja schon eine Menge Geld, aber der Schöffe meinte, von Seiten der Stadt wird da nichts bezahlt.»

«Er hat recht. Das abgemilderte Urteil, das über Cathrein verhängt wurde, erfolgte auf mein Dringen hin. Auch die Kosten habe ich übernommen, und das werde ich auch ein zweites Mal tun.»

«Ihr seid eine wahrhaft christliche Frau, dass Ihr Cathrein ihre Sünden vergebt und sie vor einem schmachvollen Tod bewahrt.»

Hatte sie Cathrein vergeben? Aleydis wusste nicht recht, ob das überhaupt möglich war. Oder notwendig. Sie hatte die Frage, ob sie Cathrein für schuldig hielt, stets von sich geschoben, weil sie davon ausging, dass ihre frühere gute Freundin an einer seltsamen Verwirrung des Geistes litt. Hervorgerufen worden war diese vielleicht von den Grausamkeiten, die sie während ihrer unglücklichen Ehe mit dem brutalen Jacob de Piacenza hatte erdulden müssen, vielleicht auch durch etwas ganz anderes. Wer konnte schon in die Seele eines anderen Menschen blicken und begreifen, was in ihr vorging?

«Es ist ebenso großherzig von euch Beginen, dass ihr euch um Cathrein kümmert, obgleich sie eine verurteilte Mörderin ist.»

«Ich kann es bis heute nicht verstehen», flüsterte Tringen mit bedrückter Miene. «Frau Cathrein war die Sanftmut in Person, stets hilfsbereit und gut. Dass sie so schreckliche Dinge getan haben soll, will mir einfach nicht in den Kopf.»

«Wer tuschelt denn da draußen so unhöflich vor der Tür?», unterbrach Cathreins Stimme sie. Ein Husten folgte. «Aleydis, bist du das? Komm herein und berichte mir, ob ihr schon einen Schuldigen gefunden habt.»

Tringen war heftig zusammengezuckt und lächelte nun verunsichert. «Sie hat ein ausgezeichnetes Gehör.»

«In der Tat.» Aleydis lächelte ebenfalls. «Lasst mich ein paar Minuten mit ihr allein sprechen, Tringen. Ich muss sie noch einmal in aller Ruhe befragen.»

«Ihr? Ist dafür nicht das Gericht zuständig?»

«Nicht wenn die Möglichkeit besteht, dass sie mir gegenüber gesprächiger ist als in Gegenwart eines düsteren Gewaltrichters.»

«Sie hatte schon immer große Angst vor Männern.» Tringen senkte den Kopf. «Ihr verstorbener Gemahl hat sie nicht gut behandelt.» Wieder zuckte sie zusammen, wohl weil ihr aufging, dass Cathrein auch für Jacobs Tod verantwortlich war. «Geht nur hinein und redet mit ihr. Ich hoffe, dass Ihr und der Gewaltrichter bald Licht in diesen grässlichen Vorfall bringt. Ich schlafe des Nachts fast gar nicht mehr, weil ich ständig Angst habe, es könnte ein neues Feuer ausbrechen.»

Tringen zog sich zurück, und Aleydis blickte für einen langen Moment auf die geschlossene Tür, bevor sie tief Luft holte, die Schultern straffte und die Krankenkammer betrat.

Cathrein lag ganz ruhig auf ihrem Lager, die Hände auf dem Bauch gefaltet, den Blick zur Decke gerichtet. Ihr Gesicht wirkte fahl und verhärmt, doch ihre Wangen waren fiebrig gerötet. Als Aleydis die Tür hinter sich schloss, hob Cathrein den Kopf und lächelte ihr zu – ein Abglanz ihres einst so sanften, wohlwollenden Lächelns, an das Aleydis sich noch so gut erinnern konnte. Heute wirkte es gequält und eine Spur hinterhältig.

«Du bist es tatsächlich, Aleydis. Also gibt es Neuigkeiten, die du mir mitteilen möchtest? Habt ihr den Brandstifter gar schon gefasst? Nein?» Sie lachte und hustete gleich darauf. «Nein, natürlich nicht. Deiner Miene sehe ich an, dass ihr weiterhin im Dunkeln tappt. Wie ärgerlich. Allmählich fuchst es mich nämlich, dass ich hier so hilflos und mit Schmerzen herumliege, nur weil irgendjemand meinte, sich an mir rächen zu müssen.»

«Irgendwer?» Aleydis zog sich einen der Hocker heran und setzte sich. «Oder hast du am Ende vielleicht doch einen konkreteren Verdacht?»

«Wenn ich den hätte, wäre ich ihn schon am Sonntag losgeworden. Weshalb sollte ich euch so etwas verschweigen?»

«Ich weiß es nicht. Der Gewaltrichter ist der Ansicht, dass du ihm gegenüber nicht vollkommen ehrlich warst.»

«Deshalb hat er dich noch mal hergeschickt?» Cathrein rutschte ein wenig hin und her und verzog dabei schmerzlich die Lippen. «Solch eine Milde hätte ich kaum von ihm erwartet. Nun ja, die Daumenschrauben kann er mir wohl derzeit nicht anlegen lassen.» Sie krächzte ein wenig, weil das erneute Lachen sie anstrengte. «Dazu müsste ich gesund und kräftig sein.»

«Niemand will dich der peinlichen Befragung unterziehen, Cathrein.» Entsetzt schüttelte Aleydis den Kopf. «Du bist doch hier nicht angeklagt, sondern das Opfer jenes hinterhältigen Brandanschlags. Wenn du aber noch irgendetwas weißt, dich vielleicht an eine Kleinigkeit erinnerst, die uns weiterhelfen könnte …»

«Tue und kann ich nicht.» Cathrein hob leicht die Schultern. «So leid es mir tut, aber den Brandstifter müsst ihr ohne mein Zutun fangen. Falls er nicht längst über alle Berge ist.» Sie hielt inne. «Vielleicht Matteo? Das mit Andreas Tod tut mir leid, das wollte ich nicht. Das war ein Unfall, aber vielleicht glaubt der Junge, ich hätte seinem Vater die Sichel mit Absicht ins Auge gestoßen.»

«Nein.» Vehement schüttelte Aleydis den Kopf. «Matteo war es nicht. Er wohnt zwar seit vergangenem Freitag bei uns, doch als der Brand ausbrach, befand er sich, wie den gesamten Abend schon, in seiner Kammer und hat geschlafen.»

223

«Ganz sicher?» Cathrein seufzte. «Natürlich. Der Junge tut niemandem etwas zuleide. Wie entsetzlich, die eigene Familie verdächtigen zu müssen. Warum wohnt er denn jetzt in deinem Haus?»

«Edelgard hat ihn hinausgeworfen.»

«Die alte Schnepfe?» Cathrein rückte erneut auf der Matratze hin und her, bis sie etwas aufrechter saß. «Liebe Zeit, wirklich? Dann hat sie ihm also die Wahrheit gesagt, ja?»

«Du wusstest, dass Matteo nicht ihr Sohn ist?»

«Natürlich wusste ich das. Kein feiner Zug von Andrea, ihr seinen Bastard unterzuschieben, doch sie schien zufrieden zu sein. Zumindest hat sie sich nie beschwert. Vielleicht weil sie wusste, dass ihr Gemahl sie auch hätte verstoßen können, weil sie unfruchtbar war. Dann wäre es aus gewesen mit ihrem sorgenlosen Leben.»

«Sie kann Matteo aber nicht einfach sein Erbe streitig machen.»

«Das wird sie schon nicht. Edelgard war schon immer ein dummes, hoffärtiges Huhn. Schnell aufbrausend und in ihrem Zorn ungerecht. Der Junge kann nichts dafür, dass er ein Bastard ist, und an der Erbfolge wird sich nichts ändern, wenn Andrea nichts anderes festgelegt hat. Aber ich kann mir gut vorstellen, dass Matteo sich die Sache arg zu Herzen nimmt.»

«Er hat tagelang auf der Straße gelebt und sich versteckt gehalten, wohl weil er sich geschämt hat.»

Cathrein nickte. «Dummkopf. Gut, dass du dich seiner angenommen hast. Ich hoffe, du hast Edelgard ordentlich die Meinung gesagt.»

«Sie ist nicht in der Stadt.»

Cathreins Lippen verzogen sich zu einem schmalen Strich. «Ein dummes, hoffärtiges und noch dazu feiges Huhn.»

Aleydis stimmte ihr im Stillen zu. «Ich rede mit ihr, sobald sie wieder in Köln ist.» Einen Moment hielt sie inne, um sich zu sammeln. «Kannst du dir vorstellen, dass jemand aus der Familie einen so großen Groll gegen dich hegt, dass er oder sie einen Brandstifter gedungen hat? Wir haben schon darüber gesprochen, aber dennoch möchte ich, dass du noch einmal über diese Frage nachdenkst.»

«Glaubst du nicht, dass ich das schon längst getan habe? Mein Zustand erlaubt nicht viel anderes, als nachzudenken. Die Antwort lautet aber nach wie vor: nein. Ich kann es mir nicht vorstellen. Zumindest nicht aufseiten der Familie meiner Mutter. Wenn Arnold, der, auch wenn er nicht so aussieht, immer noch der uneingeschränkte Patriarch ist, gewollt hätte, dass ich sterbe, hätte er sich nicht für das mildere Urteil eingesetzt, sondern sich einen Tribünenplatz bei meiner Hinrichtung besorgt. «

Sie atmete ein paarmal keuchend ein und aus. Offenbar forderte der viele Rauch, den sie eingeatmet hatte, nun doch seinen Tribut. Aleydis blickte sie besorgt an.

«Bleibt Jacobs Familie in Bonn. Sein Bruder Hartlieb ist nicht so …», setzte Cathrein wieder an, zögerte jedoch. «… nicht so schlimm, wie Jacob es war, aber unterschätzen darf man ihn nicht. Doch was, frage ich dich, hätte er davon, mich umbringen zu lassen? Sie wollen meine Mädchen, um sie gut zu verheiraten. Eine Mutter, die eingemauert in einer Gefängniszelle lebt, ist zwar hinderlich, jedoch eine Mutter, die in ebenjener Zelle gemeuchelt wurde, schadet dem Ansehen womöglich noch mehr. Insbesondere, wenn der Verdacht auf die Großeltern oder Anverwandten der Mädchen fällt. Also wäre ein solcher Anschlag von ihrer Seite ebenfalls unsinnig.» Zum ersten Mal erschien ein sanfter, liebevoller Ausdruck in ihren Augen. «Ich kann dich nur mit Nachdruck bitten, alles dafür zu tun, dass sie die beiden nicht in die Fänge kriegen, ganz gleich, was geschieht. Ich will nicht, dass ein de Piacenza über das Schicksal meiner Kinder verfügt. Es würde mir das Herz brechen … auch wenn das nun niemanden mehr kümmert. Doch auch die Mädchen würden darunter leiden, dessen bin ich gewiss. Du weißt das auch, nicht wahr? Ich bitte dich, schütze die beiden vor dieser raffgierigen Sippschaft.»

Aleydis schluckte. «Dieses Versprechen kann ich dir, ohne zu zögern, geben. Du weißt, dass Marlein und Ursel mir sehr am Herzen liegen.» Sie strich sich fahrig über das Kleid. «Es gibt also niemanden, den du auch nur ansatzweise in Verdacht hast? Bist du ganz sicher?»

Cathrein hustete. «Du glaubst ebenfalls, dass ich dir etwas verschweige. Es ist wohl nur natürlich, dass dein Vertrauen in mich unwiederbringlich dahin ist. Das schmerzt mich. Glaubst du allen Ernstes, ich würde einen Brandstifter einfach so davonkommen lassen? Noch dazu einen, der es auf mein schäbiges bisschen Leben abgesehen hat?»

Verzagt rieb Aleydis sich über die Stirn. «Wenn es niemand aus der unmittelbaren Familie war, wer dann? Nicolai hatte so viele Feinde, so viele … Opfer.»

«Auch darüber habe ich nachgedacht», unterbrach Cathrein sie. «Mir will nicht einleuchten, weshalb ein Schuldner meines Vaters mich töten wollen würde, weil ich als Mörderin verurteilt wurde. Müssten nicht vielmehr sämtliche Opfer, wie du sie nennst, einhellig aufatmen? Insbesondere weil du dich so vehement sträubst, Vaters Erbe anzutreten? Ich begreife immer noch nicht, wie du solch eine Gelegenheit ausschlagen kannst. Gewiss, auf den ersten Blick scheint Vaters Schattenwelt beängstigend. Doch mit etwas Mut könntest du die einflussreichste Frau Kölns werden. Aleydis, denk nur einmal! Eine Frau, mächtiger als jeder Mann in dieser Stadt und weit über ihre Grenzen hinaus! Allein der Gedanke lässt mich wohlig erschaudern. Du weißt, wie sehr ich unter der Knute meines Gemahls gelitten habe. Keine Frau sollte von ihrem – nein, von irgendeinem – Mann beherrscht werden. Du hast Macht, liebe Freundin. Wenn du lernen würdest, sie auf die rechte Weise zu nutzen, könntest du die Geschicke dieser Stadt maßgeblich mitbestimmen und so verändern, wie du es für richtig hältst.»

Aleydis lief es eiskalt den Rücken hinab, als sie den Eifer in Cathreins Augen sah. «Nein.» Sie schüttelte den Kopf. «Ich will das nicht. Werde es nie wollen. Der Weg, den ihr – und mit euch Nicolai – eingeschlagen habt, ist falsch. So viel Leid wurde über unschuldige Menschen gebracht …»

«Unschuldig, ach was.» Cathrein winkte ab. «Die allerwenigsten Menschen sind unschuldige Opfer.»

«Der Leyneweber war es.» Aleydis dachte mit Scham und Hilflosigkeit an den Mann, der sie vor einiger Zeit auf der Straße angegriffen hatte, weil die Verzweiflung ihn umtrieb. Schlichtweg alles hatte Nicolai ihm genommen, ohne Gewissensbisse, ohne Gnade. Und sie selbst durfte dem armen Mann keine Wiedergutmachung zuteilwerden lassen. Vielleicht war dies sogar das Schlimmste überhaupt: Sie fühlte sich ohnmächtig und gerade so, als ob sie wider Willen mit schuld wäre. So wie bei dem Grafen von Spons aus dem Bergischen, der ihr einen prall mit Silberstücken gefüllten Beutel hatte bringen lassen. Ohne Nachricht, ohne Hinweis darauf, welcher Art die Zahlung war. Er ging davon aus, dass sie es wusste und auf die Rückzahlung der Schulden bestand. Und genau das musste sie ja auch: Sie musste Geld von Menschen annehmen, denen sie nie begegnet war und denen sie ihre Verbindlichkeiten nur allzu gerne erlassen hätte.

«Mag sein oder auch nicht.» Cathrein zuckte mit den Achseln. «Dein weiches Herz in allen Ehren, doch wenn es darum geht, in der Welt voranzukommen, ist es äußerst hinderlich. Ich wünschte, das würdest du alsbald begreifen.»

«Das will ich gar nicht begreifen, Cathrein», fuhr Aleydis auf. «Aus all den schlimmen Dingen, die Nicolai getan hat, ist schwerlich jemals Gutes hervorgegangen.»

«Er war stets wohltätig, ließ Hospitäler bauen oder renovieren, spendete für die Armen und Kranken – mehr als jeder andere in Köln.» In Cathreins Augen funkelte es. «Du könntest viel Gutes tun.»

«Das kann ich auch, ohne dazu andere Menschen ins Unglück zu stürzen.» Weil es sie schauderte, verschränkte Aleydis die Arme fest vor dem Leib. «Lass uns nicht weiter darüber reden, Cathrein. Du wirst mich nicht überzeugen.»

«Ich hoffe sehr, dass du dich irrst, liebe Freundin.» Cathreins sanfte Stimme jagte Aleydis eine Gänsehaut über den ganzen Körper. «Eines schönen Tages vielleicht …»

«Nein.» Vehement schüttelte Aleydis den Kopf. «Hör auf damit.» Sie schluckte krampfhaft und bemühte sich, nur daran zu denken, dass sie noch aus einem anderen Grund hergekommen war. «Sag …» Sie überlegte fieberhaft, wie sie das Thema anschneiden sollte, und entschied sich dafür, geradeheraus zu sprechen. «Wusstest du, dass dein Vater einen jüngeren Halbbruder namens Alessandro hat?»

«Alessandro Venetto.» In Cathreins Miene flackerte Überraschung auf. «Vater hat nie über ihn gesprochen. Meine Mutter weihte mich vor vielen Jahren ein, als sie es übernahm, für das Wohl und die Erziehung des Jungen zu sorgen.»

«Was?» Verblüfft starrte Aleydis Cathrein an. «Deine Mutter hat sich um Alessandros Wohl gesorgt?»

«Vater war damals gerade dabei, sein Geschäft aufzubauen. Er betraute Mutter damit, die vierteljährlichen Zahlungen an Venetto zu tätigen und darauf zu achten, dass der Junge or-

228

dentlich erzogen wurde. Großvater starb bald darauf, und zuvor war er schon länger krank gewesen und nicht in der Lage, sich selbst zu kümmern. Mutter übernahm diese Aufgabe sehr gewissenhaft. Weshalb fragst du? Gibt es noch alte Aufzeichnungen über Alessandro im Haus? Das kann ich mir kaum vorstellen, denn soweit ich weiß, wurden sie alle …» Sie brach ab, lächelte grimmig. «Vater hat sie aus dem Haus geschafft.»

«Warum?»

Ein Schatten legte sich auf Cathreins Miene. «Je älter er wurde, desto weichherziger wurde er. Zumindest kommt es mir rückblickend so vor. Aber schon vor vielen Jahren hat er beschlossen, dass Alessandro nichts mit unserer Familie zu tun haben soll. Er wollte ihn fernhalten, auch wenn Mutter noch so gute Argumente fand, weshalb sein jüngerer Bruder ein wahres Kleinod für uns werden könnte.»

«Ein Kleinod?» Fragend hob Aleydis den Kopf. «Wie das?»

«Mit der rechten Ausbildung hätte Alessandro … alles für die Familie tun können.»

«Alles …» Aleydis runzelte die Stirn und schauderte plötzlich. «Alles?»

Cathrein lächelte nur. «Wo hast du denn Aufzeichnungen über ihn entdeckt?»

«Das habe ich nicht. Er selbst stand vor ein paar Tagen vor unserer Tür und stellte sich als Nicolais Halbbruder vor. Du kannst dir wohl vorstellen, wie verwundert ich war.»

«Alessandro ist hier?» Ruckartig fuhr Cathrein auf, stöhnte, hustete und ließ sich kraftlos wieder in die Kissen sinken. Dann lachte sie. Keuchend, hustend, krampfhaft. «Nein, ist das ein Witz! Und eine Freude. Am Ende wird vielleicht doch noch alles so, wie Mutter es sich erhofft hatte. Fürwahr, die Wege des Allmächtigen sind unergründlich.»

Alarmiert sprang Aleydis auf und trat an das Krankenlager.

«Wovon redest du da? Was soll so werden, wie deine Mutter es wünschte?»

Es dauerte etwas, bis Cathrein sich wieder beruhigt hatte. Tringen, die das Husten wohl gehört hatte, streckte besorgt den Kopf zur Tür herein. «Braucht Ihr Hilfe, Frau Aleydis? Geht es Cathrein schlechter? Soll ich jemanden holen?»

«Nein, nein, schon gut.» Aleydis drehte sich zu der besorgten Begine um und versuchte sich an einer gleichmütigen Miene. «Nur ein kleiner Hustenanfall.»

«Vor Lachen und Freude, Tringen», bestätigte Cathrein mit einem breiten Lächeln. Ihre Wangen glühten beinahe, jedoch offenbar nicht vom Fieber, sondern weil die Tatsache, dass Alessandro aufgetaucht war, ihr neues Leben eingehaucht hatte. «Vor Lachen und Freude», wiederholte sie etwas ruhiger.

Unsicher blickte Tringen von Cathrein zu Aleydis. «Seid Ihr sicher, dass hier alles gut ist? Ich kann nach dem Bader schicken oder dem Henker …»

«Nicht nötig, wirklich.» Aleydis schüttelte den Kopf. «Ich komme schon zurecht.»

«Der Henker hat gesagt, sie darf nicht zu lange reden.»

«Ich werde gleich wieder gehen», versprach Aleydis. «Nur noch ein kurzes Weilchen.»

Zögernd nickte die Begine und zog sich wieder zurück.

«Sieh nach, ob sie wirklich fort ist.» Cathrein grinste beinahe wölfisch. Als Aleydis nicht reagierte, wurde das Grinsen bissig. «Nun mach schon. Was wir hier bereden, ist nicht für fremde Ohren bestimmt.»

Unsicher, was sie davon halten sollte, öffnete Aleydis die Tür und sah sich um, dann schloss sie sie wieder. «Tringen ist weg.»

«So eine treuherzige Seele.» Es klang, als sei Cathrein geradezu enttäuscht, dass sie die Begine nicht beim Lauschen erwischt hatten. Rasselnd atmete sie ein und deutete auf den

Hocker. «Nimm wieder Platz.» Sie wartete, bis Aleydis der Aufforderung gefolgt war, ehe sie weitersprach. «Venetto war ein Schuldner von Arnold.»

«Von Arnold?» Erstaunt runzelte Aleydis die Stirn. «Ich dachte, Nicolais Vater hätte mit ihm Geschäfte gemacht.»

«Das wahrscheinlich auch, aber Arnold war es, der ihm große Summen geliehen hatte, die Venetto aber nur zögerlich zurückzuzahlen vermochte. Als Alessandro geboren wurde, hat Arnold geholfen, ein Aufsehen zu vermeiden. Mutter und Kind wurden nach Koblenz verbracht und Venetto dazu auserkoren, den Jungen aufzunehmen und zu erziehen. Er hatte selbst keine Kinder, sodass es wohl nicht schwierig war, ihn und seine Gemahlin zu überreden. Insbesondere weil Arnold ihm für diesen Dienst die Schulden stundete.»

«Stundete? Ich dachte, die Schulden wären erlassen worden.»

«Wie wenig geschäftstüchtig wäre das wohl gewesen?» Cathrein sah sie an, als habe sie die allerdümmste Frage gestellt. «Erlassene Schulden wären überdies gleichbedeutend gewesen mit einem nicht mehr vorhandenen Druckmittel. Wirklich, Aleydis, wenn du dereinst etwas Großes werden willst, solltest du solche Dinge stets bedenken.»

Tunlichst ging Aleydis auf diesen Seitenhieb nicht ein. «Arnold fand also eine Bleibe für Mutter und Kind.»

«Und der Ehebruch wurde sorgfältig totgeschwiegen, ja.» Cathrein nickte. «Bastarde sind zwar kein Beinbruch, doch dem allgemeinen Ansehen zuträglich sind sie auch nicht. Als Großvater krank wurde und kurz darauf starb, übernahm Vater die Sorge für seinen Halbbruder. Arnold hatte aber schon immer seine Hand im Spiel, denn er verfolgte ein bestimmtes Ziel. Und Mutter hat sich ihm angeschlossen, denn ihr leuchtete ein, dass dieser Junge Gold wert war.»

«Aber weshalb?» Ratlos blickte Aleydis Cathrein an. «Was haben sie in Alessandro gesehen? Er war doch nur ein Kind.»

«Kinder werden erwachsen.» Cathrein lächelte fein. «Arnold wollte, dass er von Venetto im Geldwechsler- und Kreditgewerbe ausgebildet wird ebenso wie in der Kampfeskunst und darin, Schulden einzutreiben und säumige Zahler mit allen notwendigen Mitteln an ihre Pflichten zu erinnern. Kurzum: Alessandro sollte Vaters rechte Hand werden. Sein willfähriges Werkzeug.»

«Um Himmels willen!» Entgeistert schlug Aleydis die Hände vor den Mund. «Arnold wollte einen skrupellosen Handlanger aus Alessandro machen?»

«Sieh es doch nicht immer in solch tristem Licht. Alessandro ist ein Bastard. Seine Mutter obendrein von fragwürdiger Herkunft. Er hätte an Vaters Seite viel erreichen können.»

«Er hatte auch ohne all das ein einträgliches Auskommen», widersprach Aleydis. «Die Wechselstube seines Ziehvaters und dessen Kreditgeschäfte sind ein ehrenhaftes Gewerbe.»

«Ja, aber auch nur, weil Vater, als er begriff, was Mutter und Arnold vorhatten, sich beharrlich dagegen gesträubt hat. Mutter war sehr erbost darüber und hat immer wieder versucht, ihn umzustimmen. So hat sie mir erzählt. Doch er weigerte sich und bestand darauf, den Unterhalt für Alessandro nur noch selbst auszuzahlen. Außerdem hat er verfügt, dass Alessandro und unsere Familie keinerlei Kontakt haben sollten. Arnold war noch weniger entzückt darüber als Mutter, doch um des lieben Friedens willen und weil er noch weit mehr mit Vater denn mit Alessandro vorhatte, gab er schließlich nach.» Wieder zeichnete sich ein feines Lächeln auf Cathreins Gesicht ab, und sie schüttelte versonnen den Kopf. «Und jetzt erzählst du mir, dass Alessandro hier ist?»

«Ich habe ihn, zumindest vorübergehend, bei uns aufgenommen.» Aleydis wusste nicht recht, was sie von Cathreins Erzählung halten sollte und in welches Licht diese Alessandros Besuch in Köln rückte. Wusste er, was man mit ihm vorgehabt hatte? Hegte er einen heimlichen Groll?

«Warum ist er hergekommen?» Cathreins Frage riss Aleydis aus ihren Gedanken. «Hat er einen besonderen Grund genannt?»

«Er sagte, er habe endlich die Familie seiner Brüder kennenlernen wollen.»

«Und da hat er gewartet, bis beide tot sind?»

«Von Andreas Tod wusste er nichts. Doch die Nachricht von Nicolais Tod war wohl der Auslöser für seinen Besuch.»

«Seltsam.» Auf Cathreins Stirn bildeten sich Furchen. «Aber sicherlich ein Glücksfall, es sei denn, er hegt einen Zorn gegen die Familie.»

«Er behauptet, dem sei nicht so, und ich glaube ihm.» Aleydis hob auf Cathreins skeptischen Blick hin die Schultern. «Herr van Cleve war wütend, dass ich Alessandro meine Gastfreundschaft angeboten habe, aber selbstverständlich bin ich nicht so gutgläubig, dass ich bei Alessandro keine Hintergedanken befürchte. Ich habe jemanden nach Frankfurt ausgesendet, der Erkundigungen über ihn einholen soll.»

«Sehr gut.» Cathrein nickte beifällig.

«Herr van Cleve tat das Gleiche.»

«Der schon wieder.» Auf Cathreins Lippen erschien ein amüsiertes Schmunzeln. «Er scheint außerordentlich besorgt um dein Wohl zu sein.» Sie hüstelte. «Nun ja, sollte sich bestätigen, was ich hoffe, nämlich dass Alessandro ein loyales Mitglied der Familie ist, könnten sich Mutters und Arnolds Pläne vielleicht doch noch umsetzen lassen.»

«Nein.» Abgestoßen von der Beharrlichkeit, mit der Cathrein immer wieder darauf zurückkam, erhob Aleydis sich erneut von dem Hocker und trat ans Fenster. «Wie kommst du darauf, dass er hier ist, um Handlanger deines Großonkels zu werden?»

«Nicht der seine.» Cathreins Stimme klang amüsiert. «Wenn schon, dann der deine.»

«Ich will keinen Handlanger!»

«Eine rechte Hand oder …» Cathrein lachte wieder auf, diesmal ohne zu husten. «Aber ja, das wäre sogar noch besser. Was für ein Spaß! Ist er ein gut aussehender Mann? Ach was, das ist nebensächlich. Freundlich? Leicht lenkbar? Eine kluge Frau weiß ihren Mann in die rechte Richtung zu führen. Mir ist es nicht gelungen, weil mein Gemahl selig sich als zu grausam und ich mich als zu jung und zu schwach erwiesen hatte. Eine Enttäuschung für alle Beteiligten.» Nun zitterte Cathreins Stimme leicht. «Ich hätte stärker sein müssen.»

«Nicht doch.» Erschrocken drehte Aleydis sich wieder um, doch da lächelte Cathrein schon wieder.

«Ich bin nicht so wie meine Mutter. War es nie und werde es auch nie sein. Das ist womöglich für mich selbst die größte Enttäuschung. Du aber, Aleydis, hast so viel Mut und Stärke in dir. Wenn du …» Das Lächeln vertiefte sich. «Eine Dispens wäre bestimmt kein Problem. Arnold ist persönlich bekannt mit dem Offiziaten des Erzbischofs.»

«Hör auf damit!» Aleydis hob abwehrend die Hände. «So etwas kommt nicht in Frage.»

«Ist er etwa schon verheiratet?» Enttäuschung zeichnete sich auf Cathreins Miene ab, die aber gleich wieder verschwand. «Nein, ist er nicht. Ich sehe es dir an. Er wäre einfach perfekt. Nun ja, van Cleve hätte auch etwas für sich, weil er der Gewaltrichter ist, aber er ist ganz sicher nicht leicht zu lenken. Seine Familie, insbesondere sein Vater, hat großen Einfluss, doch Arnold würde eine Verbindung nicht gutheißen.

Viele Unwägbarkeiten, und van Cleve ist darüber hinaus ein zu komplizierter Fall. Schon der Skandal um sein verstorbenes Weib hängt ihm an, aber selbst wenn man darüber hinwegsähe, scheint er mir nicht die Art Mann zu sein, die auf Macht aus ist. Dazu spricht er zu gerne Recht. Anfangs dachte ich noch, er könne gut für dich sein, doch je länger ich darüber nachdenke, desto deutlicher erkenne ich, dass du es sein musst, die in einer neuen Ehe die Führung übernimmt. Dann kannst du Vaters Erbe weiterführen – und vielleicht gar das von Arnold und damit seine Pläne für meine Töchter durchkreuzen. Die gefallen mir nämlich ganz und gar nicht, sosehr ich ihn auch schätze.»

«Ich will es nicht weiterführen, Cathrein!» Erbost starrte Aleydis die blasse Frau auf dem Krankenlager an. «Begreifst du das nicht endlich? Und Alessandro wird es auch nicht tun.»

«Das werden wir ja sehen.» Lässig winkte Cathrein ab. «Du wirst schon noch erkennen, dass ich recht habe.» Sie hielt inne. «Ob er weiß, dass sein Ziehvater immer noch in der Schuld steht?»

«In der Schuld?» Aleydis' Augen weiteten sich ahnungsvoll.

«Sie wurde, wie ich schon sagte, nur gestundet, und soweit ich weiß, ließ Arnold Mutter später noch weitere Druckmittel einsetzen, um Venetto bei der Stange zu halten. Auch wenn Vater dagegen anging – gegen die ursprüngliche Abmachung konnte er nichts ausrichten. Sie besteht nach wie vor und ging, weil Alessandro der Erbe seines Ziehvaters ist, in vollem Umfang auf ihn über.» Wieder lachte sie. «Siehst du nicht den Vorteil darin? Mit etwas weiblicher Raffinesse und zartem Hinweis auf die Schuld, in der er nach wie vor steht und die abgegolten werden muss, könntest du einen perfekten Gemahl haben. Treu ergeben, beflissen … Du bist ein hübsches Weib, Aleydis, allzu sehr leiden wird er gewiss nicht darunter. Vor allem wenn man bedenkt, welch angenehmes Leben ihm im Umkehrschluss winkt, solange er die Belange der Familie respektiert.»

«Hör endlich auf damit, Cathrein. Du bist ja verrückt!» Erschüttert begab Aleydis sich zur Tür. «Niemals werde ich so etwas tun und schon gar nicht Alessandro zwingen, sich in die Fänge deines Großonkels zu begeben. Nicolai wollte nicht, dass ihr seinen Halbbruder für eure kruden Pläne einspannt. Sein Wille ist es, den ich respektiere und an den ich mich halten werde.»

«Dummheit!» Cathrein hustete nun doch wieder und klang leicht gereizt. «Aber auch du wirst es noch lernen, Aleydis.»

Mit einem Schaudern öffnete Aleydis die Tür und wollte grußlos hindurchschlüpfen, drehte sich dann aber noch einmal um, als ihr ein Gedanke kam. «Du hast vorhin gesagt, dass es bei uns keine Aufzeichnungen gibt, die etwas mit Alessandro zu tun haben. Dass Nicolai sie aus dem Haus geschafft hat. Weißt du, wohin?»

«Natürlich weiß ich das.» Cathrein rutschte einmal mehr in ihren Kissen herum und stöhnte, weil Schmerzen sie plagten. «Willst du nachsehen, ob die Schuldverschreibungen darunter sind, und sie Alessandro überlassen? Hast du noch immer nicht begriffen, dass es gefährlich ist, so etwas zu tun?»

Aleydis zögerte und änderte ihre Taktik. «Nein. Ich dachte nur … Du hast gesagt, sie wären ein gutes Druckmittel. Vielleicht kann ich es doch noch einmal brauchen. Außerdem kam heute ein Bote zu mir und überbrachte mir Geld von einem Grafen von Spons. Dieser zahlt offenbar einen Kredit ab, doch ich konnte nirgendwo Aufzeichnungen dazu finden. Und dies ist nicht zum ersten Mal geschehen. Wie soll ich mit den Schattengeschäften zurechtkommen, wenn ich nicht weiß, wer diese Schuldner sind und welcher Art ihre Verpflichtungen?»

«Der Graf von Spons, sagst du?» In Cathreins arbeitete es

erkennbar. «Über ihn weiß auch ich nicht viel. Vater hat mich, wie du weißt, nie in seine Angelegenheiten eingeweiht. Wenn ich etwas darüber erfahren habe, dann über meine Mutter oder durch Zufall.» Für einen Moment presste sie die Lippen zusammen, schien zu überlegen, ob Aleydis es noch wert war, dass sie ihr weitere Geheimnisse anvertraute. Schließlich nickte sie grimmig. «Du bist im Besitz von Vaters Ring.»

Überrascht hob Aleydis den Kopf und trat wieder näher an das Bett heran. Gleichzeitig zog sie die Kette unter ihrem braunen Samtgewand hervor, an dem sie seit Nicolais Tod dessen Siegelring bei sich trug. Er war nach Nicolais Haus- und Erkennungszeichen geformt, einem Stern, dessen sieben Zacken ungleich groß und asymmetrisch geformt waren. Sie hatte das Siegelrecht von ihrem Gemahl auf sich übertragen lassen, doch der Ring war zu groß, um an einen ihrer Finger zu passen. Argwöhnisch betrachtete sie das Schmuckstück. «Was ist damit?»

Etwas ungehalten schüttelte Cathrein den Kopf. «Nicht diesen Ring. Ich meine den, der, wie du selbst mir gesagt hast, von Balthasar gestohlen und verschluckt wurde. Der Gewaltrichter hat ihn gefunden.»

«Eher waren es die Henkersgesellen, die ihn entdeckt haben.» Aleydis erinnerte sich wieder an den ungewöhnlich großen Ring, der von der Machart her fast genauso aussah wie der Siegelring. Allerdings war er nicht nur größer und schwerer, sondern der siebenzackige Stern auch viel höher und erhabener, die Kanten schärfer herausgearbeitet. Seit Cathreins Einmauerung bewahrte sie diesen Ring samt Nicolais Dolch in einer Truhe im Keller ihres Hauses auf. «Du hast mir nie gesagt, was genau es mit dem Ring auf sich hat und weshalb du ihn damals unbedingt zurückhaben wolltest.»

«Er ist Vaters Schlüssel.» In Cathreins Augen funkelte es seltsam.

Der Schlüssel zu Macht und Reichtum. Aleydis erinnerte sich an Cathreins pathetische Worte, kurz bevor sie in einer Rangelei Andrea die Sichel ins Auge gestoßen hatte. Die Erinnerung an jenen schrecklichen Tag ließ Aleydis erschaudern. «Was für ein Schlüssel?», hakte sie nach, bemüht, sich ihr Grauen nicht anmerken zu lassen. Doch ihre Stimme klang unnatürlich hohl, und prompt verzog die blasse Frau auf dem Krankenbett schmerzlich die Lippen.

«Es hätte nicht so kommen dürfen, Aleydis. Was geschehen ist, besonders mit Andrea, tut mir, wie ich schon einmal betont habe, von Herzen leid. Er war ein guter Mann. Nicht so klug wie Vater, aber rechtschaffen und freundlich – zumindest meistens. Ich habe ihn sehr gerngehabt.»

Kein Wort darüber, dass auch der Tod ihres Vaters oder der Mord an dem gedungenen Unhold Balthasar ihr Gewissensbisse bereitete. Aleydis ahnte, dass Cathrein ihren Vater schmerzlich vermisste, doch dass sie für seinen Tod verantwortlich war, hielt sie seltsamerweise für rechtens.

Aleydis fiel keine passende Erwiderung ein. Stattdessen wartete sie auf die Beantwortung ihrer Frage.

Das grimmige Lächeln kehrte auf Cathreins Lippen zurück. «Der Ring dient als Schlüssel für eine besondere Art von Schlössern. Das hat Vater mir einst erklärt, als ich noch ein kleines Mädchen war. Wo sich diese Schlösser befinden und was sich hinter ihnen verbirgt, hat er mir nie verraten. Doch einmal bin ich ihm heimlich gefolgt, als er sich angeblich auf den Weg zu einem Bekannten gemacht hat. Ich war neugierig und mutig, Aleydis. Nie zuvor hatte ich es gewagt, ganz alleine durch die Stadt zu streifen, und danach habe ich es niemals wieder getan.» Sie legte eine bedeutungsvolle Pause ein, ehe sie fortfuhr: «Er ging mitnichten zu einem Kunden oder Freund, sondern durchquerte die Stadt bis hinaus auf die Felder, du weißt schon, beim Severinstor. Dort gibt es uralte Grabmale, die noch aus Zeiten stammen, in denen Köln von den Römern okkupiert war. Und die haben uns nicht nur diese Mausoleen und Gräber hinterlassen, sondern auch die Unterwelt, in der sich heutzutage das lichtscheue Gesindel herumtreibt. Man sagt, die alten Gewölbe unter unseren Häusern seien nicht nur Wohngebäude gewesen, sondern auch heidnische Tempel, und ein ganzes Netz von Tunneln und geheimen Gängen durchzieht Köln unterhalb der Erdoberfläche.»

Selbstverständlich wusste auch Aleydis um das römische Erbe, das sich unterhalb vieler Straßen und Häuser Kölns befand. Sie nahm an, dass auch die Geheimkammer, die sie in ihrem eigenen Keller entdeckt hatte, ein Überbleibsel jener alten Siedlungen war.

Als Cathrein erkannte, dass Aleydis ihr gespannt folgte, sprach sie weiter: «Ich weiß nicht, ob du jemals von der seltsamen Geschichte gehört hast, die sich anno 1400 hier in Köln abgespielt hat. Du kennst doch die Apothekerin Katharina Burka vom Alter Markt und ebenso ihre Mutter, Frau Adelina?»

«Die Gemahlin des städtischen Medicus.» Aleydis nickte. «Selbstverständlich kenne ich sie beide. Frau Katharina ist eine ausgezeichnete Apothekerin, ebenso wie ihre Mutter. Wir sind dort schon lange Kunden, auch schon, als Frau Adelina noch das Geschäft geführt hat. Sie ist eine sehr freundliche, resolute Frau.»

«Das ist sie, da hast du unbestritten recht», bestätigte Cathrein. «Allerdings hatte sie wohl schon immer den Hang, ihre Nase in fremde Angelegenheiten zu stecken, und wurde mehr als ein Mal in seltsame Geschehnisse und Mordfälle verwickelt. Sie hat wohl einst auch einem Ratsherrn namens Georg Reese geholfen, später dann ihrem Bruder Tilmann Greverode, einem Hauptmann der Stadtsoldaten, den einen oder anderen Mörder und Übeltäter dingfest zu machen. Erstaunlich, nicht wahr? Das war allerdings zum Teil noch, bevor du geboren wurdest. Heute ist Greverode ein angesehener Ratsherr und mit dem Gewaltrichter Cristan Reese eng verwandt, der ja Frau Adelinas älteste Tochter Griet geehelicht hat. Aber diese Familienbande tun hier nichts zur Sache», unterbrach Cathrein sich lachend selbst. Das Erzählen schien ihr trotz der Anstrengung, die es sie kostete, sichtlich Freude zu bereiten. «Einmal war der Magister Neklas Burka, Frau Adelinas Gemahl, in den Verdacht geraten, heimlich satanische Rituale zu begehen und dafür menschliche Knochen und ungeborene Kinder zu verwenden. Mutter hat mir diese Geschichte, als ich ein Mädchen war, oft vor dem Einschlafen erzählt. Frau Adelina hat schließlich die Unschuld ihres Gemahls bewiesen, doch dabei ist sie selbst in die Fänge eines grässlichen, furchteinflößenden Teufels- und Dämonenanbeters geraten, der seine Schwarzen Künste ausgerechnet in einem jener römischen Mausoleen ausübte. Man erzählt sich sogar, dass ihre jüngste Tochter Katharina damals durch die entsetzliche Aufregung ausgerechnet an jenem unseligen, heidnischen Ort zur Welt kam, just nachdem Frau Adelina aus den Fängen des Teufelsbeschwörers befreit worden war.»

Aleydis starrte Cathrein über alle Maßen verblüfft an. Sie hatte schon ein paar Gerüchte aufgeschnappt, diese Geschichte jedoch noch nie in ihrem vollen Ausmaß gehört.

Cathrein lächelte heiter. «Wie Vater ausgerechnet darauf verfiel, weiß ich nicht, aber er ging schnurstracks auf jenes Mausoleum zu, von dem ich inzwischen weiß, dass der Teufelsanbeter darin sein Unwesen trieb. Es wurde nach Frau Adelinas Befreiung wieder verschlossen, doch diese Grabmäler lassen sich wohl verhältnismäßig leicht öffnen, wenn man es darauf anlegt. Genau das hat Vater getan und sich nun also in das Grabmal hineinbegeben.» Cathreins Augen funkelten wie die eines abenteuerlustigen kleinen Mädchens. «Ich bin hinterhergeschlichen und habe mich sogar getraut, durch den Spalt der Eingangstür zu linsen. Was ich sah, war überwältigend, Aleydis: Truhen über Truhen. Vater benutzte seinen Ring, um eine davon zu öffnen, und sie enthielt einen Schatz.»

Aleydis starrte sie widerwillig fasziniert an. «Gold?»

«Vielleicht auch das, keine Ahnung.» Abfällig winkte Cathrein ab. «Nein, Briefe, Urkunden, Wechselverschreibungen. Zumindest gehe ich davon aus, denn so genau konnte ich ja nicht sehen, was auf den Dokumenten geschrieben stand. Doch Vater suchte ganz gezielt welche heraus und verschloss die Truhen wieder. Beinahe hätte er mich erwischt, als er danach ganz rasch das Mausoleum wieder verließ. Jahre später habe ich ein Gespräch zwischen meinen Eltern belauscht, in dem es wohl um dieses Geheimversteck ging. Aleydis, wenn du nach Informationen über Vaters heimliche Schuldner suchst – über alle meine ich, nicht nur die, die du bereits in Vaters Aufzeichnungen im Haus entdeckt hast –, dann geh zu diesem Grabmal. Aber geh in Gottes Namen allein. Wardo oder Symon sind loyale Knechte, die werden dich auf dem Weg beschützen. Doch zeige niemandem jemals diesen unheiligen Ort. Keine Menschenseele außer uns beiden ahnt, was sich dort verbirgt, nicht einmal Onkel Arnold, und so soll es auch bleiben. Falls nämlich ans Licht kommt, was sich dort befindet, wäre Vaters – und deine – Macht für immer dahin.» Die letzten Worte stieß Cathrein erneut hustend und mit einem angestrengten Keuchen aus. «Und nun geh, Aleydis. Lass mich allein. Ich muss neue Kraft schöpfen. Aber berichte mir, wenn du dort warst.» Demonstrativ schloss sie die Augen und drehte das Gesicht zur Wand.

KAPITEL 12

Schon bevor sie ihr Anwesen erreicht hatte, vernahm Aleydis das aufgeregte Gezeter von Ells und Irmel. Grund war offenbar ein weiteres vom Fuchs gemeucheltes und entwendetes Huhn. Während Irmel lautstark wehklagte, stand Ells beim Misthaufen in der hinteren Hofecke, kratzte angebrannte Reste eines Breis aus einem ihrer Töpfe und schimpfte dabei ununterbrochen vor sich hin. Ihre Worte waren deutlich besser zu verstehen als die der tumben Magd. Immer wieder hörte Aleydis die Worte *fussich* und *Unglücksbringer.* Als sie endlich im Hof ankam, steuerte sie deshalb geradewegs auf die aufgebrachte Köchin zu. «Ells, was ist denn hier schon wieder los? Man hört dich und Irmel ja die halbe Glockengasse hinauf!»

«Ach, Herrin, Herrin, wie entsetzlich!» Noch ehe Ells auch nur Luft holen konnte, setzte Irmel zu einer neuen Tirade an: «Der Fuchs, dieses gemeine Untier, hat schon wieder eine unserer Hennen geschnappt. Was sollen wir bloß machen? Bald sind alle dahin, und was dann?»

«Dann kaufen wir auf dem Markt ein paar neue», fuhr Aleydis sie ungehalten an. «Ich habe dich nicht gefragt, Irmel, also halt den Schnabel und tu deine Arbeit.» Die harschen Worte taten ihr fast augenblicklich leid, denn Irmels blassgraue Augen weiteten sich und füllten sich mit Tränen.

«Ja, Herrin, natürlich, Herrin, sofort. Verzeiht bitte.» Mit gesenktem Kopf eilte die Magd davon und wäre dabei fast über ihre eigenen Füße gestolpert. Die schweren Holzpantinen klapperten, als sie im Viehstall verschwand.

Seufzend wollte Aleydis ihr folgen, doch Ells hielt sie mit einem vernehmlichen Räuspern zurück. «Lasst sie, Herrin. Meine Schwester is 'ne aale Tronskann, die beruhigt sich schon wieder. Wenn Ihr sie jetzt nicht lasst, steigert sie sich bloß weiter hinein.» Energisch klopfte Ells mit dem großen Holzlöffel gegen den Rand des Topfes, sodass noch ein paar Krümel des schwärzlichen Breis auf den Misthaufen rieselten. Stirnrunzelnd wandte sie sich ab. «Eine Sünd und Schand, das da.» Vage deutete sie auf die Überreste dessen, was wohl als Mittagsmahlzeit gedacht gewesen war. «Und alles bloß wegen dieses Unglücksboten. Dieser Rothaarige, Ihr wisst schon.»

«Thomas van der Burghe?» Erschrocken hob Aleydis den Kopf. «War der hier?»

«Just nachdem Ihr rüber zu den Beginen seid.» Ells klemmte sich den Topf unter den Arm und ging zur Hintertür. «Wollt Euch noch mal sprechen, aber der Herr Alessandro hat ihn weggeschickt und gesagt, er soll wann anders wiederkommen, weil Ihr in wichtigen Angelegenheiten unterwegs wärt.» In der Küche angekommen, knallte Ells den Topf auf den Rand des Spülsteins. «Ich sag Euch, Herrin, der Mann bringt Unglück über uns. Der fussige, nicht der Herr Alessandro. Kaum war er hier, kam der Fuchs in den Hof und hat schon wieder ein Huhn gerissen. Ich bitte Euch, das kann doch kein Zufall sein.»

Und wie das sein konnte, doch Aleydis unterbrach den wütenden Redestrom ihrer Köchin noch nicht.

«Dann ist mir auch noch der Brei angebrannt. So schlimm, dass ich alles hab wegschütten müssen. Eine Sünd und Schand», wiederholte Ells missmutig und gestikulierte wild, in der einen Hand immer noch den Holzlöffel. «Hat der Kerl doch tatsächlich darum gebeten, wenigstens Marlein treffen zu dürfen, wenn Ihr schon nicht hier wärt. Ich dachte, ich hör nicht richtig. So eine Frechheit! Aber der Herr Alessandro hat ihm sofort gesagt, dass er das vergessen kann, weil das Mädchen nur in Eurer Anwesenheit Besuch empfangen darf. Ich sag Euch, Herrin, mit diesem Kerl, diesem van der Burghe, meine ich, ist irgendwas faul. Das Mädchen sollte auf gar keinen Fall jemals mit ihm allein in einem Raum sein. Mich schaudert, wenn ich ihn sehe. Er sieht so sanftmütig und freundlich aus, aber sein Blick ist der eines bösen Dämons, das schwöre ich.»

«Ells.» Aleydis schüttelte halb nachsichtig, halb besorgt den Kopf. «Dämonen wandeln nicht in Menschengestalt unter uns.»

«Woher wollt Ihr das wissen?» In den Augen der Köchin blitzte es. «Habt Ihr seine Augen gesehen? So blassblau und leblos? Ich sag Euch, der ist besessen oder abgrundtief schlecht. Und er bringt Unglück, wie es Rothaarige so gut wie immer tun. Der Fuchs hat das Huhn geholt, und wenn wir Pech haben, wird weiteres Ungemach nicht lange auf sich warten lassen.»

«Das wird es auch ohne das Zutun eines Rothaarigen nicht.» Müde winkte Aleydis ab. «Du weißt so gut wie ich, dass wir uns in einer schwierigen Lage befinden, seit mein Gemahl selig nicht mehr unter uns weilt. Da bedarf es ganz sicher nicht eines Mannes mit roten Haaren, um dem Unbill Vorschub zu leisten. Also halte dich mit diesem abergläubischen Unken zurück. Damit machst du es nämlich auch nicht besser.»

«Vielleicht nicht, aber zumindest habe ich Euch gewarnt, Herrin.» Ells war nicht im mindesten beleidigt und noch weniger bereit, ihr Verhalten zu ändern, wechselte aber gehorsam das Thema. «Wie ging es drüben bei den Beginen?» Seit man Cathrein eingemauert hatte, vermied die Köchin es, den Namen der Mörderin auszusprechen, aus Angst, damit neues Unheil heraufzubeschwören.

«Es geht Cathrein nicht gut.» Wie erwartet zuckte Ells beim

Klang des Namens heftig zusammen. «Doch sie scheint sich langsam zu erholen. Ich werde mich mit dem Gewaltrichter und den Schöffen beraten müssen, damit die Gefängnisklause alsbald wiederaufgebaut wird.»

«Lutz kennt Handwerker, die bestimmt schnell bei der Hand sein werden.» Ells hatte begonnen, den Topf mit Wasser und Sand zu scheuern.

«Ich weiß, aber beim letzten Mal musste ich ganz bestimmte Handwerker dafür ansprechen, deren Zünfte mit der Stadt Verträge haben.»

«Klüngel, wohin man schaut», war Ells' gemurmelte Antwort darauf, und Aleydis war geneigt, ihr zuzustimmen.

Zunächst wollte Aleydis mit Alessandro über den ungebetenen Besucher sprechen, sie entschied sich jedoch dagegen, denn in der Wechselstube herrschte gerade reger Betrieb. Stattdessen ging sie hinab in den Keller und öffnete das unscheinbare, hinter einem Regal verborgene Türchen zu dem geheimen Gelass.

Dabei fielen ihr frische Schleifspuren auf dem Boden auf, so als habe zuvor schon jemand das Regal beiseitegeschoben. Oder stammten die noch von ihrem letzten Besuch hier? Sie war sich nicht ganz sicher. Erst vor wenigen Tagen war sie zuletzt hier gewesen, sodass es durchaus möglich war, dass sie die Kratzspuren im Staub selbst hinterlassen hatte. Doch normalerweise bemühte sie sich immer darum, sie wieder gut zu verwischen, damit niemand auch nur auf die Idee kam, etwas anderes als eine steinerne Wand könnte sich hinter dem Regal befinden.

Hinter dem Türchen ging es einige Stufen abwärts in einen winzigen Raum von weniger als drei mal drei Schritten. Vielleicht war er auch bloß das Ende eines der vielen Gänge, die Köln unterirdisch durchzogen. Die hintere Rückwand bestand aus unregelmäßigen, mit Mörtel aufeinandergesetzten Ziegelsteinen. Es wirkte, als habe jemand irgendwann einfach diese Mauer hochgezogen, um das, was sich dahinter befand, vom Keller des Wohnhauses zu trennen.

Hier in diesem finsteren, muffig riechenden Raum hatte sie einige von Nicolais geheimen Truhen sowie eine Menge Gold gefunden. Inzwischen hatte sie auch noch ein paar andere Kisten und Truhen hierhergebracht, um sie vor neugierigen Augen zu schützen.

Die Flamme ihres Öllämpchens flackerte, als sie es auf einer der Truhen abstellte. Es handelte sich um diejenige mit dem besonderen Schloss. Nicolai hatte sich gerne mit besonderen, ungewöhnlichen Menschen, aber auch Gegenständen umgeben. Das Schloss an dieser Truhe bestand aus fünf Ringen, auf denen viele, wenn auch nicht alle Buchstaben des Alphabets herausgearbeitet waren. Öffnen ließ sich das Schloss nur, wenn man die richtige Buchstabenkombination kannte. Eine solch kunstvolle Verarbeitung eines Schlosses hatte Aleydis zuvor noch nie gesehen, deshalb hatte sie sich auch geweigert, es nach dem Tod ihres Gemahls einfach aufbrechen zu lassen. Stattdessen hatte sie tagelang gegrübelt und herumprobiert, bis sie das richtige Schlüsselwort herausgefunden hatte.

Die Ringe ließen sich nur schwerfällig drehen, und das mehr als handgroße Schloss war schwer wie Blei, sodass sie immer noch leichte Probleme hatte, es zu öffnen. Als sie es heute in die Hand nahm, kniff sie argwöhnisch die Augen zusammen und betrachtete den Schließmechanismus eingehend. Sie verstellte die Buchstabenringe stets gewissenhaft wieder, bevor sie die Geheimkammer verließ, und merkte sich genau, in welcher Stellung sie sich befanden. Die Reihenfolge der Buchstaben war durchaus korrekt, doch schien der Ring rechts außen ein klein wenig verstellt, sodass sich der Buchstabe, ein A, nicht ganz exakt auf einer Linie mit den anderen befand. War sie nachlässig gewesen? So wie bei den Schleifspuren des Regals? Oder hatte sich jemand heimlich hier unten zu schaffen gemacht? Dieser Jemand konnte nur Alessandro gewesen sein. Zwar wussten auch Symon und Wardo von der Geheimkammer, doch den beiden Knechten vertraute sie blind.

Ein Gefühl der Sorge stieg in ihr auf. Hatte der Gewaltrichter am Ende recht mit seinen Warnungen gehabt? Was, wenn Alessandro von Rache oder irgendeiner anderen unguten Gesinnung getrieben hier aufgetaucht war? Sie wusste nur das über ihn, was er selbst und Cathrein ihr erzählt hatten. Der Bote, den sie nach Frankfurt geschickt hatte, war noch nicht wieder zurück. Wie sollte sie sich verhalten, wenn er herausfand, dass Alessandro ein Betrüger war oder doch zumindest nicht der Ehrenmann, als der er sich ausgab? Und sie hatte ihm leichtsinnigerweise selbst von diesem Geheimraum erzählt …

Eine plötzliche Kälte fuhr ihr in die Glieder, und sie rieb sich unwillkürlich über die Oberarme. Sehr genau sah sie sich alle Kisten und Truhen an. Diejenigen, die sie nicht verschlossen hatte, enthielten überwiegend Schriftstücke, deren Inhalt sie als verjährt eingeschätzt hatte. Hier und da fand sie eine leichte Unordnung vor, sodass sie annahm, Alessandro habe darin gewühlt. Die übrigen Truhen waren allesamt nach wie vor verschlossen. Wenn Cathrein die Wahrheit gesagt hatte, war Alessandro vermutlich auf der Suche nach den Schuldverschreibungen seines Ziehvaters. Sie konnte sich jedoch nicht entsinnen, den Namen Venetto auf irgendeinem der Dokumente, die hier unten lagerten, gelesen zu haben. Wahrscheinlich war er also unverrichteter Dinge wieder abgezogen.

Da sie sich nur ungern in dieser winzigen, düsteren Kammer

aufhielt, öffnete sie schließlich das Buchstabenschloss und zog vom Boden der Truhe eine längliche hölzerne Schachtel hervor. Sie enthielt Nicolais Dolch mit dem juwelenbesetzten Griff und den großen, siebenzackigen Sternring. Den Schlüssel.

Einen langen Moment starrte Aleydis auf den Dolch. Sie hatte ihn nicht angerührt, seit Vinzenz van Cleve ihn ihr ausgehändigt hatte, nachdem er bei Balthasar, dem von Cathrein gedungenen Mörder, gefunden worden war. Eine noch recht neue, lederne Scheide mit Gürtelschlaufe befand sich ebenfalls in der Truhe. Nach einigem Zögern nahm sie beides an sich, schob die lange Klinge in das weiche und doch zugleich feste Futteral und befestigte dieses an dem Gürtel, den sie stets über ihrem Surcot zu tragen pflegte und an dem auch ihr Schlüsselbund sowie eine Geldbörse befestigt waren. Sie hatte sich mit Albas und Symons Hilfe inzwischen recht gut im Umgang mit einem Dolch geübt – zumindest in der Theorie. Ob sie wirklich fähig wäre, sich gegen einen Angreifer zur Wehr zu setzen, wollte sie so genau lieber gar nicht wissen. Doch allein den Dolch nun an ihrer Hüfte zu spüren, gab ihr ein neues Gefühl der Sicherheit.

Auch den Ring nahm sie an sich und steckte ihn in ihre Geldkatze. Sie würde einen unbeobachteten Moment abpassen müssen, um zusammen mit Symon nach diesem Mausoleum zu suchen. Mit Symon und dem Gewaltrichter, um genau zu sein. Sie hatte beschlossen, van Cleve einzuweihen, als Cathrein so vehement darauf bestanden hatte, niemand dürfe von dem Geheimversteck erfahren. Wenn sie sich in dem Chaos, das Nicolai ihr hinterlassen hatte, zurechtfinden wollte, brauchte sie Hilfe – und ganz sicher nicht die der Familie Hürth. Und der Gewaltrichter war der Einzige, bei dem sie sich ziemlich sicher war, dass er nicht vorhatte, sie zu übervorteilen. Von niemandem sonst, abgesehen von ihrem Vater und Krista und ein paar wenigen handverlesenen Freunden ihrer Familie, konnte sie dies noch mit Sicherheit sagen. Mit einem mulmigen Gefühl betastete sie den großen Ring unter dem Leder ihrer Geldkatze. Was auch immer sie in diesem Mausoleum vorfinden würde, sie war sich ganz sicher, dass es nicht zu ihrem Glück beitragen würde.

Als sie von ferne Stimmen vernahm, die allmählich lauter wurden, knallte sie den Truhendeckel zu, brachte das Schloss wieder an, verstellte die Ringe und merkte sich genau sowohl die Reihenfolge der Buchstaben als auch deren exakte Position. Dann verließ sie die Geheimkammer, verschloss sie wieder sorgsam und verwischte die Schleifspuren des Regals am Boden. Im letzten Moment dachte sie noch daran, eine Goldwaage samt Gewichten, die im Bord neben der Tür stand, mit hinaufzunehmen. So sah es zumindest so aus, als hätte sie mitten am Vormittag einen Grund gehabt, in den Keller hinabzusteigen.

Wie sich herausstellte, war dies jedoch vollkommen überflüssig, denn das, was sich oben in der Wechselstube bot, stellte alles andere sofort in den Schatten. Die lauten Stimmen gehörten Alessandro und einem anderen Mann, den sie jedoch nicht kannte. Kaum war sie durch die Kellertür getreten, da stürzten sich bereits Brunhild und Ursel auf sie.

«Frau Aleydis, da seid Ihr ja. Wir haben Euch schon gesucht!» Brunhilds Wangen waren vor Erregung ganz rot, die Augen ängstlich aufgerissen. «Da ist ein böser, wütender Mann gekommen, der Euch unbedingt sprechen will.»

«Ein böser Mann?» Aleydis runzelte die Stirn und wollte schon auf die Tür zur Wechselstube zustreben, doch Ursel hielt sie an der Hand fest.

«Nicht, Frau Aleydis, das ist mein Onkel Hartlieb.» Die Stimme des Mädchens klang ungewöhnlich piepsig, und auch in ihren Augen stand die Angst. «Vaters Bruder. Als Marlein ihn gesehen hat, ist sie vor Schreck fast in Ohnmacht gefallen. Sie hat sich oben in der Schlafkammer versteckt.»

«Hartlieb de Piacenza ist da?» Aleydis hielt erstaunt inne.

Aus der Wechselstube drang die wütende Stimme des Fremden: «Lasst mich verdammt noch mal durch, Wicht! Ihr habt nicht das Recht, mich in diesem Hause aufzuhalten.»

«Es ist das Haus meiner Schwägerin», widersprach Alessandro unbeeindruckt. «Also habe ich sehr wohl das Recht. Und den Wicht will ich überhört haben. Wer seid Ihr, dass Ihr es wagt, Euch auf derart ungebührliche Art und Weise Zutritt verschaffen zu wollen?»

«Ich habe gesagt, wer ich bin. Das sollte doch wohl reichen. Nun lasst mich endlich zu diesem vermaledeiten Weib durch!»

Nun wurde anscheinend gerangelt. Matteo stieß einen Warnruf aus.

Aleydis schluckte hart, schloss für einen kurzen Moment die Augen, versuchte, sich zu sammeln. Dann löste sie vorsichtig die Hand des kleinen Mädchens von ihrem Arm und bemühte sich, dabei nicht die Waage fallen zu lassen. «Brunhild, geh mit Ursel hinauf zu Marlein und kommt nicht eher wieder herunter, bis ich euch rufe. Verstanden?»

«Ja.» Brunhild nickte heftig und schnappte sich Ursels Handgelenk. «Selbstverständlich, Frau Aleydis. Los, Ursel, wir gehen nach oben. Nun komm schon!»

Ursel protestierte halbherzig, ließ sich dann aber von dem älteren Mädchen die Stiege hinaufziehen.

Als die Schritte der beiden verklungen waren, straffte Aleydis die Schultern und begab sich in die Wechselstube. Dort standen sich Hartlieb und Alessandro wie zwei Kämpfer gegenüber und starrten einander feindselig an. Bei ihrem Eintreten drehten sie gleichzeitig die Köpfe in ihre Richtung.

«Na endlich.» Als sei Alessandro plötzlich unsichtbar, trat Hartlieb an ihm vorbei auf Aleydis zu. Er war ein dunkelblonder, mittelgroßer Mann mit leichtem Bauchansatz, Kleidung aus teurem Leder und erlesener Wolle und einem kantigen Gesicht, in dem Wangen- und Kinnknochen hart hervortraten. Seine Augen waren graublau und musterten sie wenig freundlich. «Ich dachte schon, Ihr wolltet Euch gar nicht mehr bequemen, einen Gast und Verwandten zu empfangen.»

«Verzeiht, Herr Hartlieb, ich war … nicht im Haus und habe eben erst erfahren, dass Ihr eingetroffen seid.» Sie stellte die Waage auf dem Wechseltisch ab. «Ich wusste nicht, dass Ihr uns besuchen wollt. Wenn Ihr Nachricht vorausgeschickt hättet, wäre natürlich alles zu Eurem Empfang vorber…»

«So ein Unfug, Nachricht schicken.» Ungehalten schüttelte der Besucher den Kopf. «Das fehlt noch, dass ich um Audienz ersuchen muss, wenn ich meine Nichten sehen will.» Er fixierte Aleydis mit stechendem Blick. «Wie lange wollt Ihr eigentlich noch warten, bis Ihr die Mädchen in meine Obhut übergebt?»

«Mäßigt Euch gefälligst, wenn Ihr mit Frau Aleydis redet», fuhr Alessandro dazwischen.

Doch Aleydis hob mahnend die Hand. «Schon gut, bitte beruhigt Euch beide.»

«Ich für meinen Teil bin ganz ruhig.» Hartlieb verschränkte die Arme vor der Brust. «Wenn ich auch der Ansicht bin, dass seit Nicolais Tod die führende Hand eines Mannes in diesem Hause zu fehlen scheint. Euer Schwager hier», er wies mit dem Kinn auf Alessandro, «hat schwerlich etwas zu sagen, nehme ich an. Aus welchem Nest seid Ihr überhaupt gekrochen? Soweit mir bekannt ist, hatte Nicolai nur einen Bruder, und Andrea liegt seit zwei Wochen unter der Erde.»

Ehe Alessandro zu einer hitzigen Erwiderung ansetzen

konnte, legte Aleydis ihm eine Hand auf den Arm. «Lasst mich mit Herrn Hartlieb alleine reden, seid so gut.»

«Seid Ihr sicher?» Alessandro sah aus, als würde er dem Besucher am liebsten an die Kehle gehen, was Aleydis mit Überraschung zur Kenntnis nahm. Dass Nicolais Halbbruder sich plötzlich als ihr Beschützer aufspielte, stand in krassem Gegensatz zu ihrer Annahme, er habe heimlich in den Truhen im Keller gestöbert, um ihr womöglich zu schaden. Doch damit konnte sie sich jetzt nicht befassen.

«Ja, bitte, Herr Alessandro. Ich bin sicher, alles lässt sich gütlich klären.»

«Ich bin nicht hier, um etwas gütlich zu klären», unterbrach Hartlieb sie. «Sondern um Euch aufzufordern, umgehend meine beiden Nichten herauszurücken.» Er wies mit dem Daumen Richtung Tür. «Ich habe bereits einen Reisewagen mitgebracht. Sagt den beiden, sie sollen ihre Sachen packen und einsteigen.»

Entgeistert starrte Aleydis ihn an. «Nichts dergleichen werde ich tun, Herr Hartlieb. Nicolai hat testamentarisch verfügt, dass die Mädchen in meinem Haushalt erzogen werden sollen.»

«Das fechten wir gerade an. Deshalb verlange ich, dass die Mädchen sofort mit mir nach Bonn kommen.» Rücksichtslos wollte Hartlieb sie zur Seite schieben, um sich Zugang zu den Wohnräumen zu verschaffen.

«Halt, stehen bleiben!» Erbost stellte Aleydis sich ihm in den Weg. «Ihr habt kein Recht auf die Mädchen, solange das Gericht der Stadt Köln nichts anderes feststellt. Und das wird es nicht, denn Nicolais Testament ist eindeutig.»

«Geht mir aus dem Weg, Weib!» Grob schubste Hartlieb Aleydis zur Seite, sodass sie mit der Schulter gegen den Türstock knallte und einen Schmerzenslaut ausstieß. «Mir reicht es jetzt allmählich. Die Kinder hätten bereits nach dem Tod meines Bruders zu uns kommen sollen. Ihr enthaltet sie meiner Familie nicht länger vor.»

«Was ist hier los?» Augustin und Wardo, die vor der Tür Wache gehalten hatten, waren hereingekommen und stürzten sich, als sie die Situation erfassten, gleichzeitig auf Hartlieb.

«Haltet Euch zurück, Mann!» Schon hatte Wardo das Kurzschwert gezogen, das er stets am Gürtel trug. «Wenn Ihr unsere Herrin noch einmal angreift, wird es Euch leidtun.»

Auch Hartlieb griff nach dem Schwert an seinem Gürtel. «Wag es, mich aufzuhalten, Knecht, und dir wird es zuerst leidtun!»

«Großer Gott.» Aleydis bekreuzigte sich. «Hört auf, allesamt!» Ihre Stimme kippte leicht, ihr Herz raste sowohl vor Zorn als auch vor Angst. «Herr Hartlieb, Ihr wollt doch wohl nicht wirklich Eure beiden Nichten mit Waffengewalt entführen?»

«Entführen?» Finster starrte Hartlieb sie an. «Ich höre wohl nicht recht. Ich bin der nächste männliche Blutsverwandte der beiden, also ist es mein gutes Recht, die beiden zu mir zu nehmen. Also gebt sie endlich heraus, denn dieses Testament ist nichts anderes als eine lächerliche Farce!» Wieder gab er Aleydis einen brüsken Stoß, sodass sie strauchelte und beinahe zu Boden ging. Alessandro konnte sie gerade noch auffangen und so den Sturz verhindern. Gleichzeitig rückten Augustin und Wardo vor und rissen Hartlieb grob von Aleydis fort. Hartlieb stürzte zu Boden, rappelte sich jedoch gleich wieder auf und hob sein Schwert in Wardos Richtung. «Zurück, Knecht, wenn du nicht willst, dass dies hier in einem Blutvergießen endet.» Sein Blick wanderte zur Tür, durch die nun mehrere weitere Bewaffnete hereindrangen. Offenbar hatte er bereits mit Widerstand gerechnet und Verstärkung mitgebracht.

Als sich Augustin und Wardo der Überzahl fremder Knechte gegenübersahen, ließen sie zwar nicht die Schwerter sinken, zögerten jedoch und schoben sich in Aleydis' Richtung, um sie abzuschirmen. Auch Alessandro stellte sich vor sie, um sie zu beschützen.

Aleydis bemühte sich nach Kräften, ruhig zu bleiben und nicht in Panik zu verfallen. Ihre Stimme schwankte immer noch leicht, dennoch sprach sie mutig weiter: «Wenn Ihr das Testament anfechten wollt, dann tut es, aber bis dahin bleiben die beiden hier bei mir.»

«Kein Gericht der Welt wird dem blutsverwandten Onkel sein Recht aberkennen.» Hartlieb verzog die Lippen zu einem spöttischen Lächeln. «Nur ein gefühlsduseliges Weib kann so etwas glauben. Nun geht schon und holt die Mädchen her. Ich habe nicht den ganzen Tag Zeit.»

«Nur ein gefühlsduseliges Weib», erklang von der Tür her überraschend die Stimme Vinzenz van Cleves, «und ein ausgesprochen missgelaunter Gewaltrichter.» Die Hand auf dem Griff seines Kurzschwerts, schob er sich mit Hilfe von groben Ellenbogenstößen bis zu Hartlieb vor und musterte ihn abfällig. «Euer Auftreten ist nicht dazu angetan, Euch mein Wohlwollen – oder das irgendeines anderen Richters in der Stadt – einzubringen. Pfeift Eure Männer zurück, andernfalls werdet Ihr erleben, was das Wort Blutvergießen bedeutet.»

«Wer seid Ihr?» Irritiert runzelte Hartlieb die Stirn.

«Vinzenz van Cleve, Gewaltrichter zu Köln. Und Ihr dürftet der Bruder des Unholds sein, der Cathrein Golatti während seiner Ehe mit ihr regelmäßig misshandelt hat.»

«Misshandelt? So ein Unfug. Wenn ein Weib nicht weiß, wo sein Platz ist, gebührt es dem Gemahl, sie zu züchtigen und ihr selbigen Platz unmissverständlich zu vergegenwärtigen.»

Auf van Cleves Stirn entstand eine steile Falte. «Nun bin

ich nicht nur ein wenig missgelaunt, sondern rundheraus erzürnt.»

«Wollt Ihr mir etwa widersprechen?» Höhnisch verzog Hartlieb die Lippen. «Als Gewaltrichter dürftet Ihr doch wohl am besten wissen, welche Rechte und Pflichten ein Mann gegenüber seinem Weibe und dessen Anverwandten hat.»

«Rechte besitzt er, ja, aber so, wie Ihr sie auslegt, sind sie schwerlich dem christlichen Grundgedanken der Ehe förderlich. Also mäßigt Euch und verlasst dieses Haus. Einen Einspruch gegen die testamentarischen Bestimmungen könnt Ihr vor die Schöffen bringen, doch bis darüber entschieden ist, bleiben die Kinder hier im Haus.»

«Sie hat Euch bestochen, was?» Zähneknirschend schob Hartlieb sein Schwert zurück in die Scheide. «Ganz genauso wie Nicolai es getan hat. Das war ja zu erwarten.»

Die Miene des Gewaltrichters verfinsterte sich, in seine Augen trat ein unheilvolles Funkeln. «Diesen Vorwurf will ich überhört haben. Ich gebe Euch einen guten Rat, Hartlieb de Piacenza: Macht, dass Ihr verschwindet, ehe ich mich bemüßigt fühle, die Büttel zu rufen, und Euch wegen Verleumdung abführen lasse. Und sollte mir zu Ohren kommen, dass Ihr Euch Euren Nichten Marlein und Ursel auf weniger denn zehn Schritte nähert, bevor nicht geklärt ist, ob Eurer Anfechtung des Testaments stattgegeben wird, werde ich persönlich dafür sorgen, dass Ihr im Frankenturm landet.»

Das Knirschen, mit dem Hartliebs Zähne aufeinandermahlten, war deutlich zu hören. Mit zorniger Miene blickte er von van Cleve zu Aleydis, dann zu seinen Männern. Schließlich wies er mit dem Kinn zur Tür. «Wir gehen. Aber glaubt nicht, dass dies das letzte Wort in dieser Angelegenheit ist. Ich will meine Nichten. Sie gehören in meinen Haushalt in Bonn, und dorthin werde ich sie bringen, ob es Euch gefällt oder nicht.» Die letzten Worte waren an Aleydis gerichtet. Hocherhobenen Hauptes verließ Hartlieb die Wechselstube, dicht gefolgt von seinen Waffenknechten.

«Wenn die Hölle zufriert», murmelte Aleydis und atmete gleichzeitig erleichtert auf. «Danke.» Sie nickte Alessandro zu, der daraufhin rasch die Tür schloss. «Auch Euch, Herr van Cleve, danke ich.» Aleydis wandte sich an den Gewaltrichter, der noch immer stocksteif dastand, die Hand auf dem Schwertgriff. «Ihr seid gerade zur rechten Zeit hier eingetroffen.»

Nur langsam entspannte van Cleve sich und kräuselte die Lippen. «Wer sich solcher Verwandtschaft erfreut, braucht keine Feinde, was?»

Bedrückt rieb Aleydis sich über die Stirn. «Besteht Aussicht, dass er vor den Schöffen Erfolg mit der Anfechtung des Testaments haben wird?»

«Das hängt davon ab, vor welches Gericht er die Sache bringt.» Van Cleve hob die Schultern. «Erbschaftsangelegenheiten landen eher selten auf meinem Richtertisch. Ich werde aber meinen Einfluss geltend machen, sobald er bei den Schöffen vorspricht.»

«Danke.» Aleydis versuchte sich an einem Lächeln, das jedoch an ihm abzuprallen schien.

«Dafür nicht, Frau Aleydis. Es ist meine Pflicht, Recht zu sprechen. Recht aber ist es nicht, die beiden Mädchen ohne Not aus einer ordentlichen Familie herauszuholen, um sie raffgierigen Verwandten in die Arme zu treiben, denen nicht an ihrem Wohl gelegen zu sein scheint. Die Blutsverwandtschaft hat zwar grundsätzlich Vorrang vor allen übrigen Überlegungen, doch nicht nur ich, sondern auch meine Kollegen Hardefust und Reese werden berücksichtigen, dass Euer Gemahl aus gutem Grund testamentarisch verfügt hat, wie mit den Mädchen zu verfahren sei. Der gewaltsame Tod Jacob de

Piacenzas und die unrühmliche Vorgeschichte seiner Ehe mit Cathrein Golatti sind nicht dazu angetan, die Waagschale der Justitia im Sinne der Familie de Piacenza zu senken.» Er winkte ab. «Wie dem auch sei, Frau Aleydis, es gibt dringendere Angelegenheiten. Ich habe mit Euch zu reden. Unter vier Augen», fügte er mit einem Seitenblick auf Alessandro hinzu.

«Der Gegenstand dieser Unterredung dürfte denn wohl ich sein.» Alessandro kam wieder näher und lehnte sich mit verschränkten Armen gegen den Wechseltisch. «Was auch immer es sei – sprecht es ruhig in meiner Gegenwart aus.»

Für einen langen Moment musterte van Cleve ihn schweigend, dann nickte er. «Nun gut, so sei es. Du, Junge», wandte er sich an Matteo, «geh einstweilen hinaus.»

Matteo warf Aleydis einen fragenden Blick zu, woraufhin sie nickte. «Du kannst eine Pause machen. Sieh nach, ob Lutz draußen deine Hilfe benötigt.»

Dem Jungen war anzusehen, dass er lieber geblieben wäre, doch er gehorchte und verließ die Wechselstube durch die Tür zu den hinteren Wohnräumen. Auf Aleydis' Wink hin begaben sich Wardo und Augustin wieder auf ihre Posten vor dem Eingang.

«Nun denn.» Alessandro hatte sich nicht von seinem Platz wegbewegt. Lediglich den Kopf legte er ein wenig schräg, als er sich erneut dem Gewaltrichter zuwandte. «Ich nehme an, Ihr habt Erkundigungen über mich eingeholt.»

«Das habe ich in der Tat.» Nun verschränkte auch van Cleve die Arme vor der Brust. «Soweit meine Leute in der kurzen Zeit herausfinden konnten, stimmt die Geschichte, die Ihr Frau Aleydis über Euch erzählt habt.»

«Und das ärgert Euch?»

Der Gewaltrichter verzog die Lippen zu einem grimmigen Lächeln. «Ich würde sagen, es ist Euer Glück.»

«Weil Frau Aleydis unter Eurem persönlichen Schutz steht?»

Van Cleve warf Aleydis einen kurzen Blick zu. «Weil wir hier in Köln mit Betrügern kurzen Prozess machen.»

Nun war es an Aleydis, die Arme vor dem Leib zu verschränken. «Ihr habt also die Wahrheit gesagt.» Sie trat einen Schritt auf Alessandro zu. «Und dennoch einiges verschwiegen.»

«Habe ich das?» In Alessandros Augen flackerte es. Langsam ließ er die Arme sinken. «Ihr habt mit Cathrein gesprochen.»

Aleydis nickte. «Sie wusste mehr über Euch, als Ihr vielleicht vermutet habt.»

«Ihr wart also noch einmal bei Cathrein?» Interessiert musterte van Cleve sie. «Was hat sie gesagt?»

«Über den Brandstifter wusste sie nichts weiter zu berichten, doch über Herrn Alessandro eine Menge. Zum Beispiel, dass sein Ziehvater einst von Nicolais Vater und Griselda Golatti massiv unter Druck gesetzt und gezwungen wurde, ihn an Sohnes statt aufzunehmen.»

Wieder flackerte es in Alessandros Blick.

Aleydis trat noch einen Schritt auf ihn zu. «Ihr habt nach den Urkunden gesucht, den Schuldverschreibungen, die nach wie vor ihre Gültigkeit haben, nicht wahr? Ich habe Eure Spuren unten im Keller entdeckt.»

«Ihr habt Euch heimlich an Aleydis' Hab und Gut zu schaffen gemacht?» Die Stimme des Gewaltrichters ähnelte wieder einmal verblüffend einem herangrollenden Ungewitter.

Mahnend hob Aleydis die rechte Hand, um van Cleve zu beschwichtigen. «Wenn Ihr gefragt hättet, dann hätte ich Euch freimütig Auskunft gegeben, Herr Alessandro. Und zwar dergestalt, dass es in meinem Hause nicht ein Schriftstück mit dem Namen Venetto zu finden gibt. Ich bin alle Wechsel, Urkunden und sonstigen Dokumente meines seligen Gemahls bereits mehrmals durchgegangen. Wenn es einen Hinweis auf

Euren Ziehvater oder Euch gäbe, wäre er mir in die Finger geraten.» Sie hielt kurz inne, um sich zu sammeln, dann suchte sie Alessandros Blick. «Warum habt Ihr nicht einfach die Wahrheit gesagt und gefragt?»

«Wahrscheinlich aus demselben Grund, aus dem er behauptet hat, erst kürzlich nach Köln gekommen zu sein.» Auch van Cleve trat einen Schritt auf Alessandro zu. Seine Haltung vermittelte Autorität und Missbilligung, ohne dass er auch nur eine Miene verzog. «Dabei seid Ihr schon seit mindestens zwei Wochen hier, nicht wahr?»

Alessandros Augen weiteten sich. Für einen Moment starrte er van Cleve sprachlos an, dann ließ er die Schultern hängen und senkte den Kopf. «Verzeiht, Frau Aleydis. Es tut mir leid. Ich hätte gleich die Wahrheit sagen sollen.»

«Die Wahrheit worüber?» Argwöhnisch blickte sie von ihm zu van Cleve. «Und warum seit zwei Wochen? Woher wisst Ihr das, Herr van Cleve?»

«Ich habe meine Quellen.» Der Gewaltrichter sprach, ohne sie anzusehen. Etwas an seinem Tonfall ließ Aleydis annehmen, dass ihr diese Quellen, wenn sie sie näher kennen würde, nicht gefallen würden. «Von ihnen habe ich erfahren, dass Ihr, Alessandro Venetto, bereits vor mindestens zwei Wochen hier in der Stadt gesehen wurdet. Ich könnte Euch inzwischen sogar sagen, in welchen Ecken und Herbergen Ihr Euch versteckt gehalten habt. Ihr habt Frau Aleydis beobachtet.»

«Ja.» Alessandro hob den Kopf, um Aleydis anzusehen. Seine Miene wirkte wahrhaft zerknirscht, doch Aleydis war zu verwirrt und erschrocken, um seinen Gemütszustand wirklich einschätzen zu können.

«Dann wusstet Ihr also längst von Andreas Tod?»

Er nickte. «Ich kam am Tag vor seiner Beerdigung nach Köln. Den Trauerfeierlichkeiten blieb ich fern – im wahrsten Sinne des Wortes. Ich habe sie aus der Ferne beobachtet. Ich wollte Euch nicht betrügen, Frau Aleydis. Auch nicht belügen, doch es schien mir besser … Nein.» Er schüttelte den Kopf. «Ich muss es anders anfangen.» Mit beiden Händen rieb er sich übers Gesicht. «Ich kam ursprünglich nach Köln, um nach Nicolais Tod Genugtuung für meinen Ziehvater zu verlangen. Emilio Venetto war ein rechtschaffener Mann, der einst den Fehler beging, sich bei Franco Golatti Geld zu leihen. Ich will nicht schlecht über Tote reden, schon gar nicht über meinen eigenen Vater, aber Emilio hat diesen Schritt ein Leben lang bereut. Mag sein, es war der Einfluss Griseldas, der die Angelegenheit schlimmer gemacht hat, als sie hätte sein müssen. Emilio hat mich stets vor den Mitgliedern der Familie Hürth gewarnt. Ihnen hat er zugeschrieben, dass Nicolai so mächtig – und skrupellos – geworden war. Doch auch mein Vater scheint sich jenem Einfluss nicht entzogen, sondern ihn für sich genutzt zu haben. Solange ich denken kann, war jeglicher Kontakt zu meiner Blutsverwandtschaft auf Griselda Golatti beschränkt. Sie war es auch, die von Emilio verlangte, er möge mich auf eine bestimmte Art und Weise erziehen und ausbilden lassen.»

«Auf eine bestimmte Art und Weise?» Verwundert hob van Cleve die Brauen. «Was muss ich mir darunter vorstellen?»

«Sie wollten ihn zu Nicolais gewissenlosem und schurkischem Handlanger machen.» Aleydis schauderte. «Doch Nicolai weigerte sich, dies mitzutragen.»

«Ein Grund, weshalb ich so lange gezögert habe, ihn aufzusuchen, und mich letztlich erst nach seinem Tod getraut habe, diesen Schritt zu wagen.» Alessandro seufzte. «Ich bin meinem älteren Bruder wohl zu Dank verpflichtet, obwohl er zeit seines Lebens verhindert hat, dass ich meine Familie kennenlerne.»

«Er wollte Euch beschützen.» Aleydis zögerte, berührte

Alessandro dann aber doch leicht am Arm, obgleich ihr das einen verärgerten Blick seitens van Cleves einbrachte. «Er war nicht so durch und durch ruchlos, wie alle Welt ihn hinstellt. Ich muss es wissen – ich war mit ihm verheiratet.»

«Ich war wütend.» Alessandro blickte auf ihre Hand hinab und entzog sich ihr schließlich. «Emilio hat alles getan, was Griselda und mein Vater von ihm verlangt haben. Immer wieder hieß es, sie würden ihm die Schulden irgendwann erlassen, doch letztlich blieb es bei der Stundung.»

«Um wie viel Geld geht es hierbei?», hakte van Cleve nach.

Alessandro schloss kurz die Augen und nannte dann eine Summe, die selbst den Gewaltrichter zusammenzucken ließ.

«Das ist ein Vermögen. Wie kam es überhaupt dazu, dass Emilio Venetto eine solche Summe benötigte?»

Verzagt hob Alessandro die Schultern. «Das meiste sind Wettschulden. In jungen Jahren war mein Ziehvater den Glücksspielen sehr zugetan, aber auch für den Aufbau seines Geschäfts benötigte er einen hohen Betrag. Die Summe, die ich eben genannt habe, versteht sich allerdings inklusive der über die Jahre angelaufenen Zinsen. Der ursprüngliche Betrag war hoch, aber nach der langen Zeit ist er ins Unermessliche angewachsen.»

Entgeistert riss Aleydis die Augen auf. «Ihr sagt, die Schulden wurden Euch gestundet, jedoch liefen die Zinsen munter weiter?»

«Die Hürths haben sie für die Zeit der Stundung sogar noch erhöht.»

Ungläubig blickte van Cleve Alessandro an. «Einen solchen Wucher treiben nicht einmal die Juden.»

Aleydis dachte an das, was Cathrein ihr erzählt hatte. «Griselda hätte sich vermutlich einfach als besonders geschäftstüchtig bezeichnet.»

Überrascht musterte van Cleve sie. «Habt Ihr das von Cathrein?»

«Ja, sie hat mir einiges erzählt.» Aleydis schauderte leicht und rieb sich wieder einmal über die Oberarme. Dann wandte sie sich wieder Alessandro zu. «Und warum habt Ihr mich beobachtet?»

Einen langen Moment schwieg Alessandro und schien nach den rechten Worten zu suchen. «Wie gesagt, ich war wütend, als mir klarwurde, dass ich nicht nur Emilios Geschäft geerbt hatte, sondern auch diese immensen Schulden. Zwar wusste ich, dass Nicolai aus irgendwelchen Gründen seine Hand über mich gehalten hat, doch gab es nie ein Wort oder einen Hinweis, dass er uns oder mir die Schulden erlassen würde. Ich kam her, um herauszufinden, wer Ihr seid, Frau Aleydis. Ob ich einen Zugang zu Euch oder eine Möglichkeit finden könnte, diese vermaledeiten Schuldverschreibungen an mich zu bringen. Oder Euch zu überreden, sie mir zu erlassen. Ich bin davon ausgegangen, dass Ihr ähnlich kalt und skrupellos seid wie der Rest der Familien Golatti und Hürth. Ich meine – das musstet Ihr doch wohl sein, nicht wahr? Wer sonst außer einer wahrhaft skrupellosen Person würde sich mit Nicolai Golatti und seiner Sippschaft zusammentun?»

Der Gewaltrichter hüstelte, schwieg jedoch, woraufhin Aleydis aus unerfindlichen Gründen errötete.

«Ich habe Euch beobachtet, um herauszufinden, wo Ihr Euren wunden Punkt habt …» Alessandro brach ab, wirkte peinlich berührt. «Doch je länger ich Euch gesehen, je mehr ich über Euch in Erfahrung gebracht habe, desto verwirrter wurde ich. Ihr wart nicht das, was ich erwartet hatte.»

«Wie wahr», murmelte van Cleve, nun fast heiter.

«Ihr wirkt überhaupt nicht kaltherzig und gefühllos», fuhr Alessandro fort, als habe er den Einwurf gar nicht gehört.

«Bald wurde mir klar, dass Ihr entweder furchtbar dumm sein müsst oder aber hinsichtlich Nicolais Geschäften vollkommen unwissend. Oder beides. Aber Ihr wirkt nicht dumm. Und unwissend konntet Ihr mithin auch nicht sein. Bitte, Frau Aleydis», er verzog kläglich die Lippen, «ich will mein Handeln nicht herunterspielen oder entschuldigen, aber ich wusste mir nicht anders zu helfen.»

«Und als Ihr vollends verwirrt wart», fügte van Cleve hinzu, «habt Ihr beschlossen, Euch zu erkennen zu geben.»

«So in etwa.» Alessandro nickte unglücklich. «Es war falsch, Euch zu belügen, Frau Aleydis, und Euch vorzuspielen, dass ich noch nichts von Andreas Tod erfahren hatte. Doch Ihr müsst begreifen – ich wusste überhaupt nicht mehr, wie ich Euch einschätzen sollte. Mir blieb nichts anderes übrig, als Euch persönlich kennenzulernen. Ich wusste, dass Ihr früher oder später die Wahrheit erfahren würdet. Oder Teile davon. Aber bis dahin, so dachte ich, wäre ich längst wieder fort.»

Vinzenz van Cleve schnaubte. «Wenn es nach mir ginge, würdet Ihr Euch noch heute dorthin aufmachen, wo Ihr hergekommen seid. Doch zu Eurem Glück und meinem ausgesprochenen Missfallen wird Frau Aleydis Euch nicht vor die Tür setzen.» Er warf Aleydis einen vielsagenden Blick zu. «Obwohl Ihr sie in mehrfacher Hinsicht hintergangen habt.»

Aleydis schüttelte den Kopf. «Kann ich Euch nun doch unter vier Augen sprechen, Herr van Cleve?» Ohne auf seine Antwort zu warten, ging sie hinüber in ihre Schreibkammer und wartete, bis er ihr gefolgt war und die Tür hinter sich geschlossen hatte. Ehe er auch nur Luft holen konnte, setzte sie an: «Ich weiß, dass Ihr mich für weichherzig und gefühlsduselig haltet. Glaubt nicht, dass ich über Alessandros Lügen einfach so hinwegsehe, doch was wäre die Alternative? Ich kann mir im Augenblick weder einen Skandal noch auch nur das geringste Aufsehen leisten. Dass Alessandro mein Schwager ist, dürfte sich mithin herumgesprochen haben. Wenn jetzt ans Licht kommt, dass er sich unter falschen Voraussetzungen hier eingeschlichen hat, wird das für Klaaf sorgen, den ich jetzt nicht brauchen kann. Ihr wisst selbst, wie die Leute sind und dass sie sich schnell ihre eigene Version der Geschichte zurechtfabulieren. Ich glaube nicht, dass Alessandro eine Gefahr für mich bedeutet, deshalb ist es aus meiner Sicht ratsam, ihn weiterhin hier wohnen zu lassen und den Kölnern den Spaß zu gönnen, sich über den verlorenen und wiedergefundenen Bruder zu wundern und zu mokieren. Das allein reicht schon, um meiner Familie unliebsame Aufmerksamkeit zuteilwerden zu lassen. Ich werde den Gerüchten keinen Vorschub leisten, indem ich Alessandro jetzt hinauswerfe. Ihr mögt es als gerechtfertigt ansehen, wenn ich das täte, und vielleicht wäre es das sogar, doch solange ich davon ausgehen kann, dass er mir nichts Böses will – und seine Beweggründe kann ich im Übrigen sehr gut nachvollziehen –, behandele ich ihn weiterhin als das, was er ist: ein Mitglied dieser Familie.»

Nachdenklich strich sich van Cleve über seinen säuberlich gestutzten Kinnbart. «Alessandro hält Euch für milde und weichherzig. Mag sein, dass diese Einsicht dazu geführt hat, dass er von seinem ursprünglichen Plan abgerückt ist und sich auf seine besseren Charaktereigenschaften besonnen hat. Dennoch hofft er nach wie vor auf Erlass seiner Schulden, Frau Aleydis.»

«Den ich ihm gewähren werde, sobald ich die entsprechenden Dokumente finde. Und auch hier wird es kein Aufsehen geben. Niemand außer uns weiß davon, und so wird es auch bleiben.» Aleydis hob beide Hände, um van Cleves aufbrausende Antwort abzuwehren. «Ich werde darüber nicht disputieren. Vielleicht habe ich selbst keine Schuld abzutragen, aber ich muss mit der meines Gemahls leben und mit der Gewissheit, keine Wiedergutmachung leisten zu dürfen. Zumindest nicht außerhalb meiner Familie. Könnt Ihr Euch überhaupt vorstellen, wie ich mich fühle?»

Einen langen Moment schwieg van Cleve, dann neigte er leicht den Kopf. «Ich weiß, was es bedeutet, für etwas beschuldigt zu werden, das man nicht hätte verhindern können und das gänzlich außerhalb der eigenen Verantwortung liegt. Insofern – ja, ich kann mir vorstellen, wie Ihr Euch fühlt. Eure Argumentation ist darüber hinaus stichhaltig. Ihr solltet vermeiden, weitere Aufmerksamkeit auf Euch zu lenken. Also lasst Alessandro weiterhin hier wohnen – aber stellt ihn unter Beobachtung. Gilles ist gut darin, jemanden unauffällig im Auge zu behalten.»

«Woher wisst Ihr das?» Aleydis winkte ab. «Das will ich wahrscheinlich gar nicht so genau wissen, oder?»

«Wahrscheinlich nicht.» Van Cleves Lippen verzogen sich zu einem schiefen Grinsen. «Was habt Ihr noch aus Cathrein herausbekommen, mal abgesehen von Informationen über Euren Schwager? Ihr tragt Eures Gatten Dolch an Eurem Gürtel. Das sagt mir, dass Ihr entweder an Sorgen oder an Selbstbewusstsein gewonnen habt.»

Überrascht, weil sie die Waffe ganz vergessen hatte, blickte sie darauf und berührte den mit Edelsteinen besetzten Griff vorsichtig mit den Fingerspitzen. Mit einem Blick auf die verschlossene Tür senkte sie die Stimme. «Es sind eher die Sorgen, die sich vervielfacht haben. Ich weiß jetzt, wozu der Ring gut ist, den man bei Balthasar gefunden hat.» Rasch öffnete Aleydis ihre Geldkatze und entnahm ihr das Schmuckstück.

Der Gewaltrichter nahm es ihr vorsichtig aus der Hand und betrachtete es von allen Seiten. «Es ist ein Schlüssel.»

Erschrocken hob sie den Kopf. «Wie kommt Ihr darauf?»

Angelegentlich drehte und wendete er den Ring zwischen den Fingern. «Das ist nicht schwer zu erraten, wenn man etwas ausführlicher darüber nachdenkt. Ich nehme nicht an, dass das Schloss, welches sich hiermit öffnen lässt, sich hier im Haus befindet.»

«Nein, tut es nicht.» Sie knabberte nervös an ihrer Unterlippe. Die Gegenwart des Gewaltrichters schlug ihr schon unter weit angenehmeren Umständen auf den Magen. Hier in diesem abgeschlossenen Raum jedoch dicht bei ihm zu stehen und ein ungeheures Geheimnis mit ihm teilen zu müssen, ließ auch noch den letzten Rest ihrer Seelenruhe dahinschwinden.

«Ihr wollt mich lieber nicht einweihen?» Spielerisch warf er den Ring in die Luft und fing ihn wieder auf.

Sie schluckte. «Doch.»

«Ach?» Sein Kopf neigte sich ein wenig zur Seite.

«Wozu sonst hätte ich Euch von dem Ring erzählen sollen?»

«Ist Euch schon einmal der Gedanke gekommen, dass ich nichts davon wissen will?» Das Grinsen war verschwunden, seine Miene wirkte wieder gewittrig-undurchsichtig.

«Nun gut, dann eben nicht.» Sie griff nach dem Ring, doch zu ihrer Überraschung hielt er ihn rasch außerhalb ihrer Reichweite. «Gebt ihn mir zurück!» Ärger wallte in ihr hoch, als er nicht gehorchte.

«Was versprecht Ihr Euch davon, mich in Euer Geheimnis einzuweihen, Frau Aleydis?» Wieder warf er den Ring in die Luft und fing ihn geschickt auf, obwohl sie erneut versuchte, des Schmuckstücks habhaft zu werden.

«Was ich mir davon verspreche? Ihr wisst so gut wie ich, dass ich niemandem trauen kann.»

«Aber mir traut Ihr?» Seine Augenbrauen wanderten in die Höhe. «Soll ich mich nun geschmeichelt fühlen?»

Wütend und verlegen zugleich wandte sie sich ab. «Ich fühle mich in meinem eigenen Haus nicht mehr sicher. Ihr selbst habt mir zwei neue Wachleute geschickt. Hartlieb de Piacenza hat es auf die Mädchen abgesehen, ebenso Arnold Hürth, dessen seltsamer Freund Thomas van der Burghe heute in meiner Abwesenheit versucht hat, ein Treffen mit Marlein in die Wege zu leiten. Irgendwo da draußen lauern unzählige Schuldner meines Gemahls, die entweder glauben, ich sei so gewissenlos wie er, oder aber Pläne schmieden, um mir zu schaden. Was weiß ich? Sie könnten mir jederzeit auflauern und Wiedergutmachung fordern. Oder mir das Dach über dem Kopf anzünden.» Die letzten Worte hatte sie erstickt hervorgestoßen, weil sich ein Kloß in ihrer Kehle gebildet hatte.

Mehrere Atemzüge lang schwieg van Cleve, dann trat er dicht hinter sie, sodass sich allein durch seine Nähe ihre Nackenhärchen aufrichteten. «Ich hatte Euch gewarnt, dass ein Haushalt voller Weiber ohne männliche Führung nicht gerade ein sicherer Hafen ist.»

«Und mir nahegelegt, rasch wieder zu heiraten, um diesem Zustand ein Ende zu bereiten, ich weiß.» Ruckartig drehte sie sich zu ihm um und musste prompt den Kopf in den Nacken legen, um ihm in die Augen sehen zu können. Das dunkle Funkeln darin bescherte ihr heftiges Herzklopfen. «Wie oft wollt Ihr mir das noch unter die Nase reiben und gleichzeitig klarstellen, dass ein kluger Mann sich besser von mir fernhält?»

«Wenn ich etwas Derartiges geäußert habe, dann aus gutem Grund. Ihr stellt eine Gefahr dar, Aleydis, in vielerlei Hinsicht.» Überraschend griff er nach ihrer Hand, legte den Ring hinein und schloss ihre Finger darum. «Muss ich befürchten, dass Ihr Euch allein auf den Weg zu jenem geheimen Ort macht, um den Schlüssel auszuprobieren?»

Aleydis' Finger zuckten unter der Berührung der seinen. «Ich werde Symon mitnehmen. Und vielleicht könnte auch Alessandro …»

«Nein.» Der Gewaltrichter schüttelte den Kopf, dann lachte er trocken. «Es gibt Momente, da verfluche ich es, ein Mann zu sein, der gegen solcherlei Anfechtungen nicht gefeit ist.» Er ließ ihre Hand los. «Wisst Ihr genau, wo sich das Versteck befindet?»

Verwirrt blickte sie von ihrer Hand, die von der Berührung noch leicht kribbelte, zu seinem Gesicht, das wütend und amüsiert zugleich wirkte. «Nicht ganz genau, aber ich kann es herausfinden.»

«Dann tut das, aber unauffällig. Und haltet Euch bereit. Wir werden in den frühen Morgenstunden dorthin aufbrechen.»

Sie schluckte, atmete auf und war gleichzeitig irritiert und verwirrt. «In den frühen Morgenstunden?»

«Wollt Ihr lieber einen Tross neugieriger Gaffer mit Euch führen?» Er ging zur Tür und öffnete sie. «Sprecht zu niemandem darüber, Frau Aleydis. Und tut mir einen Gefallen: Haltet Euch weitere Komplikationen oder unerwarteten Verwandtenbesuch vorerst vom Leib. Mindestens solange wir den Brandstifter nicht dingfest gemacht haben.» Damit verließ er die Schreibkammer und gleich darauf auch das Haus.

Haltet Euch Komplikationen vom Leib! Als ob das so einfach wäre. Und um die Heimsuchung gieriger Verwandter hatte sie ganz sicher auch nicht gebeten. Fahrig nestelte Aleydis den Ring zurück in ihre Geldkatze, bevor Alessandro oder Matteo oder irgendjemand sonst darauf aufmerksam wurde. Dann kehrte sie in die Wechselstube zurück und nahm die Goldwaage vom Tisch. Alessandro hatte sich auf einen der Stühle gesetzt und polierte die Schalen der Silberwaage. Sie beachtete ihn nicht weiter, sondern trug die Goldwaage in ihre

Schreibkammer, um mit Hilfe von van Cleves Gewichten herauszufinden, ob an den ihren manipuliert worden war.

Die Goldgewichte waren winzig und sehr filigran gearbeitet. Mit höchster Konzentration verglich Aleydis eines nach dem anderen, prüfte und prüfte noch einmal. Irgendwann spürte sie, dass Alessandro in der Tür stand und sie beobachtete, doch sie tat, als bemerke sie ihn nicht, bis er sich schließlich vernehmlich räusperte.

«Ihr seid wütend, und das zu Recht.»

Langsam hob Aleydis den Kopf. «Um ehrlich zu sein, weiß ich nicht, was ich bin. Wütend? Ja, gewiss. Ihr habt mich belogen und Euch unter Vorspiegelung falscher Tatsachen hier eingeschlichen. Wenn mir Eure Beweggründe nicht einleuchten würden, hätte ich Euch umgehend vor die Tür gesetzt und dafür gesorgt, dass Ihr die Stadt verlasst. Ich bin nicht so vertrauensselig, wie alle Welt zu glauben scheint.»

«Aber auch nicht so kaltherzig, wie ich ursprünglich angenommen habe.» Alessandro stieß sich vom Türrahmen ab und trat vorsichtig näher. «Ihr hattet nicht die geringste Ahnung, wer mein Bruder war, als Ihr ihn geehelicht habt. Das zu begreifen, fällt mir schwer.»

«Damit steht Ihr nicht alleine da. Es hat mich viele schlaflose Nächte gekostet, auch nur annähernd zu begreifen, in was ich hineingeraten bin. Nicolai und mein Vater waren miteinander befreundet, seit ich denken kann. Weder Vater noch ich wäre jemals auf den Gedanken gekommen, Nicolai könne etwas Unrechtes tun.»

«Bis er Euch seine Machenschaften hinterlassen hat.» Mit einem Nicken ließ Alessandro sich auf dem Besucherstuhl nieder. «Ganz allmählich beginne ich, die Dinge klarer zu sehen. Ich hatte nicht damit gerechnet … Ihr seid freundlich, liebreizend … Versteht mich nicht falsch», unterbrach er sich, als sie verärgert den Kopf hob. «Ich bin nicht hier, um mich ins gemachte Nest zu setzen, auch wenn es vielleicht den Eindruck erwecken könnte. Ganz abgesehen davon, dass sich das unter Schwager und Schwägerin nicht ziemt, würde ich mich damit wohl auch kaum beliebt machen. Weder bei Euch noch bei dem finsteren Gewaltrichter.»

«Bei van Cleve?» Irritiert runzelte sie die Stirn. «Was hat er denn damit zu tun?»

«Mir kam es so vor, als verteidige er seine Ansprüche auf Euch recht nachdrücklich.»

Ärger, gepaart mit einem unheilvollen Herzklopfen, wallte in Aleydis auf. «Vinzenz van Cleve besitzt nicht einmal den Hauch eines Anspruchs auf mich. Wenn er erführe, dass Ihr ihm so etwas unterstellt, würde er Euch gehörig den Kopf waschen.»

«Würde er?»

Gereizt schob sie Waage und Gewichte von sich weg. «Er ist ebenso wenig an einer Ehe mit mir interessiert wie umgekehrt.»

«Dann muss ich mich wohl geirrt haben.»

«Offensichtlich.» Sie faltete die Hände auf dem Tisch. «Ihr wolltet etwas über meinen ‹Liebreiz› sagen.»

«Das hört sich an, als störe Euch allein dieser Ausdruck.» Forschend beugte er sich ein wenig vor und musterte sie. «Doch lässt sich das Vorhandensein desselben nicht leugnen.»

«Zu viel Liebreiz kann eine Last sein.»

«Weil sie den Blick auf weitere Tugenden und einen klugen Kopf verstellt?» Er nickte verständnisvoll. «Was das angeht, habe ich zur Verteidigung meines Geschlechts leider nicht allzu viel vorzubringen. Ein hübsches Gesicht, gepaart mit einem anmutigen Körper, verzeiht, wenn ich dies so offen ausspreche, reicht den meisten Männern wohl zur Einschätzung eines

Weibes vollkommen aus. Allerdings, so muss ich hinzufügen, kenne ich nur wenige, die etwas dagegen haben, wenn sich unter der Oberfläche denn auch ein scharfer Verstand verbirgt. Ein kluger Mann wird sich nicht mit einer dummen Frau zusammentun, wenn es sich vermeiden lässt.»

Aleydis dachte unwillkürlich an Nicolai, der sie zwar immer als sein hübsches Püppchen bezeichnet, jedoch auch stets betont hatte, wie stolz er darauf war, dass sie in der Lage war, seine Bücher – die offiziellen – selbständig zu führen, und dass sie sich in seiner Wechselstube ebenfalls sehr anstellig zeigte. «Dennoch hat eine Frau es ungleich schwerer als ein Mann, sich in der Welt zu behaupten. Und je angenehmer ihr Anblick, desto weniger scheint man ihr zuzutrauen. Was das angeht, war Nicolais erste Frau, Griselda, fast schon zu beneiden.»

«Inwiefern?» Überrascht sah Alessandro sie an.

Aleydis hob die Schultern. «Sie war hässlich. Nein, wirklich. Habt Ihr Euch die Vertreter der Familie Hürth einmal angesehen? Schönheit ist dort, wenn überhaupt, nur in nachgeborenen Generationen zu finden und auch das nur dort, wo der jeweilige Spross das Glück hatte, dem eingeheirateten Elternteil zu ähneln. Frau Griselda mag nicht ansehnlich gewesen sein, doch soweit ich es überblicke, hatte sie einen Großteil der Geschäfte, die Nicolai getätigt hat, fest in der Hand oder war zumindest die treibende Kraft dahinter.»

«Ob dies anders gewesen wäre, wenn sie ein wohlgefälliges Äußeres gehabt hätte, könnt Ihr nur vermuten.» Etwas entspannter als noch kurz zuvor lehnte Alessandro sich in seinem Stuhl zurück. «Ihr gewährt mir also weiterhin Gastfreundschaft.»

«Herr van Cleve riet mir, Euch unter Beobachtung zu stellen.»

Er nickte ihr zu. «Tut es, wenn es Euch beruhigt. Ich wäre auch bereit, mich in eine Herberge zurückzuziehen, falls Euch das lieber ist. Dass Ihr mir vorerst nicht mehr vertraut, es vielleicht nie wieder tun werdet, habe ich mir selbst zuzuschreiben. Wie gesagt, ich hatte nicht damit gerechnet», er zögerte, «Euch zu mögen, Frau Aleydis. Es dauert mich, dass ich so misstrauisch war, denn ich habe Euch vollkommen falsch eingeschätzt.»

«In dieser Hinsicht haben wir wohl einiges gemeinsam.» Vorsichtig zog Aleydis die Waage wieder näher zu sich heran. «Ihr kanntet vom Hörensagen nur Nicolais grausame Seite und wundertet Euch über sein Wohlwollen und seine Güte Euch gegenüber. Ich kannte ausschließlich seine liebenswürdige, großzügige und herzensgute Seite und bin entsetzt über das, was er vor mir verborgen hielt.» Sie hob den Blick noch einmal von der Waage und suchte den von Alessandro. «Ihr könnt hier weiterhin wohnen, solange Ihr Euch in Köln aufhaltet. Wenn ich Euch indes noch einmal dabei erwische, dass Ihr hier heimlich herumschnüffelt, anstatt offen mit mir zu sprechen, findet Ihr Euch schneller auf der Straße wieder, als Ihr Euch vorstellen könnt. Nutzt also mein Wohlwollen nicht aus, Herr Alessandro. Ich weiß, dass Ihr auf der Suche nach den Dokumenten seid, die Euch in meine Schuld zwingen. Hier im Hause befinden sie sich jedoch nicht. Sollte ich sie andernorts entdecken, verspreche ich Euch, sie Euch auszuhändigen. Dies muss allerdings für alle Zeiten unter uns bleiben, denn auch wenn es mich schmerzt, kann ich mir zur Schau gestellte Güte nicht leisten.»

«Ihr seid sehr großzügig, Frau Aleydis.» Alessandro erhob sich und lächelte sichtlich erleichtert. «Ich verspreche Euch, dass Ihr es nicht bereuen werdet.»

Sie nickte ihm ernst zu. «Das will ich hoffen.»

Er neigte den Kopf, nun auch wieder ernst. «Benötigt Ihr Hilfe mit der Waage? Wie ich sehe, habt Ihr Euch eine Reihe von Prüfgewichten besorgt.»

«Herr van Cleve war so freundlich, sie mir zu leihen.» Sie zog nun auch die Schachtel mit ihren eigenen Gewichten näher zu sich heran. «Eure Hilfe ist nicht vonnöten. Soweit ich erkennen kann, wurde zumindest diese Waage nicht manipuliert. Dennoch werde ich sie noch einmal überprüfen. Die Wechselstube sollte jedoch allmählich wieder öffnen.»

«Ich kümmere mich darum.» Er wandte sich zum Gehen.

«Seht nach, wo sich Matteo herumtreibt», rief sie ihm nach. «Seine Pause hat nun lange genug gedauert.» Damit wandte sie sich wieder ganz dem Vergleich der Gewichte zu und verdrängte für ein Weilchen alle anderen Gedanken aus ihrem Kopf.

KAPITEL 13

Wohlig matt und entspannt fühlte Aleydis sich, als sie etwa eine Stunde nach dem Vesperläuten das Badehaus an der Breiten Straße verließ und sich, zusammen mit Brunhild, Marlein, Ursel sowie Symon und Wardo, auf den Heimweg machte. Normalerweise suchte sie mit den Mädchen zweimal in der Woche – dienstags und samstags – das Badehaus auf. Der Brand am vergangenen Freitag und die darauf folgenden Ereignisse hatten diese Gewohnheit unterbrochen. Erst Brunhilds Frage am Mittag, ob sie heute die Badestube aufsuchen würden, hatte sie daran erinnert, dass es wichtig war, die üblichen Alltagsverrichtungen nicht aus den Augen zu verlieren, auch wenn die Umstände noch so turbulent waren. Überdies suggerierten ein geregelter Tagesablauf und unveränderte Gewohnheiten, dass trotz aller widriger Umstände in ihrem Haushalt alles seinen normalen Gang ging. Es war ihr sehr wichtig, keine Schwäche zu zeigen, auch wenn es manchmal schwerfiel, die Fassade der Gleichmut aufrechtzuerhalten. Sie fürchtete sich davor, was geschehen würde, wenn sie das Ruder nicht fest in der Hand hielt. Ihr Leben fand derzeit wie unter einem Vergrößerungsglas statt, dessen war sie sich bewusst. Freund und Feind lauerten gleichermaßen darauf, wie sie mit ihrem Erbe umging. Sie war eine der reichsten Witwen der Stadt. Diese Tatsache allein zog sowohl Neider als auch hoffnungsfrohe Glücksritter an und mit ihnen allerlei Ungemach.

Während sie sich im warmen, nach Zitrone und Lavendel

duftenden Badewasser ausgestreckt hatte und sich von der Bademagd das Haar hatte waschen lassen, hatte sie versucht, sich darüber klarzuwerden, wie ihre nächsten Schritte aussehen sollten. Wohl oder übel würde sie noch mehr als einen heiratswilligen Freier empfangen müssen. Ein großer Vorteil ihrer derzeitigen Lage war, dass sie sich, wenn sie denn wollte, ihren zukünftigen Gemahl würde aussuchen können. Sie konnte jeden einzelnen Kandidaten auf Herz und Gemüt prüfen und sich dann den passendsten herauspicken.

Wenn sie denn wollte.

Doch war eine neue Ehe wirklich erstrebenswert? Selbst der freundlichste Mann würde sie bestenfalls wegen ihres Vermögens und schlimmstenfalls wegen der Aussicht auf Macht und Einfluss innerhalb und außerhalb Nicolais Schattenwelt in Erwägung ziehen. Jeder Mann würde auf diese Weise in mehrfacher Hinsicht einen Gewinn einstreichen. Nicht nur was diese offensichtlichen Vorzüge betraf, sondern, das hatte das Gespräch mit Alessandro ihr wieder vor Augen geführt, weil sie eben auch hübsch genug war, um selbst solche Männer zu willfährigen Freiern zu machen, die andernfalls einer Ehe eher abgeneigt wären.

Ihr Aussehen war eine Bürde, und dennoch hatte sie sich nicht nur mit teuren Badeölen und einer duftenden Haarseife verwöhnen lassen, sondern sich auch mit Hilfe feiner Wachse und Harze die Körperbehaarung entfernen lassen. Selbst das gekräuselte Blondhaar an ihrer Heimlichkeit hatte die Bademagd sehr vorsichtig gestutzt und ihr eine wunderbare Salbe mitgegeben, die nach Rosenblüten duftete und die Haut am ganzen Körper herrlich weich und geschmeidig machte.

Nicolai hatte es geliebt, wenn sie so frisch und gepflegt aus dem Badehaus zurückgekehrt war, und ihr an solchen Abenden in der Regel beigelegen. Er hatte um die Gerüchte gewusst, dass er schon lange seiner Manneskraft verlustig gegangen sei, und es auch selbst ihr gegenüber kaum bestritten, dass er in dieser Hinsicht nicht mit einem jungen, kraftstrotzenden Manne zu vergleichen war. Doch schämen, so fand sie, musste er sich nicht. Er war ein umsichtiger, sehr zärtlicher Liebhaber gewesen, der es verstanden hatte, ihr den ehelichen Beischlaf so angenehm wie möglich zu machen. Sie konnte sich also gewiss nicht beschweren.

Von Leidenschaft war ihre Ehe nie geprägt gewesen, das hätte wohl, so fand sie, auch gar nicht zu ihr selbst gepasst. Wohl aber von zärtlicher Fürsorge und gegenseitigem Respekt. Sie war zufrieden gewesen, hatte nichts vermisst und genauso wenig gefürchtet. Ob ihr in einer neuen Ehe ein solches Glück noch einmal zuteilwerden würde, fragte sie sich in letzter Zeit immer häufiger. Nicht alle Männer waren so verständnisvoll und sanftmütig wie Nicolai. Mit ihm hatte sie sich auf wunderbare Weise ergänzt. Er war weder fordernd noch heißblütig gewesen, und das war ihrem auf dem Ehelager eher scheuen, zurückhaltenden Wesen sehr entgegengekommen. Vielleicht, so hatte sie überlegt, während die Magd ihr Haar mit einem grobzinkigen Kamm entwirrte, würde ein anderer Gemahl sie gar für kalt und langweilig halten. Hin und wieder hörte man ja von Ehemännern, die sich anderweitig verlustierten, weil es ihnen im heimischen Ehebett nicht spannend genug zuging. Viele Frauen waren zufrieden, wenn ihre Stellung als Ehefrau durch die Geburt eines oder mehrerer Erben gesichert war, und scherten sich danach nicht mehr darum, was ihre Ehemänner trieben.

Nicolai hatte ihr nie das Gefühl gegeben, er habe sie nur wegen der Aussicht auf einen Erben geheiratet. Zwar war sie sich sicher, dass er diese Hoffnung heimlich gehegt hatte, nachdem seine erste Ehefrau ihm ja nur Cathrein geschenkt und danach keines der Kinder, das sie ausgetragen hatte, die ersten Tage überlebt hatte. Doch er hatte sie nie unter Druck gesetzt – nein, er hatte sie geliebt. Aus ganzem Herzen, so wie sie ihn geliebt hatte. Bei ihm war sie sicher und geborgen gewesen. Zumindest hatte sie das geglaubt. Doch jetzt war alles anders, und ihr Marktwert – denn nicht anders konnte man es nennen – bemaß sich nicht nach Gefühlen, sondern nach klingender Münze und machtvollen Verbindungen.

«Ihr seid wieder einmal so still, Frau Aleydis.» Brunhild hatte sich neben sie geschoben und sah sie besorgt von der Seite an. «Geht es Euch nicht wohl?»

«Doch, doch, keine Sorge.» Entschlossen riss Aleydis sich von ihren trüben Gedanken los. «Ich habe nur nachgedacht.»

«Ihr habt immer so viel zu bedenken.» Ein mitfühlender Ausdruck erschien auf dem Gesicht des jungen Mädchens. «Es muss sehr schwer sein, allein einem großen Haushalt vorzustehen. Und dann auch noch die Sache mit dem …», sie senkte die Stimme, damit Ursel und Marlein sie nicht hörten, «… Feuer. Ich habe mir ja den Kopf zerbrochen, aber mir fällt so gar niemand ein, der etwas derart Böses tun würde.»

Aleydis seufzte unterdrückt. «Es ist nicht deine Aufgabe, dir darüber Gedanken zu machen, Brunhild. Das Feuer war eine schlimme Sache, und dem Allmächtigen sei gedankt, dass es kein Todesopfer zu beklagen gibt.» Sie bekreuzigte sich rasch. «Wir versuchen alles, was möglich ist, um den Brandstifter zu finden, doch das ist nichts, was dich belasten muss.»

«Redet Ihr über Mutter und das Feuer?» Marleins Stimme ließ Aleydis zusammenzucken. «Ihr braucht nicht zu flüstern, um uns zu schonen. Wir möchten auch gerne wissen, was da genau passiert ist und wer das Feuer gelegt hat.»

«Ja, genau.» Ursel nickte bekräftigend zu den Worten ihrer älteren Schwester. «Wir sind alt genug.»

Aleydis bezweifelte dies, gab jedoch trotzdem nach und sprach wieder in normaler Lautstärke. «Wir haben bisher noch keine Anhaltspunkte. Es wird nicht einfach werden, den Täter zu finden, denn er hat keinerlei Spuren hinterlassen, und niemand scheint ihn gesehen zu haben.»

«Seltsam, oder?» Marlein schloss, Ursel an der Hand, zu Aleydis auf, als sie in die Hämergasse abbogen. Von hier aus war es nicht mehr weit bis zur Einmündung in die obere Glockengasse. «Ich meine, dass jemand Mutter verbrennen wollte.»

Aleydis blieb für einen kurzen Moment stehen und sah das Mädchen überrascht an. «Was meinst du damit?»

Marlein hob die Schultern. «Na, weil sie doch schon eingemauert war. Sie ist schlimm bestraft worden für die bösen Dinge, die sie getan hat. Wozu sollte jemand sie noch mehr bestrafen wollen?» Es klang merkwürdig, solche sachlichen, wohlüberlegten Worte aus dem Mund der Elfjährigen zu hören, doch sie schien sich bereits ausführlich Gedanken gemacht zu haben und zu dem gleichen Schluss gekommen zu sein wie die Erwachsenen – oder vielmehr zu den gleichen Fragen. Unsicher blickte Marlein auf ihre kleine Schwester. «Wer ist denn so böse auf sie, dass er sie richtig tot sehen will? Das ist sie doch irgendwie schon. Für alle.» Sie zögerte. «Auch für mich.»

«Und für mich auch», bestätigte Ursel. «Sie ist sehr böse und hat oft so komisch geredet, besonders in letzter Zeit. Das hat mir Angst gemacht.»

Nachdenklich setzte Aleydis sich wieder in Bewegung, sodass die anderen ihr folgten. «Ich wünschte, ich hätte eine Antwort darauf. Doch wie ich schon sagte – es gibt keine Zeugen, und ohne jemanden, der etwas gesehen hat, wird es sehr schwierig, den Brandstifter zu finden.»

«Es sei denn, er würde noch mal zuschlagen.» Brunhild biss

sich auf die Lippen und bekreuzigte sich rasch. «Aber das wäre ganz schrecklich.»

«Du hast recht, an so etwas dürfen wir nicht einmal denken.» Aleydis drehte sich zu Wardo um, der ein paar Schritte zurückgefallen war und sich immer wieder umsah. «Stimmt etwas nicht?»

«Nein, Herrin, schon gut.» Der Knecht schloss wieder zu ihnen auf. «Ich dachte nur gerade, dass uns jemand folgt. Muss mich aber wohl geirrt haben.» Auf seiner Stirn entstand eine tiefe Furche. «Oder auch nicht. Symon!» Er deutete nach vorne, und sogleich blieb der andere Knecht stehen und stellte sich schützend vor Aleydis. Wardo zog sein Kurzschwert und schob die Mädchen näher an Aleydis heran.

Aleydis drehte sich wieder in die Richtung, in die sie gegangen waren, und erblickte Thomas van der Burghe, der sich ihnen, begleitet von Arnold, zu Fuß näherte. Sein Pferd führte er am Zügel hinter sich her. Die beiden Männer schienen soeben aus einer schmalen Seitengasse getreten zu sein. Das wiederum sprach dafür, dass Wardo sich nicht getäuscht hatte, denn jene Seitengasse zweigte weiter hinten ebenfalls von der Breiten Straße ab.

«Guten Abend, Frau Aleydis.» Arnold gab sich leutselig und lächelte breit. «Welche Überraschung, Euch hier anzutreffen. Wie ich sehe, wart Ihr mit meinen Großnichten unterwegs. Im Badehaus, nehme ich an, wie jeden Dienstag?»

Aleydis schauderte innerlich. Sie wollte lieber nicht wissen, woher Arnold ihre Gewohnheiten so gut kannte. «Guten Abend, Herr Arnold, Herr van der Burghe.» Sie nickte den beiden Männern zurückhaltend zu. Neben ihr fasste Brunhild die beiden jüngeren Mädchen bei den Händen, doch zu spät. Arnold war bereits auf Marlein zugetreten und ging, ganz liebenswürdiger Großonkel, vor ihr in die Hocke.

«Na, da soll mich doch! Meine liebe Marlein, du wirst ja von Tag zu Tag hübscher! Kommt näher, mein lieber Freund, und lernt meine liebreizende Großnichte Marlein kennen.»

«Mit dem größten Vergnügen.» Auch Thomas van der Burghe ging auf das Mädchen zu und beugte galant vor ihr das Knie. «Einen wunderschönen guten Abend, Jungfer Marlein.» Sein Lächeln war so überfreundlich, dass es Aleydis schauderte. Sie warf einen kurzen Blick auf ihre beiden Knechte, die sich in Habachtstellung ganz nah bei den Mädchen postiert hatten und auf jeden kleinsten Wink von Aleydis reagieren würden. Doch was sollte sie schon tun? Sie konnte Arnold wohl kaum verbieten, sich mit Marlein oder Ursel zu unterhalten.

Marlein war indes ein wenig zurückgewichen und hatte schüchtern den Kopf gesenkt. «Guten Abend, Herr Onkel», brachte sie sehr leise und förmlich heraus. Den rothaarigen Fremden anzusehen oder zu grüßen, traute sie sich nicht.

Thomas van der Burghe schien dies jedoch nicht im Geringsten zu stören. Er strahlte das Mädchen an, als handele es sich mindestens um eine Prinzessin. «Wie schön, Jungfer Marlein, dass wir uns endlich begegnen.» Nun berührte er sie tatsächlich leicht an der Schulter, was dazu führte, dass sie heftig zusammenzuckte. Doch auch das schien ihn nicht zu bekümmern. «Weißt du, ich hatte schon eine Weile das Verlangen, dich näher kennenzulernen. Dein guter Großonkel, Herr Arnold, ist nämlich der Ansicht, dass wir beide ganz ausgezeichnet zueinander passen würden. Natürlich nicht gleich jetzt schon, doch in etwa drei Jahren, wenn du alt genug zum Heiraten bist, werde ich mit Freuden um deine Hand anhalten.»

Aleydis hätte sich über diesen forschen Vorstoß beinahe verschluckt. «Herr van der Burghe, ich bitte Euch! Hatte ich nicht ausdrücklich klargemacht, dass ich mit dieser Verbindung nicht einverstanden bin?»

«Warum wollt Ihr denn Marlein unbedingt heiraten?», fragte Ursel frech dazwischen. «Ihr seid doch viel zu alt für sie und kennt sie gar nicht und sie Euch auch nicht.»

«Wer hat dich denn gefragt, Kind?» Sichtlich erbost starrte Arnold die vorwitzige Neunjährige an. «Sprich gefälligst nur, wenn du gefragt wirst.»

«Aber Marlein sieht überhaupt nicht so aus, als möchte sie den da hei…» Ursel brach ab und schrie auf, als Arnolds flache Hand sie an der Wange traf. «Sie ist bloß zu ängstlich, um es selbst zu sagen.» Der zweite Schlag, der das Mädchen traf, ließ sie nur noch wimmern.

«Aufhören!» Entgeistert trat Aleydis dazwischen. Sowohl Ursels Frechheit als auch Arnolds unbarmherzige Bestrafung entsetzten sie. Hinter ihr rasselten Wardo und Symon mit ihren Kurzschwertern und rückten in drohender Haltung vor.

«Das Kind ist vorlaut und frech.» Erbost blickte Arnold sie an. «Und Ihr straft sie dafür nicht sofort selbst? Mir scheint, Ihr seid um einiges zu weichherzig. Einem jungen Weib wie Euch die Erziehung meiner Großnichten zu überlassen, scheint mir immer weniger angeraten.» Er wandte sich an seinen Begleiter, der sich zwar erhoben hatte, jedoch an den Schlägen, die Ursel eingesteckt hatte, keinen Anstoß zu nehmen schien. «Verzeiht, mein Freund, wie es scheint, sollte ich mich noch vehementer darum bemühen, die Kinder in meinen Haushalt zu übernehmen. Seid versichert, dass Eure zukünftige Gemahlin sich niemals derart im Ton vergreifen wird. Ich sorge schon dafür, dass sie Euch eine brave, willfährige Gattin sein wird.»

«Schon gut, schon gut.» Der Rothaarige lächelte breit. «Ein wenig Aufmüpfigkeit in Maßen kann doch recht belebend sein. Nicht wahr, Jungfer Marlein?» Das Mädchen zuckte unter seinem salbungsvollen Ton zusammen. «Aber mir scheint, du bist gar nicht so temperamentvoll wie deine Schwester.» Er grinste

Arnold jungenhaft an. «Nein, nein, Herr Arnold, macht Euch mal keine Sorgen. Ich bin ganz entzückt von Eurer lieblichen Großnichte.» Marlein wich erneut zurück, als der Mann ihr sanft über die Wange strich. «Jawohl, gänzlich entzückt. Die drei Jahre werden mir sehr lang vorkommen.» Er zwinkerte Marlein verschwörerisch zu. «Ich hoffe, du erlaubst mir, dich häufig zu besuchen.»

«Marlein erlaubt Euch überhaupt nichts!» Entschlossen, diesem Spuk ein Ende zu setzen, schob Aleydis den übereifrigen Freier zur Seite und stellte sich so vor Marlein, dass er sie nicht mehr berühren konnte. «Ich sage es zum letzten Mal: Diese Hochzeit wird nicht stattfinden. Und nun zieht Euch zurück, ehe ich meine Knechte anweisen muss, Euch dazu zu zwingen.»

«Auch Ihr vergreift Euch im Ton, Frau Aleydis.» Naserümpfend musterte Arnold sie, trat aber einen Schritt zur Seite und signalisierte seinem Begleiter, dies ebenfalls zu tun. Es war ihm deutlich anzusehen, dass er ihr nur gehorchte, weil er vor den beiden bulligen Knechten Respekt hatte. «Glaubt nicht, dass ich mich so einfach abwimmeln lasse. Nicolai hat Euch mit seinem irrsinnigen Testament einen Bärendienst erwiesen. Ihr seid zu schwach und zu naiv, um überhaupt zu begreifen, welche Verantwortung ihr nun zu tragen habt.» Er schob sein spitzes Kinn vor. «Falls ich es Euch noch nicht kundgetan haben sollte: Gegen die Verfügungen, die Nicolai in seinem Letzten Willen niedergelegt hat, werde ich Einspruch einlegen. Ich dachte bis jetzt, ich könnte Euch noch zur Vernunft bringen, doch anscheinend habe ich mich geirrt.»

Erbost stemmte Aleydis die Hände in die Seiten und trat einen Schritt auf den alten Mann zu. «Dann erhebt Einspruch, im Namen des Allmächtigen. Daran kann ich Euch nicht hindern. Was das angeht, befindet Ihr Euch in ausgezeichneter

Gesellschaft. Richtet Hartlieb de Piacenza einen schönen Gruß aus, wenn Ihr ihn bei den Schöffen trefft.» Sie konnte sehen, wie der Name von Cathreins Schwager Arnold zusammenzucken ließ.

Vollkommen verblüfft starrte er sie an. «Hartlieb de Piacenza ist in der Stadt?»

Sie lächelte kalt. «Er erhebt die gleichen Ansprüche auf die Mädchen wie Ihr, Herr Arnold. Ich schlage also vor, Ihr setzt Euch erst einmal mit ihm auseinander, bevor Ihr Pläne für Marlein schmiedet. Oder für Ursel, falls Ihr für sie auch schon ein passendes Ehegespons im Ärmel haben solltet. Doch solange nichts geklärt und Nicolais Testament gültig ist, verbitte ich mir jegliche weitere Einmischung in meine Angelegenheiten oder das Leben der Mädchen.» Sie gab Symon und Wardo einen herrischen Wink. «Wir gehen.»

Sie war kaum zwei Schritte weit gekommen, als sie neben sich Applaus vernahm. Unbemerkt war eine Sänfte an ihnen vorbeigezogen und hatte angehalten. Durch den geöffneten Vorhang war ein kräftiger Mann mit blondem, grau durchwirktem Haupthaar und Kinnbart zu erkennen, der sich nun sogar anließ, das bequeme Transportmittel zu verlassen. Er lächelte grimmig-amüsiert und nickte Arnold jovial zu. «Ihr habt es gehört, Hürth. Macht, dass Ihr verschwindet, und nehmt den rothaarigen Burschen mit.» Ohne die beiden Männer noch weiter zu beachten, nickte er Aleydis zu. «So energisch hatte ich Euch gar nicht eingeschätzt. Impertinent und unverfroren, das ja, aber ich muss doch zugeben, dass ich mir eine Frau mit Durchsetzungskraft lobe.»

Aleydis starrte den Ankömmling erstaunt an. «Herr van Cleve!» Das letzte Mal, als sie dem Vater des Gewaltrichters begegnet war, hatten sie sich alles andere als gut verstanden. Sie hatte ihn wegen des Mordes an Nicolai aufgesucht und befragt – sehr zum Missfallen des jähzornigen Mannes. Deshalb wusste sie jetzt nicht recht, wie sie sich verhalten sollte, und ihre Antwort fiel entsprechend lahm aus. «So ein Zufall, dass wir uns hier treffen.»

«Kein Zufall.» Gregor van Cleves Lächeln wechselte von grimmig zu verschlagen. «Ich war auf dem Weg zu Euch, als mir Eure Auseinandersetzung mit dem guten Arnold und seinem neuen Schoßhündchen auffiel.» Vage deutete er auf die beiden Männer, die sich inzwischen ein Stück entfernt hatten und sich eifrig unterhielten.

«Ihr wolltet zu mir?» Dieser Umstand bereitete ihr noch mehr Sorgen. Bei ihrer letzten Begegnung hätte van Cleve sie beinahe buchstäblich hinausgeworfen. Was in aller Welt veranlasste ihn nun, sie aufzusuchen?

«Um unter vier Augen mit Euch zu sprechen, Frau Aleydis. Über meinen Sohn.» In seinen blauen Augen blitzte es beinahe fröhlich. «Und Euch.»

Ihr wurde ein wenig flau im Magen. «Wenn dies Euer Begehr ist, muss ich Euch leider abweisen. Ich habe nicht vor …»

«Papperlapapp», unterbrach van Cleve sie. «Lasst mich erst einmal ausreden, bevor Ihr voreilig eine Entscheidung trefft.» Er gab den Sänftenträgern einen Wink, ihnen zu folgen, und ging einfach neben ihr her, so als hätte sie ihn zu einem Spaziergang eingeladen.

Aleydis hätte am liebsten geschrien. Sie wollte nicht mit diesem Mann reden. Schon gar nicht über das Thema, das er angedeutet hatte. «Es ist schon recht spät», versuchte sie, ihn abzuwimmeln. «Wäre es nicht besser, ein andermal …»

«Nein, nein, es eilt, wie ich gerade eben bemerkt habe. Die Geier kreisen bereits über Euch, und ich biete Euch eine unmittelbare Lösung dieses Problems.» Der Geldwechsler war äußerlich, bis auf die unterschiedliche Färbung von Haar und

Augen, ein frappierendes Ebenbild seines Sohnes, wenn auch durch sein Alter ein wenig behäbiger. Sein einschmeichelnder Tonfall hingegen glich so gar nicht dem Vinzenz van Cleves.

Aleydis ließ sich indes nicht täuschen. Sie hatte Gregor schon einmal fuchsteufelswild erlebt, und das war alles andere als angenehm gewesen. Da waren ihr die düstere Missbilligung und der eher beherrschte Grimm seines Sohnes allemal lieber. Sie fürchtete jedoch, dass sie dem kochenden Jähzorn des Vaters alsbald erneut ausgesetzt sein würde, wenn sie ihm nicht gestattete, dieses Vieraugengespräch zu führen. «Also gut, wie Ihr wollt.» Sie bog von der Hämergasse in die obere Glockengasse ab und strebte raschen Schrittes auf ihr Anwesen zu.

Zu Hause angekommen, wies sie die Mädchen an, sich noch etwas zu trinken aus der Küche zu holen und sich danach in die Schlafkammern zu begeben. Von Ells erfuhr sie, dass Matteo sich bereits in seine Kammer zurückgezogen hatte und dass Alessandro mit unbekanntem Ziel ausgegangen war. Sie hatte also keine Möglichkeit, aus den vier Augen sechs oder acht zu machen, sah man einmal von den beiden Knechten ab.

Wardo und Symon postierten sich in der Wechselstube, während sie Gregor van Cleve in ihre Schreibstube bat. Dabei kämpfte sie mit einem massiven Unwohlsein. Sie wusste haargenau, was dieser Mann von ihr wollte – und ebenso haargenau war ihr bewusst, dass sie seinen Vorschlag rundheraus ablehnen musste. Es war bereits dunkel geworden. Irmel brachte aus der Küche eine große Öllampe und bot dem Gast Wein an, den dieser mit einem freundlichen Nicken entgegennahm. Er hatte sich unaufgefordert auf den Besucherstuhl gesetzt, deshalb nahm sie nun zögerlich hinter dem Schreibpult Platz und wollte ihm gerade noch einmal bescheiden, dass er den Weg hierher umsonst angetreten hatte, als er eine ausholende Geste mit der rechten Hand machte.

«Ihr solltet diesem Raum Eure eigene Handschrift geben. Noch spürt man den Geist Eures Gemahls in jedem Winkel. Wenn Ihr seinen Ruf loswerden wollt, müsst Ihr dafür sorgen, dass man Euch hier erkennt und nicht ihn.»

Verwundert blickte sie sich in der Schreibkammer um und sah sie plötzlich mit den Augen eines Fremden. Gregor van Cleve hatte recht: Nicolais Geist schwebte hier nach wie vor über allem. Bisher hatte sie das nicht gestört – im Gegenteil. Sie fühlte sich oft so schrecklich verunsichert, dass sie die eingebildete Anwesenheit ihres Gemahls als tröstlich empfand. Doch er war tot, und sie musste irgendwie weiterleben, ihren Platz in der Welt finden und behaupten.

Etwas milder gestimmt, nickte sie van Cleve zu. «Ich hatte bisher noch keine Gelegenheit, die Schreibstube umzugestalten. Zu viele Dinge müssen geregelt und bedacht werden, und es ist nicht ganz einfach, Nicolais Geschäfte reibungslos weiterzuführen.»

«Ich bin nicht wenig beeindruckt, dass Ihr es überhaupt versucht.» Von seinem Groll gegen sie, dem er bei ihrem letzten Zusammentreffen lautstark Luft gemacht hatte, schien nichts übrig zu sein. Stattdessen lächelte er wieder, diesmal regelrecht wohlwollend. «Es bestärkt mich in dem Bestreben, meine ursprünglichen Pläne Euch betreffend weiterzuverfolgen.» Ehe sie etwas erwidern konnte, hob er beschwichtigend die Hände. «Diesbezüglich habe ich mich Euch gegenüber bisher bedeckt gehalten. Es erschien mir sinnvoller, diese Angelegenheit mit Eurem Vater zu besprechen, doch Nicolai kam mir damals auf ärgerliche Weise dazwischen und hatte so verblüffend schnell Erfolg mit seinem Werben, dass mir geradezu die Luft wegblieb. Ich hätte, mit Verlaub, nicht für möglich gehalten, dass Ihr, ohne mit der Wimper zu zucken, einen Mann ehelichen würdet, der mehr als doppelt so alt ist wie Ihr.» Er deutete ein

Kreuzzeichen an. «Zu jenem Zeitpunkt hatte ich mich bereits eingehend über Euch erkundigt.» Auf ihr misstrauisches Stirnrunzeln hin hob er fast unmerklich die Schultern. «Ich war auf der Suche nach einem passenden Eheweib für meinen Sohn. Ihr begreift wohl, dass aufgrund unserer Stellung – seiner als Gewaltrichter insbesondere – eine makellose Herkunft der Braut unabdingbar ist.» Er hüstelte. «Was das angeht ... nun ja, ein Fehlgriff reicht wohl.»

Ihre Neugier war geweckt, denn natürlich hatte sie die Gerüchte über Vinzenz van Cleves verstorbene Gemahlin gehört. Man munkelte, sie habe sich aus Gram das Leben genommen, weil er sie stets mit Missachtung behandelt habe. Aleydis argwöhnte jedoch, dass weit mehr dahintersteckte. Offiziell war Annelin van Cleves Tod als tragischer Unfall bezeichnet worden. Die Wahrheit, so vermutete Aleydis, lag irgendwo in der Mitte. Sie traute sich nicht nachzuhaken, doch Gregor van Cleve schien ihre Miene richtig gedeutet zu haben, denn er verzog missvergnügt die Lippen.

«Lasst Euch von den Lästerzungen nicht hinters Licht führen, Frau Aleydis. Mein Sohn trägt keine Verantwortung für das frühzeitige Ableben seiner Gemahlin, Gott hab sie selig. Ich hätte bei der Auswahl seiner Braut besser achtgeben müssen, das ist alles, und deshalb werde ich meine Fehler von früher nicht wiederholen.» Sein Tonfall wurde wieder deutlich schmeichelnder, und das Lächeln kehrte auf seine Lippen zurück. «Ihr seid ein vernünftiges Weib, soweit ich erkennen kann. Impertinent, das sagte ich schon, aber ich habe nicht vor, Euch Euren unbotmäßigen Besuch in meinem Hause vor einiger Zeit nachzutragen. Ihr wart frisch verwitwet, da ist es wohl verständlich, dass Ihr ... nun ja, reden wir nicht länger darüber.» Er beugte sich ein wenig vor und suchte ihren Blick. «Ich will nicht länger um den heißen Brei herumreden. Ihr wisst so gut wie ich, weshalb ich hier bin. Also sagt endlich ja, dann werde ich alles für eine baldige Vermählung mit Vinzenz in die Wege leiten.»

Sie schluckte, verblüfft über diesen forschen Vorstoß. Da ihre Hände ein wenig zitterten, verschränkte sie sie fest auf dem Schreibpult. «Ich fürchte, Ihr habt den Weg hierher umsonst auf Euch genommen, Herr van Cleve. Ich werde ganz sicher nicht einem Verlöbnis mit Eurem Sohn zustimmen.» Sie hielt kurz inne, und als er nicht reagierte, fuhr sie mutiger fort: «Und ich glaube auch nicht, dass er sehr erfreut wäre, wenn er erführe, dass Ihr mir in seinem Namen die Ehe antragt.»

«So ein Unsinn. Weshalb sollte er Euch nicht wollen?» Gregor van Cleve winkte ab. «Er stellt sich wegen Annelin ein wenig an, aber er weiß selbst genau, was gut für ihn ist.»

«Wie kommt Ihr darauf, dass ich gut für ihn bin?» Sie schüttelte den Kopf. «Er braucht eine Frau, die …» Sie zögerte. «… ihm gewachsen ist.»

«Ganz genau.» Er grinste. «Ihr wickelt ihn schon um den Finger, da sehe ich gar kein Problem. Ihr mit Eurem hübschen Gesichtchen und …» Er gestikulierte ein wenig, um die Vorzüge ihrer weiblichen Gestalt anzudeuten. «Ich kann mir keinen Mann vorstellen, dem Ihr nicht gefallt.»

Sie schauderte. «Und was würde für mich dabei herausspringen? Ein Gemahl, der mich auf Geheiß seines Vaters vor die Kirchenpforte geführt hat, dem aber nicht das Geringste an mir liegt?» Sie schüttelte den Kopf. «Ihr erhofft Euch Zugriff auf mein Erbe – Nicolais Geschäfte.» Bittere Galle stieg in ihr auf. «Wenn ich könnte, würde ich sie Euch bedingungslos schenken, denn sie bedeuten mir nichts und sind nichts anderes als ein unübersichtlicher Hort von Ärgernissen. Doch das ist nicht möglich, und es ist auch nicht das, was Nicolai im Sinn hatte, als er mich zur alleinigen Erbin eingesetzt hat.»

«Ah ja?» Van Cleves Miene war säuerlich geworden. «Was hatte er denn Eurer Meinung nach im Sinn?»

«Das weiß ich nicht.» Aufrichtig ratlos zuckte sie mit den Achseln. «Er hat mich geliebt. Wahrhaftig geliebt», wiederholte sie, als ihr Gegenüber spöttisch die Lippen verzog. «Seine unlauteren Geschäfte hat er mir verschwiegen, und ich weiß nicht, ob er vorhatte, sie mir je zu offenbaren. Wahrscheinlich wollte er das irgendwann tun, denn er kann nicht vorgehabt gehabt haben, dass ich so vollkommen ahnungslos sein Erbe antrete. Leider wurde er ermordet, bevor er mir erklären konnte, was er geplant und weshalb er geglaubt hatte, ich sei die rechte Person, seine Geschäfte fortzuführen. Ganz sicher aber hat er nicht gewollt, dass ich den Sohn seines ärgsten Konkurrenten heirate. Wisst Ihr überhaupt, was Ihr da von mir verlangt? Ganz zu schweigen davon, in welches Licht mich das rücken würde? Und Euch und Euren Sohn ebenfalls?» Erneut verschränkte sie die Hände auf dem Pult. «Von allen Männern Kölns, die sich erhoffen, meine Hand zu ergattern, ist Euer Sohn der allerletzte, den ich in Erwägung ziehen würde.»

Sie konnte sehen, wie van Cleves Wangen sich rötlich verfärbten, doch er blieb überraschend ruhig. An seinem gepressten Tonfall merkte sie jedoch, dass er sich nur mühsam beherrschte. «Ihr gebt zu viel auf das Geschwätz der Leute, Aleydis de Bruinker. Ich wollte Euch schon für meinen Sohn, bevor Nicolai Euch mir vor der Nase weggeschnappt hat. Ihr braucht einen neuen Ehemann, ob es Euch nun gefällt oder nicht. Nennt mir einen Einzigen, der geeigneter wäre als Vinzenz, um Ordnung in das Durcheinander zu bringen, das Nicolai Euch hinterlassen hat.»

«Das kann ich nicht», gab sie zu. «Dennoch werde ich mich nicht mit der Familie verbünden, die seit Menschengedenken in offener Gegnerschaft zu den Golattis steht.»

«Zu den Golattis, mag sein.» Gregor van Cleve nickte. «Aber nicht zu den de Bruinkers. Ihr selbst habt den Namen Golatti nach Nicolais Tod rasch wieder abgelegt, um Euch von seinem heimlichen Treiben zu distanzieren. Niemand wird es Euch zum Vorwurf machen, wenn Ihr den einzig klugen Schritt tut und Euch mit einer einflussreichen Familie verbindet, die willens und in der Lage ist, Euer Erbe mitzutragen.»

Aleydis war kalt geworden. Steif erhob sie sich und ging zur Tür. «Geht jetzt bitte, Herr van Cleve. Ihr werdet mir eine Ehe mit Eurem Sohn nicht schmackhaft machen. Schon gar nicht, da Ihr eigentlich wissen müsstet, dass ihm selbst daran noch weniger liegt als mir.»

Inzwischen hatte sich van Cleves Gesicht dunkelrot verfärbt. «Ihr verhaltet Euch unvernünftig, Aleydis. Aber auch Ihr werdet noch zur Besinnung kommen. Die Aasgeier kreisen bereits über Euch, und Ihr wisst ganz genau, dass Ihr ohne einen einflussreichen Mann nicht nur die Mädchen verlieren werdet. Und mit den dunklen Geschäften, die Nicolai Euch aufgebürdet hat, werdet Ihr niemals alleine zurechtkommen. Dazu braucht es nämlich deutlich mehr als ein hübsches Gesicht und einen wachen Verstand. Glaubt nicht, dass ich Euch für dumm halte. Mit dummen Weibern kann unsereins nichts anfangen. Sie sind ärgerlich und nutzlos und am Ende nur eine überflüssige Bürde. Was Euch jedoch fehlt, ist die nötige Durchsetzungskraft. Ihr seid keine Griselda Hürth, Aleydis.» Er warf ihr noch einen übellaunigen Blick zu und ließ sie dann einfach stehen, indem er erst die Tür der Schreibkammer aufriss und sie krachend hinter sich ins Schloss zog und dann die Haustür. Danach war alles still um sie herum.

KAPITEL 14

Unruhig warf Aleydis sich von einer Seite auf die andere. Es war ihr schwergefallen, nach diesem aufregenden Tag zur Ruhe zu finden und einzuschlafen, und nun wachte sie immer wieder aus dem leichten Schlaf auf, unfähig, die sich in ihrem Kopf wild drehenden Gedanken zum Stillstand zu bringen. Sogar geweint hatte sie ein wenig, weil sie trotz aller Vorbehalte einsah, dass Gregor van Cleve nicht ganz unrecht hatte. Sie machte sich etwas vor, wenn sie glaubte, auf Dauer mit allem allein fertigwerden zu können.

Seit Nicolais Tod sehnte sie sich nach jemandem, der ihr half, alle die neuen Bürden zu tragen. Der ihr beistand, sie tröstete und ihr die Wärme schenkte, die sie so schmerzlich vermisste. Doch so jemanden gab es nicht. Vielleicht würde sie irgendwann jemanden finden, mit dem sie einigermaßen zufrieden zusammenleben konnte. Doch im Augenblick fühlte sie sich nicht imstande, eine solche Entscheidung zu treffen. Es war zu früh, sie selbst viel zu aufgewühlt und verwirrt. Und sie hatte Angst. Nie hätte sie sich träumen lassen, dass sich ihr Leben einmal so grundlegend verändern würde. Alles hatte nach der Hochzeit mit Nicolai so wundervoll begonnen – und war dann innerhalb eines Wimpernschlags zu einem Albtraum geworden.

Daraus würde sie so bald nicht erwachen, das war ihr klar. Sie musste sich damit abfinden, ihren Weg suchen, doch in Momenten wie diesen, wenn sie allein und traurig in ihrem Bett lag, die Betthälfte neben ihr leer und kalt, verließ sie der Mut.

Irgendwann hörte sie ein Pochen an der Haustür und dann die Stimme von Gilles, der Alessandro einließ. Natürlich fragte sie sich, wohin ihr Schwager wohl gegangen war, doch sie fühlte sich nicht in der Lage, ihn sofort danach zu fragen. Stattdessen lauschte sie seinen Schritten auf der Stiege und vernahm auch das leise Klappen der Tür zu seiner Schlafkammer.

Irgendwann musste sie wieder eingenickt sein, denn ein harter, kurzer Knall ließ sie hochschrecken. Ein zweiter folgte gleich darauf und führte dazu, dass ihr Herzschlag sich beschleunigte. Jemand warf Steine gegen ihren Fensterladen. Kurz dachte sie daran, die Knechte aufzuwecken, doch da sie bereits ahnte, wer der nächtliche Ruhestörer war, unterließ sie es.

Sie schwang die Beine über den Rand der Matratze und tastete nach ihrem weichen Unterkleid und dem wärmenden Surcot aus blauem Samt. Begleitet von mehreren weiteren Steinchen, die gegen ihren Fensterladen klackten, schlüpfte sie in ihre weichen, wadenhohen Lederstiefel. Zuletzt, während sie bereits vorsichtig die Stiege ins Erdgeschoss hinabstieg, band sie sich ihren Gürtel mit der Geldkatze und dem Dolch um. Den Schlüsselbund stopfte sie sicherheitshalber in die Börse, damit er nicht bei jedem Schritt klirrte.

Aleydis war sich nicht sicher, ob sie überrascht, erheitert oder rundheraus wütend sein sollte, dass sie sich ohne weiteres von ein paar Steinchen aus dem Haus locken ließ. Noch dazu zu einer derart unchristlichen Zeit. Die Mitternacht war gerade höchstens eine und eine halbe Stunde vorüber. Je näher sie der Hintertür kam, desto heftiger pochte ihr Herz. Was sollte sie tun, wenn sie sich irrte, und jemand anderer als erwartet trieb sich dort draußen herum? Vernünftig wäre es gewesen, zumindest Symon zu wecken, nur zur Sicherheit. Aus der Wechselstube drang Augustins lautes Schnarchen herüber. Die Knechte wechselten sich neuerdings von Nacht zu Nacht ab, dort zu schlafen, um den Hauseingang besser zu bewachen. Bisher waren weitere Sicherheitsvorkehrungen wie eine nächtliche Wache im Hinterhof oder ein Knecht, der in den Stallungen schlief, nicht notwendig gewesen, und Aleydis hoffte sehr, dass es auch so bleiben würde.

Als sie nun leise den Riegel an der Hintertür aufschob und den Schlüssel im Schloss drehte, beschleunigte sich ihr Herzschlag noch mehr, das Blut rauschte in ihren Ohren und kribbelte bis in ihre Fingerspitzen. Entschlossen, sich davon nicht beirren und sich ihre Erregung nicht anmerken zu lassen, trat sie ins Freie und zog die Tür hinter sich zu.

Es war stockdunkel im Hof und frostig kalt. Glücklicherweise hatten sich ihre Augen bereits an die Dunkelheit gewöhnt, doch nirgendwo war ein Schatten oder der Schein eines Lämpchens zu erkennen, der Aufschluss darüber gäbe, wo sich der ungebetene Besucher aufhielt. Beim letzten Mal war es die Remise gewesen, deshalb steuerte sie entschlossen auf das Gebäude zu. Die Tür war jedoch fest verschlossen, und als sie sie vorsichtig öffnete, empfing sie drinnen nur Stille.

Verärgert ging sie weiter, warf einen Blick in den Stall und kam erst nach einem Moment des Überlegens darauf, dass der Steinewerfer sich gar nicht im Hof, sondern auf der Glockengasse aufhalten musste, weil das Hoftor verschlossen war. Der schwere Riegel war nicht ganz so leichtgängig wie der an der Hintertür, doch Aleydis schaffte es, ihn einigermaßen geräuschlos zu öffnen. Sie warf einen Blick auf die menschenleere Straße, lauschte und wandte sich dann erneut ratlos um. Hatte sie sich am Ende alles nur eingebildet oder geträumt? Bei ihrem derzeitigen aufgewühlten Gemütszustand wäre das nicht einmal so abwegig.

Verärgert über sich selbst, drehte sie sich um und kehrte in den Hof zurück. Zu spät vernahm sie das Knirschen von

Schritten hinter sich und konnte nur noch einen erstickten Laut ausstoßen, als sie von hinten gepackt wurde und eine große Hand sich fest auf ihren Mund legte.

Für einen Augenblick war sie wie erstarrt, doch dann erinnerte sie sich an die Abwehrbewegungen und -handgriffe, die sie mit Alba und Symon so oft geübt hatte. Obwohl ihr Herz inzwischen raste, trat sie beherzt nach hinten aus, traf ein Schienbein in schweren Lederstiefeln, nutzte die Ausweichbewegung ihres Angreifers aus, drehte sich, und als er erneut zupackte, setzte sie seinen Schwung für ihre Zwecke ein und schaffte es, wenn auch gerade so, ihn zu Fall zu bringen. Heftig keuchend riss sie sich los und wollte nach ihrem Dolch greifen, doch da hatte er sie bereits an ihren Rockfalten zu fassen bekommen, drehte sich und brachte sie mit einem Stoß gegen ihre Füße ebenfalls zu Fall. Sie wusste nicht, ob es Zufall oder Absicht gewesen war, dass sie geradewegs auf ihm landete. Für einen Moment blieb ihr die Luft weg, doch eine schmerzhafte Begegnung mit dem steinigen Untergrund des Hofes blieb ihr erspart. Sie fing sich ab und schaffte es diesmal sogar, den Dolch zu ziehen. Mit der geschickten Drehung ihres Gegners hatte sie jedoch nicht gerechnet. Er griff nach ihrem Handgelenk, bog es zur Seite und brachte sie so schnell unter sich, dass sie einen erstickten Schrei ausstieß. Nun drückten sich doch die unebenen Pflastersteine in ihren Rücken und ihre Hüfte, doch ihr Kopf schlug nicht auf dem Boden auf, sondern landete einigermaßen weich auf dem Unterarm ihres Angreifers, der sie nun mit seinem Körpergewicht in Schach hielt.

«Unbedacht und töricht wie immer», brummte er missvergnügt, doch seiner Stimme war eine gewisse Anerkennung zu entnehmen. «Zumindest habt Ihr Euch diesmal nicht gleich entwaffnen lassen.» Er lockerte seinen Griff um ihr Handgelenk und verlagerte sein Gewicht ein klein wenig, um ihr etwas Raum zum Atmen zu geben. «An Eurer Schnelligkeit hingegen müssen wir eindeutig noch arbeiten.» Seine Augen wirkten finster und gefährlich in der nächtlichen Dunkelheit und waren den ihren so nahe, dass sie kaum noch zu atmen wagte. «Ebenso wie an Eurer Sorglosigkeit. Ihr hättet das Tor gleich wieder schließen müssen.»

«Ich dachte mir schon, dass Ihr es seid.» Sie schluckte und zappelte ein wenig, doch er ließ sie noch nicht wieder frei. «Deshalb habe ich nicht gleich die Knechte auf Euch gehetzt.»

«Unklug. Was machte Euch so sicher, dass ich es bin?»

«Wer sonst weckt mich mitten in der Nacht, indem er Steine an mein Fenster wirft? Was macht Ihr überhaupt um diese Zeit hier? Ich nehme doch nicht an, Ihr seid nur hergekommen, um meine Fortschritte in der Kampfeskunst zu überprüfen.» Ihr Atem ging schwerfällig, weil ihr Herz sich immer noch nicht beruhigen wollte und das Gewicht seines Körpers eigentümliche und beängstigende Gefühle in ihr hervorrief.

«Als Kampfeskunst würde ich das, was Ihr hier betreibt, nicht gerade bezeichnen. Alba hat sich offensichtlich schon recht gut mit dem Unterricht angestellt, doch weshalb in aller Welt habt Ihr nicht längst dafür gesorgt, dass ich von Euch ablasse?» Sein Blick bohrte sich geradezu in den ihren. «Eure Hand mit dem Dolch ist frei, doch Ihr zappelt lediglich wie ein Fischlein im Netz. Und auch das nur, weil ich Euch darauf aufmerksam gemacht habe. Wenn ich ein Angreifer mit weniger lauteren Absichten wäre, hättet Ihr längst nichts mehr zu lachen, Aleydis.» In seiner Stimme schwang ein merkwürdiger Unterton mit, der ihr eine Gänsehaut verursachte, denn er vermittelte ihr für einen Moment den Eindruck, dass die Absichten des Gewaltrichters in diesem Moment alles andere als lauter waren.

Sie versuchte, sich die diffuse Furcht und das mulmige Gefühl in der Magengrube nicht anmerken zu lassen. «Wenn Ihr ein anderer wärt, würde ich mich wohl weiter zur Wehr gesetzt haben», konterte sie mutiger, als sie sich fühlte. «Ich sehe nur keinen Sinn darin, einen Gewaltrichter der Stadt Köln mit dem Dolch zu verletzten. Denn wie in aller Welt wollt Ihr eine Stichwunde, zugefügt von einem Weibe mitten in der Nacht in ihrem eigenen Hof, den Schöffen erklären?»

«Seid nicht so naseweis, Aleydis.»

«Ich bin nicht naseweis, sondern pragmatisch. Und nun lasst mich endlich von diesem eiskalten Boden aufstehen, ehe ich Euch tatsächlich dazu zwinge.»

Inzwischen erkannte sie sein Gesicht so gut, dass sie das spöttische Grinsen auf seinen Lippen ausmachen konnte. Sein Griff um ihr Handgelenk verstärkte sich wieder, und blitzschnell hatte er auch ihre linke Hand geschnappt und bis über ihren Kopf gestreckt. «Also gut», raunte er. «Zwingt mich.»

«Glaubt mir», presste sie zwischen zusammengebissenen Zähnen hervor, während sie sich heftig unter ihm wand. «Das wollt Ihr nicht.»

«Ach nein?» Für einen Moment war er verblüfft.

Diesmal grinste sie, denn sie hatte es geschafft, ihr Knie zwischen seine Beine zu schieben. Sie zog es an, stoppte aber gerade rechtzeitig, um ihm lediglich ein unterdrücktes Stöhnen zu entlocken. «Das hat Eure Schwester mir beigebracht. Sie sagt, wenn ich einen Mann dort unten hart genug treffe, ist das effektiver als jeder Versuch, einen Stich mit dem Dolch anzubringen.»

Tatsächlich rührte van Cleve sich jetzt nicht mehr, was jedoch dazu führte, dass sie erneut sein gesamtes Körpergewicht zu spüren bekam. Ihr wurde unnatürlich warm, deshalb zog sie schließlich ihr Knie wieder vorsichtig zurück.

«Hinterhältig.» Auf seinen Lippen erschien ein anerkennendes Lächeln, und im nächsten Augenblick rollte er sich behände von ihr herunter und zog sie ruckartig mit sich auf die Füße. «Allmählich macht Ihr Euch. Dafür sollte ich meiner Schwester wohl Respekt zollen.»

«Solltet Ihr, ja.» Da er sie nun endlich losgelassen hatte, schob sie den Dolch zurück in die Scheide und klopfte sich den feuchten Schmutz vom Kleid. «Ihr selbst habt Euch ja den versprochenen Lektionen in Selbstverteidigung ohne Entschuldigung entzogen.»

«Aus guten Gründen.» Er klopfte ebenfalls an seinen Kleidern herum und musterte sie dabei missfällig. «Warum tragt Ihr nur ein Kleid? Wollt Ihr erfrieren?»

Verwundert sah sie an sich hinab. «Was habt Ihr denn vor?»

«Ihr wolltet, dass ich Euch zu dem Versteck begleite, zu dem Euer Ringschlüssel gehört. Schon vergessen?»

Verblüfft starrte sie ihn an. «Ja, aber morgen früh.»

«Ich sagte in den frühen Morgenstunden.»

«Es ist noch mitten in der Nacht!»

«Für mich ist alles, was sich nach Mitternacht abspielt, der frühe Morgen. Je eher wir losgehen, desto wahrscheinlicher bleiben wir unentdeckt. Also zieht Euch einen warmen Mantel an, am besten einen mit Kapuze, denn es könnte Regen geben. Und beeilt Euch. Ich will Euch vor Anbruch des Tages wieder sicher zu Hause wissen.»

«Aus welchen Gründen?» Aleydis hatte sich nicht nur einen grauen Wollmantel übergeworfen, sondern ihr zuvor unbedecktes, zu einem langen Zopf geflochtenes Haar mit einer Gugel bedeckt, deren langen Zipfel sie wie einen Schal um den

Hals gewickelt hatte. Sie eilte schon seit einer Weile mit verschränkten Armen neben ihm her, quer durch die stillen Straßen Kölns auf die uralten römischen Gräberfelder am Severinstor zu. Bisher hatte sie kaum gesprochen, was ihm durchaus entgegengekommen war. Dennoch hatte er schon mit dieser Frage gerechnet, und er ärgerte sich, dass er keine kluge Antwort darauf wusste.

Er wechselte den in einen stählernen Griff gefassten Kienspan von der linken Hand in die rechte und warf ihr einen kurzen Blick zu. Um Zeit zu gewinnen und seine Gedanken zu ordnen, stellte er sich dumm. «Was meint Ihr?»

Sie erwiderte seinen Blick für einen winzigen Moment, ehe sie wieder geradeaus schaute. «Gestern Abend hatte ich Besuch von Eurem Vater.»

Vollkommen überrumpelt blieb er stehen und zwang sie damit, ebenfalls anzuhalten. «Mein Vater war bei Euch?» Ein ungutes Gefühl, gepaart mit einem unangenehmen Magengrimmen, das ihn in Aleydis' Gegenwart nicht zum ersten Mal heimsuchte, stieg in ihm auf. «Was wollte er?»

«Er trug mir Eure Hand an.» Erneut sah sie ihn kurz an, und diesmal war ihre Miene nicht mehr so verschlossen wie zuvor, sondern verriet eine Mischung aus Verärgerung und Erheiterung. Zumindest deutete er sie so.

Er fluchte innerlich. «Meine Hand?»

«Ich habe so höflich wie nur möglich abgelehnt. Eine gewisse Verärgerung aufseiten Eures Vaters konnte ich jedoch nicht verhindern. Zumindest aber hat er mich diesmal nicht angebrüllt.»

Langsam setzte er sich wieder in Bewegung und bedeutete ihr, dicht bei ihm zu bleiben. Zwar war es um diese Zeit ruhig und menschenleer in den Gassen Kölns, doch die friedliche Stille konnte trügen. Diebesgesindel, Bettler und

Halsabschneider lauerten allüberall in dunklen Ecken und Winkeln. Er wusste, dass es nicht ganz ungefährlich war, Aleydis um diese Zeit durch die Stadt zu scheuchen, doch es war allemal besser, dieses Versteck, von dem sie sich neue Einsichten in Nicolais Machenschaften erhoffte, im Schutz der Nacht aufzusuchen, als zu riskieren, am helllichten Tage dabei beobachtet zu werden. «Für die Impertinenz meines Vaters muss ich mich wohl entschuldigen. Ich hätte nicht gedacht, dass er so rasch erneut einen Versuch wagt und diesmal direkt bei Euch vorspricht.»

«Wen hätte er sonst fragen sollen? Mein Vater mag nun offiziell wieder mein Vormund sein, doch bisher hat noch kein Interessent an Nicolais Erbe ihn belästigt. Eine Jungfer kauft man beim Vater ein, eine Witwe darf in der Regel selbst entscheiden, wem sie sich zum Fraß vorwirft.»

«Ich habe nicht vor, Euch zu fressen, Aleydis.» Obgleich sie ärgerlicherweise wieder einmal zum Anbeißen aussah – und noch besser roch. Zitronenöl und Rosenwasser. Wahrscheinlich war sie erst kürzlich im Badehaus gewesen.

«Dann dürfte meine Ablehnung in Eurem Sinne gewesen sein.» Sie rieb sich über die Oberarme, was sofort seine Aufmerksamkeit und Sorge erregte.

«Ist Euch kalt?»

Sie schüttelte den Kopf. «Nein.» Dann schauderte sie. «Ich fühle mich nur irgendwie seltsam beobachtet.»

«Die Augen der Nacht.» Er rückte unauffällig ein wenig näher an sie heran, jedoch nur so weit, dass sie sich nicht berührten oder beim Gehen behinderten. «Ihr braucht keine Angst zu haben. Ich gebe auf Euch acht.»

«Danke.» Sie klang allerdings nicht beruhigt, sondern eher noch besorgter, und in gewissem Sinne konnte er es ihr nachfühlen. Wann war er zu ihrem Beschützer geworden?

Sicherheitshalber wechselte er das Thema. «Mit wem habt Ihr außer mir noch über das Versteck gesprochen?»

«Nur mit Symon.» Sie atmete tief durch und schien erleichtert zu sein, sich wieder auf das bevorstehende Problem konzentrieren zu können. «Cathrein hat mir nur gesagt, welches Mausoleum Nicolai als Versteck gewählt hat, nicht aber, wo genau es sich befindet.»

«Warum nicht?»

Sie hüstelte. «Ich habe vergessen, sie danach zu fragen.»

Beinahe hätte er gelacht. «Und Symon konnte Euch Auskunft geben?»

«Ja, er wusste, welches dieser alten Grabmäler dasjenige ist, in dem einst ein Teufelsbeschwörer sein Unwesen getrieben hat.»

«Das hätte ich Euch auch sagen können.»

Verblüfft hob sie den Kopf.

Er lächelte leicht. «Jeder Gewaltrichter Kölns, jeder Schöffe und Ratsherr und noch viele weitere Amtmänner wissen davon. Dass Euer Gemahl ausgerechnet diesen Ort als Versteck für seine geheimen Dokumente genutzt hat, praktisch direkt unter den Augen der Obrigkeit, ist geradezu ein Geniestreich und zeugt obendrein von einem gewissen Galgenhumor.»

«Ich hätte also Symon gar nicht einzuweihen brauchen.»

Er nickte, schüttelte aber gleich darauf den Kopf. «Es mag kein Fehler sein, wenn noch jemand weiß, wohin wir wollen. Ihr vertraut Symon doch?»

«Ja.» Sie nickte mit Nachdruck. «Mehr als jedem anderen.»

«Gut.» Er lächelte sie spöttisch an. «Das beruhigt mich.»

Aleydis zuckte zusammen. «Versteht mich nicht falsch, Herr van Cleve. Ich meinte damit …»

«Ich weiß, was Ihr gemeint habt, und nehme Euch nicht übel, dass Ihr mir nicht traut.»

Sie schluckte hörbar. «Wenn ich Euch nicht vertraute, hätte ich Euch nicht gebeten, mich zu begleiten.»

«Und dennoch gibt es verschiedene Arten von Vertrauen.» Er warf ihr einen Seitenblick zu. «Glaubt mir, Aleydis, ich verstehe Euch besser, als Ihr vermutet.»

Zwischen ihnen breitete sich erneut Schweigen aus, das sich hinzog, bis sie endlich die Felder und Gärten erreichten, die die Straße säumten, die auf das Severinstor zuführte. Bisher waren sie glücklicherweise keiner Menschenseele begegnet, doch hier draußen konnte es durchaus sein, dass sie Wegelagerern oder anderen Nachtschwärmern über den Weg liefen.

«Haltet Euch sehr dicht bei mir», wies er sie an und händigte ihr den Kienspan aus, um seine Hände frei zu haben. Seine Rechte legte er locker auf den Griff seines Kurzschwerts. Aufmerksam hielt er die Umgebung im Auge, als sie die breite, von unzähligen Wagen, Karren und Hufen durchpflügte und aufgewühlte Straße verließen und querfeldein auf eines der römischen Gräberfelder zustrebten.

Ein nasskalter Wind trieb die Wolken am Himmel vor sich her und ließ sie immer wieder aufreißen, sodass ab und zu der halb gerundete Mond oder die blinkenden Sterne für mehr Sichtweite sorgten. Dennoch kamen sie nun langsamer voran, weil sie genau darauf achten mussten, wohin sie traten. Die Kappes-, Rüben- und Gemüsefelder waren bereits weitgehend abgeerntet, doch in den Obstgärten hingen noch späte Apfel- und Zwetschensorten an den Bäumen, und hier und da lag so viel Fallobst auf dem Boden, dass man darauf ausrutschen konnte. Eine reiche Ernte, weil das Wetter, wie in den vergangenen Jahren, ungewöhnlich mild gewesen war und es überdies ausreichend Regen gegeben hatte.

Als sie ein weiteres Kappesfeld durchquert hatten, blieb Aleydis stehen. «Seid Ihr sicher, dass wir hier richtig sind? Mir kommt es vor, als wären wir schon viel zu weit gegangen.» Sie deutete schräg hinter sich. «Dort hinten sind doch mehrere dieser alten Grabsteine.»

«Ihr habt recht, dort ist ein Gräberfeld.» Er deutete geradeaus. «Aber das, welches wir suchen, befindet sich hinter dieser Baumgruppe. Gut getarnt und doch nicht wirklich versteckt. Hierher verirrt sich wohl kaum jemand, sieht man von den Bauern ab, die ihre Felder bewirtschaften. Und die werden abergläubisch genug sein, um sich den Mausoleen nicht zu nähern. Schon gar nicht jenem, das durch den Teufelsanbeter in Verruf geraten ist.» Prüfend musterte er sie. «Ihr habt doch nicht etwa Angst vor frei herumlaufenden Dämonen oder dergleichen?»

Aleydis räusperte sich, und es klang fast, als kaschiere sie damit ein nervöses Lachen. «Frei herumlaufendes Gesindel bereitet mir größere Sorgen.»

«Hier draußen scheint sich keines herumzutreiben.» Da sie das Mausoleum mittlerweile erreicht hatten, das ein wenig wie ein heidnischer Tempel aussah, blieb er stehen und sah sich erneut eingehend um. Die kleine Baumgruppe schirmte sie zu der Straße und den Feldern hin von Blicken ab, und hinter dem Grabmal erstreckte sich hinter einer von Brombeeren durchwachsenen Haselnusshecke ein weiteres Feld. «Leuchtet mir, damit ich mir den Eingang genauer ansehen kann.»

Aleydis trat näher und hielt den Kienspan so, dass er die eiserne Tür in Augenschein nehmen konnte. Ein schweres Vorhängeschloss sowie ein Bolzenriegelschloss sorgten dafür, dass niemand die Ruhe der Toten erneut störte. Beide waren vermutlich erst nach dem Vorfall mit dem Dämonenbeschwörer angebracht worden.

«Was jetzt?» Ratlos blickte Aleydis auf die beiden Schlösser. «Cathrein sagte, dass sich die Tür leicht öffnen lässt, aber diese Schlösser sehen für mich unüberwindbar aus.»

«Ihr habt keine Schlüssel an Eurem Schlüsselbund oder irgendwo im Haus, die hierzu passen könnten?» Er griff unter seinen Mantel, denn er hatte ein kleines Bündel mit Werkzeugen mitgebracht.

«Nein.» Aleydis runzelte die Stirn. «Nicolai muss sie wohl irgendwo versteckt haben, denn anders hätte er ja hier nicht hineingelangen können. Aber woher sollte er die passenden Schlüssel denn gehabt haben? Diese Schlösser sind doch bestimmt von den Schöffen angebracht worden, oder nicht?»

«Vom Stadtrat.» Er schlug das Bündel auf dem Boden auseinander. «Für Euren Gemahl dürfte es kein großes Problem gewesen sein, einen Schlüssel zu erhalten. Allerdings hätte es wohl kein genau passender sein müssen.»

Erstaunt hob sie den Kopf. «Was meint Ihr damit?»

«Ganz einfach. Seht her!» Zielgerichtet griff er nach einem eisernen Ring, an dem mehrere Bolzen und einfache Schlüssel befestigt waren. «Diese Schlösser zeichnen sich nicht so sehr durch ihre aufwendige Mechanik aus, sondern bieten eher Sicherheit durch ihre schwere Zerstörbarkeit. Einfaches Diebesgesindel dürfte in den seltensten Fällen Gerätschaften besitzen, um sie zu öffnen, ganz abgesehen davon, dass wohl niemand annimmt, nicht einmal ein gewiefter Langfinger, dass sich in einem dieser Grabmäler etwas befindet, das den Versuch einzubrechen rechtfertigen würde. Solche Schlösser schrecken ab, sind aber in ihrer Bauart alle recht ähnlich, wenn nicht sogar gleich.» Er steckte einen der Schlüssel in das Vorhängeschloss, drehte ihn, und es knackte hörbar. Lächelnd legte er das offene Schloss auf den Boden und widmete sich als Nächstes dem Bolzenriegel, der sich nach wenigen Versuchen ebenfalls öffnen ließ.

In einer Mischung aus Faszination und Entsetzen sah Aleydis ihm zu. «Also könntet Ihr mit diesem Schlüsselbund da alle möglichen Schlösser in der Stadt öffnen?»

«Ja.» Seelenruhig packte er das Bündel wieder zusammen. «Auch Haustürschlösser?»

Er lächelte leicht. «Fürchtet Ihr, ich könnte mich eines Nachts heimlich bei Euch einschleichen?»

Sie hüstelte unterdrückt. «Das würde Euch die Mühe ersparen, mich mit Hilfe von Steinchenwerferei zu wecken.»

Für einen Moment runzelte er verblüfft die Stirn, bis er begriff, dass sie einen Scherz gemacht hatte. «Gebt acht, Aleydis, dass Ihr mich nicht auf den Gedanken bringt, Ihr könntet die Göttin Circe erneut von der Leine lassen.»

An der Art, wie sie ihn anstarrte, erkannte er, dass sie die Anspielung verstanden hatte. Sie stieß einen fauchenden Laut aus und zog entschlossen die Tür des Mausoleums auf. Ehe er reagieren konnte, war sie mit dem Kienspan bereits eingetreten.

Da er nicht davon ausging, dass jemand sie im Inneren des Grabmals erwartete, folgte er ihr langsam, zog aber vorsichtshalber die Tür hinter ihnen wieder zu, nur für den unwahrscheinlichen Fall, dass der Blick eines nächtlichen Wanderers hierher fallen könnte.

Aleydis war mitten in dem überraschend großen Raum stehen geblieben. Er maß fast vier Schritte in Länge und Breite, und an der hinteren Wand standen zwei steinerne Sarkophage. «Wir stören die Ruhe der Toten.»

Vinzenz trat dicht hinter sie und blickte ebenfalls auf die Steinsärge. «Vermutlich sind sie uns sogar dankbar für die Abwechslung.» Er berührte Aleydis an der Schulter und deutete auf die Wand auf der rechten Seite, an der die Reste einer Kreidemalerei zu erkennen waren. «Große Mühe, hier aufzuräumen, hat sich der Stadtrat damals offenbar nicht gegeben. Dies war wohl einmal ein auf dem Kopf stehendes Kreuz.» Dann wies er auf den Boden. «Und das da ein Pentagramm.»

«Heilige Muttergottes.» Aleydis bekreuzigte sich.

«Nun habt Ihr doch Angst, die Dämonen könnten sich noch hier herumtreiben?» Er fühlte sich selbst nicht ganz wohl angesichts der nur notdürftig verwischten satanischen Symbole.

«Nein.» Ihr Schlucken war deutlich vernehmbar. «Aber ich frage mich, was in diesen Truhen ist.» Sie deutete auf zwei gerade einmal anderthalb Ellen breite, eisenbeschlagene Kisten auf der linken Seite, die vom Aussehen her den Steinsärgen ähnelten. Im nächsten Moment kniete sie bereits vor der linken Truhe und untersuchte das Schloss. «Wir brauchen noch einmal Euren Schlüsselbund.»

Rasch gesellte er sich zu ihr. «Nicht Euren Sternring?»

«Nein, dies hier sind ganz normale Riegelschlösser. Sie sehen schon sehr, sehr alt aus.»

«Ihr habt recht.» Im Schein des spärlichen Lichts, das der Kienspan lieferte, machte er sich am Schloss zu schaffen und hob schließlich den Deckel. «Diese Truhe ist vielleicht schon so alt wie das Mausoleum selbst. Sie besteht gänzlich aus Eisen und ist ausgesprochen kunstvoll gearbeitet.»

«Vielleicht enthält sie Grabbeigaben?» Aleydis' Stimme zitterte ein wenig, und sie räusperte sich unterdrückt. «Könnte doch sein.»

«Könnte, ja.» Er warf einen Blick auf den Inhalt der Truhe. «Aber soweit ich weiß, waren sie noch nicht hier, als man den Teufelsanbeter damals gestellt hat.» Vorsichtig hob er einen tönernen Krug hervor, der mit einem unversiegelten Deckel verschlossen war.

«Was ist das?» Neugierig beugte Aleydis sich vor, sodass ihre Schultern sich leicht berührten.

Vinzenz nahm es zur Kenntnis, ebenso wie den Anflug seltsamer Empfindungen, die ihre Nähe in ihm auslöste. Sehr achtsam nahm er den Deckel ab und hielt den Inhalt ins Licht. «Asche.» Ein unangenehmer Schauder durchrieselte ihn. Eilig schloss er den Krug wieder und stellte ihn zurück. Die Truhe enthielt noch einige weitere Behältnisse und Gegenstände des täglichen Lebens. «Grabbeigaben, wie Ihr vermutet habt.» Rasch öffnete er auch die andere Truhe und schauderte erneut, als er eine weitere Urne, einen uralten Schild und Brustpanzer sowie Speer- und Pfeilspitzen fand. «Ich habe einen Verdacht.»

Während er die Truhen wieder verschloss, trat Aleydis bereits an die Sarkophage heran und betrachtete sie genauer. «Man hat die Toten umgebettet.»

«Verbrannt und dann umgebettet», präzisierte er. «Die Urnen sind weit jünger als alles Übrige in den Truhen.»

«Also haben die Römer ihre Toten nicht verbrannt?» Zaghaft berührte Aleydis einen der Steinsärge mit den Fingerspitzen.

«Wahrscheinlich eher nicht, denn das würde solche aufwendig gearbeiteten Sarkophage überflüssig machen.» Er hielt kurz inne. «Die nachträgliche Brandbestattung könnte auf Nicolais Konto gehen.»

Erschrocken fuhr sie zu ihm herum. «Aber warum sollte er das getan haben?»

«Vielleicht weil sich ein Krug mit Asche leichter in einer so kleinen Truhe aufbewahren lässt als ein Haufen Knochen?» Er hob die Schultern und schob sie dann sanft zur Seite, um sich den rechten Steinsarg genauer ansehen zu können. Der Deckel ließ sich mit etwas Anstrengung zur Seite schieben. Aleydis wich ein wenig zurück, doch als Vinzenz nur schweigend auf das Innere des Sarges starrte, trat sie doch wieder näher.

«Was ist dort? Eine weitere Truhe?»

«Nein.» Er machte ihr Platz, damit sie selbst sehen konnte. «Der Sarg ist leer.»

«Aber … Ganz leer?» Ungläubig beugte sie sich vor, leuchtete mit dem Kienspan und richtete sich schließlich wieder auf. «Vielleicht sind die Dokumente in dem anderen Sarkophag?»

Gemeinsam schoben sie auch dessen Deckel zur Seite, doch wieder erwartete sie nur gähnende Leere.

«Was soll das?» Ratlos sah Aleydis sich in der Grabkammer um. «Wozu wurden die Toten umgebettet, wenn die Särge gar nicht als Versteck dienen?»

«Möglicherweise hat Nicolai die Sachen, die hier versteckt waren, zwischenzeitlich woanders hingebracht, weil sie ihm hier nicht mehr sicher erschienen.»

«Ja, aber …» Sie fasste sich ratlos an die Stirn. «Wohin?»

«Eine gute Frage.» Vinzenz rückte die Sargdeckel wieder zurecht und setzte sich dann auf den Fußboden, den Rücken gegen den linken Sarkophag gelehnt. «Ihr wart mit ihm verheiratet. Wenn Euch nichts einfällt … Oder Ihr befragt noch einmal Cathrein.»

«Ich glaube nicht, dass sie mehr weiß.» Entmutigt ließ auch Aleydis sich auf dem harten Boden nieder. «Weshalb sollte sie mich hierhinschicken, wenn sie wüsste, dass hier nichts mehr zu finden ist? Sie ist geradezu besessen von dem Gedanken, dass ich Nicolais Schattenwelt übernehme.»

«Ich weiß.» Amüsiert, aber auch leicht besorgt, musterte er sie von der Seite. «Sie hat es mehrfach angesprochen.»

«Sie macht mir Angst mit ihren Andeutungen und Visionen, wie mächtig und einflussreich ich werden könnte, wenn ich mich diesen Machenschaften verschriebe. Dabei will ich das alles nicht. Seht mich doch nur an. Ich riskiere jetzt schon mein Seelenheil, indem ich in heidnischen Grabkammern stöbere und die Ruhe der Toten störe. Was kommt wohl als Nächstes?» Aleydis' Stimme war immer leiser geworden und klang nun gepresst.

In Vinzenz regte sich der unheilige Drang, sie zu trösten,

doch er widerstand ihm, zumindest weitgehend. «Sie schätzt Euch falsch ein. Ihr besitzt nicht die erforderlichen Eigenschaften, um der Familie als Anführerin der Schattenwelt zu Ruhm und Ehre zu gereichen.»

«Ruhm und Ehre?» Sie lachte trocken. «Ich glaube nicht, dass eins von beiden in diesen finsteren Geschäften zu erlangen ist.»

«Doch, doch, in gewissem Sinne sehr wohl.» Er stieß sie leicht mit der Schulter an. «Aber nicht für Euch.»

«Ihr haltet mich für zu weich.»

«Eindeutig.» Nun wandte er sich ihr ganz zu und suchte ihren Blick. «Daran ist nichts Ehrenrühriges. Im Gegenteil. Oder wärt Ihr gerne fähig, Euch die Machenschaften Eures seligen Gemahls anzueignen?»

Aleydis' Miene verfinsterte sich, gleichzeitig glänzten jedoch ihre Augen sehr verdächtig. «Ihr wisst ganz genau, dass dem nicht so ist. Wie oft muss ich das noch sagen? Ich komme mir vor wie in einem nicht enden wollenden Albtraum.» Unwirsch rieb sie sich mit dem Handrücken über die Augen. «Ich will so gerne endlich daraus erwachen, doch das ist nicht möglich. Kennt Ihr das, wenn Ihr im Traum auf eine Tür zugeht und genau wisst, dass sich dahinter etwas Schreckliches verbirgt, ihr sie aber trotzdem öffnet? So als würde eine fremde Macht über Euch bestimmen und Ihr könnt Euch nicht dagegen wehren? Ich stehe seit Nicolais Tod jeden Tag und jede Nacht vor einer solchen Tür, ob ich wache oder schlafe. Und wenn ich sie öffne, ist dahinter eine weitere. Und noch eine. Und immer so fort.» Während sie sprach, hatte sie beide Hände flach neben sich auf den Boden gelegt und rieb mit den Fingerspitzen über die unebenen Steinfliesen. «Es nimmt einfach kein Ende.»

Der Drang, ihr Trost zu spenden, kämpfte in ihm mit dem Wissen, dass dies ein riesiger Fehler wäre, den er nicht begehen durfte. Er verstrickte sich viel zu sehr in ihre Angelegenheiten und machte sie zu den seinen. Dabei hatte er sich geschworen, dass so etwas niemals wieder geschehen durfte. Während er noch mit sich rang, wie er reagieren sollte, sickerten ihre Worte in sein Bewusstsein durch. «Eine Tür», murmelte er und drehte sich zu den Sarkophagen um.

Verwundert hob Aleydis den Kopf. «Was meint Ihr?»

«Eine Tür!»

Sie runzelte die Stirn, dann begriff sie und drehte sich ebenfalls um. «Glaubt Ihr wirklich …?» Noch während sie sprach, tastete sie am Rand des linken Sargs über den Boden. «Hier sind Schleifspuren!» Sie deutete auf ein paar winzige Kratzer auf den steinernen Fliesen. Im nächsten Moment berührte sie mit der linken Hand eine kleine Erhebung an der Ecke des Sarges, nur etwa zwei Handbreit über dem Boden. Als sie fest dagegendrückte, klickte es laut. Erschrocken sprang sie zurück.

Auch Vinzenz war sofort auf den Füßen und schob Aleydis energisch zur Seite. «Haltet Abstand, aber leuchtet mir!»

Atemlos sah Aleydis dem Gewaltrichter dabei zu, wie er erneut den versteckten Mechanismus betätigte. Als er sich dagegenstemmte, ließ sich der linke Sarkophag um fast anderthalb Schritte zur Seite schieben und gab den Blick auf steinerne Stufen frei, die in ein finsteres Verlies hinabführten. «Um Himmels willen», entfuhr es ihr. Sie hielt den Kienspan so, dass sie besser erkennen konnten, was sich dort unten befand. Leider war die Lichtquelle schon fast heruntergebrannt. «Hat Nicolai etwa diesen geheimen Raum hier angelegt?»

«Wohl kaum.» Van Cleve nahm ihr den Kienspan aus der

Hand. «Wahrscheinlich hat er ihn einfach irgendwann entdeckt und erkannt, dass dort unten ein noch besseres Versteck für seine geheimen Habseligkeiten ist. Zumindest sehe ich dort unten Kisten. Wartet hier oben.» Er stieg die Stufen langsam hinab und war im nächsten Moment in der Geheimkammer verschwunden.

Aleydis schauderte, denn nun war es hier oben stockfinster. Nicht einmal ein Fenster gab es, durch das Mondlicht hereinfallen konnte. Also tastete sie sich vorsichtig bis zum Rand der Treppe, setzte sich hin und rutschte dann im Sitzen Stufe um Stufe hinab, bis sie wieder etwas erkennen konnte, weil der Kienspan genug Helligkeit spendete.

Der Gewaltrichter stand vor mehreren eisernen Truhen, die deutlich größer und jünger waren als die beiden, die sie oben gefunden hatten. «Die dürften Eurem Gemahl gehört haben.» Er trat beiseite, um ihr in dem beengten Verlies Platz zu machen. Es war gerade breit genug für zwei Personen und tief genug, um insgesamt vier Truhen zu fassen, wobei die vorderen beiden fast an die Treppe stießen. «Ich vermute, dass man hier unten einmal weitere Grabbeigaben verstaut hatte.» Aufmerksam sah er sich um. Die Decke war so niedrig, dass er sich fast den Kopf daran stieß. «Oder zumindest muss der Raum einmal dafür vorgesehen gewesen sein. Die Sachen oben in den Truhen sahen mir jedoch nicht nach übermäßigem Wohlstand aus. Vielleicht reichten die Mittel der Verstorbenen letztlich nicht aus, um diese Kammer hier zu füllen.» Vor der vorderen rechten Truhe ging er in die Hocke und streckte gleichzeitig die linke Hand in Aleydis' Richtung aus. «Den Schlüssel.»

Sie war immer noch sprachlos, sodass sie einen Moment brauchte, um zu begreifen, was er von ihr wollte. Hastig kramte sie den Ring aus ihrer Geldkatze und reichte ihn ihm, dann ging sie ebenfalls in die Hocke und sah zu, wie er den erhaben herausgearbeiteten Stern in die genau passende Öffnung an dem Schloss der Truhe schob und vorsichtig drehte. Es handelte sich um einen Mechanismus aus Bolzen und Bügel, der zweimal leise klickte und schließlich aufsprang, sodass das Schloss abgenommen werden konnte. Aleydis hatte so etwas noch nie gesehen, zweifelte aber nicht einen Moment daran, dass es von Nicolai in Auftrag gegeben worden war. Nicht nur der Ringschlüssel mit seinem Abzeichen bezeugte es, sondern auch die Tatsache, dass er immer schon seine helle Freude an solchen außergewöhnlichen Erfindungen gehabt hatte.

«Bei allen Heiligen!» Van Cleve hatte den Deckel gehoben und starrte entgeistert auf den Inhalt der Truhe.

Erst sein Ausruf veranlasste Aleydis, ebenfalls hinzusehen. Sie war vollkommen fasziniert von dem Schloss gewesen und traute nun ihren Augen kaum, als sie den offenen Samtbeutel mit Goldstücken erblickte. Ungläubig griff sie danach und wog ihn in der Hand. «Das ist fast so viel wie das, was wir im Haus versteckt haben.»

«Seid Ihr sicher?» Mit spitzen Fingern zupfte van Cleve an der Verschnürung eines weiteren Beutels. Noch mehr Gold und diesmal auch Silber kamen zum Vorschein. «Ich würde es eher als ein Vielfaches davon bezeichnen.»

«Das kann doch nicht sein!» Vollkommen außer sich wühlte Aleydis weiter in der Truhe und förderte weitere Beutel zutage, die allesamt prall mit Gold- und Silbermünzen gefüllt waren. «Das … kann … nicht …» Kraftlos sank sie auf die Knie und hielt sich am Rand der Truhe fest. In ihrem Kopf wirbelten Gedanken durcheinander, ihr war kalt und heiß zugleich.

«So viel Geld habe ich noch nie auf einem Haufen gesehen», brummelte van Cleve, und selbst ihm, der sonst so abgeklärt wirkte, schien nicht wohl in seiner Haut zu sein.

«Wie ein Goldschatz in einer Sage.» Aleydis konnte nicht

verhindern, dass sich Verzweiflung und Bitterkeit in ihre Stimme stahlen. «Wie um alles in der Welt ist Nicolai an so unwahrscheinlich viel Gold gekommen?»

Der Gewaltrichter antwortete nicht darauf, sondern machte sich bereits am Schloss der nächsten Truhe zu schaffen. Als sie kurz darauf aufsprang, traute Aleydis sich kaum hineinzusehen. Erst als er ein vernehmliches «Aha!» ausstieß, wagte sie einen Blick. Er hielt ein dickes, in dunkles Leder gebundenes Buch in der Hand, dessen Seiten dicht an dicht mit Namen und Zahlen vollgeschrieben waren.

«Wie ich mir dachte.» Van Cleve blätterte ein wenig vor und zurück. «Das Buch, das wir kurz nach dem Tod Eures Gemahls bei Euch im Haus entdeckt haben, das mit den Namen der heimlichen Schuldner, muss zu diesen Aufzeichnungen hier gehören. Ebenso seine Aufzeichnungen über die Ratsbeschlüsse. Aber das waren anscheinend nur kurze Auszüge. Nicolai hat sehr akribisch über all seine Geschäfte Buch geführt.»

«Lasst sehen.» Sie nahm ihm das schwere Buch ab und überflog die Eintragungen neugierig. Alles war besser, als sich mit den unvorstellbaren Reichtümern in der anderen Truhe auseinandersetzen zu müssen. «Das ist nicht Nicolais Schrift, sondern die von Griselda.»

«Sie hat also seine Bücher geführt?» Er beugte sich zu ihr herüber, sodass sich erneut ihre Schultern berührten.

Aleydis hielt für einen Moment den Atem an, weil ihr Herzschlag aus dem Takt geriet. Sie wollte sich jedoch um keinen Preis anmerken lassen, dass ihr die Nähe zu diesem Mann zusetzte. Deshalb zwang sie sich zu einem gleichmütigen Nicken. «So wie ich es getan habe. Nur mit dem Unterschied, dass er Griselda auch seine Schattengeschäfte anvertraut hat.» Sie zögerte. «Oder vielleicht war es auch umgekehrt.» Nach einer weiteren kurzen Pause schlug sie das Buch zu. «Sehr wahrscheinlich war es so: Arnold Hürth hat Nicolai mit der Aussicht auf Einfluss und Geld dazu gebracht, Griselda zu heiraten. Cathrein sagte, ihre Mutter sei die treibende Kraft in dieser Ehe gewesen und auch in allem, was mit Nicolais Schattenwelt zu tun hatte.»

Der Gewaltrichter dachte über ihre Worte nach, bevor er antwortete. «Entlastet ihn das in Euren Augen?»

Überrascht sah sie ihn an. «Ich weiß nicht. – Nein. Wenn er nicht gewollt hätte, hätte er das alles nicht tun müssen. Er war ja kein Gefangener, der zu solchen Untaten gezwungen wurde.»

«Es sei denn, die Hürths hatten auch ihn und seine Familie in der Hand», gab er zu bedenken. «Doch dann hat er nach Griseldas Tod Euch geheiratet und dafür gesorgt, dass sein gesamtes Erbe an Euch fällt. Ein merkwürdiger Schelmenstreich, meint Ihr nicht auch?»

Aleydis gab ihm das Buch zurück und blickte erneut in die zweite Truhe. «Ich wünschte, ich wüsste, was er damit bezweckt hat. Oder ob er vorhatte, es mir eines Tages zu erklären.» Vorsichtig, so als könnte er beißen, zog sie einen Stapel Dokumente hervor, die mit Klammern zusammengehalten wurden. «Das hier sieht aus wie Schuldverschreibungen.» Sie blätterte in den Urkunden. «Sie sind alle neueren Datums.» Ihre Miene hellte sich für einen Moment auf, als sie einen Namen entdeckte, den sie kannte. «Dies hier scheint die Vereinbarung mit dem Grafen von Spons zu sein. Er ließ mir ja erst kürzlich Geld zukommen … O mein Gott!» Als sie den Betrag sah, den der Graf Nicolai – oder vielmehr jetzt ihr – schuldete, wurde ihr übel. «Das kann er ja in zehn Jahren nicht zurückzahlen. Wofür leiht sich ein einzelner Mensch so viel Geld?»

«Lasst mich mal sehen.» Umstandslos nahm van Cleve ihr die Urkunde aus der Hand und studierte sie eingehend. «Wer weiß, vielleicht musste er eine Fehde finanzieren oder sich einem kostspieligen Feldzug anschließen. Oder beides.» Er grinste schief. «Oder er hat eine geldgierige Mätresse.»

«Macht Ihr Euch etwa über ihn lustig?» Entrüstet schnappte sich Aleydis die Urkunde wieder und klemmte sie zurück zu den anderen. «Diese Dokumente sollte ich mitnehmen und in Ruhe studieren, damit ich zukünftig besser gerüstet bin, wenn wieder jemand Geld bei mir abliefert.»

«Auf gar keinen Fall.» Erneut nahm van Cleve ihr den Stapel Papiere ab. «Euer Gemahl hat diese Schriftstücke aus gutem Grund hier aufbewahrt. Wenn davon etwas ans Licht kommt, könnte es böse Auswirkungen haben. Dies hier sind keine offiziellen Kreditgeschäfte. Wenn ich mir so ansehe, was für Sicherheiten in manchen der Urkunden genannt werden, muss ich annehmen, dass Nicolai ein großer Freund erpresserischer Methoden gewesen ist. Überdies bestehen sein Ruf und die Angst der Schuldner vor Repressalien über seinen Tod hinaus, denn andernfalls würde jemand wie der Graf von Spons einfach mit dem Abzahlen der halbjährlichen Summen aufgehört haben, um zu sehen, ob er damit durchkommt. Lasst diese Dokumente unter Verschluss und studiert sie nur hier vor Ort. Das ist sicherer für Euch.» Er hüstelte. «Ich will Euch ungern irgendwann vor meinem Richtertisch sehen, weil Euch jemand wegen der Untaten Eures Gemahls verklagt. Falls es doch einmal dazu kommen sollte, darf bei Euch nicht ein Fetzen hiervon», er deutete auf die mit Büchern und Urkunden gefüllte Truhe, «entdeckt werden. Nicht ein Beweis für Nicolais Umtriebe darf sich in Euren Händen befinden. Oder auch nur in Eurer Nähe gefunden werden.»

Entsetzt und verwirrt starrte sie ihn an. «Das ratet ausgerechnet Ihr mir?»

«Bleibt mir etwas anderes übrig?» Seine Miene verdüsterte

sich dramatisch. «Ihr habt mich ins Vertrauen gezogen und Glück, dass ich klug genug bin zu begreifen, in welch prekärer Lage Ihr Euch befindet. Das werden andere Amtmänner oder Richter wahrscheinlich anders sehen, vor allem wenn sie bereits schlechte Erfahrungen mit Eurem Gemahl gemacht haben. Allein dieses Buch hier», er wies auf den schweren Folianten, «deutet darauf hin, dass nicht nur halb Köln in der Schuld Eures Gemahls stand, sondern so viele andere, auch von außerhalb, dass es fast unmöglich sein wird, einen Überblick zu gewinnen.»

Verzagt ließ Aleydis den Kopf hängen. «Dreißig Jahre.» Sie rieb sich über die glühenden Wangen. «So lange hat er diese Schattenwelt aufgebaut und angeführt. Ich mag mir gar nicht vorstellen, wie viel Leid er in dieser Zeit über die Menschen gebracht hat.»

«Es wird nicht nur Leid gewesen sein», schränkte van Cleve ein. «Einigen wird er sicherlich auch bei ihren Plänen und Vorhaben zu ihrer Zufriedenheit unter die Arme gegriffen haben.»

«Ja, aber auf welche Art und Weise?» Aufgebracht hob sie den Kopf wieder und funkelte ihn an. «Erinnert Ihr Euch an den Leyneweber? Nicolai hat ihn auf hinterhältige Weise gezwungen, sich Geld bei ihm zu leihen. Und als der arme Mann es nicht zurückzahlen konnte, machte Nicolai es noch schlimmer, indem er ihn mit Gewalt zwang, noch mehr Geld zu leihen. Am Ende hat er dem Leyneweber Haus und Lebensgrundlage genommen und ihn aus Köln vertrieben. Und was ist mit diesem Grafen? Oder all den anderen Leuten, die mir, ohne mit der Wimper zu zucken, tagtäglich immense Summen zukommen lassen, obwohl mein Gemahl in seinem Grab längst erkaltet ist? Ihr habt eben selbst gesagt, dass sie ihn nach wie vor fürchten. Fürchten! Er hatte sie alle in der Hand und ich … Herrje.» Sie schüttelte sich bei der Erkenntnis, die sie überkam. «Ich bin sogar gezwungen, nicht nur dieses Geld anzunehmen, sondern auch die gesamten Außenstände einzufordern. Ich muss wissen, wer mir alles noch Geld schuldet, denn wenn auch nur einer von ihnen seine Zahlungen aussetzt und ich es nicht bemerke, spricht sich das herum, und dann …»

«Dann könnte es ungemütlich für Euch werden, weil Euch eine Welle von Klagen oder aber von Erpressungsversuchen oder Überfällen droht.» Sichtlich besorgt strich van Cleve sich über den Kinnbart. «Ich schlage vor, Ihr kehrt beizeiten noch einmal hierher zurück, gut bewacht von Euren Knechten selbstverständlich, und beginnt mit dem Studium dieser Urkunden und der Rechnungsbücher. Heute ist dazu nicht genügend Zeit. Außerdem erlischt gleich der Kienspan, und ich habe nur noch einen zum Ersatz dabei.»

«Ja, aber …» Eine neue Tür hatte sich vor ihr aufgetan, die sie lieber verschlossen gehalten hätte, denn dahinter befand sich ein riesiger, grässlicher Abgrund. «Was dann?»

«Ihr werdet die bestehenden Verpflichtungen Euch gegenüber einfordern müssen, da habt Ihr recht. Wardo und Symon dürften erfahren in der Vorgehensweise sein.»

«Ich will aber nicht …»

«Was Ihr wollt», unterbrach er sie barsch, «ist unwichtig. Wenn Ihr nicht riskieren wollt, dass man Euch in der Luft zerreißt – und mit Euch Eure gesamte Familie und alle, die Euch lieb und teuer sind –, dann bleibt Euch keine andere Wahl. Wir haben es hier nicht mit einer Schar von Leynewebern zu tun. Die könnte man noch im Griff behalten. Ich habe in diesem Buch», erneut deutete er auf den Folianten, «schon beim Überfliegen so viele hochrangige Namen entdeckt, dass es mich schüttelt. Ich wusste, dass Nicolai Golatti ein mächtiger Mann war. Dies hier jedoch übersteigt selbst meine Vorstellungskraft. Ihr könnt nichts anderes tun, als den schönen

Schein zu wahren – und Euch aus dem Kreditgeschäft nach und nach zurückziehen. Nicht sofort, sondern Schritt für Schritt, sodass es nicht gleich auffällt. Heimliche Geschäfte müsst Ihr ja sowieso nicht tätigen, aber auch die offiziellen würde ich an Eurer Stelle über einen gewissen Zeitraum auslaufen lassen. Niemand wird sich darüber wundern, wenn Ihr Euch nur noch auf die Wechselstube konzentriert, denn selbst offiziell habt Ihr genug Geld geerbt, dass es für mehrere Leben reichen würde. Aber Ihr müsst eisern bleiben, was die bestehenden Schulden angeht.» Er blätterte noch einmal in dem dicken Rechnungsbuch.

«Das kann ich nicht.» Eisiges Grauen hatte Aleydis bei seinen Worten gepackt. «Nein, Herr van Cleve, das ist unmöglich. Ich will nicht … Wisst Ihr, was Ihr da von mir verlangt?» Tränen des Zorns und der Verzweiflung stiegen ihr in die Augen, und sie ließ ihnen freien Lauf.

«Ich weiß es ziemlich genau.» Seine Worte grollten dunkel über sie hinweg. «Wollt Ihr stattdessen das Risiko eingehen, von den Schuldnern Eures Gemahls überrannt zu werden? Oder lieber gleich Köln verlassen? Weit fortgehen, Euch selbst und Eure Familie entwurzeln? Marlein und Ursel den Hürths oder de Piacenzas überlassen? Das wäre nämlich die Alternative, die ich Euch nahelegen könnte.»

Entgeistert blickte sie in seine fast schwarzen Augen. «Das ist unmenschlich. Ihr seid grausam.»

«Nein, nicht ich bin grausam, sondern das hier.» Er wies vage auf die vier Truhen, von denen sie zwei noch nicht einmal geöffnet hatten. «Euer Gemahl muss den Verstand verloren haben, Euch damit unvorbereitet zu konfrontieren und Euch seiner Schattenwelt schutzlos auszusetzen.»

«Das hat er ja nicht mit Absicht getan. Er wusste doch nicht, dass jemand ihn ermorden würde …» Immer noch rannen ihr

Tränen über die Wangen, die sie nicht fortwischte. «Vielleicht gehe ich wirklich besser von hier fort, zusammen mit meinen Eltern und Marlein und Ursel. Irgendwohin, wo uns niemand kennt. Irgendwohin …» Ihre Stimme erstarb, als ihr bewusst wurde, dass der Gedanke, ihre Heimat Köln zu verlassen, sie in beinahe noch größeres Elend stürzte. Und was war mit ihrem Vater? Mit Krista und ihren Halbgeschwistern? Konnte sie sie einfach so zwingen, von hier wegzugehen? Was würde aus Matteo? Wohin sollte sie überhaupt gehen? Wie weit müsste sie fort, um dem Fluch der Schattenwelt zu entfliehen? «Nein, das kann ich nicht tun, Vinzenz. Ich kann nicht weggehen, aber noch viel weniger kann ich diese grässlichen Missetaten weiterführen.» Sie bemerkte nicht einmal, dass sie den Gewaltrichter beim Vornamen genannt hatte. «Ich kann es einfach nicht.»

«Doch.» Er griff nach ihren Händen, drückte sie so fest, dass sie aufmerkte. «Ihr könnt. Ihr müsst.»

«Nein …» Sie wandte den Kopf zur Seite, weil sie sich ihrer Tränen und Hilflosigkeit schämte. «Ich will das alles nicht!»

«Aleydis, sieh mich an!» Streng war sein Tonfall, fast herrisch, doch als sie gehorchte, erblickte sie in seinen Augen Mitgefühl und … sie konnte nicht genau einordnen, was da noch mitschwang. Ihr Herz begann, wild gegen ihre Rippen zu pochen, als er erneut ihre Hände drückte. «Euch bleibt keine andere Wahl. Ihr werdet das schaffen.»

«Wie?» Verunsichert blickte sie auf ihre miteinander verschränkten Hände, woraufhin er sie abrupt wieder losließ.

«Uns fällt schon etwas ein.»

Ruckartig hob sie den Kopf. «Uns?»

Missfällig verzog er die Lippen. «Es ist ein vertracktes Ding mit dem Vertrauen. Es führt zu Verpflichtungen, auch unliebsamen.»

Zorn mischte sich in ihre Verzweiflung. «Ihr müsst mir nicht helfen, Herr van Cleve. Am Ende bin ich noch schuld daran, wenn Ihr in Konflikt mit Eurem Richterstuhl geratet.»

«Das sowieso.» Er erhob sich und schob die Kiste mit den Münzen so weit zur Seite, dass er die hinteren beiden Truhen öffnen konnte. «Ich sage es nur ungern, Aleydis, aber Ihr seid nicht nur die reichste Witwe Kölns, sondern möglicherweise des gesamten Reiches. Sieht man vielleicht einmal von Königstöchtern ab.»

«Was?» Irritiert rutschte sie auf Knien zu der Truhe und verschluckte sich fast, als sie weitere Beutel und Kästchen voller Gold- und Silbermünzen erblickte. «Jesses, Maria und Josef!»

Er lachte trocken auf. «Ihr habt die zwölf Apostel vergessen.»

«Macht Euch gefälligst nicht lustig!» Vorsichtig ließ sie ein paar Münzen durch ihre Finger gleiten, dann zog sie sich hastig bis auf die Treppenstufen zurück. «Ich will hier weg, Vinzenz. Das da», sie deutete auf die Truhen, «ist viel schlimmer, als ich es mir hätte vorstellen können. So viel Gold. Himmel, wie konnte er so reich werden, ohne dass es jemand bemerkt hat?» Natürlich kannte sie die Antwort, deshalb sagte er nichts darauf. Vorsichtig musterte sie ihn. Er hatte inzwischen den letzten Kienspan am Rest des heruntergebrannten entzündet und in dem eisernen Griff befestigt. «Es gibt keinen anderen Ausweg für mich, oder?»

«Ich fürchte nicht.» Mit wenigen Handgriffen hatte er auch die vierte Truhe geöffnet. «Ihr könnt aufatmen, noch wohlhabender werdet Ihr heute nicht mehr. Diese Truhe hier enthält nur weitere Urkunden. Wechsel hauptsächlich, wie es scheint, und noch dazu alle älteren Datums, soweit ich erkennen kann. Dennoch solltet Ihr sie Euch in Ruhe ansehen. Ihr werdet in nächster Zeit eine Menge zu lesen haben, Aleydis.» Energisch klappte er die Truhen wieder zu und verschloss sie.

Dann reichte er ihr den Schlüssel. «Ich werde Alba bitten, Eure Abwesenheit mit Treffen unter Freundinnen zu entschuldigen, falls sich jemand wundert, wo Ihr steckt, wenn Ihr Euch hierherbegebt.»

«Ihr wollt Eure Schwester in die Sache hineinziehen?» Hastig stopfte sie den Sternring wieder in ihre Geldkatze und stieg vor ihm die Treppe hinauf in die Grabkammer.

«Ungern zwar, aber sie wird sowieso keine Ruhe geben, bis sie einen Weg gefunden hat, Euch beizustehen. Sie kann Euch gut leiden.»

«Im Gegensatz zu Euch, meint Ihr?»

Der Gewaltrichter untersuchte den Mechanismus am Sarkophag, bis er herausgefunden hatte, wie dieser sich wieder schließen ließ. Ein mahlendes Geräusch begleitete den Steinsarg, als dieser sich über die Treppe schob. «Wer behauptet, ich könne Euch nicht leiden?»

«Ihr selbst mit jedem Eurer Worte.» Aleydis atmete auf, nachdem sie die Grabkammer verlassen hatten und van Cleve die Schlösser wieder an der Tür angebracht hatte. Die Wolkendecke war an einigen Stellen weiträumiger aufgerissen, sodass der Mond sichtbar war und fahles Licht auf Stadt und Land warf. Er hatte sich ein gutes Stück übers Firmament bewegt, doch tatsächlich war weit weniger Zeit verstrichen, als sie angenommen hatte. Noch immer war es tiefe Nacht, der Morgen einige Stunden fern. «Noch mehr vermittelt Ihr es mit Eurem Verhalten. Weshalb sonst geht Ihr mir aus dem Weg, wo Ihr nur könnt?»

«Ich habe meine Gründe.»

«Das sagtet Ihr bereits.»

«Und Ihr wollt diese Gründe unbedingt wissen? Sind sie Euch nicht schon selbst ins Auge gefallen?» Er bedeutete ihr, sich wieder dicht an seiner Seite zu halten, da sie nun den

Heimweg antraten. «Ihr habt doch bereits erkannt, dass es einen zumindest unguten Anschein erwecken könnte, wenn man Euch mit mir oder mich mit Euch in allzu traute Verbindung bringt. Meinem Vater dürfte dies gleichgültig sein, doch er muss sich letztlich auch nicht mit den unangenehmen Auswirkungen auseinandersetzen.»

«Ihr handelt also aus Rücksicht mir gegenüber?» Skeptisch sah sie ihn von der Seite an.

«Nun ja, mir selbst zuliebe schon auch.» Er erwiderte ihren Blick kurz mit einem sarkastischen Lächeln. «Ihr passt mir nicht in den Kram, das gebe ich gerne zu.»

«Warum nicht?» Sie wusste nicht, weshalb seine Worte sie derart aufbrachten und zugleich schmerzten. «Was habe ich Euch getan?»

Er schwieg und beschleunigte lediglich seinen Schritt, sodass sie Mühe hatte, an seiner Seite zu bleiben.

Erbost griff sie nach seinem Arm. «Antwortet mir!»

Immer noch schweigend, schüttelte er sie ab.

Heißer Zorn brodelte in ihr hoch. Stur fasste sie erneut nach seinem Arm. «Vinzenz!»

«Verdammtes Weib!» Er fuhr so flink zu ihr herum, dass sie fast aufgeschrien hätte, doch ihr blieb der Ton vor Schreck im Halse stecken. Mit der freien Hand packte er ihren Oberarm und drängte sie rückwärts, bis sie gegen einen Baumstamm stieß. Sie hatte gar nicht bemerkt, dass sie die kleine Baumgruppe bereits passiert hatten. Mit großen Augen starrte sie ihn an, als er sie mit seinem vollen Gewicht gegen den Stamm drängte. Die Flamme des Kienspans warf zuckende Licht- und Schattenspiele auf sein zornverzerrtes Gesicht und ließ seine Augen schwärzer als schwarz funkeln. «Fordert mich nicht heraus.»

«Das tue ich doch gar nicht.» Ihre Stimme krächzte ein wenig. «Ich fordere lediglich eine Antwort auf meine Frage. Was habe ich Euch getan?»

«Ihr solltet Euch lieber fragen, was ich Euch antun könnte, wenn Ihr so weitermacht.»

Ihren Herzschlag spürte sie inzwischen bis in die Kehle hinauf, und das Gewicht seines Körpers ließ jede Faser ihres eigenen beängstigend vibrieren. «Ich weiß nicht, was Ihr damit meint. Was tue ich denn?»

Einen langen Moment starrte er sie so intensiv an, dass sie glaubte, er könne ihre verworrenen Gedanken lesen. Als dann sein Blick ganz kurz zu ihrem Mund hinabzuckte, stockte ihr vollends der Atem.

«Hört auf damit.» Sie brachte die Worte kaum hervor. Ihre Lippen fühlten sich plötzlich staubtrocken an, sodass sie sie mit der Zungenspitze zu benetzen versuchte.

Im selben Moment spürte sie, wie van Cleve sich noch mehr anspannte und sie noch fester gegen den Baumstamm drängte. «Ich wünschte, ich könnte es, Aleydis.» Seine Stimme klang noch rauer als sonst, und einmal mehr fühlte sie sich, als würde sie gegen den Strich gestreichelt werden, diesmal jedoch spürte sie noch etwas anderes, Unkontrollierbares, das sie erschreckte. Hitzeschauer wechselten sich mit Gänsehaut ab, und ihr Herz pumpte das Blut wie einen rauschenden Strom durch ihren Körper. «Ich habe Euch schon einmal gewarnt.» Er ließ ihren Arm los und umfasste stattdessen ihre Wange. Prompt begann ihre Haut unter seinen Fingerspitzen zu glühen. «Stellt keine Fragen, auf die Ihr die Antwort nicht hören wollt.»

Für mehrere Atemzüge verharrten sie so, und es schien, als warte er auf eine Reaktion von ihr. Doch sie war kaum imstande zu atmen. Sie schluckte, schluckte noch einmal, starrte in seine tiefdunklen Augen und sehnte sich. Nein, sie fürchtete sich. Oder beides?

Tränen brannten in ihren Augen. Sie hatte nicht die geringste Ahnung, was er von ihr erwartete, sondern wusste nur, dass das hier falsch war, gänzlich falsch – auch wenn es sich seltsam richtig anfühlte. «Lass mich los, Vinzenz.»

«Ja.» Er ließ die Hand sinken und trat einen halben Schritt zurück. «Jetzt habt Ihr es begriffen.» Als sie nur zittrig ein- und wieder ausatmete, fluchte er gotteslästerlich. «Ihr habt nicht die geringste Ahnung, welche Wirkung Ihr auf mich habt, nicht wahr?» Mit einer flinken Bewegung steckte er den Griff des Kienspans in die Erde neben sich und zog sie mit einem Ruck vom Baumstamm fort. Sie prallte gegen seine Brust und fand sich im nächsten Moment in seinen kräftigen Armen wieder. «Beruhigt Euch, Aleydis. Ich werde Euch nichts zuleide tun.»

Sie weinte, konnte nichts gegen das heftige Zittern und die Tränen tun, die ihr über die Wangen strömten. Sie stand einfach nur da und presste ihr Gesicht gegen seine Brust, während er sie festhielt, eine Hand auf ihrem Rücken, die andere an ihrem Hinterkopf. Sein Geruch stieg ihr in die Nase und machte alles noch schlimmer. Er roch so anders als Nicolai, fremd und beängstigend. Und dennoch wünschte sie sich, er möge sie nicht wieder loslassen. Sie war fürwahr ein törichtes Weib.

«Fürwahr», murmelte er. Offenbar hatte sie ihren Gedanken laut ausgesprochen. «Gut, dass Ihr es selbst einseht, so muss ich es nicht aussprechen.»

In einem Anflug von Zorn versuchte sie, sich loszumachen, doch er hielt sie sanft, aber bestimmt fest. «Schon gut, Aleydis. Ich bin ein Idiot. Atmet ganz ruhig ein und aus und hört mit dem Geflenne auf. Das schlägt mir auf den Magen.»

Aus unerfindlichen Gründen stieg ein verzweifeltes Lachen in ihr auf. Sie gluckste und hustete ein wenig.

Kopfschüttelnd schob er sie ein Stückchen von sich und musterte sie aufmerksam. «Besser?»

«Ich habe Euer Wams durchnässt.» Verlegen rieb sie mit dem Ärmel ihres Mantels über ihre Augen.

«Nicht zum ersten Mal.» Missmutig blickte er an sich hinab und nahm dann den Kienspan wieder auf. «Ich fürchte, das wird allmählich zur Gewohnheit. Noch ein Grund mehr, Euch zu meiden.»

Verlegen zupfte sie an ihrer Gugel herum, die ihr in den Nacken gerutscht war und den Blick auf ihr Haar freigab. «Ihr könnt Euch nicht vorstellen, wie schwierig es ist, in dieser Welt eine Frau zu sein. Entweder man nimmt mich wegen meines Äußeren nicht ernst und hält mich für ein dummes Püppchen, oder man fürchtet mich wegen Dingen, für die ich nicht verantwortlich bin, sondern mein seliger Gemahl.» Sie seufzte tief. «Oder aber man unterstellt mir, eine Circe zu sein, obwohl ich bis vor kurzem nicht einmal wusste, wer dieses flatterhafte Weib überhaupt ist. Ich hatte nicht vor, Euch in irgendeiner Form zu … reizen.»

«Ich weiß.» Er klang noch immer grimmig.

«Vielleicht sollte ich doch den Schleier nehmen, dann müsste ich mich nicht mehr mit solchen Dingen auseinandersetzen, und die Männer wären vor mir sicher.» Sie grinste schief. «In Momenten wie diesen kommt mir die Ruhe und Abgeschiedenheit hinter Klostermauern geradezu überirdisch schön vor.»

Van Cleve stieß einen ungehaltenen Laut aus, der irgendwo zwischen Knurren und Lachen lag. «Hatten wir nicht bereits geklärt, dass Ihr das letzte Weib auf Erden seid, das für ein Leben als Braut Christi geschaffen wurde?»

«Ja, und dass Ihr Euch heldenhaft opfern und mich ehelichen würdet, um mich davon abzuhalten. Und das, obwohl es das Allerletzte ist, was Ihr je tun wolltet. Gott bewahre, dass ich Euch ins Verderben reiße.»

«Dann zwingt mich nicht dazu, diese Drohung wahr zu

machen.» Er behielt seinen finsteren Blick bei, doch um seine Mundwinkel zuckte es verräterisch.

Schon wieder stieg ein unseliges Lachen in ihr auf. «Ihr dürft sie lediglich nicht Eurem Vater gegenüber erwähnen. Andernfalls bestellt er umgehend das Aufgebot.»

«Nicht, solange ich es verhindern kann.» Er richtete seinen Blick stur geradeaus. «Verzeiht, es war nicht meine Absicht, Euch zu ängstigen.»

«Doch, war es.» Sie entspannte sich ganz allmählich und empfand seine Gegenwart nicht mehr als so überwältigend wie noch kurz zuvor. «Aber ich trage es Euch nicht nach.»

Er atmete hörbar ein und wieder aus. «Ihr solltet sparsam mit Euren Tränen umgehen. Sie ändern nämlich nichts, und ich eigne mich nicht zum Seelentröster.»

«Nein, wohl nicht.» Sie wickelte sich fest in ihren Mantel. Während sie den Heimweg schweigend fortsetzten, musterte sie den Gewaltrichter mehrmals unauffällig von der Seite und wurde das Gefühl nicht los, dass er sich irrte.

KAPITEL 15

Es war bereits heller Tag, als Aleydis von lautem Geschrei und erbosten Männerstimmen geweckt wurde. Irritiert, weil niemand sie früher geweckt hatte, rappelte sie sich auf und warf sich eine frische Leinencotte über. Der blaue Samtsurcot war am Saum verschmutzt, deshalb nahm sie stattdessen einen dunkelgrünen mit Silberstickereien aus der Kleidertruhe, wand in Windeseile die farblich passende Haarnetzhaube um ihren Kopf und schlüpfte in die warmen Stiefel. Sie hatte nach ihrer Rückkehr vor einigen Stunden nicht mehr die Kohlen in dem runden Eisenbecken neben dem Bett entzündet, weshalb es in ihrer Schlafkammer empfindlich kühl war.

Im Erdgeschoss empfing sie eine deutlich angenehmere Wärme, doch sowohl Küche als auch Wohn- und Wechselstube waren verwaist. Offenbar hatte das Gezeter sämtliche Bewohner hinaus auf die Straße gelockt.

Als sie die Haustür öffnete, schwoll das Geschrei gerade wieder deutlich an. Zwischen dem Beginenhof und ihrem Anwesen hatte sich eine Menschentraube gebildet. Die Bewohner der Nachbarhäuser, Mägde, Knechte, einige Handwerker wie auch einfache Passanten hatten sich zusammengeschart, disputierten und schimpften wild durcheinander. Einige gestikulierten herrisch, andere gafften nur sensationslüstern. In der Menge erblickte sie auch das Hausgesinde sowie Matteo und Brunhild. Gilles und Augustin hingegen standen pflichtgetreu neben Tür und Hoftor und wachten darüber, dass kein Unbefugter Haus oder Hof betrat.

«Das ist hanebüchener Unsinn!», erhob sich gerade Alessandros Stimme über das wütende Gebrüll einiger Männer. «Ihr könnt Frau Aleydis nicht dafür verantwortlich machen, dass jemand Feuer im Beginenhof gelegt hat.»

«Doch, können wir und müssen wir», zeterte eine alte Frau, die weiter oben in der Glockengasse wohnte. Die Gemahlin eines Küfers. «Sie war es doch auch, die die Mörderin hier hat einmauern lassen, anstatt sie dem Scharfrichter zu übergeben. Damit hat sie uns alle in Gefahr gebracht, nicht nur die armen, rechtschaffenen Beginen. Wer weiß, ob uns nicht demnächst auch das Dach über dem Kopf angezündet wird?»

Zustimmende Rufe und sogar Applaus wurden laut.

«Eingekerkert gehört die Mörderin!», krakeelte jemand, den Aleydis nicht sehen konnte. «Wenn sie schon ihre gerechte Strafe nicht kriegt, lasst sie im Turm dahinschmachten!»

«Verrecken soll sie, die Meuchelmörderin!» Auch ein paar Mägde und Knechte aus den Häusern ringsum fielen in das Schmähgebrüll mit ein. Die Menge wogte hin und her, schob sich auf Aleydis zu.

«Da ist sie ja, die Mörderfreundin!» Eine alte, gebeugt dahinschlurfende Magd mit krummen Fingern deutete auf Aleydis, und prompt wurde es ringsum still. Die Menschen starrten sie teils neugierig, teils wütend an.

Ehe Aleydis reagieren konnte, waren plötzlich Symon und Wardo neben ihr, und Alessandro kämpfte sich mit Ellenbogengewalt durch die Menschentraube bis zu ihr durch. Mit ausgebreiteten Armen stellte er sich vor ihr auf. «Haltet ein! Frau Aleydis trägt nicht die Schuld an dem Feuer, sondern der Brandstifter. Cathrein Golatti wurde durch die Flammen schwer verletzt und muss gepflegt werden, bis die Wunden verheilt sind. Das gebietet die christliche Nächstenliebe.»

«Die hat sie längst verwirkt, die Mörderin!»

«In der ewigen Hölle soll sie schmoren!»

«Werft sie in den Turm, da kann der Henker sie so viel pflegen, wie er will.»

«Ihr guten Leute, beruhigt Euch!» Vergeblich versuchte Alessandro, sich erneut Gehör zu verschaffen.

«Da werdet Ihr kein Glück haben.» Jan Starkenberg von gegenüber trat aus der Menge hervor. Sein Wams spannte über dem vorstehenden Bauch, und sein Bart wirkte noch struppiger als sonst, so als habe er ihn sich kräftig gerauft. «Die Leute sind aufgebracht und besorgt. Wenn ich auch diesen Unfug hier für mehr als übertrieben halte. Ein ernstes Wort unter vier Augen würde mehr bringen. Aber Ihr wisst genauso gut wie ich, wie die Menschen sind.» Er drehte sich kurz zu seinen Nachbarn um. «Kehrt an Eure Arbeit zurück und lasst uns die Sache vernünftig regeln.»

«O nein, kommt ja nicht in Frage!» Die Küfersfrau hatte sich ebenfalls vorgedrängt. «Ihr habt selbst gehört, was die Buben erzählt haben. Die Mörderin ist fidel genug, um im Bett aufzusitzen, und womöglich läuft sie sogar frei im Beginenhof herum. Wie lange dauert es dann wohl, bis wir sie fröhlich durch Köln wandeln sehen?»

«Sie wurde zu lebenslanger Kerkerhaft verurteilt», übernahm ihr Mann das Wort. «Ich weiß nicht, wie es Euch geht, Starkenberg, aber für mich bedeutet das, dass man sie wegschließt. Mir ist es egal, ob sie Brandnarben hat oder nicht. Sie wurde verurteilt, verdammt noch eins, also sperrt sie gefälligst wieder ein!»

Aleydis starrte den bärbeißigen Mann erschrocken an. Wovon redeten er und seine Frau da? Und weshalb war die Menge so aufgebracht? Entschlossen schob sie sich an Alessandro vorbei. «Was ist denn überhaupt geschehen?»

«Ihr!» Die alte Frau schoss auf sie zu. «Euretwegen läuft die Mörderin frei herum!»

«Haltet Euch zurück!» Wardo schob die Frau und auch ihren Ehemann energisch ein paar Schritte von Aleydis fort.

Verständnislos schüttelte Aleydis den Kopf. «Was soll das bedeuten?» Hilfesuchend blickte sie zu Alessandro, dann zu Jan Starkenberg. «Sie wird von den Beginen gepflegt – unter der Aufsicht des Henkers. Aber sie läuft doch nicht frei herum.»

«Doch, tut sie!» Die Küfersfrau starrte sie erzürnt an. «Zumindest sitzt sie fidel in ihrem weichen Bett herum und lässt es sich gutgehen.»

«Na, na, nun übertreibt mal nicht.» Ruhig trat Jan Starkenberg neben Aleydis. «Ein paar Kinder haben durch ein Fenster ins Beginenhaus geschaut und Cathrein entdeckt. Sie saß wohl auf ihrem Krankenlager und hat Brei gegessen.»

«Sie ist also gar nicht so schlimm verletzt, wie behauptet wird», schimpfte irgendwo ein Knecht. «Dann kann sie auch in einen Kerker gesperrt werden.»

Verwundert sah Aleydis sich um, musterte die zornigen Nachbarn. Dann wandte sie sich wieder an Starkenberg. «Ich wusste nicht, dass es ihr schon wieder so gut geht. Gestern lag sie noch danieder und konnte vor Husten kaum sprechen. Ihre Rippen sind gebrochen und ebenso ihr linker Arm.»

«Sie macht uns allen was vor», zeterte eine junge Magd aus dem Nachbarhaus. «Sperrt sie ein, sperrt sie ein!»

Als das Geschrei wieder anschwoll, hob Starkenberg gebieterisch die Hände. «Sie wird wieder eingemauert, sobald es ihre Verletzungen erlauben.» Er warf Aleydis einen eindringlichen Blick zu. «Nicht wahr?»

«Selbstverständlich!» Hastig nickte Aleydis. Sie fühlte sich alles andere als wohl in ihrer Haut. Nie hätte sie gedacht, dass die Nachbarn ihr oder vielmehr Cathrein derart feindselig gegenüberstanden. Ganz gleich, was Cathrein auch getan haben mochte, die Leute kannten sie schon ein Leben lang, und bisher hatte niemand sich über das abgemilderte Urteil beschwert oder gar Angst vor Cathrein geäußert. «Ich wollte heute noch zu den Schöffen gehen und mit ihnen besprechen, wann die Klause hinter dem Beginenhaus wieder aufgebaut werden kann.»

«Und beim nächsten Mal zünden sie dann nicht nur den Beginenhof, sondern unsere Wohnhäuser an?» Die Küfersfrau hatte plötzlich einen Stein in der Hand und warf ihn in Aleydis' Richtung. Wardo reagierte blitzschnell und stellte sich vor Aleydis, sodass ihn das Geschoss am Bauch traf.

Wieder kam Bewegung in die Menge, Unsägliches aus dem Rinnstein flog umher, und auch weitere Steine sausten in Aleydis' Richtung.

«Geht zurück ins Haus.» Starkenberg trat zur Seite, um es auch Symon zu ermöglichen, Aleydis abzuschirmen. Der bullige Knecht musste jedoch mehrere kräftige Männer abwehren, die sich auf Aleydis stürzen wollten. Wardo sprang ihm bei, und diesen Moment nutzte der Küfer, um Aleydis am Arm zu packen.

«Ihr könnt uns viel erzählen. Euretwegen können wir nachts nicht mehr sicher in unseren Betten schlafen. Schafft die Mörderin von hier weg, sage ich, sonst wird es Euch leidtun. Überhaupt steckt Ihr doch sowieso mit dem Drecksweib unter einer Decke. Habt Euch wohl den lästigen alten Mann vom Hals geschafft, ihr beide, was? Ihr gehört genauso in den Turm wie die Vatermörderin!» Er schüttelte sie heftig, und sie schrie auf, weil sein brutaler Griff ihr Schmerzen zufügte.

Irgendwo kreischte Brunhild entsetzt auf. «Nicht! Lasst Frau Aleydis los! Hört auf. Au!» Nun war auch sie von einem Geschoss am Kopf getroffen worden.

«Schluss jetzt! Sofort aufhören!» Alessandros Stimme donnerte über die aufgebrachte Menge hinweg. Er hatte sein Kurzschwert gezogen und hielt es dem Küfer drohend an den Hals. «Lasst Aleydis los, sonst wird es *Euch* leidtun.» Er winkte die weinende Brunhild zu sich. «Geh ins Haus, Mädchen, ihr auch, Ells, Irmel, Gerlin.»

Die Mägde huschten ängstlich an ihm vorbei, ebenso das Mädchen.

Der Küfer war angesichts der scharfen Klinge an seiner Kehle erstarrt und ließ Aleydis endlich los. Ringsum war es still geworden. Die Leute wichen respektvoll zurück.

«Gut.» Mit grimmiger Miene trat Alessandro einen halben Schritt zur Seite, behielt aber sowohl den Küfer als auch den Rest der Menge aufmerksam im Auge. «Nun beruhigen sich alle wieder und verschwinden dorthin, wo sie hergekommen sind. Sollte noch einmal jemand wagen, Frau Aleydis zu nahe zu kommen, wird er sich vor mir zu verantworten haben.»

Zu Aleydis' grenzenloser Erleichterung gehorchten die Leute und zerstreuten sich nach und nach.

«Gut gemacht.» Starkenberg nickte Alessandro anerkennend zu. «Ich glaube, wir sind einander noch nicht vorgestellt worden. Jan Starkenberg. Ich wohne gegenüber. Ihr müsst Alessandro Venetto sein, wenn mir Euer Name korrekt zugetragen wurde.»

«Wurde er.» Da die unmittelbare Gefahr gebannt zu sein schien, schob Alessandro das Kurzschwert zurück in die Scheide und nickte dem korpulenten Weinhändler freundlich zu. «Ich bin der Halbbruder von Nicolai und Andrea Golatti.»

«Halbbruder, ja?» Interessiert musterte Starkenberg ihn. «Also stimmt es doch, dass der alte Franco, Gott hab ihn selig, eine Mätresse hatte. Man hat so einiges munkeln gehört, aber nie etwas Konkretes erfahren. Wo hat er Euch denn all die Jahre versteckt?» Er lachte gönnerhaft. «Ach was, ich glaube, ich will es gar nicht wissen. Aber sehr praktisch, dass Ihr zufällig in der Stadt seid. So hat Aleydis wenigstens ein wenig männliche Unterstützung.» Nun lächelte er auch ihr zu. «Obgleich Ihr wisst, dass Ihr Euch auch stets an mich wenden könnt, wenn Ihr Hilfe oder Rat benötigt. Nicolai war mir stets ein guter Freund, und sein plötzlicher Tod schmerzt mich nach wie vor sehr.» Ein Schatten huschte über sein Gesicht. «Schlimm, schlimm, was da passiert ist.»

«Was für Kinder waren das denn, die Cathrein beobachtet haben?», mischte Aleydis sich ein. «Und wie kam es daraufhin zu diesem Tumult?»

Der Weinhändler seufzte. «Ganz genau habe ich es auch nicht mitbekommen. Ein paar Bengels sind wohl heimlich in den Beginenhof rein und haben durch die Fenster geguckt. Dabei müssen sie Cathrein entdeckt haben, die, anstatt sich daniederzuliegen, aufrecht im Bett saß. Vielleicht hat sie die Jungen auch entdeckt und ihnen irgendwie Angst gemacht, wer weiß? Sie sind jedenfalls rausgerannt, als wäre der Leibhaftige selbst hinter ihnen her, und haben überall verbreitet, die Mörderin würde frei herumlaufen.»

«Oje.» Aleydis seufzte besorgt. «Wie sind die Kinder denn bloß auf die Idee gekommen?»

«Weil die Bengel nun mal so sind.» Starkenberg zuckte mit den Achseln. «Neugierig bis zum dorthinaus. Vielleicht wollten sie auch bloß die Brandstelle sehen. Der kleine Gassenschmutzfink, dieser Lentz, scheint der Rädelsführer gewesen zu sein.»

«Lentz? Auch das noch.» Aleydis griff sich an die Stirn. «Der Kleine hat nichts als Unsinn im Sinn. Wenn er sich nicht gerade mit Ursel zankt. Wisst Ihr, wo er steckt?»

«Nein, der hat sich aus dem Staub gemacht, als sich hier immer mehr Menschen versammelt haben.»

Nachdenklich blickte Aleydis hinüber zu ihrem Anwesen. Das Hoftor stand offen, und ihr war, als sähe sie einen blonden Haarschopf um die Ecke verschwinden. Waren Marlein und Ursel ebenfalls hier draußen gewesen und hatten alles mitbekommen? Wahrscheinlich schon, doch sie hatte die beiden Mädchen nirgendwo gesehen. «Danke, Herr Starkenberg, dass Ihr mir beigestanden habt.» Sie zwang sich zu einem einigermaßen unbefangenen Lächeln.

«Stets zu Diensten, Frau Aleydis.» Er nickte ihr zu.

«Wir sollten wieder ins Haus gehen», schlug Alessandro vor. «Wenn wir noch länger hier herumstehen, erregen wir am Ende erneut die Neugier der Leute.»

«Ihr habt recht.» Aleydis wandte sich in Richtung Hoftor. «Ich muss mich um meine Pflichten kümmern, und die Wechselstube sollte ebenfalls geöffnet werden.»

«Ich mach das schon.» Matteo, der sich still und verunsichert in einiger Entfernung herumgedrückt hatte, eilte an ihr vorbei ins Haus.

Starkenberg verabschiedete sich, sodass schließlich nur noch Aleydis und Alessandro vor dem Hauseingang zurückblieben. Sie musterte ihren Gast aufmerksam. «Ihr seid flink mit dem Schwert.»

«Ja.» Er lächelte schief. «Auch wenn mein Bruder die Pläne unseres Vaters größtenteils vereitelt hat, was meinen Werdegang angeht, habe ich es, als ich alt genug war, für klüger gehalten, mir die notwendigen Grundkenntnisse an dieser Waffe beibringen zu lassen. Weniger zum Angriff, wie mein Vater es wohl gern gesehen hätte, denn zur Verteidigung.»

«Tatsächlich?» Ihr war, als sei dies nur die halbe Wahrheit.

Alessandros Lächeln geriet noch schiefer. «Außerdem war ich als Junge ein schlimmer Raufbold.»

«Was Ihr nicht sagt.» Sie wandte sich in Richtung Hoftor.

«Warum habt Ihr zugelassen, dass ich so lange schlafe? Wäre ich auf gewesen, hätte ich früher eingreifen und diesen Menschenauflauf verhindern können.»

«Hättet Ihr vermutlich nicht. Es ging alles viel zu schnell.» Alessandro wurde wieder ernst. «Ihr seid nach Mitternacht aus dem Haus gegangen und erst nach Stunden wieder zurückgekehrt, da hielt ich es für sinnvoll, Euch ausschlafen zu lassen.»

Erschrocken fuhr sie zu ihm herum. «Das habt Ihr mitbekommen?»

«Ihr solltet Eurem Gewaltrichter sagen, dass man das Klacken von Steinchen gegen einen Fensterladen durchaus auch in der Kammer darüber hören kann.» Er hüstelte. «Nun ja, zumindest, wenn man, wie ich, oft lange wach bleibt.»

Hitze stieg in Aleydis' Wangen. «Er ist nicht *mein* Gewaltrichter. Wir haben nicht … sind nicht …» Vor Verlegenheit verhaspelte sie sich. «Es war nicht das, wonach es vielleicht aussah.»

Auf Alessandros Lippen erschien erneut ein Lächeln, diesmal deutlich heiterer als zuvor. «Selbst wenn es so etwas gewesen wäre, würde es mich nichts angehen, Frau Aleydis. Aber», beschwichtigend hob er die Hände, bevor sie erneut protestieren konnte, «ich hatte mir schon gedacht, dass es um etwas anderes ging. Der Gewaltrichter scheint mir nicht der Mann zu sein, der auf solchem Wege ein nächtliches Stelldichein einleitet. Und Ihr seid keine Frau, die darauf eingehen würde. Ging es also um den Brandstifter?»

«Nein.» Fieberhaft überlegte sie, wie viel sie ihm verraten durfte. «Es ging um etwas anderes. Etwas, das Nicolais Schattenwelt betrifft.»

«Aha.» Er legte den Kopf ein wenig schräg. «Ihr wollt nicht darüber sprechen.»

«Es ist besser, wenn ich es nicht tue.»

«Dann werde ich nicht nachbohren. Ich weiß genug über meinen Bruder, um zu ahnen, dass ich wahrscheinlich gut daran tue, im Unwissen zu bleiben. Er hat mich sicher nicht umsonst von alldem ferngehalten.» Einen Moment lang hielt er inne. «Falls Euch auf einem Eurer nächtlichen Spaziergänge die Schuldverschreibungen meines Ziehvaters in die Hände fallen sollten …»

«Werde ich sie Euch umgehend aushändigen.» Sie nickte ihm zu. «Ich halte mein Wort, Herr Alessandro.» Erneut wandte sie sich in Richtung Hoftor. «Und nun werde ich nachsehen, ob ich Lentz irgendwo finde. Mir war, als hätte ich ihn vorhin im Hof gesehen.»

Sie fand Lentz tatsächlich im Hof, unter dem Vordach des Hühnerstalls. Er hatte sich auf einem Hauklotz zusammengekauert und weinte, während Marlein und Ursel vor ihm knieten und versuchten, ihn zu trösten. Als sie Aleydis sahen, sprangen sie auf, wichen dem schluchzenden Jungen jedoch nicht von der Seite. Ursel legte ihm sogar schützend eine Hand auf die Schulter.

Aleydis trat näher und berührte den Jungen an der anderen Schulter. «Lentz. Sieh mich an.»

Erschrocken zuckte Lentz zusammen und starrte sie für einen Moment einfach nur mit großen geröteten Augen an. Dann versuchte er zurückzuweichen und wäre beinahe von dem Hauklotz heruntergefallen. «Fff…rau Aleydis! Ihr seid das.» Hektisch blickte er links und rechts an ihr vorbei, so als überlege er, ob er es schnell genug schaffen könnte, an ihr vorbeizukommen, um das Weite zu suchen.

«Ja, ich bin das. Dies ist mein Haus – und mein Hof.» Obwohl ihr der Kleine leidtat, blieb sie vorerst ernst und behielt ihren strengen Tonfall bei. «Kannst du mir erklären, wie es zu diesem Aufruhr gekommen ist?»

«Lentz hat doch nur mal gucken wollen …», rief Ursel eifrig dazwischen, doch Aleydis schnitt ihr das Wort ab.

«Halt den Mund, Ursel. Ich habe Lentz gefragt, und Lentz wird mir antworten. Also?» Abwartend wippte sie mit dem Fuß und verschränkte die Arme vor dem Leib.

Zunächst wurde Lentz ganz blass, dann dunkelrot im Gesicht. «Tut mir leid, Frau Aleydis.» Seine Stimme zitterte, und neue Tränen rannen ihm über die Wangen. «Das wollt ich alles nicht. Ich hab doch nur … Ich dachte, wenn ich mit den anderen Jungen losziehe und ihnen die verbrannte Mörderinnenklause zeige, finden sie mich alle mutig, und dann werde ich ihr Anführer.» Schniefend rieb er sich mit dem Ärmel seines verschlissenen Hemdes über die Nase. «Wir wollten bloß mal gucken und uns ein bisschen gruseln.»

Aleydis runzelte die Stirn. «Gruseln? Wovor?»

Der kleine Junge zuckte betreten mit den Achseln. «Na, wegen der Mörderin, weil die doch da eingemauert war und nie wieder ans Tageslicht darf. Aber jetzt ist sie ja doch wieder draußen. Die anderen sind dann rüber zum Beginenhaus und haben in die Fenster geschaut. Einfach so, um mal zu sehen, wie es da drinnen aussieht.»

«Du warst doch mit Gerlin schon mal dort und weißt, wie es bei den Beginen aussieht.»

Lentz zog den Kopf zwischen die Schultern, «Ich ja, deshalb bin ich ja erst auch nicht mit. Aber dann haben sie alle ganz aufgeregt getan, weil in dem einen Zimmer die Mörd… also die Frau Cathrein war. Da bin ich dann auch hin und hab reingeguckt, und sie hat da auf dem Bett gesessen und aus einer Schüssel Brei gegessen.» Er schauderte. «Dann hat sie uns bemerkt und so komisch geguckt.» Er riss die Augen weit auf und verdrehte sie übertrieben. Offenbar versuchte er, Cathreins Blick nachzuahmen. «Und dann hat sie gelacht. Ganz laut und wie verrückt.» Der Junge schüttelte sich nun regelrecht, und an seiner Miene erkannte Aleydis, dass er sich tatsächlich gefürchtet hatte. «Da sind wir alle erschrocken und abgehauen, und die anderen sind sofort los und haben überall erzählt, dass die Mörd… die Frau Cathrein wieder gesund ist und gefährlich.» Er stockte und hob zaghaft den Blick. «Ist sie das wirklich? Gefährlich, meine ich? Sie hat so unheimlich gelacht. Gar nicht so wie eine normale Frau, sondern so, wie … Ich weiß auch nicht.»

Wahrscheinlich hatte Cathrein sich einen Spaß daraus gemacht, die Jungen zu erschrecken. Oder sie war tatsächlich noch verrückter, als Aleydis angenommen hatte.

«Es geht Frau Cathrein nicht gut», versuchte sie sich an einer Erklärung, die der Junge begreifen würde. «Nicht nur ihr Körper ist verletzt, sondern auch ihre Seele. Deshalb verhält sie sich manchmal seltsam.»

«Hat sie den Verstand verloren?»

Aleydis zögerte. «Es geht ihr nicht gut, Lentz, und es war nicht recht, bei den Beginen einzudringen und dort im Hof herumzuschleichen. Ganz zu schweigen davon, dass man nicht einfach in fremder Leute Fenster schaut.»

«Ich weiß.» Bekümmert ließ der Junge den Kopf hängen. «Jetzt werft Ihr mich bestimmt raus, und ich darf hier nicht mehr arbeiten und schlafen, oder?»

«Glaubst du denn, dass du diese Strafe verdient hast?»

Der Kopf des Jungen senkte sich noch ein wenig mehr. «Schon, irgendwie.»

«Dann bist du selbst strenger mit dir, als ich es sein werde.

337

Merk dir das, Lentz, bevor du das nächste Mal einen solch unvernünftigen Plan ausheckst, denn auch meine Geduld hat Grenzen. Du wirst jetzt ganz allein den Viehstall und den Hühnerstall ausmisten und darfst von Ells nichts anderes als trockenes Brot zum Essen annehmen. Und wenn Lutz dich für irgendeine Handreichung braucht, wirst du sie ausführen, ohne dafür einen süßen Wecken oder einen Apfel zu erbetteln.»

Lentz' Kopf hob sich ungläubig. «Ja, Frau Aleydis, selbstverständlich. Das mache ich.»

«Letzteres gilt für den Rest der Woche. Und nun mach, dass du an deine Arbeit kommst.»

«Ja, Frau Aleydis. Danke, Frau Aleydis.» Wie der Blitz stob der Junge davon und verschwand im Viehstall.

«Er hat's nicht bös gemeint.» Verlegen scharrte Ursel mit dem rechten Schuh im Staub.

«Was sein Glück ist.» Aleydis deutete auf die Hintertür. «Geht jetzt hinein, ihr beiden, und macht euch an eure Handarbeiten. Frau Alba wird bald hier sein und eure Fortschritte sehen wollen.»

«Frau Alba ist bereits hier», erklang hinter ihr die Stimme der Freundin, «und ich gedenke nicht nur die Fortschritte meiner beiden Schülerinnen zu überprüfen, sondern ihnen überdies eine neue, sehr komplizierte Aufgabe zu stellen, an der sie sich beide erproben können.»

«Guten Tag, Frau Alba!» Die beiden Mädchen knicksten wohlerzogen. Gleich darauf hüpfte Ursel jedoch auf sie zu. «Was habt Ihr denn da in dem Korb?»

Alba hob lächelnd die Decke von dem Behältnis. «Euren neuen Mitbewohner. Das Katerchen scheint aus irgendeinem Grund der Meinung zu sein, es würde noch bei uns wohnen. Könnt Ihr mir sagen, weshalb es plötzlich wieder auf unserem Hof aufgetaucht ist?»

«Daran war Lentz schuld.» Nun kam auch Marlein näher und streichelte lächelnd den jungen Kater, den Ursel bereits aus seinem Transportkorb befreit hatte. «Er hat die Katzen aus Versehen rausgelassen, und die hier ist abgehauen.»

«So, so.» Schmunzelnd stellte Alba den Korb neben dem Hintereingang ab. «Bringt den Kleinen jetzt mal rasch in sein neues Zuhause, und dann begeben wir uns umgehend an die Arbeit.» Als die Mädchen im Stall verschwunden waren, wandte sie sich an Aleydis: «Meine Liebe, Ihr seht reichlich müde aus. Kein Wunder, will mir scheinen, wenn Ihr Euch die halbe Nacht mit Vinzenz in Geheimverstecken herumtreibt.»

Erschrocken zuckte Aleydis zusammen. «Euer Bruder hat Euch bereits eingeweiht?»

«Ihm blieb nichts anderes übrig, nachdem ich ihn zu nachtschlafender Zeit beim Betreten des Hauses erwischt habe. Er treibt sich zwar hin und wieder auch bei der Giselle herum, aber derart spät – oder vielmehr früh – kommt er sonst nicht nach Hause.»

«Giselle?» Albas Worte versetzten Aleydis einen unangenehmen Stich. «Wer ist das?»

Alba sah sich kurz um, ob die Mädchen schon wieder in der Nähe waren, bevor sie antwortete: «Eine Hübschlerin im *Haus zur schönen Frau* auf dem Berlich.» Sie lächelte nachsichtig. «Männer und ihre Bedürfnisse. Obgleich ich den Eindruck habe, dass er in letzter Zeit immer seltener dort zu Gast ist.»

«Ach ja?» Aleydis ärgerte sich sehr über ihr aufflammendes Interesse.

Alba hatte es natürlich gleich bemerkt. Ihr Lächeln vertiefte sich. «Die meist sehr belanglose Befriedigung, die eine Dirne zu bieten hat, wird schnell uninteressant, wenn Geist und Herz angeregt und belebt werden.»

«Woher wollt Ihr wissen, dass jemand Eures Bruders Herz

– oder Geist – anregt?» Auf Aleydis' Wangen breitete sich eine verräterische Wärme aus, die ihr überhaupt nicht in den Kram passte.

«Ich kenne ihn.» Alba lachte leise. «Schaut nicht so erschrocken. Ihr solltet Euch nicht dem Gedanken versperren, einem guten Mann die Gelegenheit zu geben, sich zu beweisen.»

«Als was zu beweisen?» Unangenehm berührt wandte Aleydis den Blick ab. «Ich habe Euren Bruder lediglich gebeten, mich zu einem Ort zu begleiten, an dem Nicolai wichtige Dokumente versteckt hat.»

«Mitten in der Nacht?»

«Das war nicht meine Idee. Er sprach vom frühen Morgen. Ich konnte nicht wissen, dass er damit die Stunde nach Mitternacht gemeint hat.»

Alba kicherte. «Nein, wahrscheinlich nicht. Solchen abstrusen Ideen verfällt mein Bruder mit Vorliebe. Er war schon immer ein wenig …» Sie hüstelte. «… unkonventionell. So wie Ihr.»

«Ich bin unkonventionell?» Verblüfft sah Aleydis die Freundin nun doch wieder an. «Wie kommt Ihr denn darauf?»

«Jeder andere hätte dem kleinen Lentz eine ordentliche Abreibung mit der Weidenrute verpasst und ihn danach vom Hof gejagt.»

«Er hat einen Fehler gemacht, aber nicht aus böser Absicht.»

«Ich weiß. Mein Bruder hätte wohl eine ähnliche Strafe verhängt wie Ihr. Wenngleich sein Donnerwetter deutlich lauter ausgefallen wäre.» Alba tätschelte Aleydis' Arm. «Es hat hier also vorhin einen Aufruhr gegeben, ausgelöst von einem Dummejungenstreich.»

Aleydis seufzte. «Die Nachbarschaft ist zusammengelaufen und hat gefordert, Cathrein möge umgehend wieder eingesperrt werden.»

«Da haben Eure Nachbarn nicht ganz unrecht.»

«Ich weiß, aber sie ist noch zu schwach …» Verzagt hob Aleydis die Schultern. «Ich werde gleich zum Rathaus gehen und beim Schöffenmeister vorsprechen, damit die Klause hinter dem Beginenhaus neu aufgebaut wird.»

«Soll ich Euch begleiten?»

Zögernd schüttelte Aleydis den Kopf. «Ich lasse mich von Symon begleiten. Es wäre mir lieb, wenn Ihr ein Auge auf die Mädchen haben würdet.»

Da besagte Mädchen in diesem Moment kichernd und giggelnd aus dem Stall zurückkehrten, stimmte Alba diesem Anliegen zu und sorgte dafür, dass die Lektion in Sticken und Nähen umgehend begonnen wurde.

Aleydis rief derweil den treuen Symon zu sich und machte sich auf den Weg in die Judengasse, um sich im Rathaus mit dem Schöffenmeister zu beraten.

KAPITEL 16

Am Vormittag des darauffolgenden Tages hatte Aleydis endlich wieder einmal Zeit, sich um die Geschäfte in der Wechselstube zu kümmern. Gemeinsam mit Alessandro erneuerte sie die Listen mit den gängigsten Wechselkursen, während Matteo die Kundschaft bediente. Da Alessandro überdies fließend Italienisch und die niederländischen Dialekte sprach, brachte er Aleydis ein paar neue und nützliche Redewendungen bei und übersetzte ihr auch ein paar der in einem von ihr speziell angelegten Buch niedergeschriebenen Wegbeschreibungen und Örtlichkeiten. Da immer wieder fremdländische Kaufleute in die Wechselstube kamen oder auch solche aus entfernteren Städten des Reiches, hatte sie sich so etwas wie einen Führer zu den wichtigsten Lokalitäten in Köln angelegt. Auf diese Weise konnte sie zuverlässig und mehrsprachig Auskunft darüber geben, welches die besten Herbergen, Tavernen, Badestuben und sogar Dirnenhäuser waren und wie man sie fand. Auch die Wege zu den diversen Kirchen hatte sie notiert, und welche Heiligen und Reliquien jeweils dort verehrt wurden. Sie besaß eine Liste über sämtliche Klöster der Stadt, über die Marktplätze, Handwerksbetriebe, Garküchen, die Wohnhäuser wichtiger Adeliger oder Patrizier, Hospitäler, Kirchhöfe, Mühlen, Zollstellen, Rheinfähren und noch vieles mehr. Sie selbst hatte die Eintragungen bereits vollständig ins Französische und Englische übersetzt. Dass nun noch weitere Landeszungen hinzukamen, würde ihr die Arbeit erleichtern und dem Ruf ihrer Wechselstube zugutekommen.

Sie übte sich gerade in der Aussprache einiger italienischer Wörter auf ihrer Liste, als Adelheid Langhölm die Wechselstube betrat und freundlich in die Runde grüßte. «Guten Tag, Frau Aleydis, Matteo.» Die junge Frau legte eine Geldkatze auf dem Tisch ab. «Ich hoffe, ich störe nicht.»

«Aber nein, ganz und gar nicht.» Aleydis schob das Buch mit den übersetzten Eintragungen ein wenig zur Seite. «Herr Alessandro hat mir nur gerade eine Lektion in Fremdsprachen erteilt.» Sie nickte ihrem Schwager freundlich zu. «Ihr kennt Jungfer Adelheid ja bereits aus Frankfurt. Sie und ihr Vater sind langjährige, gern gesehene Kunden.»

«Selbstverständlich kennen wir uns. Welche Freude, Jungfer Adelheid, Euch hier wiederzusehen.» Alessandro war aufgestanden und verbeugte sich artig. «Wie können wir Euch dienen? Ich sehe, Ihr habt Münzen mitgebracht.»

Adelheid nickte lächelnd, und wenn nicht inzwischen auch Aleydis' Bote Alessandros Geschichte bestätigt hätte, wäre die Reaktion der jungen Frau ausreichend gewesen, um Aleydis' Vertrauen in ihren Schwager zu festigen. «Das ist ja ein netter Zufall, Herr Alessandro. Ich habe bereits verlauten gehört, dass Ihr mit Frau Aleydis verwandt seid. Und nun helft Ihr ihr hier? Das ist wahrhaft freundlich von Euch. Ganz so, wie sich ein guter Schwager verhalten sollte. Wir haben gestern unsere letzten Töpfe und Pfannen verkauft, an einen fahrenden Händler, der sie hinüber zu einem Turnierlager in Flandern mitnehmen will. Leider hatte er keine Kölner Münzen bei sich, sodass wir nun flandrische Währung in Kölner umtauschen müssen.»

Aleydis warf Matteo einen kurzen Blick zu und konstatierte, dass er bis an die Haarspitzen errötet war. «Übernimm das bitte rasch, Matteo, während ich den Wechsel aus der Schreibstube hole, den Meister Schachler gestern für Meister Langhölm hinterlegt hat.»

«Meister Schachler war bereits hier?» Überrascht hob Adelheid den Kopf. «Das ging aber schnell. Und wie passend, denn mit seinem Geld wird Vater gleich die Handwerker bezahlen, die die Deichsel an unserem Wagen repariert haben.»

«Geht Ihr dann bald wieder auf Reisen?» Matteo hatte den Inhalt der Geldkatze auf dem Tisch ausgeleert und sortierte die flandrischen Münzen nun nach Silber und Kupfer.

Aleydis bekam Adelheids Antwort nur am Rande mit, weil sie bereits hinüber in die Schreibstube geeilt war.

«Ja, ich schätze, wir werden am kommenden Montag schon wieder losziehen. Noch hält sich das Wetter, sodass wir gut hinüber nach Koblenz kommen werden, wo bereits eine neue Ladung Eisenwaren auf uns warten dürfte.»

Die Münzen klimperten ein wenig, als Matteo sie abwog. «Wie lange werdet Ihr diesmal unterwegs sein?»

«Nicht allzu lange.» Adelheids Stimme klang heiter, aber auch ein wenig so, als wolle sie Matteo beruhigen. «Der Winter kommt, und damit endet dann die angenehme Reisezeit. Vater hat gemeint, dass wir dieses Jahr vielleicht schon Mitte November unser Winterquartier hier in Köln beziehen sollten. Er erhielt übrigens Anfragen einiger Kaufleute, die früher mit Eurem Vater zusammengearbeitet haben. Sein Tod hat offenbar eine Lücke in die Reihen der ortsansässigen Eisenwarenhändler gerissen.»

«Ja.» Matteo klang bedrückt. «Vater hatte Verbindungen zu einer ganzen Reihe ausgesuchter Schmiede, auch Kunstschmiede. Außerdem war er mehrere Jahre lang Zunftmeister.»

«Zu schade, dass Ihr noch nicht alt genug seid, sein Geschäft zu übernehmen.» Adelheid trat ein wenig näher an den Tisch heran und warf Aleydis einen kurzen Blick zu, als diese sich wieder auf ihren Stuhl setzte und den Betrag, der auf der Wechselurkunde vermerkt war, aus einer Schatulle auf den

Tisch zählte. «Aber ganz bestimmt werdet Ihr es einmal weit bringen.»

«Ja, vielleicht.» Matteos Wangen und Ohren glühten geradezu, und er traute sich offensichtlich kaum, den Blick zu heben. «Aber das ist alles nicht so einfach …»

«Ach, ganz bestimmt, mein lieber Matteo. Ihr habt doch eine Familie, die zu Euch hält und Euch unterstützt, nicht wahr, Frau Aleydis?»

«Ganz genau.» Aleydis lächelte der Jungfer zu. Sie hatte mehr denn beim letzten Zusammentreffen den Eindruck, dass Adelheid Gefallen an Matteo gefunden hatte. «Wir unterstützen Matteo, wo wir nur können.»

«Seht Ihr.» Ganz kurz berührte Adelheid die Hand des Jünglings, zog sie aber rasch wieder zurück, als dieser heftig zusammenzuckte. Nun erschien auch auf ihren Wangen ein leichter rötlicher Hauch. «Wo wir gerade von Familie sprechen … Mein Vater würde Euch gerne einmal zum Abendessen einladen, Matteo. Am liebsten noch bevor wir wieder auf unsere Rundreise gehen.»

«Mich?» Matteos Stimme kiekste, so erschrocken war er. «Warum denn das?»

«Weil Ihr Eurem seligen Vater in seinem Geschäft geholfen habt und Euch deshalb darin auskennt und vielleicht bereit seid, eine Zusammenarbeit mit uns Langhölms in Erwägung zu ziehen, sobald Ihr in der Lage seid, Euer eigenes Kontor zu führen. Vielleicht auch vorher schon.»

«Oh. Aha, also, ich weiß nicht …»

«Das ist eine gute Idee, Matteo», mischte Alessandro sich ein. «Früher oder später wirst du dein Erbe antreten und ganz sicher von der Erfahrung des Meisters Langhölm profitieren können. Und umgekehrt kannst du ihm bestimmt ein paar Hinweise bezüglich der Händler geben, die ihn angesprochen haben. Auf diese Weise würden sie dir nicht dauerhaft abhandenkommen, sondern lediglich für den Übergang mit Meister Langhölm Geschäfte machen. Wer weiß, vielleicht findet sich gar ein Weg, die beiden Kontore miteinander zu verknüpfen.»

«Meint Ihr?» In Matteo schien es zu arbeiten, und er kaute auf seiner Unterlippe herum.

«Wie wäre es mit Samstagabend?», schlug Adelheid vor. «Ich würde uns etwas besonders Gutes kochen. Bestimmt hat Frau Aleydis nichts dagegen, wenn Ihr zum Abendessen zu uns kommt.»

«Also, äh …» Vollkommen verunsichert und zutiefst verlegen fingerte Matteo an der Waage herum und blickte schließlich hilfesuchend zu Aleydis. «Soll ich?»

Aleydis lachte leise. «Ob du sollst, weiß ich nicht, aber ich halte es ebenfalls für eine gute Idee. Es schadet nicht, so früh wie möglich geschäftliche Kontakte zu knüpfen. Meister Langhölm ist ein ehrenwerter Händler und war sowohl mit deinem Vater als auch mit meinem Gemahl gut bekannt. Vertrauenswürdige Geschäftspartner sind Gold wert, wenn es darum geht, eine Lebensgrundlage aufzubauen – oder wie in deinem Fall zu übernehmen.»

«Aber …» Immer noch kaute Matteo auf der Unterlippe herum. «Ihr wisst doch, dass Mutter, also Frau Edelgard, mich … Ihr wisst schon …»

«Mach dir darüber mal keine Gedanken», unterbrach Alessandro ihn. «Soweit ich weiß, ist Frau Edelgard nicht in der Stadt, und selbst wenn sie es wäre, wird sie längst eingesehen haben, dass sie im Unrecht ist.»

«Also … ich wollte nicht …» Adelheid errötete noch mehr. «Ich hatte nicht vor, irgendwelchen familiären Ärger zu verursachen. Wir, mein Vater und ich, dachten nur, es wäre nett, Euch etwas näher kennenzulernen, Matteo.»

«Das solltet Ihr auch unbedingt tun», befand Alessandro. «Matteo wird es gewiss eine Freude sein, Euch am Samstag zu besuchen. Nicht wahr, Matteo?»

«Äh, ja, natürlich.» Heftig nickend füllte Matteo die abgewogenen Münzen zurück in die Geldkatze, bemerkte jedoch seinen Fehler sofort und schüttete sie verlegen in den Behälter für die flandrische Währung, von der sie heute schon etliche Beträge eingetauscht hatten. Dann zählte er hastig den Gegenwert in Kölner Münze auf den Tisch. «Wenn Ihr es wünscht, Jungfer Adelheid, komme ich gerne zu Besuch.»

«Sehr gut, dann ist es abgemacht.» Alessandro stieß Aleydis unauffällig an und wies mit dem Kinn in Richtung Tür. «Wir bekommen Besuch.»

Vinzenz wusste nicht, wohin mit seiner üblen Laune, seit er am Vortag von Alba gehört hatte, was sich in der Glockengasse zugetragen hatte. Seine Schwester hatte ihn allerdings nur mit spärlichen Details versorgt, sah man einmal davon ab, dass sie Alessandros Rolle als geradezu heldenhaft bezeichnet hatte. Um sich ein etwas klareres Bild zu machen, hatte Vinzenz sich später zu Jan Starkenberg begeben, den er schon lange kannte und schätzte und dessen ältester Sohn, Johann der Jüngere, ihn regelmäßig mit bestem Wein aus dem Frankenland belieferte. Starkenberg hatte ihm detailliert berichtet, was vorgefallen war und dass Aleydis noch am selben Tag zu den Schöffen gegangen war, um den Wiederaufbau der Klause zu besprechen.

Am heutigen Morgen war er selbst im Rathaus gewesen und hatte dort erfahren, dass der Schöffenmeister Aleydis empfangen und sich lange mit ihr unterhalten hatte. Eine Besichtigung der Brandstelle, gemeinsam mit den Handwerkern, die die Klause für Cathrein Golatti wieder errichten sollten, war für den heutigen Tag anberaumt worden.

Es war ein Unding, dass er sich über den Vorfall so aufregte. Selbstverständlich war zu erwarten gewesen, dass sich der Unmut der Nachbarschaft in der Glockengasse früher oder später über die nicht mehr eingesperrte Mörderin Bahn brechen würde. Weshalb ihn das so wütend machte, begriff er selbst nicht so recht.

Er hatte für heute die Geschäfte seiner Wechselstube dem Lehrling Thonnes anvertraut und lief nun bereits seit einer guten Stunde in seiner Schreibstube auf und ab. Zwischendurch setzte er sich und gab vor, Schuldverschreibungen und andere Urkunden durchzusehen, doch gedanklich war er ständig bei diesem Vorfall – oder aber mit Aleydis zusammen in diesem uralten Mausoleum. Oder er lag mit ihr auf dem steinigen Boden ihres Hofes und rang mit ihr um den Dolch … oder die Oberhand, was auch immer. Er führte sich auf wie ein Idiot und brachte Aleydis damit ganz sicher früher oder später in Teufels Küche. Von sich selbst ganz zu schweigen.

Starkenberg hatte genau wie Alba hervorgehoben, wie umsichtig und selbstbewusst Alessandro Venetto sich für die junge Witwe eingesetzt hatte. Dabei hatte Vinzenz gar keinen Wert darauf gelegt, von den Heldentaten des Frankfurter Geldwechslers zu hören. Ein flinker Schwertkämpfer, klug, gewandt, gutaussehend. Vinzenz' Zähne mahlten regelrecht aufeinander. Dass er auf Alessandro eifersüchtig sein könnte, weil dieser Aleydis so tatkräftig verteidigt hatte, schob er so weit wie möglich von sich. Wo hatte er sich da bloß hineinmanövriert? Doch – wichtiger noch – wie kam er aus der Sache wieder heraus?

«Herr van Cleve, da ist Besuch für Euch.» Thonnes war in

348

der Tür erschienen und deutete mit dem Daumen über seine Schulter. «Ein Alessandro Venetto wünscht Euch zu sprechen.»

Vinzenz blieb mitten in der Schreibstube stehen und versuchte, sich zusammenzureißen. «Lass ihn eintreten.» Nur mit Mühe gelang es ihm, eine gleichmütige Miene aufzusetzen, und Alessandro schien denn auch sofort zu bemerken, dass es um Vinzenz' Seelenruhe nicht allzu gut bestellt war.

«Guten Tag, Herr van Cleve», grüßte er jovial und nickte ihm zu, blieb jedoch in angemessener Entfernung stehen, so als fürchtete er, dass zu viel Nähe einen Angriff seines Gegenübers provozieren könnte. Und damit lag er gar nicht mal so falsch.

«Guten Tag, Venetto.» Vinzenz setzte sich betont langsam auf seinen Stuhl und deutete auf den Sitzplatz für Besucher. «Was kann ich für Euch tun?»

«Nicht für mich.» Alessandro ließ sich auf dem gepolsterten Stuhl nieder und sah sich neugierig um. «Ich mache mir Sorgen um Aleydis.»

Vinzenz hob allzu ruckartig den Kopf und ärgerte sich sofort darüber. «Gab es einen erneuten Vorfall? Ich dachte, den gestrigen hättet Ihr mit der gebotenen Entschiedenheit zurückgeschlagen.»

«Eine äußerst unangenehme Angelegenheit. Die Nachbarn werden ungeduldig und sehen es nicht gerne, wenn eine verurteilte Mörderin sich außerhalb ihres Gefängnisses aufhält – Feuer hin oder her.» Alessandro richtete sich ein wenig auf. «Leider hatte Aleydis daraufhin bei den Schöffen nicht den gewünschten Erfolg. Oder vielmehr bei den Beginen.»

«Was meint Ihr damit? Der Wiederaufbau der Klause sollte doch wohl keine große Sache sein. Die Schöffen müssen nur der Ordnung halber zustimmen und die Handwerker beauftragen. Die Kosten trägt Frau Aleydis doch selbst, wie schon beim ersten Mal.»

«Ja, nun, das wäre auch alles problemlos vonstattengegangen.» Alessandros Miene wurde ernst. «Wenn sich nicht die Beginen selbst sträuben würden.»

«Inwiefern sträuben?» Vinzenz ahnte bereits, was geschehen war, wartete die Antwort seines Besuchers jedoch geduldig ab, bevor er sich dem Fluchen hingeben würde.

«Heute Vormittag hatten wir Besuch von der Beginenmeisterin Jonata Hirzelin und zwei weiteren Frauen aus ihrer Gemeinschaft. Frau Jonata hat Aleydis beschieden, dass sie strikt gegen einen Wiederaufbau der Klause auf dem Grund und Boden des Beginenhofes ist und notfalls Klage dagegen einreichen wird, falls Aleydis darauf besteht, das Gemäuer dort neu errichten zu lassen. Sie fürchtet – und das kann ich ihr nicht einmal verübeln – um die Sicherheit der ihr unterstellten Beginen. Nicht nur, was mögliche weitere Brandanschläge betrifft, sondern auch hinsichtlich des Rufes der frommen Frauen, der ihren Worten nach enorm leiden wird, wenn sie weiterhin eine Mörderin beherbergen. Auch wenn diese wieder eingemauert wird.»

Bedächtig faltete Vinzenz die Hände auf dem Tisch. «Das hatte ich befürchtet.»

«Aber gegenüber Aleydis nicht geäußert?» Der Besucher reagierte mit einem Stirnrunzeln. «Sie war ziemlich vor den Kopf gestoßen. Offenbar hatte sie damit nicht gerechnet.»

«Natürlich hat sie das nicht. Nicolai hat den Beginenhof mit einer nicht zu verachtenden Rente versehen. Sie dachte wohl, das reiche, um Frau Jonata gütig zu stimmen und Cathrein bis zu deren Tod in der Klause zu dulden. Womöglich hätte sie das sogar getan, wenn dieser Brandanschlag nicht gewesen wäre.» Achselzuckend lehnte Vinzenz sich in seinem Stuhl zurück. «Wenn ich Frau Aleydis gewarnt hätte, wäre sie mir nur an die Kehle gegangen.»

«Ach.» Auf Alessandros Gesicht zeichnete sich milder Spott ab. «Ihr fürchtet sie also?»

«Ich halte nichts von unnützen Auseinandersetzungen.»

«Unnütz wäre sie nicht gewesen, denn Aleydis wäre zumindest vorbereitet gewesen und hätte sich entsprechend wappnen können.» Ein wenig legte Alessandro den Kopf schräg und musterte Vinzenz aufmerksam. «Euch missfällt es, dass ich Euch auf Aleydis' Probleme aufmerksam mache.»

«Sie betreffen mich nicht.» Vinzenz kehrte zu seiner starren, aufrechten Haltung zurück. «Ich bin Gewaltrichter und mit der Aufklärung der Brandstiftung betraut, nicht mit dem Wiederaufbau der Mörderinnenklause und auch nicht damit, Nachbarschaftsstreitereien zu schlichten.»

«Was Ihr ja auch nicht getan habt. Wie auch, wo Ihr nicht einmal etwas davon wusstet.»

Einigermaßen ergrimmt beugte Vinzenz sich vor. «War das alles, was Ihr mir mitteilen wolltet, oder kommt da noch mehr?»

Alessandro erwiderte den finsteren Blick ungerührt. «So schnell werdet Ihr mich nicht los, Herr van Cleve. Ich habe noch mehr auf dem Herzen und überdies eine Anfrage an Euch als Fechtmeister der Universität.»

«Nein.»

«Was nein?»

Vinzenz starrte sein Gegenüber ungehalten an. «Ich werde nicht mit Euch fechten.»

«Warum nicht? Man sagte mir, Ihr wärt der beste Fechtmeister Kölns. Ich kann die üblichen Kosten für eine Lektion oder Übungsstunde tragen. Oder fürchtet Ihr, ich könnte Euch überlegen sein?»

Vinzenz verzog sarkastisch die Lippen. «Warum wollt Ihr ausgerechnet mit mir üben?»

«Sagte ich das nicht gerade? Ihr seid der beste Fechtmeister

Kölns. Warum sollte ich mich mit jemandem abgeben, der über weniger Geschick und Erfahrung verfügt?» Ein herausforderndes Lächeln erschien auf Alessandros Lippen. «Ihr braucht mich auch nicht zu schonen, nur weil ich mit Aleydis verwandt bin.»

«Auf den Gedanken wäre ich im Leben nicht gekommen.»

Aus Alessandros Lächeln wurde ein Grinsen. «Also ist es abgemacht? Morgen Abend nach dem Vesperläuten in der Fechtschule?»

«Da gebe ich Lentz Unterricht.»

«Lentz?» Verblüfft hob Alessandro den Kopf. «Etwa diesem kleinen Gassenbengel? Wie kommt Ihr denn dazu?»

«Das ist eine lange Geschichte.»

Alessandro lachte. «Na gut. Dann warte ich, bis seine Lektion vorüber ist. Anschließend könnten wir versuchen herauszufinden, weshalb sich unser Wachknecht Wardo in der Unterwelt herumtreibt.»

«Wardo?» Irritiert runzelte Vinzenz die Stirn. «Was ist mit ihm?»

Alessandro hob die Schultern. «Das weiß ich nicht, dazu kenne ich ihn nicht gut genug. Fest steht, dass er vorgestern Nacht, kurz nachdem Ihr mit Aleydis fortgegangen wart, das Haus heimlich verlassen hat.»

«Ihr wisst …?» Vinzenz fluchte.

«Euer Erkennungszeichen war nicht zu überhören.» Alessandro schmunzelte kurz, wurde aber gleich wieder ernst. «Da ich sowieso wach war, konnte ich Teile Eures Stelldicheins mitanhören und eben auch, dass Wardo sich hinausgeschlichen hat. Ich war zunächst versucht, Euch beiden zu folgen, das gebe ich zu, doch als der Knecht sich so auffällig unauffällig davongestohlen hat, hielt ich es für angeraten, stattdessen seine Spur aufzunehmen. Immerhin hat er sich unerlaubt seiner

Pflichten entzogen, Haus und Hof sowie deren Bewohner zu beschützen.»

«Vielleicht hat er irgendwo ein Liebchen.»

«Das er erst weit nach Mitternacht aufsucht?» Alessandro winkte ab. «Könnte sein, ist aber unwahrscheinlich, denn dort, wo er hinging, gibt es wohl kaum Weiber, die einen Besuch zu unbotmäßiger Zeit verlohnen – und eine Körperstrafe wegen des unerlaubten Verlassens seines Postens schon gar nicht.»

«Er ging in die Unterwelt, sagtet Ihr?»

Alessandro nickte. «Oder zumindest halte ich dieses Gewirr von unterirdischen Gängen und Gewölben dafür. Ich habe ihn bis zum Filzengraben verfolgt und ihn fast aus den Augen verloren, bis mir klarwurde, dass er auf dem Kirchhof von St. Maria in Lyskirchen in einem geheimen Schacht verschwunden ist.»

«Zugänge zur Unterwelt gibt es überall in der Stadt. Manche sind geheim, andere offen zugänglich.» Vinzenz rieb sich nachdenklich übers Kinn. «Seid Ihr ihm dort unten weiter gefolgt?»

«Ein Stück weit, doch nach einer Weile habe ich befürchtet, mich in dem Gewirr von Gängen zu verlaufen. Wardo schien indes genau zu wissen, wohin er wollte. Ich habe mich ein wenig umgehört und erfahren, dass sich Diebesgesindel, Hehler und Halsabschneider dort unten herumtreiben. Was kann Wardo da gewollt haben?»

«Er war selbst einst Teil dieses Gesindels.» Vinzenz erhob sich und ging hinter dem Pult auf und ab. «Euer Bruder hat ihn von dort weggeholt, als Wardo noch ein Junge von vielleicht vierzehn oder fünfzehn Jahren war. Sein Bruder war der gedungene Mörder, der Nicolai auf dem Gewissen hat.»

«Bei allen Heiligen!» Entgeistert sprang Alessandro ebenfalls auf und starrte Vinzenz an. «Warum hat Frau Aleydis ihn nicht hinausgeworfen?»

«Weshalb sollte sie den einen Bruder für die Untaten des anderen bestrafen? Wardo war stets ein loyaler Diener im Hause Golatti und konnte glaubhaft versichern, dass er mit den Untaten seines Bruders nichts zu tun hatte.»

Alessandros Miene verfinsterte sich. «Ihr hättet sie zwingen müssen, diesen Knecht loszuwerden. Was, wenn er heimlich auf Rache aus ist? Mir ist es gleich, wie loyal er sich gibt. Ihr wisst selbst, dass Blut stets dicker als Wasser ist. Er könnte ihr weiß Gott was antun. Womöglich steckt er hinter dem Brandanschlag.»

«Ihr meint, er will Cathrein Golatti lieber tot als eingemauert sehen, weil sie seinen Bruder ermordet hat?» Diesmal fluchte Vinzenz innerlich. Darauf hätte er auch selbst kommen können.

«Wäre das so abwegig?» Auf Alessandros Gesicht zeichnete sich eine Mischung aus Zorn und Besorgnis ab. «Wer weiß, ob er nicht auch Aleydis Böses will, weil sie Cathrein vor dem Scharfrichter bewahrt hat.»

Vinzenz ballte für einen Moment die Hände zu Fäusten. «Ihr habt darüber noch nicht mit Aleydis gesprochen?»

«Ich wollte verhindern, dass sie sich noch mehr aufregt. Außerdem ist es viel zu gefährlich, sie einzuweihen. Sie würde Wardo selbst befragen wollen oder Nachforschungen anstellen.»

Vinzenz lachte bitter auf. «Natürlich wird sie das wollen, doch mit Eurer Geheimnistuerei werdet Ihr sie nicht davon abhalten, sich in die Höhle des Löwen zu begeben. Macht nicht den Fehler, sie zu unterschätzen. Mir unterläuft er selbst hin und wieder, obgleich ich weiß, dass ich damit Gefahr laufe, ihr wie mir zu schaden. Es ist besser, ihr reinen Wein einzuschenken und sie in die Nachforschungen einzubeziehen, als zu riskieren, dass sie sie in die eigene Hand nimmt.»

«Ihr kennt sie offenbar recht gut.» Alessandro wandte sich zum Gehen, drehte sich an der Tür aber noch einmal um. «Also gut, wie Ihr meint. Dann werde ich ihr über die Umtriebe des Knechtes Bericht erstatten.»

«Lasst sie nicht alleine mit ihm sprechen.»

Aufmerksam musterte Alessandro Vinzenz. «Wollt Ihr das Verhör lieber selbst führen? Immerhin seid Ihr der Gewaltrichter.»

Vinzenz hatte sich bereits seinen Mantel geschnappt und warf ihn sich über. «Gehen wir.»

KAPITEL 17

Nach dem unerfreulichen Gespräch mit Jonata war Aleydis noch einmal zum Rathaus gegangen, um sich mit dem Schöffenmeister zu beraten. Dieser hatte ihr jedoch nicht weiterhelfen können. Seinen Vorschlag, Cathrein vorerst in den Frankenturm oder den Bayenturm zu sperren, hatte sie strikt abgelehnt. In den Gefängnistürmen herrschten raue Sitten, und Aleydis fürchtete, dass Cathrein dort nicht lange überleben würde. Auf Seiten der Schöffen konnte Aleydis jedoch nicht mit viel Verständnis rechnen. Die Männer erfüllten ihre Pflichten und waren nicht an persönlichen Schicksalen oder gebrochenen Seelen interessiert.

Als sie wieder auf die Judengasse hinaustrat, zögerte sie, sofort den Heimweg anzutreten. Sie musste einen Weg finden, die Klause wiederaufzubauen. Symon, der sich dicht an ihrer Seite hielt, sah sie fragend an. «Herrin, wollt Ihr Euch nicht beeilen? Der Nachmittag ist schon weit vorangeschritten, und es wird bald dunkel.»

«Ich weiß, Symon.» Seufzend wandte sie sich nun doch in Richtung der Gasse Obermarspforten. «Mir will nur einfach keine Lösung für mein Problem einfallen. Wo sollen wir die Klause denn bauen, wenn die Beginen sie nicht haben wollen?» Sie hielt inne. «Vielleicht bei uns hinten im Garten? Wir müssten ein paar Obstbäume fällen, aber genügend Platz wäre dort.»

«Das wäre zwar eine Möglichkeit.» Der Knecht räusperte sich, was aber an seiner seltsam hellen Stimme nichts änderte.

«Aber haltet Ihr das für eine gute Idee? Ich meine, die Nachbarn sind jetzt schon wütend, weil die Klause bei den Beginen abgebrannt ist. Wenn Ihr das Gefängnis bei uns wiederaufbauen lasst, werden sie sich bestimmt nicht beruhigen. Außerdem kann auch jemand bei uns einbrechen und Feuer legen, nicht bloß bei den frommen Frauen.»

«Bei uns gibt es aber vier Wachleute», wandte Aleydis ein. «Ihr passt doch auf, dass sich niemand einschleicht und etwas stiehlt – oder Feuer legt.»

«Schon.» Symon nickte, doch ihm war anzusehen, dass er besorgt war. «Trotzdem wird es böses Gerede geben. Mit Verlaub, Herrin, ich fand die Idee, Frau Cathrein bei den Beginen einzumauern, schon nicht besonders gut. Wenn Ihr sie jetzt zu uns bringt, wird Euer Haus in Verruf geraten. Alle werden sich fragen, warum Ihr einer Mörderin Obdach gewährt, obwohl sie für den Tod sowohl Eures Gemahls als auch Eures Schwagers verantwortlich ist.» Er rieb sich verlegen über sein feistes Kinn. «Versteht mich nicht falsch. Ich kenne Frau Cathrein schon, seit sie auf der Welt ist, und hab sie immer gern gemocht. Aber sie hat schreckliche Dinge getan, und ich weiß nicht, ob Euer Gemahl einverstanden gewesen wäre, sie auf seinem Grund einzumauern.»

«Meinst du?» Aleydis dachte über die Einwände ihres Knechts nach. «Was glaubst du, wie hätte er reagiert? Wohin hätte er sie gebracht?»

«Schwer zu sagen.» Achselzuckend blickte Symon geradeaus. «Herr Nicolai war immer sehr … gewitzt. Hat die Dinge immer so zu drehen gewusst, dass er am Ende als Wohltäter dastand, auch wenn er, nun ja, etwas Unrechtes oder Gesetzloses getan hatte.»

«Als Wohltäter …» Stirnrunzelnd sah Aleydis sich um, musterte die vereinzelten Knechte oder Bauern, die in Richtung

Marspforte unterwegs waren. Nachdem Aleydis und Symon die Hohe Straße überquert hatten, führte ihr Weg über die Brückenstraße auf St. Kolumba zu. Es dämmerte bereits, und erste Passanten mit Kienspänen kreuzten ihren Weg. Um die Kirche herum lungerten immer noch vereinzelt Bettler, teils mit verbundenen oder verstümmelten Gliedmaßen.

Wohltäter. Das Wort spukte in ihrem Kopf herum und ließ sich nicht wieder vertreiben. Nicolai hatte in der Tat viel Geld für die Armen gespendet und sogar ein Waisenhaus und den Anbau für ein Hospital der Zisterzienser gestiftet. Ihr fiel das Haus des Leynewebers ein, das Nicolai auf unlautere Art und Weise an sich gebracht hatte und das nun, genau wie viele Güter in und rund um Köln ihr gehörte. Abrupt blieb sie stehen. «Symon, wir müssen noch einmal kehrtmachen. Ich möchte zur Webergasse.»

«Jetzt?» Der Knecht verzog missbilligend die Lippen. «Es ist spät. Kann das nicht bis morgen warten?»

«Nein. Ich möchte mir das Haus ansehen, in dem Hinrich Leyneweber mit seiner Familie gewohnt und gearbeitet hat.» Entschlossen drehte sie sich um und schritt eilig voran, sodass Symon nichts anderes übrig blieb, als neben ihr herzuhasten.

«Herrin, es wird dunkel. Ihr seid in den nächtlichen Straßen nicht sicher. Schon gar nicht da unten hinter dem Filzengraben. Rund um St. Maria in Lyskirchen treiben sich viele dunkle Gestalten herum. Das ist kein Ort für eine ehrbare Frau. Zumindest nicht nach Einbruch der Dunkelheit.»

«Deshalb bleibst du auch dicht an meiner Seite.»

«Wir haben nicht einmal eine Fackel oder einen Kienspan dabei», protestierte der Knecht. «Bald werden wir die eigene Hand nicht mehr vor Augen sehen.»

«Ach was, die Häuser sind alle beleuchtet.» Aleydis war bereits so sehr mit ihrer Idee beschäftigt, dass sie nur gedankenverloren abwinkte. «Außerdem kommen wir am Waidmarkt vorbei. Wir können dort beim Haus des Ratsherrn Greverode haltmachen und um einen Kienspan bitten.» Auf den weiteren Protest ihres Knechts hörte sie gar nicht mehr.

Der Weg zur Webergasse war weit, doch beim Ratsherrn Greverode mussten sie nicht um einen Kienspan bitten, da auf dem Waidmarkt noch eine Garküche geöffnet war, deren Inhaberin ihnen ohne viel Aufhebens einen Kienspan verkaufte.

Das Haus des Leynewebers stand ganz unten an der Einmündung zur Löwengasse: ein zweistöckiges langgezogenes Gebäude mit Stallungen und einer kleinen Remise. Im Erdgeschoss befand sich die ehemalige, nun leerstehende Weberei, im Obergeschoss die Wohnräume. Auf der Rückseite lag ein verwilderter Garten.

Aleydis fluchte innerlich, weil sie so kopflos gewesen war, nicht erst zu Hause den Schlüssel für das Wohnhaus zu holen. Vor ein paar Wochen hatte sie ihn bei der Durchsicht der Truhen gefunden, zusammen mit mehreren weiteren sowie einer Aufstellung von Gebäuden und Ländereien, die sich jetzt in ihrem Besitz befanden. Einige standen leer, doch die meisten wurden bewohnt und bewirtschaftet, und sie durfte einen regelmäßigen Pachtzins erwarten.

Die Webergasse wurde, wie ihr Name schon besagte, überwiegend von Woll- und Tuchwebern bewohnt. Um diese Zeit standen die Webstühle allerdings still. Hinter den oftmals nur mit dünnen Tierhäuten verschlossenen Fenstern drang hier und da Lichtschein nach draußen, irgendwo bellte ein Hund, und nicht weit entfernt quietschte eine Brunnenkette. Obwohl es mittlerweile dunkel geworden war, ging Aleydis mit dem Kienspan einmal um das Wohnhaus herum und betrachtete es ganz genau von allen Seiten. Der Stall war nur mit einem Balken verriegelt, den Symon für sie anhob, damit sie einen Blick ins Innere werfen konnte. Ein leichter Geruch nach Schwein lag noch in der Luft, doch alles Stroh und Futter war entfernt worden. Entweder hatte sich jemand unrechtmäßig daran bedient, oder der Stall war geräumt worden, um die Feuergefahr so gering wie möglich zu halten.

Als Aleydis schließlich wieder auf der Gasse stand, blickte sie noch einmal am Wohnhaus empor und knabberte an ihrer Unterlippe herum. «Symon, was meinst du, würde sich dieses Haus als Hospital eignen? Es ist nicht sehr groß, aber auch nicht zu klein. Man könnte nach hinten hinaus noch Räume anbauen, vielleicht eine außen liegende Küche. Auch der Stall wäre ausbaufähig, aber man müsste das Dach durch ein höheres ersetzen.»

«Ein Hospital?» Verblüfft kratzte der Knecht sich am Kinn. «Wie kommt Ihr denn jetzt auf so etwas, Herrin?»

«Ein Hospital für nur ein paar wenige Kranke», überlegte Aleydis einfach weiter. «Und jeder müsste eine eigene Pflegerin haben. Die Beginen könnten sich darum kümmern oder auch die frommen Schwestern. Man könnte die Zisterzienserinnen fragen.»

«Was für Kranke wollt Ihr denn hier pflegen lassen? Da passen doch wirklich nur ein paar Leute hinein. Das Haus hat gerade für die Familie des Leynewebers und ihre Werkstatt gereicht.»

Aleydis wandte sich ihrem Knecht zu. «Ich stelle mir ein Hospital für Menschen vor, die … nun ja, nicht ganz richtig im Kopf sind, deren Familien sie aber nicht in den Turm schicken wollen.»

«Ein Tollhaus?» Symon starrte sie verblüfft an. «Wozu das denn? Das wird den Leuten hier in der Straße nicht gefallen, wenn sie zukünftig mit Verrückten Tür an Tür leben sollen.»

«Nicht rundheraus Verrückte», korrigierte Aleydis hastig.

«Aber solche, die es schwer haben, weil ihre Seele unter einer Pein leidet.» Sie hielt kurz inne. «So wie Cathrein.»

«Ihr wollt Frau Cathrein in dem Hospital unterbringen?» Entgeistert riss Symon die Augen auf. «Das wird Euch niemand erlauben. Sie wurde als Mörderin verurteilt!»

«Nein, Symon, Cathrein wird hier nicht leben.» Sinnierend schritt Aleydis noch einmal an dem Haus entlang. «Aber schau, auf der Rückseite ist ein freier Platz, wo man eine Klause anbauen könnte. Dort hinten würde niemand sie sehen oder hören, und die umstehenden Häuser sind alle ein Stück von diesem hier entfernt. Niemand müsste also Angst haben, dass ein Feuer, falls – Gott bewahre – ein solches noch einmal ausbrechen sollte, gleich auf die Nachbargebäude übergreift. Vielleicht kann man diesmal auch das Dach anders bauen. So, dass es nicht so leicht Feuer fangen kann.» Sie kehrte zur Gasse zurück. «Und die Beginen – hier gibt es bestimmt einen Hof in der Nähe – oder die Nonnen können die Pflege der Kranken übernehmen und sich auch um Cathrein kümmern. Ihr Essen und Wasser bringen und den Eimer leeren. Darauf achten, dass sie im Winter nicht erfriert.» Sie lächelte leicht, weil der Gedanke ihr immer besser gefiel. «Wir sind hier weit außerhalb der Kernstadt. Eine Klause wird hier weit weniger stören oder Aufsehen erregen. Cathrein wäre auch nicht mehr so nah bei uns. Ich glaube, Ursel und Marlein wären froh darüber. Und außerdem liegt dieses Haus hier auf dem Weg zum Severinstor.»

«Was ist daran in Euren Augen ein Vorteil?» Symon runzelte verwirrt die Stirn.

«Hier ganz in der Nähe befindet sich das Versteck, in dem Nicolai geheime Urkunden und dergleichen aufbewahrt hat.»

Symons Augen weiteten sich. «Ihr wart dort.»

Aleydis nickte. «Zusammen mit dem Gewaltrichter. Das

nächste Mal wirst du mich begleiten und für meine Sicherheit sorgen, während ich den Inhalt der Truhen dort näher studiere. Wenn Cathrein hier eingemauert wäre, könnte ich auf dem Weg zum Versteck hin und wieder nach ihr sehen.»

Mit erkennbarem Unbehagen trat Symon von einem Fuß auf den anderen. «Was hat der Gewaltrichter über die Sachen dort gesagt?» Offenbar wusste der Knecht recht genau, was sich in dem Mausoleum befand.

«Nicht viel.» Aleydis musterte Symon aufmerksam. «Machst du dir Sorgen, er könnte jemandem davon erzählen? Das wird er nicht tun.» Sie zögerte, fuhr dann aber fort: «Er hat mir allerdings klargemacht, dass ich gezwungen bin, einen Teil von Nicolais Geschäften weiterzuführen. Die heimlichen Schuldner, diejenigen, die mein Gemahl erpresst oder anderweitig in seine Schuld gezwungen hat, dürfen nicht auf die Idee kommen, dass ich nachgiebig bin und ihnen ihre Schulden erlasse.»

Symon senkte betrübt den Kopf. «Weil sich das sonst herumsprechen würde, und dann könntet Ihr in Gefahr geraten.»

«Ich könnte alles verlieren, wenn mich die Schuldner überrennen, wie Herr van Cleve es ausgedrückt hat.»

«Das war auch Herrn Nicolais Sorge.»

Verblüfft hob Aleydis den Kopf. «Was meinst du damit?»

Symon trat erneut verlegen von einem Fuß auf den anderen. «Herrin, ich weiß, dass Ihr immer nur die guten Seiten Eures Gemahls gesehen habt und dass Ihr entsetzt seid, weil Ihr nun wisst, wie er wirklich war. Oder wie alle Welt glaubt, dass er war.» Seine Stimme zitterte leicht. «Aber mein Herr war im Herzen ein guter Mann. Er hat schlimme Dinge getan, vieles davon wollte er jedoch gar nicht. Irgendwann hat er mir mal gesagt, dass er in der Falle sitzt wie ein Tier. Seine Gemahlin, die Frau Griselda, hat ihn immer wieder angetrieben, und es gab oft Streit zwischen ihnen. Darüber wurde natürlich nie gesprochen.»

«Nicolai wollte also mit der Schattenwelt brechen?» Ein seltsames Gefühl der Erleichterung rang mit einem Hauch von Verzweiflung in Aleydis' Herz.

«Das weiß ich nicht, ob er wirklich aufhören wollte. Vielleicht hätte er gerne, aber er konnte nicht.» Symon scharrte mit den Füßen im Staub. «Es ging ihm wie Euch jetzt. Er hatte sich diese Welt aufgebaut, und irgendwann konnte er einfach nicht mehr zurück.»

«Er saß in der Falle», wiederholte Aleydis Symons Worte.

Symon nickte. «Schlimmstenfalls hätte er seine Familie ruiniert – oder sogar in Gefahr gebracht. Auch Euch.» Der Knecht schluckte. «Euch hat er wirklich geliebt. Ich glaube sogar, am meisten von allen.»

Aleydis dachte eine Weile über seine Worte nach. Sie schmerzten tief in ihrem Herzen und ließen sie betrübt zurück. Schließlich bedeutete sie ihm still, den Heimweg anzutreten. Erst als sie den Waidmarkt überquerten, ergriff sie wieder das Wort. «Wirst du mir helfen, die ausstehenden Schulden einzutreiben?»

Symon blickte traurig zu Boden. «Selbstverständlich, Herrin. Mit allen gebotenen Mitteln. Wardo ebenso. Wir haben dem seligen Herrn gelobt, für Euch da zu sein, was auch kommt. Er hat uns einen Eid abgenommen, nachdem er Euch geheiratet hatte, und daran sind wir gebunden.» Langsam hob er den Kopf wieder. «Aber selbst wenn es nicht so wäre … Ihr seid eine gute Herrin. Wir helfen Euch, was es auch sein mag.»

Sie legte ihm gerührt eine Hand auf den massigen Arm. «Danke, Symon.» Als sie den Mühlenbach passierten, blieb sie abrupt stehen. «Warte, ist das nicht Wardo?»

Verblüfft blickte Symon in die Richtung, in die Aleydis deutete. «Wardo hat bis Mitternacht Wachdienst. Der kann hier nicht einfach durch die Stadt laufen.»

«Dort!» Schon strebte Aleydis die Gasse am Mühlenbach hinauf in Richtung Filzengraben. «Das ist er doch, oder etwa nicht?»

Symon eilte neben ihr her und hielt sie schließlich am Arm fest, damit sie stehen blieb. «Ich glaube, ja, Herrin, aber geht besser nicht weiter. Da hinten beim Kirchhof von St. Maria in Lyskirchen lungert nachts jede Menge übles Gezücht herum. Da ist es zu gefährlich für Euch.»

«Aber was will Wardo dort?» Unsicher, was sie nun tun sollte, blickte Aleydis den Filzengraben hinauf, doch Wardo war längst außer Sichtweite.

«Das weiß ich nicht.» Symon blickte sich wachsam um. «Aber wir sollten jetzt schleunigst nach Hause gehen. Wenn Wardo nicht dort ist, muss ich seine Wachschicht übernehmen.»

Zögernd nickte Aleydis und wandte sich ab. «Du hast recht. Lass uns nach Hause gehen.»

Vinzenz ging aufgebracht in Aleydis' Stube auf und ab. Er wartete nun schon seit fast zwei Stunden auf ihre Rückkehr. Inzwischen war es dunkel geworden, und niemand wusste, wohin sie nach ihrem Gang zum Rathaus verschwunden war. Alessandro hatte sich entschuldigt, weil er Matteo in der Wechselstube zur Hand gehen musste, doch Alba war immer noch hier und betreute die beiden kleinen Mädchen. Inzwischen hatte sich auch Brunhild dazugesellt und stichelte an einer Handarbeit, während Ursel und Marlein leise irgendwelche Heldensagen rezitierten, die die Beginen ihnen im Lese- und Schreibunterricht beigebracht hatten. Alba hörte mit einem Ohr zu und korrigierte hier und da einen Fehler, während sie ebenfalls eine Stickerei vervollständigte. Wardo hatten sie ebenso wenig angetroffen wie die Hausherrin, was bereits für Unmutsäußerungen von Seiten der beiden anderen Wachknechte geführt hatte. Offenbar hatte Wardo sich davongemacht, ohne zu fragen oder jemandem Bescheid zu sagen.

Diese Tatsache schürte Vinzenz' Argwohn, doch er hatte entschieden, sich nicht auf die blinde Suche nach dem Knecht zu begeben, sondern abzuwarten, was Aleydis zu seinem und Alessandros Verdacht zu sagen hatte. Dass sie nun ebenfalls so lange ausblieb, führte dazu, dass seine Laune sich einem weiteren Tiefpunkt näherte. Er sorgte sich, und das ärgerte ihn.

«So setz dich doch endlich einmal hin, Vinzenz.» Alba musterte ihn halb amüsiert, halb gereizt. «Wenn du weiter so auf und ab rennst, nutzt du lediglich die schönen Holzdielen ab, doch schneller wird Aleydis deshalb auch nicht wieder zurückkehren.»

«Es ist bereits finster!», rief er ungehalten. «Um diese Zeit sollte sie überhaupt nicht mehr unterwegs sein.»

«Vielleicht hat sie einen Abstecher zu ihren Eltern an den Perlengraben gemacht und isst dort zu Abend.» Alba schüttelte milde tadelnd den Kopf. «Ursel, es heißt nicht ‹hinter den schönen Bergen›, sondern ‹hinter den fernen Bergen›. Anders ergibt doch die Geschichte gar keinen Sinn!» Ohne eine Pause zu machen, sprach sie an Vinzenz gewandt weiter: «Und außerdem ist Symon bei ihr. Er gibt schon auf sie acht.» Sie legte den Kopf ein wenig schief und musterte ihn eingehend. «Was treibt dich um, mein lieber Bruder? Sie ist dir keine Rechenschaft schuldig und kann gehen, wohin immer sie will – und wann sie will.»

Er blieb stehen und erwiderte ihren Blick verärgert. «Rechenschaft habe ich auch nicht verlangt, sondern einen Funken Verstand. Nach Einbruch der Dunkelheit sollte sie nicht mehr in der Stadt herumlaufen.»

«Dann lieber mit dir zusammen mitten in der Nacht?»

Als er Brunhilds überraschten Blick auffing, trat er erbost auf Alba zu. «Das ist kein Thema, das wir hier bereden sollten.»

«Da magst du recht haben, aber was bringt dich auf die Idee, Aleydis sei nur in deiner Gegenwart sicher?» Alba lächelte fein. «Symon hat schon auf sie aufgepasst, als du ihr noch gar nicht begegnet warst. Ich bin sicher, dass er seine Aufgabe sehr ernst nimmt, sonst hätte Golatti ihn nicht dazu abbestellt.»

«Solch einen Unsinn habe ich nie behauptet.» Vinzenz verschränkte die Arme vor der Brust. «Wie kommst du darauf?»

«Du selbst hast mich darauf gebracht, denn anders ist deine üble Laune nicht zu erklären.» Das Lächeln wich nicht von Albas Lippen, sondern vertiefte sich noch. «Gewiss wird sie bald zurück sein. Doch wenn sie dich in solch gewittriger Stimmung hier antrifft, dürfte sie alles andere als erfreut sein.»

«Ich bin nicht hier, um sie zu erfreuen, sondern um mit ihr eine wichtige Angelegenheit zu besprechen.»

«Dennoch könntest du versuchen, dich weniger wie ihr Beschützer aufzuführen, wenn du nicht willst, dass man dich als solchen ansieht. Man könnte meinen, du hättest ihr etwas vorzuschreiben.» Ihr Blick wurde hinterhältig. «So wie ein Ehemann. Obgleich ich nicht annehme, dass sie sich von einem Gemahl allzu viel sagen lassen würde. Dazu ist sie glücklicherweise zu klug.»

Am liebsten hätte er seine Schwester erwürgt. «Hör mit diesem widersinnigen Geschwätz auf, Alba. Ich weiß nicht, was dich dazu bringt, die Kupplerin zu spielen, aber auf diesen Mumpitz falle ich nicht herein.»

«Nicht?» Alba lachte. «Mir scheint, ich habe dich genau da

getroffen, wo es am meisten weh tut. Warum fasst du dir nicht ein Herz und sagst ihr, dass sie dir gefällt, anstatt hier herumzupoltern wie ein tollwütiger Hund?»

Brunhild stieß einen überraschten Laut aus, Marlein und Ursel kicherten. Marlein rutschte auf ihrem Sitzplatz herum und hüstelte, bis sie seine Aufmerksamkeit erlangt hatte. «Verzeiht, Herr van Cleve, aber stimmt das?»

«Wollt Ihr um Frau Aleydis freien?» Ursel starrte ihn neugierig an.

Fast hätte er die Hände zu Fäusten geballt und gleichzeitig verzweifelt gelacht. «Nein.»

«Warum nicht, Onkel Vinzenz? Wenn Ihr Frau Aleydis doch mögt?» Brunhild legte ihren Kopf ebenfalls leicht schräg und ähnelte damit plötzlich ihrer Mutter mehr denn je zuvor.

Er stöhnte gereizt. «Wer hat denn das behauptet? Ich ganz sicher nicht.»

«Nein, Mutter sagt das.» Brunhild grinste. «Und sie weiß immer über alles genau Bescheid.»

«Nun, dann irrt sie sich diesmal.» Er warf Alba einen vernichtenden Blick zu. «Aber gewaltig.»

«Wie du meinst.» Alba hob amüsiert die Schultern. «Aber mit einem liege ich unbedingt richtig: Du und Aleydis, ihr seid beide gleichermaßen dickköpfig und unbelehrbar.»

Auf dem Rückweg aus der Webergasse war ein eisiger Wind aufgekommen, der Schneeregen im Gepäck gehabt hatte. Nun schälte Aleydis sich bibbernd in der Wechselstube aus ihrem Mantel und brachte ihn umgehend in die Küche, um ihn beim Herdfeuer zum Trocknen aufzuhängen. Auch ihre Haube nahm sie ab, die trotz der Kapuze durchnässt war. Ells reichte ihr ein Tuch zum Abtrocknen, und Gerlin eilte sofort nach oben, um eine frische Haube aus Aleydis' Schlafkammer zu holen.

«Ei, ei, Herrin, was seid Ihr lange unterwegs gewesen!» Ells schnalzte und hob mahnend den Zeigefinger. «Wir haben uns schon Sorgen gemacht. Der Herr Gewaltrichter tobt seit zwei Stunden durch die gute Stube, als hättet Ihr ihm mit Eurem Ausbleiben einen persönlichen Streich spielen wollen.»

«Der Gewaltrichter?» Gleichermaßen verblüfft wie erschrocken hielt Aleydis im Abtrocknen ihrer Haare inne. «Was will er hier?»

«Das weiß ich nicht. Herr Alessandro hat ihn vorhin mitgebracht.»

«Alessandro?» Nun begriff sie gar nichts mehr. «War er denn fort?»

«Er ist nach Euch ausgegangen und ein Weilchen später mit dem Gewaltrichter zurückgekehrt. Danach fing das Gepolter an. Selbst Frau Alba konnte ihren Bruder nicht beruhigen.» Wieder schnalzte Ells, diesmal missfällig. «Ganz schön ungezogen kann dieser Mann werden, wenn er schlechte Laune hat.»

«Wo ist Alessandro jetzt?»

«Mit Matteo ausgegangen, um bei dessen Haus nach dem Rechten zu sehen. Der Nachmittag war ruhig, in die Wechselstube haben sich kaum Kunden verirrt. Kein Wunder, das ungemütliche Wetter hat sich schon den ganzen Tag angekündigt.»

«Alessandro hat den Gewaltrichter einfach allein hier zurückgelassen?» Mit einem dankbaren Nicken nahm Aleydis die Haarnetzhaube entgegen, die Gerlin ihr reichte, und setzte sie rasch auf. «Das ist wenig gastfreundlich und dürfte van Cleve verärgert haben.»

«Darüber hat er sich bisher noch nicht beschwert, dazu war

er viel zu sehr damit beschäftigt, sich über Euer Fortbleiben zu ärgern. Außerdem hat Frau Alba darauf bestanden, sich um ihren Bruder zu kümmern.» Ells hob die Schultern, um zu signalisieren, dass die Sache für sie damit erledigt war. «Ich hab bloß für den warmen Würzwein gesorgt. Möchtet Ihr auch welchen trinken?»

«Ja, bring mir bitte einen Becher hinüber.» Noch während sie sprach, war Aleydis auf dem Weg zur Wohnstube. Als sie die Tür erreichte, vernahm sie von drinnen Albas Stimme, die etwas von dickköpfig und unbelehrbar sagte. Es klang, als sei sie in höchstem Maße erheitert.

«Guten Abend», grüßte Aleydis, als sie die Stube betrat, und gab sich gleichmütig und freundlich, obwohl ihr Herz unangenehm rumpelte, als sie den dunklen, hochgewachsenen Besucher erblickte. «Wie ich sehe, haben wir einen Gast. Ich wusste nicht, dass Ihr mich heute noch einmal aufsuchen wolltet, Herr van Cleve. Gibt es etwas Neues? Habt Ihr gar eine Spur des Brandstifters entdeckt?»

Van Cleve fuhr zu ihr herum und starrte sie für einen langen Moment einfach nur an. Dann wurde sein Blick derart finster, dass Aleydis instinktiv einen Schritt zurückwich. «Ihr …» Seine Stimme donnerte einem Ungewitter gleich. «… seid von allen guten Geistern verlassen, Euch nach Anbruch der Dunkelheit noch in der Stadt herumzutreiben! Seht Euch bloß an: Euer Kleid ist an den Schultern ganz nass. Und Euer Haar …» Er hob die Hand, so als wolle er sie berühren, zog sie aber ruckartig wieder zurück und ballte sie zur Faust. «Wollt Ihr Euch den Tod holen?»

«Es hat auf dem Rückweg zu regnen begonnen.» Aleydis schluckte gegen den hektischen Herzschlag an, der ihr bis in die Kehle hochstieg. Um keinen Preis der Welt wollte sie sich vor diesem Mann eine Blöße geben. Schon gar nicht heute, wo ihre Nerven bereits bis zum Zerreißen angespannt waren. «Das war ein Missgeschick, nichts weiter. Ihr seid wohl noch nie unterwegs nass geworden.» Sie ballte ebenfalls die Hände zu Fäusten. «Wenn Ihr hergekommen seid, um mir das vorzuwerfen, könnt Ihr gleich wieder den Heimweg antreten. Ich habe weder Zeit noch Lust, mich in meinem eigenen Haus derart unfreundlich maßregeln zu lassen.»

Für einen langen Moment funkelten sie einander zornig an, bis er noch einen Schritt auf sie zumachte. «Wo seid Ihr gewesen?»

«Bei den Schöffen.» Sie verschränkte die Arme. «Das hätte Herr Alessandro Euch auch mitteilen können. Dazu hättet Ihr nicht herzukommen brauchen.» Sie kräuselte leicht die Lippen. «Weshalb war er bei Euch?»

«Er bat mich um Fechtstunden.» Auch van Cleve verschränkte die Arme.

«Was?»

«Ihr wart nicht nur bei den Schöffen. Von dort wäret Ihr schon vor Stunden wieder zurück gewesen.»

«Fechtstunden?» Sie glaubte, sich verhört zu haben.

«Mein guter Ruf als Fechtmeister hat sich herumgesprochen. Wir werden morgen Abend zusammen üben. Also, wo wart Ihr sonst noch?»

«Morgen Abend übt Ihr mit Lentz.»

Nun hob er verblüfft die Brauen. «Woher wisst Ihr das?»

Sie lächelte grimmig. «Ich halte mich auf dem Laufenden. Glaubt Ihr, Ihr seid der einzige Mensch in Köln, der weiß, was in der Stadt vor sich geht?» Herausfordernd schob sie das Kinn vor. «Ich war in der Webergasse.»

«Das liegt auf dem Weg zum … Severinstor.» Er runzelte die Stirn. «Hattet Ihr es so eilig …?»

«Ich wollte mir das Haus des Leynewebers anschauen.» Da

in diesem Moment Ells mit einem Krug dampfendem Würzwein und einem Becher hereinkam, trat Aleydis einen Schritt vor, um ihr Platz zu machen. Das führte jedoch dazu, dass sie dem Gewaltrichter noch näher kam. Jetzt musste sie den Kopf heben, um ihm ins Gesicht sehen zu können. «Alessandro war also wegen Fechtstunden bei Euch. Warum erscheint mir das ziemlich albern?»

«Was wollt Ihr mit dem Haus des Leynewebers anstellen? Ihr wisst genau, dass Ihr es ihm nicht zurückgeben könnt.»

«Das hatte ich auch nicht vor.»

«Was dann?»

Sie neigte den Kopf zur Seite. «Fechtstunden?»

Van Cleve schnaubte erbost. «Wisst Ihr, wo sich Euer Knecht Wardo herumtreibt?»

Überrascht hielt sie inne. «Ich habe ihn vorhin am Filzengraben gesehen. Er scheint sich unerlaubt von hier entfernt zu haben. Eigentlich hätte er jetzt Wachdienst.» Ein ungutes Gefühl überkam sie. «Warum fragt Ihr?»

«Weil auch Alessandro ihn dort in der Nähe beobachtet hat. In jener Nacht, als wir …» Er stockte und warf einen kurzen Blick auf Alba und die Mädchen, die dem Gespräch still und mit weit geöffneten Augen folgten. «Er ist Wardo bis in die Unterwelt gefolgt. Bei St. Maria in Lyskirchen gibt es einen Zugang zu den unterirdischen Gängen und Gewölben.»

«Mitten in der Nacht?» Erschrocken sah Aleydis den Gewaltrichter an. «Davon wusste ich nichts.»

«Er scheint sich wohl häufiger heimlich fortzustehlen.»

Sie schluckte. «Was wollte er denn dort?»

«Ich hatte gehofft, dass Ihr mir das verratet oder dass wir ihn befragen könnten. Doch anscheinend ist er uns entwischt.»

Sie stellte sofort wieder die Stacheln auf. «Wardo ist nicht entwischt. Er ist ein guter Mann und ein loyaler Knecht. Wenn er glaubt, sich heimlich von hier wegschleichen zu müssen, wird er einen guten Grund haben.»

«Ach, und welcher Grund könnte das sein?» Van Cleve fixierte sie streng. «Wardo stammt aus der Unterwelt, das wisst Ihr. Und Cathrein hat seinen Bruder getötet.»

Aleydis wurde blass. «Nein. Das könnt Ihr doch wohl nicht annehmen! Wardo würde doch nicht … Niemals!»

«Wirklich nicht?»

«Ich vertraue ihm. Er würde Cathrein nichts antun. Und uns auch nicht.»

«Und dennoch schleicht er nachts in die Unterwelt. Zu welchem Zweck wohl?»

«Das weiß ich nicht.» Inzwischen berührten sich ihre Nasenspitzen beinahe, so dicht standen sie beieinander. «Befragen wir ihn doch, wenn er wieder zurück ist.»

«Warum habt Ihr ihn nicht gleich zur Rede gestellt?»

«Weil Symon mich aufgehalten hat. Er meinte, es sei zu gefährlich, im Dunkeln allein über den Filzengraben zu gehen, weil sich dort Gesindel herumtreibt.»

«Auf ihn hört Ihr also, aber auf mich nicht.»

«Ich kann mich nicht erinnern, dass Ihr mir irgendwelche Anweisungen oder Ratschläge in Bezug auf den Filzengraben gegeben habt.» Sie spürte seinen warmen Atem auf ihrem Gesicht und wäre gerne zurückgewichen, weil sie eine Gänsehaut bekam. Doch das kam überhaupt nicht in Frage. «Ihr habt mir geraten, dass ich nicht allein ausgehen soll, und das habe ich auch nicht getan. Symon war an meiner Seite und hat für meine Sicherheit gesorgt.»

«Sein Glück.»

«Seine alltägliche Aufgabe, Herr van Cleve, und das nicht erst seit gestern. Für den Augenblick bleibt uns nichts anderes, als zu warten, bis Wardo wieder hier ist.»

«Was mich aber auf meine Frage von vorhin zurückbringt. Was wollt Ihr mit dem Haus des Leynewebers?»

«Ich werde daraus ein Hospital machen und es der Stadt Köln stiften.»

«Ein was?» Regelrecht verdattert starrte er sie an.

«Ein Hospital für Menschen wie Cathrein. Also solche, deren Seelen krank oder gebrochen sind, deren Familien sie aber nicht in den Turm sperren wollen. Beginen oder Nonnen könnten sich um sie kümmern.»

«So ein Hospital gab es bis vor gut zehn Jahren in der Nähe des Zeughauses. Es wurde von Beginen geführt, doch nach dem Tod der letzten Beginenmeisterin wurde es aufgelöst und der Grund und Boden von der Stadt anderweitig verpachtet.» Er schüttelte den Kopf. «Ihr könnt Cathrein nicht dort unterbringen.»

«Doch, kann ich sehr wohl.»

«Sie ist eine verurteilte Mörderin und muss wieder eingemauert werden.»

«Ja, hinter dem zukünftigen Hospital. Dort gibt es einen freien Platz, auf dem man die Klause errichten könnte. Oder man baut den alten Stall um. Das Anwesen liegt in einer weniger dicht besiedelten Gegend, und die Häuser stehen weiter auseinander als hier. Niemand wird sich an der Klause stören.» Sie hielt kurz inne. «Ich weiß nicht, wo ich sie sonst errichten lassen soll.»

Er dachte über ihre Worte nach. «Ich hatte schon befürchtet, Ihr würdet sie hier in Eurem Garten einmauern lassen wollen.»

Röte schoss ihr in die Wangen. «Ich bin nicht so unbedarft, wie ich aussehe.»

Wieder fixierten sie einander, bis Alba schallend auflachte. «Nein, also wirklich! Ich fasse es nicht. Mir schwirren die Ohren! Wenn man euch zuhört, könnte man meinen, ihr wärt seit einer halben Ewigkeit miteinander verheiratet. Nun setzt euch beide zu uns an den Tisch, beruhigt euch und lasst uns abwarten, bis Wardo zurück ist. Dann könnt ihr ihn nach seinen Gründen für die heimlichen Ausflüge in die Unterwelt befragen. Gott bewahre», sie bekreuzigte sich hastig, «dass er etwas mit dem Feuer zu tun hat, aber vielleicht weiß er ja zumindest etwas darüber.»

Zögernd entspannte van Cleve sich und trat einen Schritt zurück. Aleydis schob sich an ihm vorbei und setzte sich neben Brunhild an den Tisch. «Eure Schwester hat recht.» Da van Cleve immer noch mitten im Raum stand, deutete sie auf den freien Stuhl. «Setzt Euch. Mehr als warten können wir wohl jetzt nicht tun.»

KAPITEL 18

Sie hatten noch bis spät in den Abend hinein gewartet. Zwischenzeitlich waren auch Alessandro und Matteo wieder zurückgekehrt und hatten berichtet, dass Edelgard immer noch in Bonn weile. Auf Aleydis' Botschaft hatte sie bisher nicht reagiert, was diese über alle Maßen ärgerte.

Wardo war indes nicht wieder aufgetaucht, und auch jetzt, weit nach Mitternacht, blieb er verschwunden. Aleydis lag hellwach in ihrem Bett, obwohl sie sich müde und abgeschlagen fühlte. Zu viel war in den vergangenen Tagen geschehen, und ihr war, als türmten sich einmal mehr regelrechte Sorgenberge vor ihr auf. Dass sie nun auch noch fürchten musste, Wardo habe vielleicht etwas mit dem Brandanschlag zu tun, ließ sie noch bedrückter zurück.

Sie hatten den Abend damit verbracht, die möglichen Gründe für das Verhalten des Knechts zu disputieren, waren aber zu keinem Ergebnis gelangt. Auch hatten sie Symon und die beiden anderen Wachmänner eingehend befragt. Mehr jedoch, als dass Wardo sich in den letzten zwei oder drei Tagen auffällig oft um seine Pflichten gedrückt hatte und heimlich ausgegangen war, hatten sie nicht herausbekommen.

Der Knecht entstammte der Unterwelt, war in den Gassen Kölns aufgewachsen und hatte ganz sicher als Kind und Heranwachsender ungesetzliche Dinge getan. Als er etwa fünfzehn gewesen war, hatte Nicolai ihn in seinen Haushalt geholt und ihm damit, so hatte Wardo es selbst einmal formuliert, das Leben gerettet. Wardos älterer Bruder Balthasar hatte weniger

Glück gehabt. Wahrscheinlich hatte er sich auch gar nicht retten lassen wollen. Wardo hatte nach Nicolais Tod erzählt, dass sein Bruder schon immer eine grausame Ader gehabt habe und vollkommen skrupellos gewesen sei. Wardo hatte sich von ihm losgesagt und lange Jahre keinen Kontakt mehr zu Balthasar oder dessen Weib und Sohn gepflegt. Erst als Nicolai ermordet worden war und viele Gerüchte die Runde gemacht hatten, war Wardos Sorge gewachsen, sein Bruder könne der gedungene Mörder sein. Diese Vermutung hatte sich dann bestätigt, doch da war Balthasar bereits tot gewesen, von Cathrein erstochen und in den Rhein geworfen. Man hatte ihn in den Fischerreusen etwas flussabwärts gefunden.

Den Tod seines Bruders hatte Wardo nicht bedauert – zumindest hatte er sich nichts anmerken lassen. Im Gegenteil, Aleydis hatte sogar den Eindruck gewonnen, ihr Knecht sei erleichtert, dass dieser Teil seines Lebens und seiner Familie nicht mehr existierte. Er war noch nie sehr redselig gewesen und meistens mürrisch, insbesondere Frauen gegenüber. Deshalb war es nicht einfach, ihn einzuschätzen. Doch selbst mit großer Anstrengung konnte Aleydis sich nicht vorstellen, dass er das Feuer gelegt haben könnte. Wenn er seinen Bruder verabscheut hatte, hätte er keinen Grund gehabt, sich wegen dessen Tod zu rächen. Was also steckte hinter seinem seltsamen Verhalten? Hatte er doch ein heimliches Liebchen oder …

Ruckartig setzte Aleydis sich im Bett auf.

Balthasar hatte ein Weib gehabt. Merle. Und einen halbwüchsigen Sohn namens Hardwin. Sie gehörten zu Wardos Familie, ob es ihm gefiel oder nicht. Vielleicht kümmerte er sich um die beiden. Die Frage war nur, warum er das heimlich tat.

Langsam ließ Aleydis sich wieder in die Kissen sinken. Wardo war ein aufrechter Kerl, raubeinig und ein wenig ungehobelt, doch bisher war sie immer der Meinung gewesen, dass er das

Herz am rechten Fleck hatte. Merle und Hardwin stammten aus einem Teil seines Lebens, den er lange hinter sich gelassen hatte. Vielleicht schämte er sich für die beiden, wollte nicht, dass jemand von seiner Sorge um sie erfuhr. Aleydis wusste nicht viel über das Weib und den Jungen, und wie oder wo sie lebten. Balthasar hatte sich mit Raubzügen und vermutlich auch mit einer Reihe von Auftragsmorden sein tägliches Brot verdient. Möglich war es also, dass Merle und Hardwin nun kein Einkommen mehr hatten und am Hungertuch nagten. Soweit sie gehört hatte, waren beide außer sich gewesen, als sie von Balthasars Tod erfahren hatten. Merle hatte ein großes Geschrei veranstaltet, während Hardwin durch die Straßen Kölns gelaufen war und sich bei jedem, der es hören oder auch nicht hören wollte, bitter über den Mord an seinem Vater beklagt hatte. Danach war es um beide still geworden.

Der Wind blies heftig ums Haus, Graupel prasselten gegen die Fensterläden. Bis zur Nasenspitze zog Aleydis ihre Decke hoch und drehte sich auf die Seite. All diese Überlegungen brachten sie nicht wirklich weiter, solange Wardo nicht wieder zurück war, um sie zu bestätigen oder zu erklären, was er wirklich in der Unterwelt trieb.

Das monotone Rauschen des Niederschlags und das Pfeifen des Sturms führten dazu, dass Aleydis sich nun doch allmählich entspannte und in einen leichten Schlaf fiel.

«Seltsam, oder?» Marlein schloss, Ursel an der Hand, zu Aleydis auf, als sie in die Hämergasse abbogen. «Ich meine, dass jemand Mutter verbrennen wollte.»

Aleydis blieb für einen kurzen Moment stehen und sah das Mädchen überrascht an. «Was meinst du damit?»

Marlein hob die Schultern. «Na, weil sie doch schon eingemauert war. Sie ist schlimm bestraft worden für die bösen Dinge, die sie getan hat. Wozu sollte jemand sie noch mehr bestrafen wollen?»

Unsicher blickte Marlein auf ihre kleine Schwester. «Wer ist denn so böse auf sie, dass er sie richtig tot sehen will? Sie ist es doch irgendwie schon. Für alle.» Sie zögerte. «Auch für mich.»

Sie ist schlimm bestraft worden für die bösen Dinge, die sie getan hat. Wozu sollte jemand sie noch mehr bestrafen wollen?

Wozu sollte jemand sie noch mehr bestrafen wollen?

Mit heftigem Herzklopfen schrak Aleydis aus ihrem Traum hoch und starrte in die nächtliche Dunkelheit.

Wozu sollte jemand sie noch mehr bestrafen wollen?

Marleins Frage hallte wie ein Echo in Aleydis Kopf wider und plötzlich ahnte – nein, wusste – Aleydis die Antwort. Ohne darüber nachzudenken, dass es noch weit vor Sonnenaufgang war, rappelte sie sich auf und zog sich an. Sie musste Wardo finden, denn mit Sicherheit wusste er, wo Merle und Hardwin sich aufhielten. Vielleicht hatte er denselben Verdacht gehabt, vielleicht deckte er sie – was nachvollziehbar wäre, denn auch wenn er seinen Bruder gehasst hatte, Merle war seine Schwägerin und Hardwin sein Neffe. Blut war dicker als Wasser.

Hastig schlüpfte sie in ihre Stiefel und war gerade auf dem Weg nach unten, um Symon zu wecken, als es heftig an der Hintertür pochte. Erst ein Mal kurz, dann ein zweites Mal und schließlich sehr ungeduldig. Draußen wurden Stimmen laut. Augustin und Symon waren auf ihren Posten wohl aufgeschreckt worden, und Gilles kam aus der Wechselstube herbeigeeilt. «Herrin, was ist da los?»

«Ich weiß es nicht, aber es scheint dringend zu sein.»

«Haltet Euch zurück, ich gehe vor.» Der Wachknecht hatte bereits sein Kurzschwert gezogen und entriegelte die Tür. Kaum hatte er sie einen Spalt geöffnet, trat er auch schon fluchend einen Schritt zurück. «Gottverdammt, was ist denn da passiert? Bringt ihn rein, aber schnell! Herrin, wir brauchen Hilfe. Der Gewaltrichter wurde verletzt.»

Aleydis drängte sich erschrocken an Gilles vorbei, doch da betraten Symon und Wardo bereits das Haus, zwischen ihnen Vinzenz van Cleve, der empört protestierte.

«So ein Unfug, es ist gar nichts. Die kleine Schramme ist nun wirklich nicht der Rede wert. Lasst mich los, verdammich, ich kann selbst laufen.»

Die Knechte gehorchten, und prompt geriet der Gewaltrichter ins Straucheln.

Geistesgegenwärtig stützte Aleydis ihn und wäre ob seines Gewichts beinahe ebenfalls gestürzt. Symon griff rasch erneut zu und verhinderte Schlimmeres. «Nee, nee, Herr Gewaltrichter, immer langsam. Ihr habt da anscheinend ganz schön was abbekommen.»

«Es ist nichts», beharrte van Cleve stur, biss jedoch die Zähne zusammen. An seiner Schläfe klebte Blut, und auch seine Unterlippe war am Mundwinkel aufgeplatzt.

«Was im Namen des Allmächtigen ist geschehen?» Aleydis führte die Männer in die Küche und entzündete dort an der noch vorhandenen Herdglut eine Öllampe.

Augustin steckte den Kienspan, den er mit hereingebracht hatte, in eine Halterung an der Wand. «Ich geh wieder raus auf meinen Posten», brummelte er nach einem kurzen Blick auf den Gewaltrichter.

Symon schnappte sich den Eimer, der im Ausguss stand. «Ich hole Wasser. Wird bestimmt gebraucht.»

Inzwischen war auch das übrige Gesinde wach geworden und drängte in die Küche. Ells schürte nach einem kurzen Blick auf van Cleve sofort das Herdfeuer, um das Wasser zu erhitzen. «Liebe Zeit, sieh sich einer das an. Seid Ihr nicht schon ein wenig zu alt für Wirtshausraufereien?»

«Ich habe nicht gerauft.» Verdrießlich ließ van Cleve sich auf der Ofenbank nieder.

«Was denn dann?» Inzwischen hatte Aleydis ein sauberes Leintuch aus dem Regal genommen und trat an van Cleve heran, um sich seine Wunden näher anzusehen. «Gerlin, hol Verbandszeug.»

«Ich brauche kein … Au! Verdammt.» Van Cleve war heftig zusammengezuckt, als Aleydis ihn am Hinterkopf berührte, um diesen ein wenig ins Licht zu drehen.

Sie war selbst zusammengezuckt, denn an ihrer Hand klebte nun ebenfalls halb verkrustetes Blut. «Und wie Ihr Verbandszeug braucht. Wie ist das passiert? Wurdet Ihr überfallen?»

«Er hat sich mit Merles Brüdern angelegt», brummte Wardo mürrisch, jedoch mit einem Unterton, der sowohl Besorgnis als auch Bewunderung ausdrückte.

«Was ist denn hier los?» Alessandro, nur in seiner Hose, das Hemd lose über dem Arm, war in der Tür erschienen, hinter ihm streckte Matteo den Kopf herein. «Du liebe Zeit, Euch hat es aber erwischt, van Cleve.»

«Gar nichts hat mich erwischt!»

«Er ist allein gegen fünf angetreten.» Wardo kratzte sich verlegen am Kinn, weil er nicht zu wissen schien, was er nun tun sollte. «Alles brutale Schläger. Die haben ihn eingekreist.»

«Ich wäre schon mit ihnen fertiggeworden.» Der Gewaltrichter knirschte mit den Zähnen, als Aleydis, nun wesentlich vorsichtiger, das dichte schwarze Haar an seinem Hinterkopf teilte und sich die Platzwunde besah, unter der sich eine beachtliche Beule gebildet hatte.

«Wärt Ihr bestimmt, aber ich dachte, ich helf Euch trotzdem. Mit Merles Brüdern ist nicht zu spaßen. Vor denen hatte sogar Balthasar Respekt. Ich hab der Merle immer gesagt …» Verlegen hielt er inne, sprach dann aber doch weiter, als Aleydis ihn fragend ansah. «Na ja, dass sie was Besseres verdient hätte. Aber sie wollt ja nicht hören. Und jetzt steht sie blöd da, weil sie schwanger ist und keinen Mann mehr hat, der sie versorgt.»

«Ich dachte, sie hat fünf Brüder», mischte Matteo sich ein.

«Pah, die prügeln sich gerne, aber die haben nix an de Föß. Leben alle von der Hand in den Mund. Da ist kein bisschen was zu holen, und die Merle wär auch besser dran, wenn sie so wenig wie möglich mit ihren Brüdern zu tun hätte.»

«Das scheinen die offenbar anders zu sehen.» Aleydis tauchte rasch das Leinentuch in den Wassereimer, den Symon herbeigeschleppt hatte.

«Die wollten sich bloß aufspielen.» Nun klang Wardo regelrecht verlegen. «Die mögen es nicht, wenn man in ihr Revier eindringt.»

«Au, verdammt! Seid doch vorsichtig.» Van Cleve zuckte erneut heftig zusammen, als Aleydis begann, die Wunde am Hinterkopf zu reinigen.

«Was habt Ihr denn in der Unterwelt getrieben, dass Euch Merles Brüder erwischt haben?» Sie tupfte behutsam an der Beule herum und versuchte, sich von seiner Nähe nicht allzu sehr ablenken zu lassen.

«Sie haben mich nicht …» Er stöhnte unterdrückt. «Was glaubt Ihr denn, was ich dort unten getan habe?»

«Ihr habt Wardo gesucht.»

«Das auch. Aber nachdem ich Euer Haus vorhin verlassen hatte, kam mir der Gedanke, dass wir möglicherweise die ganze Zeit in der falschen Richtung nach dem Brandstifter gesucht haben und deshalb von Anfang an mit unseren Nachforschungen in einer Sackgasse steckten.»

«Ich weiß.» Sie eilte zum Herd, wo Ells das Wasser in einen Kessel gefüllt und diesen über der Feuerstelle aufgehängt hatte. Rasch tunkte sie die andere Seite des Leintuchs hinein und kehrte zu van Cleve zurück.

«Ihr wisst?» Er hob überrascht die Augenbrauen, zuckte aber schon wieder zusammen, weil das offenbar wegen der Schläfenwunde ebenfalls schmerzhaft war.

«Ich bin vorhin im Schlaf darauf gekommen.»

«Ach.» Der Spott war seiner Stimme ebenso anzuhören wie die Erheiterung.

Sie zuckte mit den Achseln. «Ich erinnerte mich im Traum an etwas, das Marlein mich neulich gefragt hat.»

«Onkel Vinzenz? Um Himmels willen, was ist passiert?» Brunhild, nur in einem unverschnürten Unterkleid und das Haar zu einem lockeren Zopf gebunden, kam in die Küche gestürzt. Hinter ihr tauchten die beiden jüngeren Mädchen auf und starrten den Verletzten erschrocken an. Auch sie waren nur spärlich bekleidet.

«Was soll denn das? Hinaus mit euch!» Ells wollte die drei zurück in den Flur schieben, doch Brunhild widersetzte sich ihr und eilte zu ihrem Onkel. «Ihr blutet ja!»

«Echt, er blutet? Ist er schwer verletzt?» Ursel quetschte sich ebenfalls an der Köchin vorbei. «Marlein, schau, der Herr Gewaltrichter hat eine Kopfwunde.»

«Ach herrje!» Marlein wurde ganz blass und blieb als Einzige in einiger Entfernung stehen. «Wie schrecklich!»

Aleydis hielt kurz in der Reinigung der Wunden inne. «Es ist nur ein kleines Missgeschick, nichts weiter.»

«Wirklich?» Brunhild beugte sich ein wenig vor und musterte die blutige Schläfe. «Onkel Vinzenz, geht es Euch wirklich gut? Das sieht ganz schlimm aus.»

«Es ist nichts.» Das Aufheben schien dem Gewaltrichter mächtig gegen den Strich zu gehen, doch wie schon zuvor reagierte er auf seine junge Nichte weit weniger ruppig als gegenüber den meisten anderen Menschen. «Mach dir keine Sorgen, Brunhild. Sobald Frau Aleydis aufhört, mich mit diesem

Leinenfetzen zu malträtieren, bin ich wieder wohlauf. Geht jetzt zurück ins Bett.» Er warf auch Ursel und Marlein einen Blick milder Strenge zu. «Alle drei.»

«Aber nur, wenn Ihr versprecht, dass Euch wirklich nichts fehlt.» Unsicher trat Marlein nun doch vor. «Ihr sorgt doch gut für ihn, nicht wahr, Frau Aleydis? Damit er … nicht mehr blutet und wieder wohlauf ist.»

«Selbstverständlich.» Einigermaßen überrascht über die Besorgnis des Mädchens, legte Aleydis das Tuch beiseite. «Gerlin hat schon Verbandszeug gebracht, wie du siehst, und Ells holt mir gleich von der Heilsalbe aus der Vorratskammer, die wir aus der Apotheke am Alter Markt haben.»

«Kein Verband, verdammt noch eins. Das ist ja lächerlich!», knurrte van Cleve dazwischen.

Aleydis sprach unbeirrt weiter. «Frau Katharina sagt, die Rezeptur stammt von ihrer Mutter, und die wiederum hat sie von einer alten Hebamme, die schon vor vielen Jahren gestorben ist. Ludmilla hieß sie, und sie kannte sich mit Heilkräutern aus wie keine Zweite.»

«Ich hol den Tiegel.» Ells verschwand in Richtung Vorratskammer. «Aber an Eurer Stelle würde ich mir nicht so viele Sorgen machen. Der Dickschädel des Herrn Gewaltrichters hält schon was aus.»

«Halt den Schnabel, vorlautes Weib.» Mürrisch blickte van Cleve der Köchin nach, dann warf er Aleydis einen zynischen Blick zu. «Wie haltet Ihr es mit dieser impertinenten Person nur aus?»

Aleydis grinste. «Habt Ihr schon mal ihre Pasteten probiert?»

«Kann ich auch irgendwie helfen?» Irmel war beim Eintreffen der Männer ebenfalls auf ihren Holzpantinen herbeigepoltert, hatte sich aber zurückgehalten, wohl weil alle anderen bereits emsig mit sämtlichen Verrichtungen beschäftigt waren.

Wahrscheinlich war ihr einfach keine nützliche Handreichung eingefallen.

«Allerdings kannst du das.» Mit einem kurzen Nicken nahm Aleydis den Salbentiegel von Ells entgegen. «Bring frische Decken, Kissen und Laken in Matteos Kammer und bereite das freie Bett dort vor, damit Herr van Cleve sich niederlegen und ausruhen kann.»

«Was?» Der Kopf des Gewaltrichters ruckte hoch, und sofort stöhnte er gleichermaßen verärgert wie schmerzerfüllt. «Ich muss mich nicht hinlegen. Lasst diesen Firlefanz.»

«Das ist kein Firlefanz, Herr van Cleve.» Unbeeindruckt öffnete Aleydis den Salbentiegel. «Es sind noch Stunden bis Tagesanbruch, und Ihr seid schwer verprügelt worden. Ihr legt Euch hin und ruht Euch aus. Keine Widerrede. Wie wollt Ihr Euch sonst später erneut gegen diese fünf Raufbolde erwehren? Ich nehme doch an, dass man an ihnen vorbeimuss, wenn man Merle befragen will.»

«Genau genommen sind es nur noch drei», brummte van Cleve und legte ganz kurz und so unauffällig, dass die Mädchen es nicht mitbekamen, seine Hand auf den Griff seines Kurzschwerts. «Zwei habe ich niedergestreckt. Die werden für eine ganze Weile ihre Wunden lecken. Und die anderen drei dürften auch nicht mehr allzu rüstig sein.»

Aleydis schauderte, konnte sich aber nicht recht entscheiden, ob vor Grauen oder aus Bewunderung. «Wie dem auch sei, Ihr braucht jetzt Ruhe.» Sehr vorsichtig verteilte sie die Salbe erst auf der Beule am Hinterkopf, dann an seiner Schläfe. Nach kurzem Zögern tupfte sie auch ein wenig auf seinen Mundwinkel. Dabei hielt sie, so gut es ging, seinem schweigenden Blick stand, der von Atemzug zu Atemzug intensiver zu werden schien. Ihre Fingerspitzen kribbelten leicht, und fast war ihr, als würden seine Lippen ein wenig unter der Berührung zucken. Nachdem sie genug Salbe aufgetragen hatte, zog sie ihre Hand etwas zu hastig zurück und tat, als müsste sie den Tiegel ganz besonders sorgfältig verschließen.

Sein Blick folgte ihr, als sie sich schließlich am äußersten Ende der Ofenbank niederließ und demonstrativ zu den Mädchen hinüberblickte. «Was ist denn nun? Wolltet ihr nicht wieder zu Bett gehen?»

«Ja.» Brunhild nickte hastig und errötete. «Kommt, ihr beiden.» Sie ergriff die Hände der beiden jüngeren Mädchen und zog sie mit sich hinaus. Das aufgeregte Wispern der drei war jedoch noch zu hören, bis sie die Treppe hinauf verschwunden waren.

«Ihr habt also im Traum eine Erleuchtung gehabt.» Vinzenz sah sie aufmerksam von der Seite an.

Aleydis riss sich zusammen. Ihr beschleunigter Puls und die durcheinandergeratenen Gefühle waren ihr im Augenblick nur im Weg, auch wenn sie sich nur schwer ignorieren ließen. «Mir ist eine Frage eingefallen, die Marlein mir kürzlich gestellt hat. Mir selbst ging sie ebenfalls ständig im Kopf herum: Warum sollte jemand Cathrein für ihre Untaten noch mehr bestrafen wollen? Sie gilt vor der Welt ja bereits als so gut wie tot. Wer also könnte sie so sehr hassen, dass ihm das nicht genügt? Doch nur jemand, der unmittelbar unter den Auswirkungen ihrer Taten leidet.»

«So weit waren wir ja schon.»

Sie nickte. «Matteo kann es nicht gewesen sein. Er hat zwar einen Grund, Cathrein zu verabscheuen, doch den Brand hat er auf keinen Fall gelegt. So etwas würde er niemals tun. Außerdem hat er zu jener Zeit oben in einer meiner Kammern gelegen.» Sie warf dem Jungen einen kurzen Blick zu, der erleichtert lächelte. Rasch fuhr sie fort: «Hartlieb de Piacenza und seine Familie würden wohl kaum zu solchen Mitteln greifen, um sich für Jacobs Tod zu rächen. Schon gar nicht nach so vielen Jahren.» Nun wandte sie sich ihrem Schwager zu, der schweigend am Küchentisch lehnte und ihnen zuhörte. «Alessandro hat ebenfalls keinen mir als sinnig erscheinenden Grund, Cathrein den Mord an Nicolai heimzuzahlen – oder auch Andreas Tod. Die drei waren vielleicht Brüder, kannten einander aber nicht persönlich.»

«Ich war für Euch ein Verdächtiger?» Milde verblüfft hob Alessandro die Augenbrauen. «Natürlich.» Er lächelte schwach. «Aber Ihr habt recht, ich habe keinen Grund, mich rächen zu wollen.»

«Also blieb nur noch eine Möglichkeit übrig, die Sinn ergab», schlussfolgerte Aleydis. «Wir haben die ganze Zeit nicht bedacht, dass auch Balthasar eine Familie hatte, die um ihn trauert … oder doch zumindest unter seinem Tod leidet.»

«Wir müssen mit Merle reden.» Van Cleve rutschte auf der Ofenbank hin und her, um bequemer zu sitzen, vermied es aber, den Kopf anzulehnen. «Sie ist mir entwischt und hat sich vermutlich irgendwo verkrochen.»

«Sie hat nicht viele Möglichkeiten.» Wardo scharrte unbehaglich mit den Füßen. «Wahrscheinlich ist sie zu ihrer Mutter, aber da kriegt sie auch nicht viel mehr als Schläge und hartes Brot.» Er räusperte sich umständlich. «Sie war es nicht. Im Leben hat sie kein Feuer in der Klause gelegt.»

Aufmerksam musterte Aleydis ihren Wachknecht. Sie kannte ihn zwar schon so lange wie Symon, war aber längst nicht so vertraut mit ihm. Dennoch glaubte sie zu verstehen. «Du hast sie gern.»

Wardos Miene wurde noch mürrischer als sonst. «Sie war's nicht.»

«Dann ihr Sohn?», hakte van Cleve sofort nach.

«Hardwin ist nicht Merles Sohn. Balthasar hat ihn mit einer

386

Hure gezeugt, die kurz nach der Geburt am Fieber gestorben ist. Merles Mutter hat damals den Säugling als Amme genährt, da war Merle selbst noch ein junges Mädchen. Irgendwann später, der Junge war schon zehn oder elf Jahre alt, hat Balthasar sich mit Merle zusammengetan. Sie kannten sich ja schon lange und, na ja, wer weiß, ob sie's nicht schon früher miteinander … tja.» Nun wurde der ungehobelte Wardo tatsächlich rot im Gesicht. «Mein Lumpensack von Bruder hat ihr Honig ums Maul geschmiert oder sie verdroschen, je nachdem, wonach ihm gerade war und womit er bei ihr weiterkam. Ich hab ihr gesagt, sie soll von ihm weg, aber sie kannte es ja von daheim auch nicht anders und meinte, das gehört sich so, dass alle auf ihr rumhacken.» Er ließ den Kopf hängen. «Kann gut sein, dass der Hardwin das war. Mit dem Feuer, meine ich. Er war ganz außer sich, als sein Vater tot im Rhein gefunden wurde. Hat zu ihm aufgesehen wie zu einem verdammten Heiligen. Weiß auch nicht, warum. Er hat einfach nicht begriffen, dass Balthasar ein gottloses Drecksvieh war. Der Hardwin, das ist so ein hübscher Kerl mit einem Engelsgesicht. Die Leute behaupten, er wär falsch wie eine Schlange und hinterlistig, aber letztlich ist er bloß ein Junge, der in der Unterwelt überleben muss. Hat sich schon als Botzedrisser Geld verdient, indem er Reisenden das Gepäck getragen oder den Weg durch die Stadt gewiesen hat. Später dann hat er sich», er räusperte sich erneut, «na ja, den Männern angeboten, die, also Ihr wisst schon …»

«Die der Lust mit Jünglingen frönen?» Der Gewaltrichter schnaubte angewidert. «So etwas ist mir auch schon zu Ohren gekommen.»

«Früher oder später wär er genau wie Balthasar geworden.» Wardo seufzte. «Aber noch ist er nur ein wütender Junge, der von der Welt nix zu erwarten hat.»

«Wo können wir ihn finden?» Aleydis erhob sich und ging Ells zur Hand, die Würzwein in Becher gefüllt hatte. Als sie van Cleve seinen Becher reichte, berührten sich ihre Finger, und er hob fast unmerklich die Brauen. Betont langsam nahm er den Becher an sich und nippte vorsichtig daran.

«Kann ich nicht sagen.» Wardo trat von einem Fuß auf den anderen. «Er ist weg. Schon seit ein paar Tagen wie vom Erdboden verschluckt. Ich hab ihn gesucht, Frau Aleydis. Deshalb bin ich manchmal heimlich weg. Ich wusste doch nicht, ob er was mit dem Feuer zu tun hat und so, und wollte keine schlafenden Hunde wecken, bevor ich's nicht sicher weiß.»

«Aber jetzt weißt du es sicher?» Van Cleve fixierte den Knecht streng, als dieser nervös schwieg. «Antworte!»

«Ich hab heute Nachmittag mit Merle geredet, und sie sagt, Hardwin war es. Er ist nicht ganz gescheit, wenn Ihr wisst, was ich meine. Dreht durch und schlägt um sich oder schreit wie am Spieß. Dann ist er wieder ganz ruhig und normal. Solche Anfälle hat er manchmal, und bei einem davon hat er es wohl in Merles Gegenwart zugegeben. Er hasst Frau Cathrein, weil sie seinen Vater … seinen Helden … ermordet hat. Also … Ja, ich nehm schon an, dass er's war.»

«Und jetzt ist er verschwunden.» Der Gewaltrichter erhob sich vorsichtig und machte einen Schritt, taumelte leicht und stützte sich fluchend am Tisch ab. «Frau Aleydis, das angebotene Bett werde ich wohl oder übel doch für ein paar Stunden annehmen müssen. Bei Tagesanbruch werden wir Merle noch einmal aufsuchen.»

«Ich kann versuchen, sie herzubringen. Wenn sie keine Angst haben muss, dass ihr was passiert, kommt sie vielleicht mit», schlug Wardo hastig vor.

«Also gut.» Van Cleve nickte, den Blick starr auf die Tischplatte gerichtet.

«Ich hab das Bett oben frisch gemacht», verkündete in diesem Moment Irmel durch den Spalt der Küchentür.

«Nun denn.» Alessandro, der bisher geschwiegen hatte, packte den Gewaltrichter unter dem rechten Arm. «Ich bringe Euch nach oben. Aber kommt nicht auf die Idee, Steinchen gegen Aleydis' Kammertür am anderen Ende des Ganges zu schmeißen, wenn Ihr mit ihr reden möchtet.»

KAPITEL 19

Als Aleydis am Morgen erwachte, war es schon hell – wieder einmal. Dem Stand der fahlen Sonne nach hatte sie diesmal aber nicht ganz so lange geschlafen. Sie hatte zuerst befürchtet, überhaupt nicht mehr zur Ruhe zu kommen, doch der Schlaf hatte sie übermannt, kaum dass sie den Kopf auf das Kissen gebettet hatte.

Mehrere Stimmen waren von unten zu vernehmen, während sie sich anzog, ihr Haar kämmte, flocht und zu Schnecken aufsteckte. Einen zartweißen, leicht durchscheinenden Schleier steckte sie darüber fest und wappnete sich derweil innerlich für das, was an diesem Tag noch auf sie zukommen würde. Falls Wardo Merle fand. Und falls die wiederum wusste, wo Hardwin sich aufhielt.

Durch das Haus zogen bereits Wohlgerüche – Ells schien Gebäck im Ofen zu haben. Aleydis erkannte Albas Stimme, als sie die Treppe hinabstieg. Jemand musste die Schwester des Gewaltrichters hergeholt haben, denn heute stand keine Lektion für die Mädchen an. Da die Tür zu Matteos Kammer offen gestanden hatte und beide Betten leer waren, nahm Aleydis an, dass van Cleve ebenfalls in der Küche saß, und wunderte sich, als sie ihn dort nicht vorfand. Stattdessen erhob Alba sich von der Ofenbank, wo sie, eine Schüssel auf dem Schoß, Pastinaken und anderes Wurzelgemüse geputzt hatte. Die Schüssel stellte sie für Ells auf den Tisch, dann umarmte sie Aleydis herzlich.

«Guten Morgen, liebe Freundin. Habt Ihr Euch gut erholt?

Liebe Zeit, wie muss ich Euch dafür danken, dass Ihr meinen Bruder verarztet habt. Wie ich vernahm, hat er sich dagegen gesträubt. Schwäche kann er unter keinen Umständen zulassen. Deshalb ist er auch schon wieder auf den Beinen.»

«Er ist schon wieder fort?» Damit hatte Aleydis nicht gerechnet.

«O ja, schon seit über einer Stunde. Als ich hier ankam, war er bereits halb zur Tür hinaus. Zusammen mit Wardo und Alessandro.» Alba lächelte leicht. «Diese beiden Männer könnten die besten Freunde sein, wenn mein Bruder nicht so … nun ja.»

«Was?» Fragend runzelte Aleydis die Stirn, woraufhin Alba leise auflachte.

«Aber meine Liebe, das müsst Ihr doch schon selbst bemerkt haben. Dabei glaube ich nicht einmal, dass Alessandro Interesse an Euch hat. Jedenfalls nicht solches. Er sorgt sich um Euch, das steht fest, und ich glaube, er hat Euch auf Anhieb ins Herz geschlossen. Wie eine Schwester. Ich habe mich mit ihm unterhalten, als Ihr gestern fort wart.» Alba hüstelte, und Aleydis hätte schwören können, einen Hauch Röte auf den Wangen ihrer Freundin zu erkennen. Doch das war nicht möglich, oder? Alba war eine abgeklärte Frau, die immer wieder betonte, dass sie um Männer einen weiten Bogen mache. Sie hatte eine relativ kurze, aber nicht allzu glückliche Ehe geführt und war seit nunmehr zwölf Jahren verwitwet. Aleydis wusste, dass Alba gerne in einen Beginenhof gezogen wäre, doch sie wollte damit warten, bis ihr Bruder, dem sie seit dem Tod ihres Gemahls den Haushalt führte, sich neu verheiratete. Da Vinzenz van Cleve jedoch, ähnlich wie seine Schwester, keinen Wert auf eine neue Ehe legte, konnte Alba derzeit und zu ihrem größten Ärger nur davon träumen, das graue Gewand der frommen Frauen tragen zu dürfen.

«Ihr habt mit ihm über mich gesprochen?»

Albas Lächeln wirkte ein wenig angestrengt, als sie antwortete: «Nun ja, nicht direkt. Oder doch, natürlich, aber nicht weil ich neugierig war, glaubt das bitte nicht. Vinzenz wirft mir das zwar immer wieder vor, aber in diesem Fall … Ich wollte von Herrn Alessandro nur wissen, warum er nicht schon viel früher nach Köln gekommen ist. Dann hätte er seine Brüder noch lebend angetroffen und sie kennenlernen können. Offenbar hat sein Ziehvater ihn davon abgehalten, weil er fürchtete, Alessandro könnte doch noch in die Fänge der Schattenwelt geraten, die Euer Gemahl selig sich gesponnen hat. Erst nach dem Tod des alten Venetto hat er sich ein Herz gefasst und die Reise hierher angetreten.»

Aleydis dachte über Albas Worte nach. «Er hat seinen Ziehvater geliebt, als wären sie blutsverwandt gewesen.»

«Ja, aber wenn ich ihn recht verstanden habe, war er wohl nicht immer ein guter Sohn. Als junger Mann muss er sehr aufbrausend gewesen sein.»

«‹Rauflustig› hat er es mir gegenüber einmal genannt.»

Alba nickte zustimmend. «Kein Wunder, dass Venetto sich sorgte, Alessandro könnte in Nicolais Fänge geraten.»

«Oder vielmehr in die von Griselda, als sie noch gelebt hat, und in die der Familie Hürth», korrigierte Aleydis. «Nicolai hat wie Venetto versucht, seinen Halbbruder von hier fernzuhalten.»

«Ein furchtbares Durcheinander, nicht wahr?» Alba seufzte. «Und Ihr sitzt mittendrin und müsst versuchen, das Beste daraus zu machen. Ich beneide Euch nicht, meine liebe Freundin, möchte Euch aber den guten Rat geben, nicht zu versuchen, dieses Spinnennetz, in dem auch Ihr gefangen seid, auf Dauer ganz allein intakt halten zu wollen. Das schafft Ihr nicht. Ihr braucht die Hilfe eines klugen, verständigen Mannes, der zudem über genügend Autorität verfügt, um sich gegen alle

Unwägbarkeiten behaupten zu können. Ich will nicht behaupten, dass nicht auch eine Frau dazu in der Lage wäre, aber ich fürchte, dass Ihr dazu nicht geboren seid.»

«Ich bin keine Griselda Hürth», wiederholte Aleydis die Worte Gregor van Cleves. «Das weiß ich.»

«Dann hört auf meinen Rat!»

«Ihr wollt mich mit Eurem Bruder verkuppeln.»

Alba lächelte leicht. «Ihr würdet beide davon profitieren.»

«Wie könnt Ihr da so sicher sein?» Ärger erfasste Aleydis. «Euer Bruder will mich nicht, und ich …» Sie schluckte.

«Ja?» Aufmerksam musterte Alba sie. «Was ist mit Euch?»

Hitze und Herzklopfen stiegen in Aleydis auf. «Ich kann das nicht.»

Ehe Alba darauf antworten konnte, wurden aus der Wechselstube Stimmen laut. Einen Augenblick später erschienen der Gewaltrichter und Alessandro im Gang vor der Küche und hinter ihnen Wardo, der eine schmale, leidlich hübsche Frau an den Schultern festhielt und vor sich herschob. Sie trug ein einfaches Kleid aus graubraunem Stoff, unter dem ihr Bauch bereits deutlich hervortrat, und eine an den Rändern ausgefranste Kruselerhaube, die ihr dunkelblondes Haar fast vollständig bedeckte. Sie musste ungefähr Mitte oder bereits Ende zwanzig sein und wirkte, als habe sie schon länger nichts Anständiges mehr zu essen bekommen.

«Wohin mit ihr?», fragte van Cleve Aleydis anstelle eines Grußes, als diese mit Alba durch die Küchentür trat. «Ich wollte sie rüber ins Rathaus bringen, doch Alessandro», er warf Aleydis' Schwager einen Blick zu, «war der Ansicht, dass es besser sei, sie hier zu befragen, damit Ihr nicht extra zur Judengasse kommen müsst.»

«Bringt sie in die Stube.» Aleydis musterte Merle neugierig. «Ihr wollt mich also bei der Befragung dabeihaben.»

Van Cleve sah Merle ebenfalls nach, während Wardo sie in die Wohnstube schob. «Ihr klingt, als wärt Ihr überrascht. Ihr seid doch diejenige, die Anklage wegen Brandstiftung erhoben hat.»

«Und Ihr seid derjenige, der mir immer wieder zu verstehen gibt, dass ich ihm im Weg bin.» Giftig funkelte sie ihn an.

Um seinen verletzten Mundwinkel zuckte es leicht. «Das seid Ihr ja auch, doch das ist kein Grund, Euch Euer Recht auf Anhörung einer Zeugin zu verwehren.»

«Ah.» Sie runzelte die Stirn. «Muss ich Euch jetzt dankbar sein?»

«Nicht im mindesten.»

«Kinder!» Lachend trat Alba neben Aleydis und legte ihr beschwichtigend eine Hand auf den Arm. «Fangt bitte nicht schon wieder an zu streiten. Man könnte auf die Idee kommen, dass ihr euch mögt.»

«Red keinen Mumpitz.» Vinzenz bedachte seine Schwester mit einem strafenden Blick.

Alba gab sich unbeeindruckt. «Was sich neckt, das …»

«Gehen wir in die Stube und hören uns an, was sie zu sagen hat», unterbrach Aleydis sie rasch. Ihre Wangen glühten, und damit niemand die verräterische Röte sah, ging sie energischen Schrittes voraus.

Alessandro und der Gewaltrichter folgten ihr, während Alba zurückblieb. «Ich kümmere mich um die Mädchen», rief sie ihnen hinterher. «Und lasse Ells Würzwein heiß machen. Ihr seht alle aus, als könntet ihr einen vertragen.»

Vinzenz konnte sich nicht entscheiden, was ihn mehr ärgerte, die Tatsache, dass seine Schwester immer öfter in kupplerischer Absicht herumstichelte, oder die sichtbare Verlegenheit, die das bei Aleydis auslöste. Er hatte genau gesehen, dass ihre Wangen sich gerötet hatten und dass sie um eine gleichmütige Miene gekämpft hatte. Bei nächster Gelegenheit musste er mit Alba ein ernstes Wörtchen reden, das stand fest. Es war eine Sache, eine junge Witwe auf das Offensichtliche aufmerksam zu machen, nämlich dass sie es ohne neuen Ehemann auf Dauer schwer haben würde. Doch sie so hartnäckig immer wieder mit ihren ganz offenkundigen Ängsten zu konfrontieren und zu quälen, ging dann doch zu weit. Er konnte nachvollziehen, warum Aleydis zögerte, über eine neue Ehe nachzudenken. Sie war verheiratet gewesen und hatte dennoch, soweit er es beurteilen konnte, nicht die geringste Ahnung von der Ehe. Sie besaß ein Vermögen und gleichzeitig die Verfügungsgewalt über eine unüberschaubare Schattenwelt und traute sich nicht zu beurteilen, wer Freund und wer Feind war. Wie sollte sie sich da entscheiden, irgendeinem dahergelaufenen Kaufmann, Patrizier oder Handwerksmeister ihre Hand und damit ihr Leben anzuvertrauen? Dass sie ihn, Vinzenz van Cleve, nicht wollte, leuchtete ihm umso mehr ein, da er natürlich ganz genau wusste, wie eine solche Verbindung auf die Leute wirken würde. Ganz abgesehen davon, dass er ähnliche Vorbehalte pflegte wie sie, wenn auch aus etwas anderen Gründen. Er war nicht in der Lage, einer Frau noch einmal genug Vertrauen zu schenken, um sie vor die Kirchenpforte zu führen. Und Gefühle, die alles nur noch schlimmer und komplizierter machen würden, wollte er erst recht nie wieder zulassen.

Deshalb gab er sich besonders brüsk, auch um diesen vermaledeiten Drang zu unterdrücken, sie an sich zu ziehen und Dinge mit ihr zu tun, die sich weder jetzt noch überhaupt auch nur ansatzweise geziemten. «Nun, Merle, was weißt du über Hardwin?»

«Setz dich erst einmal.» Aleydis warf ihm einen unfreundlichen Blick zu und schob die blasse Frau zu einem der hochlehnigen, gepolsterten Stühle.

Merle zögerte kurz, bevor sie der Anweisung folgte, und wirkte prompt vollkommen deplatziert auf dem wertvollen Möbel. Schützend legte sie die Hand auf ihren Bauch, der aussah, als habe sie den größten Teil der Schwangerschaft bereits hinter sich.

Aleydis nickte ihr zu. «Gut. Und nun erzähl uns, was du Wardo gestern über Hardwin gesagt hast.»

Verunsichert blickte Merle zu Wardo, der daraufhin ebenfalls nickte. Er wirkte verschlossen wie stets, doch sein Blick, der auf Merle ruhte, verriet, dass er ihr sehr zugetan war. Nach kurzem Zögern wandte Merle sich schließlich wieder an Aleydis, schielte aber immer wieder zu Vinzenz hinüber, so als fürchte sie ein richterliches Donnerwetter von seiner Seite. «Ich weiß nich', wo er sich rumtreibt. Er is' schon seit paar Tagen weg. Fast 'ne Woche. Aber am letzten Sonntag nach der Messe – ich geh immer in St. Maria in Lyskirchen –, da war er noch da. Also bei uns in der Hütte drüben am Krummen Büchel. Da ist er wieder mal durchgedreht und hat Sachen nach mir geschmissen und rumgeschrien. Ich glaub, er hatte auch gesoffen. Dann wird es mit ihm meistens so schlimm. Er hat gesagt, ich soll ihm dankbar sein, weil er wenigstens versucht hat, Balthasars Tod zu sühnen. Ich würd ja selbst nix tun als rumsitzen und heulen. Stimmt aber gar nicht. Ich heul schon lang nicht mehr wegen Balthasar. Bringt ihn ja nich' wieder zurück. Ich muss bloß jetzt seh'n, was ich mache, damit mein Kindchen nicht verhungert.» Sie streichelte über ihren Bauch. «Hat Gott mir ja gegeben, das Kleine, auch wenn's von Balthasar ist und der im Grunde ein Drisskopp war.»

Vinzenz setzte sich ebenfalls auf einen Stuhl, weil sein Kopf dröhnte und ein leichter Schwindel ihn einfach nicht verlassen wollte. «Kannst du dir denn vorstellen, wohin Hardwin verschwunden sein könnte? Hat er noch andere Verwandte oder Freunde, bei denen er untergeschlüpft sein könnte?»

«Freunde?» Merle lachte bitter. «Nein. Hatte nie welche. Und Familie auch nich'. Jedenfalls nich', soweit ich weiß. Sind alle schon lange tot. Außer Wardo.» Ihr Blick huschte zu dem Knecht.

Auch Vinzenz musterte den Knecht, der neben der Tür stand und alles, was gesagt wurde, wachsam in sich aufnahm. Dabei ruhte sein Blick die ganze Zeit auf Merle. «Stimmt das, Wardo? Bist du Hardwins einziger lebender Verwandter?»

Wardo nickte. «Wir hatten nie eine große Familie. Seit mein Bruder tot ist, bin nur noch ich übrig. Hab versucht, ein Auge auf Hardwin zu haben, aber der ist schlimmer als ein Sack voll Flöhe. Wenn er's wirklich war, das mit dem Feuer, dann bestimmt, weil er wieder so einen Tobsuchtsanfall hatte. Weiß der Himmel, was ihn dann umtreibt.» Zum ersten Mal zeichnete sich echte Besorgnis auf Wardos Gesicht ab. «Wird er hart dafür bestraft werden?»

Vinzenz seufzte innerlich. «Auf Brandstiftung steht der Tod, genau wie auf Mord.»

Aleydis hüstelte. «Aber niemand wurde getötet, nur die Klause zerstört.»

Verwunderung rang in Vinzenz mit Ärger. «Ihr selbst habt Anklage erhoben, weil der Anschlag Cathreins Tod zum Ziel hatte. Wollt Ihr etwa Gnade vor Recht ergehen lassen?»

«Schon wieder, meint Ihr?» Sie warf ihm einen traurigen Blick zu. «Nein. Ich frage mich nur, ob der Tod eine angemessene Strafe für Hardwin wäre.»

Van Cleve bedachte sie mit einem beredten Blick. «Ist das nicht dasselbe?»

Wardo fuhr sich mit beiden Händen übers Gesicht. «Ich

hab immer befürchtet, dass es mit dem Jungen mal böse endet.» Unglücklich wandte er sich an Aleydis. «Wenn wir Hardwin finden und er wirklich der Brandstifter war, muss er die Konsequenzen tragen. Er hat ja immerhin in Kauf genommen, die halbe Glockengasse abzufackeln, nur weil er sich an Frau Cathrein rächen wollte. Ihr müsst hart bleiben.» Ihm war anzusehen, dass ihm diese Worte schwerfielen. «Schon damit jedermann in Köln sieht, dass Ihr Euch nicht auf der Nase herumtanzen lasst.»

Aleydis starrte den Knecht verblüfft an. Dann wandelte sich ihre Miene zu tiefer Betroffenheit. «Du hast wohl recht, Wardo.» Schmerzerfüllt blickte sie zu Vinzenz. «Ich darf nicht mehr gnädig sein, nicht wahr?»

Am liebsten hätte er sie an sich gezogen und gehalten, gestützt, ihr etwas Ermutigendes zugeflüstert. Doch selbstverständlich tat er es nicht, auch wenn ihn ihr waidwunder Blick mitten ins Herz traf. «Nein», antwortete er knapp. «Das dürft Ihr nicht.»

Sie schluckte hart. Mehrmals. Dann fasste sie sich und nickte. «Also gut, so sei es. Wenn Hardwin gefunden wird, soll er vor den Gewaltrichter gebracht werden.» Sie wandte ihm ihr Gesicht zu, doch ihr Blick fixierte einen Punkt irgendwo neben seinem Kopf. «Wenn sich seine Schuld beweisen lässt oder er sie eingesteht, urteilt streng, aber gerecht, Herr van Cleve.» Sie erhob sich und trat auf Wardo zu. «Ich kann nichts für Hardwin tun.» Dann wandte sie sich auch an Merle. «Aber ihr beide könnt es. Lasst verlauten, dass er des Todes ist, wenn er sich jemals wieder in Köln oder dem näheren Umland blicken lässt. Verlässt er die Gegend, kann der Gewaltrichter ihn nicht verurteilen. Dem ist doch so?» Fragend sah sie Vinzenz an.

«Wir müssten seiner habhaft werden, um seine Schuld nachzuweisen oder ihm ein Geständnis zu entlocken», stimmte er ihr widerstrebend zu.

«Wardo, glaubst du, er wird die Nachricht erhalten, wenn man die Kunde in der Unterwelt verbreiten lässt?»

Unsicher hob der Knecht die Schultern. «Wahrscheinlich.»

«Gut. Dann verbreitet sie.» Damit erhob sie sich und verließ eilig und hocherhobenen Hauptes die Wohnstube.

Vinzenz vernahm ihre Schritte auf der Treppe, dann klappte vernehmlich eine Tür. Vermutlich würde er sie so rasch nicht wiedersehen. Er hatte nun eine Aufgabe, nämlich sich auf die Suche nach Hardwin zu begeben, und sie würde ihm dabei nicht helfen. «Nun denn.» Mühsam erhob er sich ebenfalls. «Ich sollte mich jetzt auf den Weg machen.»

Alessandro öffnete ihm die Tür. «Ich kann Euch suchen helfen.»

Ein Gefühl der Bitterkeit stieg in Vinzenz auf. «Wollt Ihr Euch nicht lieber um Aleydis kümmern?»

«Sie wird meinen Trost nicht wollen.» Alessandro begleitete ihn noch bis in die Wechselstube. «Ihr wart sehr hart zu ihr.»

Das, verdammt noch eins, wusste er selbst. «Sie ist in einer Position, die Milde nicht zulässt.»

«Ich weiß.» Ein abschätzender und leicht amüsierter Blick traf Vinzenz. «Aber Ihr wärt es – Aleydis gegenüber. Doch ich neige dazu, Eurer Schwester recht zu geben. In dieser Hinsicht seid Ihr, ebenso wie Aleydis, gleichermaßen stur und unbelehrbar.»

Argwöhnisch runzelte Vinzenz die Stirn. «Was habt Ihr mit Alba zu schaffen?»

«Nichts.» Alessandro grinste schief. «Steht die Verabredung zum Fechten für heute Abend noch? Ich dachte, Ihr wärt vielleicht nicht ganz in der Verfassung …»

Vinzenz funkelte ihn ungnädig an. «Wir sehen uns zum Abendläuten in der Fechtschule der Universität.» Ohne ein weiteres Wort verließ er das Haus in der Glockengasse.

KAPITEL 20

Samstag, 6. November, Anno Domini 1423

Zufrieden betrachtete Aleydis die Fortschritte beim Bau der neuen Klause hinter dem Haus des Leynewebers. Die vier Mauern standen bereits, und nun wurde eine Decke aus Gussmauerwerk vorbereitet, die dazu gedacht war, die Insassin im Falle eines Feuers besser zu schützen. Darüber würde zwar ein normales Dach aus Holzbalken und gebrannten Ziegeln errichtet werden, doch die Zwischendecke würde im Fall der Fälle die Flammen von der Gefängniszelle abhalten.

Noch war eine schmale Türöffnung zu sehen, durch die Cathrein nach Fertigstellung der Klause eintreten würde, danach würde die Öffnung sogleich zugemauert werden, sodass wieder nur eine winzige Fensteröffnung blieb, durch die nicht viel mehr als ein Nachttopf, ein Krug Wasser oder eine Schüssel mit Essen gereicht werden konnte.

Um sowohl die Nachbarn als auch die Beginen zu beruhigen, hatte Aleydis den Knecht Gilles angewiesen, vor der Tür zu Cathreins Krankenlager in der Glockengasse Wache zu stehen, bis sie in die Klause überführt werden konnte. Die Handwerker hatten Aleydis versichert, dass dies spätestens am kommenden Mittwoch oder Donnerstag der Fall sein würde.

Auch die Umbauarbeiten am Wohnhaus des Leynewebers und am Stall hatten bereits begonnen und würden bald Gestalt annehmen. Seitens des Stadtrats war die Stiftung eines Hospitals überwiegend positiv aufgenommen worden, wenn auch ein paar skeptische Stimmen gefragt hatten, ob ein neues

Tollhaus wirklich nötig sei. Doch diejenigen Ratsherren, die sich noch an das Narrenhospital der Beginen erinnern konnten, hatten Aleydis' Pläne mit Nachdruck befürwortet. Vermutlich nicht zuletzt, weil sie eine derart großzügige Summe zum Unterhalt der Einrichtung ausgesetzt hatte, dass die Räte nicht befürchten mussten, in absehbarer Zeit städtische Gelder dafür ausgeben zu müssen.

«Herrin, wir sollten uns beeilen, wenn Ihr vor Einbruch der Dunkelheit zu Hause sein wollt. Besonders wenn wir noch den Umweg über den Krummen Büchel machen wollen.» Symon, der sie wie immer begleitet hatte, trat neben sie.

«Du hast recht.» Sie hob den Korb, den sie bei sich trug, vom linken Arm auf den rechten. Er enthielt frisches Gemüse, Brot und ein Fässchen Butter für Merle. Die Frau tat ihr von Herzen leid, und deshalb, aber auch ihrem treuen Knecht Wardo zuliebe, wollte sie sie ein wenig unterstützen. «Lass uns aufbrechen.»

Sie verließen die Baustelle in der Webergasse, auf der die Handwerker bereits dabei waren, ihr Tagewerk zu beenden, und gingen über die Löwengasse und die Severinsstraße auf den Waidmarkt zu. Anstatt jedoch wie sonst die Gasse Hohe Pforte zu nehmen, hielten sie sich, nachdem sie den Waidmarkt überquert hatten, links und betraten den Krummen Büchel.

Schon von weitem war der Menschenauflauf zu sehen, der sich vor einer ärmlichen Hütte scharte. Lautes Geschrei und wildes Gefuchtel ließen darauf schließen, dass sich irgendetwas Entsetzliches zugetragen haben musste.

Sogleich blieb Symon stehen und hielt Aleydis am Arm fest. «Wartet, Herrin, da kommen wir nicht durch. Da ist irgendwas bei der Merle passiert.»

«Das sehe ich.» Besorgnis ergriff Aleydis, und so strebte sie trotz Symons Warnung voran. «Hoffentlich ist Merle nichts geschehen!»

«Lasst wenigstens mich vorgehen.» Symon folgte ihr und schob sich an ihr vorbei, um ihr den Weg zu bahnen. Hier und da wurde gemurrt oder geflucht, wenn jemanden Symons Ellenbogen traf, doch die meisten Gaffer – überwiegend ärmlich gekleidete Tagelöhner, Knechte oder Mägde – machten Aleydis bereitwillig Platz.

Als sie endlich Merles Behausung erreicht hatten, erblickten sie einen Leichenkarren und zwei Büttel sowie den Schöffen van Kneyart und den Gewaltrichter Georg Hardefust. Dieser war ein gedrungener Mann mit schulterlangem grauem Haar und sorgsam gestutztem Vollbart. Aleydis kannte ihn vom Sehen, denn sie waren einander schon hin und wieder bei Banketten oder städtischen Ereignissen begegnet. Deshalb eilte sie sogleich auf ihn zu. «Herr Hardefust! Was ist denn hier geschehen? Ist Merle …?» Ihr Blick fiel auf den verhüllten Leichnam auf dem Karren. «Ist sie …? O mein Gott!»

«Nein.» Vinzenz van Cleves Stimme ließ Aleydis zusammenfahren. Er war gerade aus der Hütte getreten. Hinter ihm schob sich auch Merle nach draußen. «Wie Ihr seht, geht es ihr gut.»

«Gott sei Dank.» Aleydis bekreuzigte sich und bemühte sich, ihr erregtes Herzklopfen einzig auf den Schreck zu schieben. «Aber wer ist das, und was ist hier los?»

Hardefust hüstelte. «Hinter einem der Kappesfelder vor dem Severinstor wurde ein Toter gefunden und den Schöffen gemeldet. Da dieser Teil der Stadt meiner Zuständigkeit unterliegt, habe ich mich sofort auf den Weg gemacht, musste dann jedoch Herrn van Cleve hinzuziehen, nachdem wir den Jungen identifiziert hatten.»

«Den Jungen?» Eine böse Ahnung stieg in Aleydis auf.

Van Cleve nickte düster. «Es ist Hardwin. Der Bauer, dem das Feld gehört, hat ihn erhängt an einem Baum gefunden.»

Entgeistert starrte Aleydis ihn an. Ihr wurde eisig kalt, und die schlimmsten Erinnerungen an jenen Tag, an dem man ihr das Gleiche von Nicolai berichtet hatte, stürmten auf sie ein. «Er hat sich das Leben genommen?»

Van Cleve schüttelte den Kopf. «Wohl kaum.» Zu ihrem weiteren Entsetzen schlug er das graue Tuch, in das der Leichnam gehüllt war, ein Stück zurück und bedeutete ihr, näher zukommen.

Obwohl ihr davor grauste, sah sie für einen kurzen Augenblick auf Kopf und Hals des Toten. Hardwins Gesicht war tatsächlich das eines Engels, nun jedoch gräulich blau verfärbt und entstellt durch schwarz angelaufene Lippen und eine ebensolche Zunge, die ihm aus dem Mund quoll. Am Hals waren deutlich die Male zu sehen, die der Strick hinterlassen hatte.

Der Gewaltrichter drehte den Kopf ein wenig zur Seite und deutete auf eine blutverkrustete Wunde. «Sein Leib ist von Prellungen und Blutergüssen übersät. Jemand hat ihn schwer verprügelt, bevor er ihn niedergeschlagen und aufgehängt hat.»

«Also ist das ein …» Aleydis schluckte gegen die aufsteigende Übelkeit an. «… Mord gewesen?»

«Davon müssen wir ausgehen», bestätigte Hardefust. «Wir haben den Jungen hierhergebracht, weil er hier gewohnt hat. Irgendwo muss er ja aufgebahrt werden.»

«Ich habe bereits einen Büttel in die Glockengasse geschickt, der Wardo Bescheid geben soll», ergänzte van Cleve. «Er muss entscheiden, wo der Junge beerdigt werden soll und ob er Anklage erheben will.»

«Ich werd's jedenfalls nicht tun.» Merle war an den Karren herangetreten und betrachtete mit gefasster Miene den Leichnam. Dann schlug sie das Tuch zurück über das stille, verzerrte Gesicht des Jungen. «Was soll das schon bringen? Jetzt ist er da, wo auch sein Vater ist.»

«Hardwin? Hardwin!» Im Laufschritt kam Wardo aus einer Quergasse auf sie zugeeilt. Keuchend blieb er vor dem Karren stehen und zog das Tuch erneut vom Gesicht des Toten zurück. Dann ging er in die Knie und schlug die Hände vor die Augen. «Himmelherrgott noch mal!» Er schluchzte trocken. «Dieser verdammte Mistkäfer! Wo habt Ihr ihn gefunden?»

«Am Rand eines Kappesfeldes beim Severinstor.» Hardefust trat auf den Knecht zu und berührte ihn kurz an der Schulter. «Du erkennst ihn als deinen Neffen Hardwin?»

«Ja. Ja doch.» Wardo war ganz grau im Gesicht, als er sich wieder erhob. «Er ist es.» Hilflos blickte er von einem zum anderen. «Wer war das?»

Van Cleve räusperte sich vernehmlich. «Wenn du willst, dass wir versuchen, das herauszufinden, musst du Anklage erheben.»

«Anklage?» Für einen Moment schien Wardo nicht zu begreifen. Dann betrachtete er den Jungen erneut, diesmal eingehender. «Was haben die mit ihm gemacht?»

Van Cleve trat neben ihn. «Verprügelt und danach aufgehängt.»

Eine Weile schwieg Wardo und rieb sich über die Stirn, dann trat er einen Schritt zurück. Seine Gesichtsfarbe war von Grau zu Schneeweiß gewechselt. «Nein. Ich erhebe keine Anklage. Wer immer das war … wir werden ihn doch nicht finden.»

«Das befürchte ich leider auch», mischte Hardefust sich erneut ein. «Der Junge muss schon seit gestern Abend oder heute Nacht an dem Baum gehangen haben. Niemand hat gesehen, wann man ihn dort aufgehängt hat oder wer es gewesen ist. Die Gegend ist nachts menschenverlassen.»

«Keine Anklage also?», vergewisserte van Cleve sich.

Wardo nickte. «Ich lass ihn auf dem Kirchhof von St. Maria in Lyskirchen beerdigen.» Er zuckte leicht zusammen und lächelte dann schwach, als Merle neben ihn trat und ihm tröstend eine Hand auf den Arm legte. «Jetzt bin bloß noch ich übrig. Alle aus meiner Familie sind tot.»

Mitleid regte sich in Aleydis, doch sie würde ihrem Knecht kaum Trost spenden können. Ihr Blick fiel auf den Korb, den sie noch immer am Arm trug. Rasch stellte sie ihn vor dem Eingang zu Merles Hütte ab.

Van Cleve war ihr gefolgt und bedeutete ihr, mit ihm zur Seite zu gehen. «Damit hat sich Eure Anklage dann wohl erledigt.»

«Ja.» Aleydis senkte unbehaglich den Blick. «Wer war das, Herr van Cleve? Wer hatte einen Grund, Hardwin zu ermorden?»

«Eine gute Frage.» Besorgt kräuselte van Cleve die Lippen. «Ich hatte angenommen, dass Eure Warnung den Jungen erreicht hat. Anscheinend war das nicht der Fall. Es sei denn, jemand hat ihn anderswo aufgespürt …»

«Und zurück nach Köln gebracht?» Aleydis runzelte die Stirn. «Warum sollte jemand so etwas tun?»

«Da bin ich überfragt.» Der Gewaltrichter hob die Schultern. «Ich hatte die Spur des Jungen jedenfalls schon vor Tagen verloren. Wer auch immer ihn ermordet hat, wusste anscheinend genau, wo er ihn suchen musste.» Er hielt kurz inne. «Das macht mir ein bisschen Sorgen.»

«Wollt Ihr der Sache nachgehen?» Erwartungsvoll sah Aleydis ihn an, doch er schüttelte den Kopf.

«Nein. Ich habe keine Handhabe, wenn keine Anklage erhoben wird.»

«Ich könnte …»

«Nein.» Abwehrend hob er beide Hände. «Haltet Euch heraus. Ich habe das ungute Gefühl, dass Ihr Euch damit keinen Gefallen tun würdet.»

Erschrocken hob sie den Kopf. «Was meint Ihr damit?»

«Nichts.» Er schüttelte den Kopf, als wolle er ebenjenes ungute Gefühl irgendwie abschütteln. «Lasst die Toten ruhen, Aleydis, und kümmert Euch stattdessen um die Lebenden.» Damit wandte er sich ab und ging mit großen Schritten davon.

Verunsichert sah Aleydis ihm nach, bis er in eine Quergasse abbog und verschwand.

«Lasst uns gehen, Herrin.» Symon war wieder an ihrer Seite aufgetaucht. «Wardo will noch hierbleiben und helfen, den Jungen aufzubahren und all das. Aber Ihr solltet jetzt wirklich nach Hause.»

«Ich weiß, es wird schon dunkel.» Seufzend machte Aleydis ein paar Schritte und drehte sich dann noch einmal kurz um. Die aufgeregte Menschenmenge hatte sich teilweise zerstreut, doch einige standen immer noch in Grüppchen beieinander und debattierten oder tuschelten. Dabei kam es ihr so vor, als würden ein paar der Männer und Frauen immer wieder verstohlen zu ihr schielen und hinter vorgehaltener Hand über sie reden.

War es richtig, Hardwins Tod nicht weiter auf den Grund zu gehen? Sie war ein wenig erstaunt, wie rasch und rigoros Wardo eine Klage abgelehnt hatte. Andererseits hatte Gewaltrichter Hardefust wohl recht – die Wahrscheinlichkeit, dass sie den Täter zu fassen bekämen, war geringer als gering. Und Hardwin, so traurig es auch erschien, war einfach nicht wichtig genug, als dass sich jemand um sein Schicksal scherte. Manch einer würde den gewaltsamen Tod des Jungen wohl auch als gerechte Strafe für seine Untaten ansehen, speziell wenn sich bereits herumgesprochen hatte, dass er der Brandstifter gewesen war.

Also war es wohl tatsächlich besser, die Sache auf sich beruhen zu lassen.

Als sie kurz darauf ihr Haus in der Glockengasse erreichten, empfing sie Gerlin bereits am Eingang. Die junge Magd fuchtelte aufgeregt mit den Armen. «Da seid Ihr ja endlich, Herrin! Wir warten schon so lange auf Euch. Besuch für Euch war da. Dieser Rothaarige, der Thomas van der Burghe. Der wollte unbedingt noch mal mit Euch wegen Marlein sprechen.»

«Der war schon wieder hier?» Erbost zog Aleydis die Augenbrauen zusammen.

«Ja, und er wollte sich gar nicht abwimmeln lassen. Herr Alessandro musste dem ganz übel drohen, bevor er wieder abgezogen ist. Marlein und Ursel hab ich gleich rauf in ihre Kammer geschickt und ihnen gesagt, sie sollen nicht runterkommen, solange der da ist.»

Während Symon sich wieder auf seinen Wachposten begeben hatte, war Aleydis mit Gerlin in die Küche gegangen.

«Das hast du gut gemacht.» Sie nickte der Magd dankbar zu. «Dieser Mann ist lästiger als eine Horde Schmeißfliegen.»

«Das hat Herr Alessandro auch gesagt.» Gerlin grinste.

«Und recht hat er», mischte Ells sich ein. «Ich hab ja gleich gesagt, dass der Rothaarige nix Gutes mit sich bringt. Seht Euch nur an, was alles passiert ist, seit er aufgetaucht ist. Das Feuer bei den Beginen und das ganze Durcheinander danach. Und jetzt ist auch noch was mit Wardos Neffen passiert.» Die dicke Köchin wurde ganz ernst und besorgt. «Ist es wahr? Ist Hardwin tot?»

«Ja.» Betrübt senkte Aleydis den Kopf. «Jemand hat ihn ermordet.»

«Jesses, Maria und Josef!» Entsetzt bekreuzigte Ells sich, und auch Gerlin stieß einen schockierten Laut aus. «Aber seht Ihr, was ich sage: Der Rothaarige hat das Unglück über uns gebracht.»

Aleydis seufzte. «Ich kann Thomas van der Burghe auch nicht leiden, aber ich bezweifle, dass er an all dem Ungemach Schuld hat.»

«Doch, doch, ganz sicher, Herrin! Ihr könnt mir das schon glauben, denn ich kenne mich mit so was aus.»

«Du bist nur entsetzlich abergläubisch, Ells, sonst nichts.»

Noch während sie sprach, polterte Irmel auf ihren schweren Holzpantinen herein. «Nein, o nein, Herrin, es ist einfach grauenhaft! Was sollen wir bloß tun? Der Fuchs hat noch ein Huhn erwischt. So eine schöne und unsere beste Legehenne.»

Aleydis fasste sich stöhnend an den Kopf.

«Seht Ihr!» Ells hob triumphierend den Zeigefinger. «Unbill über Unbill. Das wird nicht aufhören, bis der Rothaarige wieder fort ist. Ich schwöre es Euch.» Sie hielt inne. «Übrigens war der alte van Cleve vorhin auch hier.»

«Gregor van Cleve?» Hinter Aleydis' Schläfen begann es unangenehm zu pochen. «Was wollte er denn?» Sie konnte es sich natürlich schon denken.

«Na, mit Euch sprechen, was sonst.» Ells bedachte sie mit einem bedeutsamen Blick. «Er will morgen Abend noch mal vorbeikommen, oder dass Ihr ihn vorher aufsucht.»

Auf gar keinen Fall würde sie das tun. «Mach mir Würzwein heiß, Ells», bat sie und wandte sich dann an Gerlin. «Bring mir den Krug und einen Becher nach oben in meine Kammer. Ich möchte mich bis zum Abendessen ein wenig ausruhen.» Und am liebsten nichts mehr hören oder sehen. Sich im Bett verkriechen und warten, bis jemand kam und ihr all die Lasten und Probleme abnahm, die sich vor ihr auftürmten. Doch das würde natürlich nicht geschehen.

Es sei denn …

Gregor van Cleve war nicht nur ausgesprochen hartnäckig, er hatte auch recht. Ebenso wie Alba. Sie würde auf Dauer nicht allein mit allem fertigwerden.

Müde stieg sie die Stufen ins erste Geschoss empor und betrat ihre Kammer. Es war ja nicht so, dass sie Vinzenz van Cleve verabscheute. Wenn sie ehrlich zu sich war … Nein, im Augenblick konnte sie nicht ehrlich zu sich sein. Das war zu schmerzhaft und viel zu beängstigend. Besser war es, erst einmal ein wenig Abstand zu den jüngsten Ereignissen zu gewinnen.

Kraftlos ließ Aleydis sich auf ihr Bett fallen und zog umständlich die Decke unter sich hervor, um sich darunter zu verkriechen. Dass sie ihr Kleid und die Haube dabei verknitterte, war ihr in diesem Moment einerlei. Sie würde sich jetzt erst einmal auf das neue Hospital konzentrieren und ein wenig Ruhe in ihren Haushalt bringen. Und Gregor van Cleve irgendwie ausweichen.

Nachdenken. Sie musste über alles erst ganz eingehend nachdenken. So durcheinander, wie sie war, konnte sie keine vernünftige Entscheidung treffen. Nachdenken war gut und wichtig. Vielleicht würde ihr dann eine vernünftige, eine sichere Lösung für all ihre Probleme einfallen. Eine, die ihr nicht vor Furcht das Herz bis zum Hals pochen ließ.

Das Letzte, was ihr vor Augen stand, bevor sie in einen erschöpften Schlaf fiel, war ein Paar gewitterdunkler, herausfordernd funkelnder Augen.

Nachwort

Liebe Leserin, lieber Leser,

was geschieht, wenn eine junge Frau mit den besten Absichten und reinen Herzens einen – zugegebenermaßen deutlich älteren, ihr jedoch sehr zugeneigten – Mann ehelicht und nach dessen plötzlicher Ermordung erkennen muss, dass er ein vollkommen anderer Mensch war, als sie gedacht hatte? Dass er zwei Gesichter besaß, von denen das geheime, verborgene so unfassbar skrupellos und gemein war, dass es der jungen Frau fast unmöglich ist zu begreifen, wie es ihr entgangen sein konnte. Insbesondere nachdem sie erfahren musste, dass beinahe die gesamte Stadt, in der sie seit ihrer Geburt lebt, über ihren Gemahl und seine Umtriebe – seine heimliche Schattenwelt – Bescheid wusste.

Diese Frage war unter anderem der Auslöser für mich, die historische Romanreihe um die junge und hübsche Aleydis de Bruinker zu verfassen. Zwar gab es, wie ich im Nachwort zum ersten Band, *Das Gold des Lombarden*, bereits erzählt habe, durchaus auch historische Begebenheiten, die in der Stadtchronik vermerkt sind und mich inspiriert haben, doch mehr noch als diese haben mich die psychologischen, sozialen und gesellschaftlichen Aspekte dieser Geschichte gelockt.

Wie wird, kann, darf oder muss Aleydis auf die Enthüllung des wahren Charakters und der Untaten ihres verstorbenen Gemahls reagieren? Welche Möglichkeiten hat sie, ihr Leben einigermaßen normal und unbehelligt weiterzuführen? Welche Gefahren drohen ihr, und mit welchen Schwierigkeiten wird sie zu kämpfen haben? Zumal sie auch noch für das Wohlergehen der beiden Enkelinnen ihres Gemahls verantwortlich ist.

Diese Umstände allein geben schon eine Menge Zündstoff für eine spannende Romanhandlung. Dass ich mir erlaubt habe, eine seltene, jedoch nicht gänzlich unübliche Praxis des (späten) Mittelalters heranzuziehen, wonach es unter bestimmten Bedingungen durchaus möglich war, dass eine Frau, insbesondere die Witwe, testamentarisch zur alleinigen Erbin aller Güter und Gelder eingesetzt wurde, gibt der Geschichte natürlich noch mehr Sprengkraft.

Wenn Sie das Buch bereits gelesen haben und sich nicht – wie es manche Leserinnen und Leser gerne tun – das Nachwort zuerst vorgenommen haben, werden Sie sich hoffentlich gut und spannend unterhalten gefühlt haben und bereits wissen, in welche auf den ersten Blick schier ausweglose Bedrängnis Aleydis durch ihr Erbe geraten ist.

Sie steht ihren Mann – oder vielmehr ihre Frau –, so gut es ihr möglich ist und mit der Hilfe einiger weniger verbliebener Freunde und Vertrauter. Doch auch wenn ich immer wieder darauf hinweise und anhand akribischer Recherche auch nachweisen kann, dass es im späten Mittelalter durchaus solche starken Frauen gegeben hat – sogar nicht wenige –, muss Aleydis früher oder später an ihre Grenzen stoßen oder an die von Gesetz und gesellschaftlichen Konventionen.

Gepaart mit der äußerst spannenden Thematik der Kölner Geldwechsler und Geldverleiher, ergibt sich eine Menge Material für mitreißende Plots. Das Kreditgeschäft ist nämlich fast so alt wie die Menschheit selbst oder existiert jedenfalls mindestens so lange, wie die Menschen einander nicht mehr ausschließlich in Naturalien bezahlen. Und selbst jene Form des Geschäfts kann untergraben oder ausgenutzt werden.

Der Geldwechsel wiederum war wegen der mannigfaltigen

Währungen unabdingbar, und Münzwechsler waren allerorten anzutreffen. Oftmals ging ihr Geschäft mit der Kreditvergabe Hand in Hand, und im Grunde war dies nichts anderes als die frühe Form unserer heutigen Banken.

Beide Phänomene – Münzwechsel und Geldverleih – bargen schon immer sowohl den Reiz als auch die Gefahr, zur eigenen Vorteilsnahme missbraucht zu werden. Dass zum Beispiel, wie Aleydis entdecken musste, Gold- und andere Waagen oder vielmehr deren Gewichte manipuliert oder Bücher gefälscht wurden, ist keine Seltenheit gewesen und nicht meiner Phantasie entsprungen. Betrug ist eines der ältesten Verbrechen der Menschheit, und die Motive, einen Betrug zu begehen, haben sich über die Jahrhunderte nicht geändert: die Gier nach Reichtum und Macht.

Den Juden, die lange Zeit mehr oder weniger ein Monopol auf den Geldverleih besaßen, sagte man nicht selten Wucher nach, also dass sie übermäßig hohe Zinsen für das verliehene Geld verlangten. Da die Kirche Christen verbot, überhaupt Zinsen zu nehmen, blieb dieser Geschäftszweig lange Zeit in jüdischer Hand. Wenn man sich jedoch die Quellenlage gerade des 14. und 15. Jahrhunderts ansieht, nicht nur die aus Köln, sondern auch aus anderen großen Städten quer über den europäischen Kontinent, erkennt man recht schnell, dass es dennoch und zunehmend auch christliche Kaufleute gab, die Kredite vergaben. Nicht nur an einfache Leute, Handwerker oder Kaufleute; manche finanzierten auch ganze Feldzüge oder städtische Vorhaben, öffentliche Bauten und vieles mehr. Auch die Gewähr von Sicherheiten – eine Vorform unserer heutigen Versicherungen – war durchaus an der Tagesordnung.

Dadurch wurden natürlich viele Abhängigkeiten geschaffen, die in der vorliegenden Geschichte der Lombarde Nicolai Golatti in außerordentlichem Maße für sich und seine Zwecke auszunutzen verstand. Doch welche konkreten Ziele verfolgte er wirklich? Von wem war womöglich er, den ich quasi als den ersten Mafioso Kölns gezeichnet habe, seinerseits abhängig? Und welcher Plan steckt hinter der unerhörten, skandalösen Einsetzung seiner jungen, unwissenden Gemahlin als seine alleinige Erbin?

Dass Aleydis' Geschichte noch lange nicht zu Ende erzählt ist, dürfte die geneigte Leserin und den geneigten Leser ebenso beruhigen wie erfreuen. Intensive Recherchen für den dritten Band dieser Reihe haben bereits begonnen, und ich hoffe, Sie werden ihm ebenso entgegenfiebern wie ich.

Petra Schier, im August 2019